AF307496

Amy Nordberg hat während einer Reise zu sich selbst mit dem Schreiben begonnen und kann seither die Finger nicht mehr davon lassen. Wenn sie nicht gerade ihrem Kater als Unterlage dient und in die Tasten haut, dann streift sie mit ihrer Hündin durch die Natur und denkt sich dabei den nächsten Plot aus. Besonders interessiert sie sich für die menschliche Psyche – und deren Untiefen. Nebenher forscht und arbeitet sie auch, aber das ist eine ganz andere Geschichte.

AMY NORDBERG

TIEF IM DUNKLEN SEE

KRIMI

Erstausgabe April 2024

Copyright © 2024 dp Verlag, ein Imprint der
dp DIGITAL PUBLISHERS GmbH
Made in Stuttgart with ♥
Alle Rechte vorbehalten

Tief im dunklen See

ISBN 978-3-98998-075-4
E-Book-ISBN 978-3-98778-965-6
Hörbuch-ISBN 978-3-98778-971-7

Covergestaltung: ArtC.ore-Design / Wildly & Slow Photography
Umschlaggestaltung: ArtC.ore-Design

Unter Verwendung von Abbildungen von
stock.adobe.com: © Jamie, © Bartek, © Roman
shutterstock.com: © Chris Sagherian, © Petr Ganaj, © mapman,
© KRIT GONNGON
Lektorat: Astrid Pfister
Satz: dp DIGITAL PUBLISHERS GmbH
Druck und Bindung: Books on Demand GmbH, Norderstedt

Kapitel 1

Dunkel breitete sich der See zu ihren Füßen aus. Die Regentropfen hämmerten auf seine Oberfläche ein, dennoch schien er seltsam unbeteiligt. Sie ließ den Blick zu den Tannenwipfeln schweifen, die die gegenüberliegende Uferseite säumten. Zwei Tage zuvor hatte sie genau hier gestanden, in der einsetzenden Dämmerung des frühen Morgens. Bis auf den Rauch, der sich wie grauer Dunst über die Nadeln erhob, war alles so gewesen wie heute. Der Regen hatte eingesetzt und sein Übriges getan, um die Löscharbeiten zu vereinfachen.

Sie schob die nasse Haarsträhne aus ihrem Gesicht hinter das Ohr und straffte ihren Zopf. Ihre Kleidung war durchweicht und das Wasser schien in jede Ritze zu kriechen. Es würde weiterregnen, morgen, übermorgen, den Tag darauf, die Straßen würden sich in reißende Bäche verwandeln.

Abler hatte sie vorgewarnt. Eine Hinrichtung. »Und ruf Theben an«, hatte er in den Hörer geblökt, bevor das monotone Tuten erklang. Sie hatte den Torso bereits vom Auto aus gesehen. Er trieb auf dem Wasser wie eine riesige, aufgequollene Plastiktüte. Arme und Beine waren nur noch Stummel, das Gesicht zur Unkenntlichkeit verkohlt. Das Schlimmste aber waren die Augen, die im Dreck des matschigen Ufers wie weiße Murmeln auf den See blickten. Automatisch hatte sie die rechte Hand in die Hosentasche gleiten lassen und die kleine Kugel darin fest umschlossen. Im selben Augenblick war ihr klar geworden, dass die Glasmurmel ihren Zauber für immer verloren hatte.

Während sich ihr direkter Vorgesetzter und Leiter des kleinen Polizeipostens Polizeihauptkommissar Erich Abler mit den Kollegen des Erkennungsdienstes um den Fundort an der Anlegestelle neben der Gaststätte drängte, waren ihre Füße einfach auf dem schmalen Waldweg weitergelaufen. Irgendwann hatten sie sich tief in den Matsch des Uferbereichs eingegraben. Zur Reglosigkeit waren auch ihre Augen erstarrt, die sich in den Tiefen des Stausees verloren, der sich dunkel unter den Nadelbäumen ausbreitete, seine Oberfläche glatt und undurchdringlich. *Der tote See.*

Mit einem Ruck löste sie sich von dem Anblick. Sie musste zurück. Unter ihr schmatzte es, als sie sich umdrehte und der Matsch widerwillig ihren Fuß freigab. Aber irgendetwas hielt sie fest. Noch einmal drehte sie sich um und blickte in die Düsternis des Sees.

Das Brennen setzte ohne Vorwarnung ein. Ein unterdrückter Schrei entfuhr ihren Lippen und ihre Hand schnellte den klammen Stoff der Cargohose hinab und blieb auf dem unsichtbaren Mal liegen. Aus dem Augenwinkel nahm sie wahr, wie ein Tropfen langsam ihren Nasenrücken herunterlief, so, als wolle er ihr Gesicht in zwei Hälften zerteilen. Es hatte wieder Feuer gefangen.

»Helen, verdammt! Wo bleibst du?«

Ablers Stimme ließ sie zusammenzucken. Einen Augenblick aus dem Gleichgewicht gebracht, kämpfte sie gegen das plötzliche Bedürfnis an, sich in die Gaststätte zu entschuldigen, um sich auf der Toilette die Hände zu waschen. Die Feuchtigkeit fraß sich durch ihre Schuhe und die Uniform und doch sehnte sie sich danach, die eisigen Nadelstiche zu spüren, die ihre Gedanken betäuben und ihren Geist beruhigen würden. Die Wirtin, die die Gaststätte am See betrieb, wäre sicher wenig erfreut über den frühmorgendlichen Besuch. Wieder drang die Stimme von Abler zu ihr durch. Sie musste zurück.

Eine Bewegung riss sie aus ihrer Starre. Sie hob den Kopf und sah Gunnar auf sich zukommen, den Hünen, dessen Schritte so dynamisch wirkten wie die eines Tänzers. Er lächelte sie an. War ihm bewusst, dass er ihr Fels war, ihr Rettungsring, ihr Anker? Dass sie die Art, wie er die Dunkelheit um sie herum mit seiner herrlichen Zahnlücke einfach weggrinste, aufrichtig liebte? Er war noch nicht lange in Süddeutschland. Ursprünglich kam er aus dem hohen Norden, aber die Liebe hatte ihn einst in den Schwarzwald gezogen. Die Liebe war gegangen, hatte er ihr erzählt. Gunnar war geblieben.

Sie erwiderte sein Lächeln und einen winzigen Augenblick lang hüpfte ihr Herz. Aber in seinem Blick lag etwas, das sie zutiefst beunruhigte.

»Die Frau ist verbrannt«, sagte sie leise.

Gunnar stellte sich neben sie, den Blick auf die Oberfläche des Sees gerichtet, der dunkel, beinahe schwarz um diese Stunde erschien, wenn die Tannen, die ihn begrenzten, das Licht schluckten. Wie stumme Soldaten.

Schweigend beobachteten sie, wie Professor Wentzel seinem silbergrauen Mercedes-Benz X-Klasse entstieg und zu ihnen herüberwankte. Der Rechtsmediziner war seit gut einem Jahr in der Freiburger Forensik und bereits unverrückbar wie ein Stein. Seine Lorbeeren hatte er sich an der LMU München verdient, Freiburg aber war seine Bestimmung. Er war ebenso groß wie Gunnar, übertraf dessen Bauchumfang jedoch um ein Vielfaches. Seine Augen, die wie dunkle Knöpfe zwischen den fleischigen Backen hervorlugten, blitzten sie an, als er sich vor ihr aufbaute und polterte: »Jessas Maria, verstecken S'sich schon wieder, Frau Kommissarin?«

Helen versuchte, den Kloß in ihrem Hals herunterzuschlucken, wollte etwas erwidern, aber die Stimme von Abler beendete die Situation. Fluchend wuchtete der Mediziner seinen Körper zur Anlegestelle. Helen hörte das Dröhnen seiner Anweisungen wie durch Watte.

»Helen«, sagte Gunnar leise. »Geh rüber zu den beiden. Wenn du deinen Job hier behalten willst, solltest du Abler keine weiteren Argumente geben, dich wegzuloben.«

»Na Fräulein Winter, sand 'S wieder von den Toten erwacht? Mei, dann kennan 'S ja zur Abwechslung mal mit anpacken, oder Abler?« Wentzels Backen verdeckten seine Augen beinahe vollständig als er in schallendes Gelächter ausbrach und ihrem Vorgesetzten beifallheischend in die Rippen stieß. Helen nahm zwei Männer wahr, die einem schwarzen VW Passat entstiegen und in ihre Richtung liefen, einer der beiden kam ihr bekannt vor.

»Ah, die Herren Kriminalinspektoren sand kimma.«

»Helen, geh' doch bitte mal rüber zum Kollegen von der Dienststelle«, Abler zeigte zu dem Polizisten, der zusammen mit einem älteren Herrn in Trainingshose hinter dem Absperrband stand, »und übernimm die Befragung des Joggers. Er hat die Leiche heute früh gefunden.«

Helen machte auf dem Absatz kehrt. Sie spürte, wie die Röte in ihrem Gesicht aufstieg. Der Kollege war vor ihr am Fundort eingetroffen und hatte Abler bereits Bericht erstattet. Die erneute Befragung war eine reine Beschäftigungsmaßnahme. Man würde sie ausschließen. Es würde sie noch nicht einmal wundern, wenn Abler den Kollegen Schrenk in den Fall involvieren würde. Schrenk mit der Kettensäge, der vor ihrem Stuhlbein lauerte, wie Gunnar sich ihr gegenüber einmal ausgedrückt hatte.

»Und nimm Theben mit, wenn der schon hier ist«, hörte sie ihn hinter sich herrufen. *Theben.* Abler nannte ihn immer beim Nachnamen. Sie selbst war für ihn *Helen*, aber das hatte nichts Kollegiales an sich.

Wie erwartet, hatte die Befragung keine weiteren Erkenntnisse hervorgebracht. Der Mann war bei seiner morgendlichen Joggingrunde auf die Leiche gestoßen, als er den schmalen Fußweg entlang der Staumauer von Seebrugg auf die gegenüberliegende Uferseite genommen hatte. Aus dem Augenwinkel hatte er sie gesehen, an der Rampe, direkt unterhalb der Brücke. Er habe zuerst gedacht, jemand hätte seinen Müll im Wasser entsorgt – bei der Schilderung war Helen einen Schritt zur Seite getreten, um das Bild der Leiche, die wie eine riesige Mülltüte auf dem Wasser trieb, zu verscheuchen. Die Augen hatte er zunächst nicht entdeckt. *Nichts Auffälliges gesehen, nichts gehört.*

Sie hatte die geschlossene Schranke passiert, war dem Waldweg zur Gaststätte, einem lang gestreckten Holzgebäude mit gläsernem Wintergarten, gefolgt, hinter dem, links und rechts des Weges, eine Handvoll Boote auf das nächste Frühjahr zu warten schienen. Linkerhand war der Weg von Wald gesäumt, rechterhand gab er den Blick auf den See und die gegenüberliegende Uferseite frei. Sie hatte den Reißverschluss ihrer Jacke bis zum Hals hochgezogen und die Hände tief in ihren Taschen vergraben. Kalt war es gewesen, unwirtlich. Der Novemberwind hatte seine eisigen Finger über den See gestreckt, an den widerspenstigen Ästen gerüttelt, die ihre letzten Blätter kühn in die Luft reckten und dem nahenden Winter trotzten. Grau ragten die wie achtlos in die Landschaft geworfenen, moosbedeckten Felsbrocken aus dem Waldboden, der nicht mehr zu sein schien als ein Laubbett. Wie Grenzposten standen die dunklen Tannen an der steilen Böschung, in ihrem Rücken ein ganzes Heer. Helen war in der Mitte des Weges stehen geblieben. Reglos wie ein Schwamm hatte sie die Szenerie in sich aufgesogen.

Dann hatte sie es gerochen. Wie ein Fuchs, der die Fährte aufnimmt, hatte sie den Waldweg verlassen und war die steile Böschung hinaufgeklettert.

»Bin da, Herr Abler«, murmelte sie in den Kragen ihrer Uniform, als sie zu ihm in den Wagen stieg. Seit ihrer Vereidigung trug sie Uniform. Daran war nicht zu rütteln. Weder ihr Aufstieg zur Polizeioberkommissarin noch die spöttischen Bemerkungen ihrer Kollegen hatten daran etwas ändern können. Sie war Polizistin.

Seit genau elf Jahren, drei Monaten und zwölf Tagen. Und Polizisten trugen Uniform.

Abler richtete sich geräuschvoll auf seinem Sitz auf und startete den Motor. Just in diesem Moment ertönte blechern Wagners *Ritt der Walküren*. Fluchend machte er den Motor wieder aus, zerrte hektisch an seiner Regenjacke und fand schließlich den *Knochen*, wie Ablers in die Jahre gekommenes Handy spöttisch hinter seinem Rücken genannt wurde. Sie war sich sicher, dass es ihm nicht entgangen war. Aber Abler, das hatte Helen früh kapiert, war kein Mann, der etwas darauf gab, was andere von ihm dachten, geschweige denn, sagten.

»Ja?«, schnaubte er ungehalten ins Telefon.

Helen blickte noch immer stur geradeaus, unfähig, den Gedanken an ein Waschbecken abzuschütteln.

»Liebes!« Ablers Stimme hatte schlagartig einen anderen Klang angenommen. Überrascht blickte Helen zu ihrem Vorgesetzten und registrierte ein Lächeln auf dessen Lippen, das sein düsteres Gesicht beinahe freundlich erscheinen ließ. Faszinierender aber war die Wärme, die das Auto förmlich flutete, sich auf die Fensterscheiben des Passats legte und den trüben Morgen weichzeichnete.

Stefanie! Zwischen die freudebeschlagene Fensterscheibe schob sich ein anderes Bild. Es zeigte das kleine Mädchen, wie es vor einigen Jahren vor der Tür des Polizeipostens gestanden und nach ihrem Vater gefragt hatte. Helen hatte sie augenblicklich ins Herz geschlossen.

»Am Freitag, Liebes. Ganz bestimmt!«

Einige Sekunden verstrichen, Helen starrte noch immer gebannt auf Ablers Gesicht, dessen Züge sich erneut verändert hatten. *Überraschung, Wut, Enttäuschung*, ging sie im Geiste mögliche Emotionen durch und verwarf sie wieder. Ablers Gesicht wirkte unbeweglich, aber seltsam straff, sein Atem ging flach. *Anspannung!* Was hatte diese hervorgerufen? *Angst, Unsicherheit?* Helen wollte ihre Überlegungen fortführen, aber Ablers Worte rissen sie aus ihren Gedanken.

»Auf geht's!« Er startete den Motor ein zweites Mal und lenkte den Dienstwagen auf die Landstraße in Richtung Lenzkirch.

»Erich. Guten Morgen! Schon zurück?«

»Carsten.« Abler nickte Polizeikommissar Schrenk knapp zu und verschwand in seinem Büro.

»Na Helen, Regenjacke vergessen?«

Sie spürte den prüfenden Blick des Kollegen auf ihrer durchnässten Uniform und wandte sich ab. Der schale Geschmack, der sich in seiner Gegenwart auf ihrer Zunge ausbreitete, war zurück. Sein Geruch lähmte sie.

Ohne die Jacke ihrer Uniform abzulegen, eilte sie durch das Büro und lief in Richtung Badezimmer. Sie beobachtete, wie das eiskalte Wasser über ihre Finger rann und wurde augenblicklich ruhiger. Ihr Blick blieb einen Moment lang an ihrem Spiegelbild kleben: Das Gesicht war gerötet, einzelne Strähnen klebten an ihrem Kopf, die ungeschminkten Augen starrten müde durch sie hindurch. Sie würde duschen! Beinahe freudig hastete sie aus der Tür den Gang entlang und kramte eines der Handtücher aus ihrem Spind. Beim Aufstoßen der schweren Tür zum Duschraum spürte sie eine angenehme Taubheit dort, wo das kalte Wasser minutenlang über ihr Handgelenk geflossen war.

Als sie fünfzehn Minuten später in frischer Uniform das kleine Dienstbüro betrat, ließ sie sich erleichtert in ihren Stuhl sinken. Schrenk und Abler hatten den Posten bereits verlassen.

»Helen! Frisch geduscht und wiederhergestellt?«

Sie zuckte zusammen, entspannte sich jedoch augenblicklich, als sie Gunnars Stimme erkannte. Sie spürte, wie sich ihr Mund zu einer Art schiefen Lächeln verzog beim Anblick des Riesen mit der herrlichen Zahnlücke.

»Frühstück?«

29. Oktober, 2022

Roswitha stemmte ihren mächtigen Körper gegen die Eingangstür und stolperte ins Innere. Dunkelheit und Staub schlugen ihr entgegen. Hustend tasteten ihre Hände die Wände ab und fanden schließlich einen Lichtschalter. *Nichts.* Verdammt, natürlich hatte man der Alten längst den Strom abgestellt! Fluchend presste sie sich von innen erneut gegen die schwere Tür, in der Hoffnung, das letzte Tageslicht würde zumindest den Flur erhellen. Aber hier, umgeben von dichten Nadelbäumen, schien sich nicht ein einziger Lichtstrahl in die Düsternis zu wagen. *Warum hatte sie auch keine Taschenlampe dabei?* Kurz überlegte sie, umzudrehen. Einfach wieder zurückzukehren. *Durch die einsetzende Dunkelheit zur Bushaltestelle. Die Straße entlang, die mitten durch den Wald führt. Hoffen, dass um diese Zeit noch ein Bus hier hält.* Sie spürte, wie heiße Wut in ihr aufstieg, als sie die Rücklichter des Busses wieder vor sich sah, der weiter die Straße in Richtung Blasiwald gefahren war. Es hatte sie ganze zwanzig Minuten gekostet, vorbei an der schmalen Straße, die sich wie eine Schnur durch den Wald zog. Die schwarz-roten Holzstäbe, die sie rechts und links säumten, gaben ihr eine dumpfe Vorahnung auf den drohenden Winter. Noch am Bahnhof von Seebrugg hatte sie den Fahrplan studiert. *Linie 7319 nach Sankt Blasien.* Lediglich die Haltestellen *Seebrugg Straßenkreuzung, Staumauer* und *Abzweigung Blasiwald* waren aufgelistet, bevor der Bus seine Weiterfahrt in den nächsten Ort fortsetzte. *Wie sollte man ahnen, dass der verfickte Bus in Blasiwald eine Schleife fuhr?* Unter Fluchen hatte sie das herausgefunden, als der Bus wenige Minuten später in entgegengesetzter Richtung an ihr vorbeigefahren war. Den Fehler würde sie nicht noch einmal machen. *Ein verfluchtes Auto bräuchte man!*

Sie würde jedenfalls nicht umkehren. Es würde kein Bus fahren und vom Laufen in dieser Scheißkälte hatte sie die Schnauze gestrichen voll. Sie war müde und ausgelaugt, spürte jeden Knochen schmerzen. *Wie nach einem verdammten Dauerlauf,* dachte sie, dabei hatte sie den ganzen Tag nur im Zug herumgesessen. *Siebeneinhalb Stunden!* Siebeneinhalb Stunden, die sie getrost um drei Stunden hätte abkürzen können, hätte sie verflucht noch mal die Kohle für ein ICE-Ticket gehabt! Jetzt stand sie hier, in der verschissenen Bruchbude, eingehüllt in eisige Schwärze. Sie stieß einen dumpfen Schrei aus, der sich irgendwo in der Dunkelheit verlor. Dann fiel es ihr ein. Sie kramte in der Jackentasche und zog das Mobiltelefon hervor. Abgesehen von dem zerkratzten Display funktionierte es einwandfrei. Obwohl es zu wenig anderem zu gebrauchen war, als zum Telefonieren und die Uhrzeit abzulesen, so hatte es doch wenigstens eine Taschenlampenfunktion. Erleichtert tippte sie auf das Icon und richtete den Lichtkegel ins Innere des Gebäudes.

Kapitel 2

»Frau Winter. Grüß Gott! Eine Tasse Earl Grey und eine Seele mit Käse und Tomate, wie immer?«

Abwesend nickte Helen der Frau hinter der Theke zu, die sich bereits ihrem Kollegen zugewandt hatte.

»Und der Herr Theben, welch Freude! Wie geht's? Man hört, es hat schon wieder gebrannt. Wisst ihr schon mehr?«

Helen zückte ihr Portemonnaie, zählte die üblichen 5,20 Euro ab und legte sie auf die Geldunterlage des Tresens. Sie hatte keine Lust, sich dem Small Talk der Mitarbeiterin auszusetzen, ganz im Gegensatz zu ihrem Kollegen, der in der Bäckerei stets einige Minuten an der Theke zum Plaudern verweilte. Immerhin schien der Leichenfund noch nicht die Runde gemacht zu haben. Sie suchte sich einen Platz in der hinteren Ecke, von dem aus sie die gesamte Bäckerei im Blick hatte und schaute aus dem Fenster. Wie vermutet, war der Regen noch stärker geworden und der Himmel hatte ein dunkles Grau angenommen.

»Der Kohlebruckner war's«, hörte sie eine alte Dame vom Nebentisch wispern.

»Geh, Gerda, des sind doch nur alte G'schichten!«

»Und doch hat's jetzt das dritte Mal g'brannt am See. Innerhalb weniger Tag'. Des isch doch kei' Zufall! Des war der Kohlebruckner, Margret, der Kohlebruckner

isch z'rück! Wart's ab, der kommt noch und holt sich
einen!«

Helen spürte, wie die Hitze erneut in ihrem Körper
aufstieg. In Gedanken stand sie wieder vor dem Gebäude, das lichterloh in Flammen stand und sich in der
anbrechenden Dunkelheit wie eine Feuerkugel vor
dem schwarzen See abzeichnete. *Der erste Brand.*

Ein Schwall Übelkeit stieg in Helen auf mit einer
Plötzlichkeit, die sie aufspringen ließ. Mit dem Ärmel
ihrer Dienstjacke blieb sie am Tisch hängen und registrierte im Vorbeistolpern wie sich dunkle Flüssigkeit über die Platte ergoss. Sie hastete in Richtung Toilette, drehte den Wasserhahn auf und wartete, bis das
kalte Wasser die Hitze in ihrem Körper vertrieben
hatte.

Als sie zurückkam, waren die beiden Damen verschwunden.

***

Gunnar stand mit zwei Tassen vor ihrem Tisch und
die Verkäuferin war im Begriff, alles sauber zu wi-
schen.

Er stellte den Tee vor Helens Platz ab und wartete, bis
sie sich gesetzt hatte. Er beobachtete, wie sie fahrig
nach der Tasse griff, daran nippte und sie wieder vor
sich hinstellte. Sie wirkte erschöpft und ihre schmalen
Lippen erschienen ihm spröder als sonst. Auch wenn
Helens Sensor für soziale Beziehungen, sollte es so etwas geben, eindeutig nicht funktionierte, so war er sich
sicher, dass ihr die Stimmung in der Abteilung nicht
entgangen war. Ihr Kollege Carsten Schrenk hatte

seine Mühen, Helen Steine in den Weg zu legen, seit einigen Wochen intensiviert und mehr und mehr schien das auch an Ablers Loyalität zu kratzen. Wenn Helen sich weiter herunterziehen ließ, würde es nur eine Frage der Zeit sein, bis sie dem Druck nachgab.

Aufmunternd lächelte er ihr zu. Kurz haderte er mit sich, doch dann gewann die Neugierde die Oberhand und er fragte unvermittelt: »Kennst du eigentlich die Geschichte vom Kohlebruckner«?

Helen verschluckte sich an ihrem Tee, hustete und wandte sich kopfschüttelnd ab.

»Die Annalena hat mir eben erzählt, dass im Dorf darüber geredet wird. Irgendeine Legendenfigur, die im Schluchsee wohnt und Menschen mit Feuer bestraft. Kannst du dir das vorstellen? Verrückt, oder?« Er gluckste amüsiert. »Diese Dörfler! Mann, Mann, ich gewöhn' mich daran garantiert nicht so schnell!«

»Was denkst du, wer dahintersteckt?«, fragte Helen.

»Wenn ich das nur wüsste! Diese Brände würde ich noch nicht mal als Eigentumsdelikte bezeichnen. Du hast die ollen Schuppen ja gesehen. Wertlose Waldhütten, nicht mal bewohnt. Ein Dummer-Jungen-Streich vielleicht.« Er musterte seine Kollegin, die noch immer verkrampft auf ihrem Stuhl saß, die Lippen fest aufeinandergepresst.

Ihr Verhalten beunruhigte ihn bereits seit geraumer Zeit. Wann hatte es angefangen? Als sie ihn am Morgen angerufen hatte, war ihm jedenfalls auf Anhieb klar gewesen, dass sie in Not war. Vermutlich war es ihre Stimme gewesen, die nicht so monoton wie sonst geklungen hatte. Er stellte sich vor, wie sie am Küchentisch gesessen hatte, zwei Scheiben Marmeladentoast und den obligatorischen Earl Grey vor sich – bei dem Gedanken daran musste er grinsen. Vermutlich hatte sie noch ihren seltsamen bunten Fisch gefüttert, nachdem der Chef angerufen und sie zum Einsatzort zitiert hatte, den Reißverschluss ihrer Dienstjacke ordentlich bis über den gestärkten Hemdkragen geschlossen und eine neue Murmel aus dem Holzkästchen ihres Kleiderschranks in die Hosentasche gesteckt, bevor sie losgefahren war. Er hatte die Leiche, oder das, was von ihr übrig geblieben war, bereits durch die Windschutzscheibe gesehen, noch bevor er den Motor abgestellt hatte. Die Leiche war aber nicht der Grund, warum er gekommen war, als Helen ihn angerufen hatte. Ein Stück weit wunderte er sich darüber, dass Abler keine Einwände hervorbrachte, wenn Helen ihn, ohne dessen explizite Anweisung, miteinbezog. Als Polizeiobermeister gehörte es schließlich nicht zu seinen Dienstaufgaben, seine Kollegin bei ihren Einsätzen zu begleiten. Seit sie ihren Dienst in Lenzkirch vor einigen Jahren angetreten hatte, ließ der Chef keine Gelegenheit aus, Helen vorzuführen. Er hatte danebengesessen, als Abler ihr nach ihrem ersten Einsatz mitgeteilt hatte, dass er sie für den Polizeidienst für ungeeignet befand. Seither stocherte er in ihren Untiefen wie die Taucher auf dem Grund des Schluchsees. Warum Abler bei dieser Sache schwieg, konnte er sich nur damit erklären, dass dieser die Handlungsfähigkeit der Abteilung sicherstellen wollte – zumindest so lange, bis sie versetzt werden würde. Er hegte keinerlei Zweifel daran, dass man die Kettensäge bereits an Helen Winters Stuhl angesetzt hatte.

»Was hältst du davon, ein paar Tage Urlaub zu nehmen?«, schoss es unvermittelt aus ihm heraus. »Dich entspannen, vielleicht ein bisschen in die Wärme fliegen? Oder willst du deine Urlaubstage mit ins Grab nehmen? ... Helen?«

»Wir müssen los.«

Helens energische Bewegung, mit der sie vom Stuhl aufsprang, ließ ihn zusammenzucken. Einen Moment lang war er verwirrt, dann dämmerte es ihm. *Urlaub.* Sie hatte ihm erzählt, nur ein einziges Mal in ihrem Leben Urlaub gemacht zu haben – eine Erfahrung, auf die sie kein weiteres Mal Wert lege. Als sie ihm haarklein erläutert hatte, wie sie bereits Wochen zuvor alle möglichen Unwegsamkeiten im Kopf durchgespielt hatte, mit dem Ergebnis, dass noch nicht einmal der Zug pünktlich, geschweige denn auf dem richtigen Gleis, abgefahren war und alle mühsam im Vorfeld ausgedruckten Fahrpläne samt Alternativen bereits vor Abfahrt obsolet geworden waren, hatte er Tränen gelacht. An das, was anschließend passiert war, daran hatte sie keinen Zweifel gelassen, mochte sie noch nicht einmal mehr denken. Urlaub machen, da war er sich sicher, würde sie in Zukunft anderen überlassen.

»Warum lachst du, Gunnar?«

***

»So, sind wir vom Kaffeekränzchen zurück, Frau Kollege?« Schrenk blickte Helen abschätzig an, wandte sich jedoch wieder seinem Computerbildschirm zu, als Abler den Raum betrat.

»Ich will den Bericht in zwei Stunden auf meinem Schreibtisch, Helen. Ist Gunnar schon im Kurpark?«

Sie nickte knapp. Ihr Kollege hatte sich bereits vor dem Café von ihr verabschiedet und war zu dem nahe gelegenen Park geschlendert, als sie ihn auf die Uhrzeit aufmerksam gemacht hatte. Gunnar trug keine Armbanduhr und schien es die meiste Zeit auch nicht für notwendig zu halten, einen Blick auf sein Smartphone zu werfen. Wie Gunnar so durchs Leben kam, war nur eines der vielen Rätsel, die der Mann ihr aufgab.

Sie schob sich an Schrenks Arbeitsplatz vorbei und startete den Computer.

»Während Gunnar und du mit Kaffeetrinken beschäftigt wart, oder was auch immer ihr beiden getrieben habt, Frau Kollege«, Schrenk verzog seinen Mund zu einem ausdruckslosen Schlitz, »sind hier die Leitungen heiß gelaufen.«

Schrenk spielte auf den Vorfall an, der sich vor einigen Tagen im Kurpark zugetragen hatte. Zwei junge Mädchen hatten ausgesagt, sexuell belästigt und attackiert worden zu sein, ein Unbekannter hatte versucht, eine der beiden in seinen Wagen zu drängen. Seither gingen immer wieder Anrufe besorgter Dorfbewohner ein, die es zu beruhigen galt – nicht Helens Stärke. Abler hatte zeitweilige Polizeipräsenz im Park angeordnet.

»Aber ich hab sie beruhigt, die besorgten Bürger, die sich nicht mehr in den Park trauen. Die Frau Oberkommissar ist anderweitig beschäftigt, keine Sorge, habe ich gesagt.«

Irritiert blickte sie in seine Richtung.

»Ja, ist schon besser so, dass der Gunnar die Kurstreife übernimmt. Nicht dass die Frau Oberkommissar wieder unschuldige Spaziergänger mit einer Druckpunktmassage niederstreckt.«

Helen spürte, wie die Glut in ihren Kopf stieg. Sie ließ die Hände in die Taschen ihrer Uniformhose gleiten und ballte sie zu Fäusten. Dabei streifte sie die Glasmurmel. Mit der rechten umkrallte sie den Kubotan, den kleinen Metallstift mit der Spitze, den sie stets bei sich trug. Sie hatte den Schlagkraftverstärker während ihrer Polizeiausbildung beim Krav Maga kennen- und bald schon lieben gelernt. Während ihre Kollegen bevorzugt die einfachen Techniken anwendeten, die auch in Situationen äußersten Stresses automatisch abgerufen werden konnten, hatten die sogenannten Nervendruck- oder Schmerzpunkte ihr Interesse geweckt.

Der Kubotan war schnell zu ihrem stillen Begleiter geworden, den sie im Zweifelsfall punktgenau einzusetzen wusste. Und er unterlag nicht dem Waffengesetz. Die zwei Typen im Kurpark, die sie *niedergestreckt* hatte, waren geflüchtet. Weder waren es harmlose Spaziergänger, wie Schrenk es darstellte, noch war ihre Reaktion unverhältnismäßig gewesen.

Sie ballte ihre Hände zu Fäusten und grub mit aller Gewalt die Fingernägel in ihr Fleisch. *Langsam atmen. Sitzenbleiben.* Er wollte sie provozieren, aber sie würde ihm nicht die Genugtuung geben, die Wut herauszulassen. Schrenk kannte wie kein anderer Helens Schwachpunkte und sie spürte, dass er es genoss, seine Macht gegen sie auszuspielen. Sie durfte nicht reagieren, musste ihre Wut, die manchmal wie ein Orkan über sie hinwegfegte und alles niederriss, was ihr in den Weg kam, unbedingt bremsen. *Bericht tippen.* Einige Sekunden starrte sie auf das grün blinkende Licht des Monitors, dann gab sie das Passwort ein.

Ein Poltern riss sie aus der Arbeit. Ihr Kopf schnellte zur Eingangstür, vor der sie Ablers bärigen Körper erkannte. Dann wurde die Tür aufgerissen und eine zierliche Gestalt drängte sich am Bauch des Kommissars vorbei und stürmte ins Innere. *Stefanie!* Im seidigen Haar der Siebenjährigen steckte ein quietschgelbes Kunstblümchen und Helen bemerkte, dass sie auch heute ihre knallroten Lackschühchen trug. Ob sie damit der Kälte oder ihrem alternden Vater trotzte, vermochte sie hingegen nicht zu sagen.

Das Mädchen rannte über den Teppichboden, vorbei an ihrem Kollegen, und fiel ihr jauchzend in die Arme. Helen schreckte zurück, spürte aber, wie ihr warm in der Brust wurde bei der Umarmung. Ein Zuviel an menschlicher Nähe war ihr sonst zuwider. Bei Stefanie war das jedoch anders.

»Helen, darf ich sie kurz bei dir lassen? Ich muss nach Neustadt aufs Revier, bin aber spätestens in einer Stunde zurück.«

»Natürlich«, antwortete sie und schob Stefanie sanft von sich. Sie zog Gunnars Stuhl zu ihrem Schreibtisch heran, öffnete eine Schublade und legte Buntstifte und Papier auf die Tischplatte.

»Zeichnest du mir ein Monster?«, fragte das Mädchen.

»Aber nur den Umriss, den Rest machst du!«

Sie hatte bereits einen Bleistift aus ihrer Schublade gezogen und wollte sich dem Blatt zuwenden, hielt jedoch in der Bewegung inne und betrachtete den scharf angespitzten Stift. »Wie soll das Monster aussehen?«

»Grün. Groß und böse soll es aussehen, mit Tatzen wie ein Bär und scharfen Krallen daran, an denen Blut klebt. Der Kopf soll aussehen wie der von einem Wolf und es hat Flügel, ganz riesige, in schwarz. Außerdem speit er Feuer.«

Mit flinken Strichen zeichnete Helen die Kontur eines Bären, der eine seiner dicken, mit scharfen Klauen besetzten Tatzen drohend gen Himmel reckte, setzte ihm einen Wolfskopf auf, aus dessen Maul riesige Zähne klafften, begann dann, die gigantischen schwarzen Flügel zu konturieren, die sie mit kleinen Schuppen versah. Einen winzigen Augenblick hielt Helen inne, als sie eine lodernde Flamme zeichnete, die geradewegs aus den geblähten Nüstern des Tieres schoss. Dann schob sie das Papier zu dem Mädchen hinüber.

»Wow!«

»Du kannst das Monster grün machen. Außerdem fehlt ihm noch das Gesicht und ein struppiges Fell.«

»Ich nenne es Grind!«

Helen hatte sich wieder ihrem Bericht zugewandt und Stefanie war darin vertieft, dem Monster mit ihren Buntstiften Leben einzuhauchen, als sie auf einmal eine Bewegung hinter sich wahrnahm. Ihr Blick fiel auf Schrenk, der aus dem Nichts hinter Stefanie aufgetaucht war und sich über das Bild beugte.

»So ein liebes Mädchen malt so ein böses Monster?«

Sein beißendes Aftershave ließ Helen erstarren. Dann richtete sie sich mit einem Ruck auf, zog den rollbaren

Bürostuhl, auf dem das Kind saß, ein Stück zu sich und pflanzte sich vor ihrem Kollegen auf.

»Das«, sie machte eine ausladende Geste, »ist mein Schreibtisch! Verlassen Sie augenblicklich meinen Teil des Büros!«

»Schon gut, schon gut.« Schrenk machte eine abwehrende Bewegung und ging einen Schritt zurück. »Die Frau Polizeioberkommissar hat anscheinend ihre Tage.«

Wieder spürte Helen den Blick seiner sumpfigen Augen auf ihr, diesen Blick, der ihr stets zuwider, aber nie greifbar war.

Schrenk bewegte sich in Zeitlupentempo zu seinem Arbeitsplatz zurück und ließ sich geräuschvoll auf seinen Stuhl sinken. »Die Frau Oberkommissar nimmt die Dinge genau. Wäre nur schön, wenn das auch auf ihren Polizeidienst abfärben würde.«

Helen biss ihre Zähne zusammen und spürte, wie sich ihr Körper weiter verkrampfte. Sie hatte einen Fehler gemacht und Schrenk würde nicht aufhören, sie das spüren zu lassen.

13. Oktober, 1989

Das Stimmchen irrte durch den Raum, streifte die dunklen Wände und verlor sich im Nichts.

»Sing weiter!«, befahl die zweite Stimme.

Der Schemen rührte sich nicht, nur ein Wispern war aus seiner Ecke zu vernehmen.

Schwarz ist dein Mäntelein
Vater dir's gab

Bub' bis –

»Sing! Du sollst es singen!«
Leise setzte der Gesang wieder ein.

Bub' bis ich wiederkomm'
Sei du fein brav.
Fütter das Öfelein
Bald ist es Nacht–

Jäh brach das Stimmchen ab, ein metallischer Klang, gefolgt von einem Wimmern aus der Ecke, hastige Bewegungen in der Dunkelheit, das Knarren einer Diele.

»Mach es!« Eine dritte Stimme, tiefer als die andere, drängend.

Noch einmal knarrte die Diele, dann riss ein Schrei die Dunkelheit in Fetzen.

Kapitel 3

»In fünf Minuten im Konferenzraum.«

Ablers Stimme riss Helen jäh aus der Arbeit. Direkt nach ihrer Frühstückspause mit Gunnar hatte sie angefangen, den Bericht zu schreiben. Abler hatte ihr die Aufgabe zugewiesen. Schon wieder. Seither waren Stunden vergangen. Stunden, in denen sie vor dem flimmernden Bildschirm gesessen und auf die leere Seite gestarrt hatte. Sie speicherte das Textdokument, das sie irgendwann doch noch mit Buchstaben hatte füllen können, ließ ihren Rücken gegen die Lehne sinken und schloss kurz die Augen.

Als Helen den *Konferenzraum* betrat, ein etwa dreißig Quadratmeter großes Zimmer im Siebziger-Jahre-Bau des Polizeipostens, in dessen Mitte mehrere Tische zu einem bizarren Gebilde arrangiert standen, war Gunnar gerade dabei, Kaffee für die Belegschaft herzurichten. Wärme durchfuhr ihren Körper, als sie ihn an einem der Tische mit der Kanne hantieren sah.

»Und Schwarztee für meine liebe Kollegin.« Mit einem breiten Grinsen entblößte er seine Zahnlücke und Helen musste unwillkürlich lächeln.

»Danke, Gunnar.«

Schon bevor er das Zimmer erreicht hatte, hörte sie die Sohlen von Ablers schweren Dienststiefeln auf den

Flex-Platten. Hinter ihm, in geringer Entfernung, befand sich Schrenk, ebenfalls in Stiefeln, seine Schritte klangen dumpfer.

Die Männer setzten sich. Abler nickte Gunnar knapp zu, der beiden daraufhin eine dampfende Tasse auf den Tisch stellte.

»Die Gerichtsmedizin hat erste Ergebnisse.«

Helen registrierte, wie Gunnar in der Bewegung innehielt. Auch Schrenk wandte seinen Blick von Helen ab und fixierte den Hauptkommissar.

»Die Obduktion dauert länger als erwartet. Die Leiche hat seit mindestens sechs Stunden im Wasser gelegen, was die DNA-Analyse deutlich erschweren wird. Gesicht und Gliedmaßen weisen auf schwere Verbrennungen hin. Die Augen scheinen post mortem entfernt worden zu sein.«

»Bravo.« Schrenk klatschte matt in die Hände. »Und für diese Erkenntnis haben wir stundenlang gewartet? Verkohlt war die Leiche, rabenschwarze Stummel statt Arme hatte sie!«

Schrenk machte Anstalten, sich zu erheben, aber Ablers düsterer Blick ließ ihn innehalten.

»Tod durch Ersticken, zwischen Mitternacht und spätestens zwei Uhr morgens. Es wurde kein Wasser in der Lunge gefunden. Vermutlich ein Stimmritzenkrampf, sprich trockenes Ertrinken. Ob die Verbrennungen dem Opfer post mortem zugefügt wurden oder nicht, ist noch unklar. Ungeklärt ist auch, ob wir es beim Fundort mit dem Tatort zu tun haben. Das Opfer war nackt, es wurden keine Kleidungsstücke oder persönlichen Gegenstände gefunden.«

»Alter?«

»Ich habe eben gesagt, dass keine persönlichen Gegenstände gefunden wurden, Carsten. Das Opfer war nackt und hatte keine Ausweisdokumente bei sich.«

»Das ist mir schon klar, aber der verehrte Professor kann doch sicherlich eine Hausnummer angeben? Oder müssen wir dann wieder neun Stunden warten?«

»Ottmar Wentzel«, Abler drehte den Kopf in seine Richtung und machte eine kurze Pause, »ist für die Freiburger Rechtsmedizin ein Glücksfall und das weißt du so gut wie ich. Wir haben alle gehofft, am Sonntag nicht bis abends hier sitzen zu müssen, aber wir haben es hier sehr wahrscheinlich mit einem Mordfall zu tun, Carsten. Jetzt reiß dich, verdammt noch mal, zusammen!« Beim letzten Satz schmetterte Abler die Faust auf den Tisch und Schrenk fuhr zusammen.

Nach einer Pause fuhr er fort: »Das Opfer ist weiblich und zwischen siebzig und achtzig – wie sich durch die Begutachtung der Knochenstruktur bereits feststellen ließ.« Abler bohrte seinen Blick in den von Schrenk. »Arme und Beine sind knie-, respektive ellenbogenabwärts verkohlt, an Oberschenkeln und Schultern ließen sich Brandmale finden.«

Schrenk pfiff durch die Zähne.

»Klingt nach einem Ritualmord«, warf Gunnar zögerlich ein.

»Könnte möglich sein.« Abler nahm einen Schluck aus seiner Tasse und Schweigen erfüllte das Zimmer.

»Die Kollegen von der Mordkommission kommen morgen früh. Helen, hast du den Bericht fertig?«

Sie nickte geistesabwesend.

»Was mir mehr Sorgen bereitet, als die Tatsache, dass wir eine Leiche im Schluchsee haben, ist die Tatsache, dass wir eine *versengte* Leiche im Schluchsee haben. Zusammen mit den abgebrannten Hütten der letzten Wochen, gebe ich euch Brief und Siegel, dass das Ärger bedeutet. Mal abgesehen von diesen Augäpfeln.«

Das Bild der trübweißen Murmeln, die auf den See zu starren schienen, drängte sich in Helens Gehirnwindungen. Dazwischen schoben sich die Worte der alten Damen im Café. *Der Kohlebruckner holt sich noch einen.* Mit voller Wucht flutete der See Helens Gedanken. Die Leiche, bis zur Unkenntlichkeit verstümmelt. *Wie eine Plastiktüte auf dem dunklen Wasser.* Ihr Magen hob sich. Mit einem Ruck sprang sie vom Stuhl auf, krallte sich in die Tischkante, um den Schwindel niederzuringen, dann stürmte sie in Richtung Badezimmer.

»Nichts für schwache Nerven«, hörte sie noch Schrenks höhnische Stimme aus dem Konferenzraum dringen.

29. Oktober, 2022

Roswitha trat einige Schritte hinein, ging den Flur entlang und verzog beim Anblick der Blümchentapete das Gesicht. Dann richtete sie den Lichtstrahl nach oben. Fassungslos blickte sie in den riesigen Raum, der sich vor ihr auftat.

Die Gewölbedecke des ersten Stockwerks war eingestürzt, ein schwerer Holzbalken ragte in die Mitte des Raums hinein. Mit angehaltenem Atem ließ sie den Lichtstrahl des Handys an den Wänden entlang irren. Eine millimeterdicke Staubschicht hatte sich auf den Schränken abgesetzt, das Balkenwerk schien umhüllt von Spinnweben zu sein. Sie fluchte innerlich. Es war schwer vorstellbar, dass in den letzten Jahren eine Menschenseele ihren Fuß hier hineingesetzt hatte. Vorsichtig tastete sie sich weiter nach vorne, ließ den Lichtkegel über die Fensterfront gleiten. Das zweite Fenster war gesplittert.

Sie war gerade im Begriff sich umzudrehen, als ihr Lichtstrahl auf etwas Helles fiel. *Eine Bewegung!* Roswitha erstarrte.

Sie hielt die Luft an, zwang sich, weiter geradeaus zu sehen. Aber ihr Herzschlag schien verräterisch die eisige Stille zu übertönen. *Bumbumm. Bumbumm. Bumbumm.* Mit zitternden Händen ließ sie das künstliche Licht herumirren und leuchtete die Ecken aus. *Da!* Vor Schreck entglitt ihr das Handy, fiel mit einem hellen Klack auf die alten Dielen. *Augen. Eine Gestalt! Vor dem Fenster, was zur ...* Hechelnd bückte sie sich zu Boden, griff zitternd nach dem Handy, spürte das harte Plastik in ihrer Hand. Erstaunt registrierte sie die Wärme, die von dem Gerät auszugehen schien, fühlte den eigenen Herzschlag dagegen pochen. Sie richtete sich auf, drehte langsam den Oberkörper. Die Zähne fest aufeinandergepresst, richtete sie den Lichtkegel auf das Fenster. Bernstein leuchtete ihr entgegen. *Eine Katze!* Erleichtert atmete sie aus. »Fuck«, entfuhr es ihr. Sie lief die wenigen Meter zum Fenster und öffnete dieses. Der Stubentiger glitt lautlos durch den Spalt, maunzte und reckte ihr schnurrend das Köpfchen entgegen. »Na, kleiner Strolch?« Sie lachte auf. »Immerhin bin ich heute Nacht nicht allein hier!«

Kapitel 4

»Fünf Minuten zu spät, Frau Kollege.«

Schrenk fläzte, die Arme vor der Brust verschränkt, die Beine weit von sich gestreckt, auf einem der Bürostühle, direkt gegenüber der Tür, Abler zu seiner Rechten.

Bereits im Türrahmen hatte sie registriert, dass kein freier Stuhl an den zusammengestellten Tischen frei war. Sie huschte in das enge Besprechungszimmer, griff nach einem der aufgestapelten Holzstühle in der Ecke des Raums und stellte diesen an eine freie Tischecke, sodass sie mit dem Rücken schräg zur Tür und nicht unmittelbar gegenüber von Schrenk saß.

Helen kam nie zu spät. Kurz vor zehn Uhr war eine ältere Dame auf dem Polizeiposten aufgetaucht, Abler hatte ihr aufgetragen, ihre Personalien aufzunehmen und sie im Anschluss an die Besprechung noch einmal herzubestellen. Selbstverständlich hatte Schrenk das mitbekommen.

Sie scannte die Gesichter der Kriminalbeamten. Keine einzige Frau war darunter. Abgesehen von dem Mann, der ihr am See begegnet und bekannt vorgekommen war, hatte sie die übrigen fünf noch nie zuvor gesehen.

»Wir benötigen ein größeres Zimmer«, meldete sich ein hagerer Mann im Rollkragenpullover eine halbe

Stunde später zu Wort. Er hatte Ablers Berichterstattung aufmerksam gelauscht, sich Notizen gemacht und geschwiegen. Er saß Helen direkt gegenüber. Der leitende Kriminalhauptkommissar, wie sie vermutete. Sein kleiner Kopf mit dem ergrauten Haar, der waghalsig auf dem dürren Hals thronte, erinnerte sie vage an einen Graureiher. Offenbar hatte er keinen blassen Schimmer, wie sie hier oben arbeiteten. Als kleine Dienststelle, die nur tagsüber besetzt war, bestand Lenzkirch aus wenig mehr als einem etwa dreißig Quadratmeter großen Zimmer, das sich Gunnar, Schrenk und sie teilten. Dazu kam Ablers mickriges Büro. Ein schmaler Gang führte zum notdürftig eingerichteten Besprechungsraum und ein Stückchen weiter zu Toiletten und Badezimmer.

»Wir können zusätzliche Büroräume im Revier anfordern. Von dort sind es etwa dreißig Minuten nach Seebrugg.«

Der Graureiher schnaubte und nuschelte ein »Das fängt ja gut an«, bevor er sich wieder Abler zuwandte.

»In Ordnung. Ich werde vier Männer dort unterbringen, in ...«

»... Titisee-Neustadt«, ergänzte Abler. »Helen, kannst du bitte im Revier anrufen und vier Arbeitsplätze anfordern, ein Büro für die Einsatzleitung sowie einen Konferenzraum im Fall Seebrugg?«

Helen nickte und wartete darauf, dass Abler weitersprach. Mit Unbehagen registrierte sie, dass er sie stattdessen fixierte.

»Jetzt. Anrufen.«

Verwirrt erhob sie sich und eilte aus dem Zimmer.

»Du kannst direkt im Büro bleiben und den Bericht von der Mentzler aufnehmen«, hörte sie Abler noch rufen, bevor sie die Tür hinter sich schloss. Die Mentzler, genau. Die alte Dame, die etwas zu Protokoll geben wollte.

Helen lief den Gang entlang und ließ sich, im Büro angekommen, gegen die Wand sacken. Der kalte Druck gegen ihren Rücken fühlte sich gut an. Sie schloss die Augen und lauschte, wie die Luft durch ihre Nase strömte. Dann richtete sie sich abrupt auf, lief zu ihrem Schreibtisch und griff nach dem Telefon.

Nachdem sie das Gespräch beendet hatte, ließ sie sich gegen die Lehne ihres Bürostuhls zurückfallen und starrte an die Decke. Sechs Beamte saßen im Konferenzraum, bei einem davon – dem Graureiher vermutlich – musste es sich um die Einsatzleitung handeln. Sie hatte nicht damit gerechnet, in den Fall involviert zu werden, obwohl dies, ihrem Dienstgrad nach, angemessen wäre. Noch zumindest. Denn, sollte Gunnar recht behalten, würde sie nicht mehr lange hierbleiben – und Schrenk zog über ihrem Kopf bereits seine Kreise wie ein Aasgeier. Dass man ihr noch nicht einmal die Kollegen der Kriminalpolizeidirektion vorgestellt hatte, erkannte sie als Zeichen dafür, dass ihre Tage gezählt waren. Abler hatte sich geirrt. Sie hatte ihm widersprechen, anmerken wollen, dass *fünf* Arbeitsplätze, zuzüglich des Büros für die Einsatzleitung, benötigt werden würden. Ablers vehemente Reaktion aber hatte sie tief beschämt und so war sie eilig aus dem Zimmer gelaufen, froh darüber, dass keiner der Beamten ihr Gesicht sehen konnte.

Nervös kratzte sie über die Tischplatte und lauschte dem betörenden Geräusch, das der Nagel im Holz hinterließ. *Sechs.* Es mussten insgesamt sechs Plätze sein. Helen griff nach dem Hörer, legte ihn aber gleich darauf wieder aus der Hand. Sie würde dem Zwang widerstehen, noch einmal anzurufen und die Angaben zu korrigieren. Sollte Abler sich geirrt haben, musste er eben selbst anrufen.

Aus dem Konferenzraum hörte sie Stimmen lauter werden, kurz darauf wieder abebben. Leises Gemurmel drang zu ihr durch, unmöglich zu verstehen, unmöglich zu ignorieren. Sie öffnete ihr Computerprogramm, suchte die Nummer der alten Dame heraus und griff erneut nach dem Hörer.

Wie ein knorriger Baum wirkte die Frau vor dem Eingang, unbeweglich wartend, dass sich der Himmel öffnen und ein neues Zeitalter einläuten würde.

»Guten Tag, Frau Mentzler.«

Helen hielt ihr die Tür auf und begleitete die Frau zu dem Stuhl, den sie vor ihren Schreibtisch platziert hatte.

»Ja kann ich nicht erscht emol ablegen?«, schrie die Alte.

Helen hielt in der Bewegung inne, unschlüssig, was die Greisin von ihr erwartete.

»Ach lassen'se. Isch egal. Ich bin eh glei wieder weg.«

»Nehmen Sie doch bitte Platz«, stammelte Helen, als die Frau sich bereits auf dem Stuhl niedergelassen hatte.

»Ich komm' jetzt das zweite Mal hierhergelaufen. Wissen Sie, wie weit des isch? Aber gut, was will man anderes erwarten? Wenn hier mal was passiert, dann isch keiner da!«, plärrte die alte Frau. »Hat man ja gesehen, erscht die Mädchen, dann brennt's überall und jetzt die alte Tennert no im Schluchsee.«

Helen horchte auf. »Was sagen Sie da?«

Schnell umrundete sie den Tisch und tippte die Worte *Schluchsee* und *Tennert* in das Protokollfeld des Dienstprogramms. Sie würde den Text in einem zweiten Durchgang überarbeiten und von der Frau unterzeichnen lassen, aber jetzt musste sie schnell sein, damit ihr nichts entging. Details, das waren ihre Stärke. Sie waren im Polizeiberuf nicht das Salz in der Suppe, sondern eher der Fonds.

»*Was?*« Die Frau hielt sich eine Hand vor das linke Ohr.

»Frau Mentzler«, Helen sprach betont langsam und mit lauter Stimme, »wer ist im Schluchsee?«

»Hä?« Frau Mentzler runzelte die Stirn und starrte Helen unverwandt an. Dann sog sie scharf die Luft ein, setzte zu einem weiteren Wortschwall an, hielt aber unwillkürlich inne. Stattdessen kniff sie die Augen zusammen, schien einen Augenblick lang unbeteiligt, beugte dann ihr Gesicht weit über die Tischplatte und raunte Helen zu: »Des mit dene Flüchtlinge, da müssen'se schon ein Aug' drauf haben, gell?«

Helen schüttelte verwirrt den Kopf. »Was meinen Sie?«

Unbeirrt blökte die Alte weiter: »Überall isch Krieg. Ja. Ja ja. Überall. Und hit isch Blu Mandei.« Schlagartig hellte sich das Gesicht der Alten auf und sie entblößte einen zahnlosen Oberkiefer. »Blu Mandei«, wiederholte sie triumphierend.

Die Frau hatte Helen aus der Fassung gebracht. Sie war im Begriff den Bericht aufzunehmen, in jedem Augenblick konnte die Tür zum Konferenzzimmer geöffnet werden und ein verstimmter Abler das Büro betreten, um Helen die nächste Aufgabe zu übertragen. Stattdessen würde noch immer die alte Mentzler dasitzen und Schimpftiraden über Flüchtlinge über die Tischplatte schreien.

»Blu Mandei. Wenn die Kerle wieder zu viel ge-soffen ha-ben«, sagte sie in bemühtem Hochdeutsch und rückte näher an die Tischplatte heran. Dabei ließ sie ein Augenlid wild zucken und johlte »Dann isch Blu Mandei am nägschte Tag. Da könne die nit arbeiten. Blu Mandei.« Die Alte kicherte.

Helen straffte die Schultern und holte tief Luft. »In Ordnung, Frau Mentzler. Blue Monday, ich verstehe. Aber was haben Sie gerade über eine Frau im Schluchsee gesagt?«

Die Frau hob eine Hand an ihr Ohr und runzelte die Stirn.

Helen spürte, wie ihre Stimmung dem Nullpunkt entgegensteuerte. Mit einem letzten Rest Selbstbeherrschung wiederholte sie ihre Frage, dieses Mal mit lauterer Stimme.

»Na die Leich'. Des isch doch die Tennert. Die isch ja scho seit zwei Tag' verschwunde.«

Schnell tippte Helen die Worte *verschwunden* und *zwei Tage* ein.

»Wer ist Frau Tennert? Von wo ist sie verschwunden? Warum wurde das nicht gemeldet?«, sprudelte es aus Helen hervor.

»Sie müssen lau-ter spre-chen«, krähte die Alte.

Helens Geduldsfaden riss. Sie starrte der Frau ins Gesicht und brüllte: »Frau Mentzler, Sie sagen mir jetzt, verdammt noch mal, wer Frau Tennert ist und von wo sie verschwunden ist!«

Eine Tür wurde aufgerissen und ein wutschäumender Abler polterte über den Gang.

»Das wird ein Nachspiel haben«, raunte er Helen im Vorbeigehen ins Ohr und wandte sich der alten Dame zu.

»Frau Mentzler«, sagte er mit Engelsstimme und spuckte die nächsten Worte in Helens Richtung, »die Kollegin nimmt gerade den Bericht auf, wie ich höre.«

Die Frau kniff die Augen zusammen. »Ich hab' Ihrer Kollegin grad erzählt, dass die Frau Tennert verschwunden isch«, antwortete sie dem Polizeihauptkommissar mit brüchiger Stimme und schielte zu Helen hinüber. »Aber des isch ja noch lang kein Grund, mich so anzuschreien. Den ganzen weiten Weg bin ich gekomme und draußen isch es kalt. Da kann man doch ä bissle freundlich sein, oder, Herr Polizischt, was meinen Sie?«

Abler wiegelte die alte Dame mit einigen freundlichen Worten ab und entfernte sich in Richtung Gang, allerdings nicht, ohne sich, vor der Tür des Konferenzraums, auf dem Absatz umzudrehen und Helen einen warnenden Blick zuzuwerfen.

»Also, Frau Mentzler«, presste Helen zwischen den Zähnen hervor. »Wer ist Frau Tennert?«

Die Alte setzte zu einem weiteren »Hä?« an, schien es sich jedoch anders zu überlegen und blaffte: »Des weiß

doch ich nit! Fragen'se halt e'mol nach beim Paulinenstift. Do hat' se ja g'wohnt. Wenn man des so nenne
kann.«

Sie starrte noch immer an die Wand. Minuten zuvor
war die Seniorin vor sich hin schimpfend aus der Tür
getrippelt und Helen hatte resigniert. Sie hatte sich erneut taub gestellt und sich Helens Aufforderung, das
Protokoll gegenzuzeichnen, widersetzt. Die Konferenz
konnte jeden Augenblick enden und Helens Unbehagen wuchs von Sekunde zu Sekunde. Was sollte sie Abler sagen? Dass sie es noch nicht einmal fertigbrachte,
ein verdammtes Protokoll korrekt aufzunehmen?

Als hätte er ihre Gedanken erraten, wurde die Tür
zum Konferenzraum aufgerissen und Abler eilte den
Gang entlang, geradewegs auf ihren Schreibtisch zu.
Sofort versteifte sie sich. Er hatte gerade das Dienstzimmer erreicht, als ihn jemand an der Schulter zurückhielt. Sie sah, wie er sich zu dem Mann umdrehte, dessen Gesicht sie noch immer nicht zuordnen konnte. Sie
hörte, wie die beiden leise einige Sätze wechselten, Abler sich daraufhin straffte und mit großen Schritten an
ihrem Schreibtisch vorbeimarschierte, gefolgt von den
Kriminalbeamten. Es war mittlerweile nach zwölf Uhr
und Helen vermutete, dass Abler die Belegschaft zum
Mittagessen mitnehmen wollte. Mit etwas Abstand
folgte Schrenk. Wie eine Hyäne schlich er durch das
Büro und streifte sie im Vorbeigehen mit seinem Blick.

Der Mann stand noch immer im Gang. Als Schrenk
die Tür hinter sich geschlossen hatte, sah sie aus dem
Augenwinkel, wie er sich in Bewegung setzte und geradewegs auf ihren Schreibtisch zusteuerte.

»Frau Winter.«

Helen richtete sich auf und blickte in die grünen Augen des Mannes. Einen Moment lang war sie sprachlos, nuschelte dann einen knappen Gruß. Hatte Abler ihren Namen erwähnt?

»Ich möchte mich bei Ihnen vorstellen, Frau Winter. Mein Name ist Jens Kossnick. Ich habe die Gelegenheit genutzt und die Kollegen begleitet. Darf ich mich kurz setzen?«

Helen nickte irritiert und beobachtete, wie der Mann nach Schrenks Bürostuhl griff und zu ihr herüberrollte – *zu nah!* Unwillkürlich glitt sie ein Stück nach hinten. Er saß keine anderthalb Meter von ihr entfernt. Sie wich seinem forschenden Blick aus, zwang sich jedoch sofort dazu, die Nasenspitze des Mannes zu fixieren.

»Um es kurz zu machen. Gegen Sie wurden Vorwürfe erhoben, die Anhaltspunkte für ein Dienstvergehen geben. Als zuständiger Beamter der höheren Disziplinarbehörde bin ich in Ihrem Fall einbezogen worden und werde die Ermittlungen führen. Über die Einleitung des Verfahrens habe ich Sie hiermit unterrichtet. Was das für Sie bedeutet und wie es weitergeht ... diese Punkte möchte ich auf dem Präsidium mit Ihnen klären. Dazu werde ich mich in Kürze mit Ihnen in Verbindung setzen.«

Schlagartig war die Übelkeit zurück. Unter ihrem Stuhl krallte sie die Fingernägel in das Hartplastik. Daher kannte sie ihn! Sein Konterfei hatte sie auf dem Organigramm im Polizeipräsidium gesehen, am Tag ihrer Ernennung zur Oberkommissarin.

»Ja«, presste sie hervor.

»Ich werde dem Vorwurf nachgehen und diesen eingehend prüfen. Ich möchte alles so transparent wie möglich gestalten und biete Ihnen hiermit an, dass Sie sich bei Fragen jederzeit bei mir melden können.«

Er griff in die Innentasche seines dunklen Sakkos und streckte ihr eine Visitenkarte entgegen. Mechanisch griff sie danach und drückte die Pappe zwischen ihren Fingern.

»Frau Winter, wenn ich es nicht besser wüsste, würde ich Sie für eine Sekretärin halten.« Er ließ seinen Blick durch den Raum schweifen, musterte sie dann und fügte nach einer kurzen Pause hinzu: »Das ist eine kleine Dienststelle und ich bin mir sicher, dass auch hier oben viel Arbeit anfällt.«

Wieder schwieg er und fixierte sie. Helen rutschte mit ihrem Rücken ein Stückchen weiter in Richtung Lehne, woraufhin ihr Stuhl ins Schlingern geriet.

»Es ist allerdings nicht Aufgabe einer Polizeioberkommissarin, Sekretariatsdienste zu übernehmen, schon gar nicht angesichts eines Mordfalls.«

Helen konzentrierte sich weiter auf die Nasenspitze des Mannes und zwang sich, sein markantes Parfum zu ignorieren, das in ihrer Nase kribbelte. Es war nicht unangenehm, es war irritierend.

»Wie erklären Sie sich das, Frau Winter?«

Helen versuchte, die passende Antwort zu finden, überhaupt irgendeine, setzte mehrfach an, schwieg, wollte aufspringen, ins Badezimmer rennen, die Schande mit kaltem Wasser fortspülen. Aber ihr Verstand zwang sie, sitzen zu bleiben und weiterhin die gerade geschwungene Nase des Mannes mit den markanten Wangenknochen zu fixieren. »Ich«, setzte sie an, wurde von ihrem Gegenüber jedoch unterbrochen.

»Sie müssen dazu nichts sagen. Eine Sache aber möchte ich Ihnen auf den Weg geben, bevor ich gehe. Lassen Sie sich von ihren Kollegen nicht die Butter vom Brot nehmen. Es hat einen Grund, warum Sie hinter diesem Schreibtisch sitzen und zwei Sterne Ihre Uniform schmücken. Auf ein baldiges Wiedersehen, Frau Polizeioberkommissarin.«

Sein Blick bohrte sich ein letztes Mal in ihren, dann erhob er sich und verschwand durch die Tür.

Kapitel 5

Der Paulinenstift lag auf einer kleinen Anhöhe, nicht weit vom Ortseingang entfernt – sofern man Blasiwald als Ort bezeichnen konnte. Für Helen war das Dorf nicht mehr eine lose Ansammlung von Häusern, die sich den Hang hinauf drängten. Früher einmal konnte Blasiwald nicht mehr als ein kleiner Weiler gewesen sein, mittlerweile aber reihten sich auch dort die immergleichen Neubauten aneinander. Und doch war es hier oben anders. Auch wenn im Sommer die Touristen in Scharen an den Schluchsee strömten und die Wälder ein beliebtes Ausflugsziel für Wanderer waren – der Schwarzwald würde nie Teil des Speckgürtels sein, jenen Gemeinden, die zig Kilometer von Freiburg entfernt, immer mehr Bauwütige anlockten und verschlangen. Der Sommer mochte seine Reize hier oben haben und zweifelsohne zog es auch im Winter etliche Sportler hinauf auf die Pisten, aber wohnen wollten sie hier nicht. Der erste Schnee legte sich stets wie ein Schleier auf die Gemeinden, hüllte sie ein in weißes Vergessen, schluckte sie und spie sie erst im späten Frühjahr wieder aus, zusammen mit den ersten Sonnenstrahlen, die sich zwischen den Tannen verirrten.

Helen hingegen liebte es, tagelang durch die Wälder zu streifen, den Duft der Tannen einzuatmen, dem Gezeter des Eichelhähers zu lauschen, das weiche Moos unter ihren Füßen zu spüren. Im späten Frühjahr sammelte sie den Bärlauch und Spitzwegerich, im Sommer Walderdbeeren und im Herbst Steinpilze, Maronen und Hexenröhrlinge. Aber im Winter war Helen ganz bei sich. Wie ein Tier durchstreifte sie die dunklen Wälder, spürte Abdrücke im Schnee auf, die Wildtiere hinterlassen hatten, beobachtete die Eichhörnchen, die, aus der Winterruhe kurz erwacht, die letzten Vorräte in ihr Speisekämmerchen brachten und wurde Teil der Natur, die langsam zur Ruhe kam.

Aber heute war es anders.

Sie blickte hinauf zu dem Gebäude, das sich über den Hang streckte und spürte, wie die Unruhe zurückkehrte, dieses Gefühl, das sie überrannt hatte wie ein ganzes Heer in einem Krieg, den sie nicht gewinnen konnte. Das war vor wenigen Tagen geschehen, als die Kohlhütte von den Flammen geschluckt worden war. Danach hatten weitere Hütten gebrannt. Wie von einem unsichtbaren Band zusammengehalten, hatten sie, eine nach der anderen, Feuer gefangen – im dunklen Mittelpunkt, der See. Das Gefühl in Helen war zurückgeblieben, hatte gestreut wie ein Geschwür.

Sie folgte der Rampe zum Haupteingang des Gebäudes und wandte den Blick zur Seite. Unter ihr verlief das Landsträßchen, dahinter drängten sich die Nadelbäume dicht aneinander. Für ein Altenheim war dieser Ort aus ihrer Sicht wenig geeignet. Außer einem winzigen Modellbahnmuseum bot er nicht viel Anreize und sie fragte sich, wie die Senioren den Abstieg hinunter in den Ort meisterten.

Sie stand vor der geschlossenen Glastür und wartete einige Minuten, bis eine rundliche Frau mit speckigen

Haaren den Gang entlang gehastet kam und ihr Einlass
gewährte.

»Polizei, Winter«, stellte sie sich knapp vor und zückte
ihren Dienstausweis. Die Schultern der Frau strafften
sich unwillkürlich. Keine ungewöhnliche Reaktion in
Gegenwart der Polizei. Aber da war mehr. Ihre Kollegen
mochten ihr zu Recht mangelndes Taktgefühl und soziale Inkompetenz vorwerfen – keiner von ihnen
würde jedoch in Abrede stellen, dass Helen die Fäulnis
roch, noch bevor sie zu stinken begann. Ihre Schwäche
im sozialen Bereich hatte sie zu kompensieren gelernt
und darüber hinaus mit einer Stärke verbunden: ihren
Augen entging nicht das kleinste Detail. Schon während ihrer Ausbildung hatte sie damit begonnen, Gestik
und Mimik zu studieren. Menschen verrieten sich
durch beinahe unmerkliche Bewegungen. Mochte sie
Schwierigkeiten haben, soziale Situationen zu entschlüsseln, die Nuancen und Feinheiten menschlicher
Zwischentöne – Körper, die Art und Weise, wie sie das
Ungesagte in die Welt hinausschrien, konnte sie lesen
wie ein Buch.

»Wie kann ich Ihnen helfen?« Die Worte der Frau waren einen Tick zu schnell aus ihrem Mund gekommen.
Kurzer Griff mit der rechten Hand an den Hals. Beruhi-
gungsgeste: Angst, Nervosität, Unbehagen. Helen senkte
den Blick auf ihr Gegenüber. Wie ein Tier auf dem
Sprung stand sie da. *Einen Fuß vor den anderen aufge-*
stellt. Fluchtgeste. Oberkörper zu mir gedreht, Füße zeigen
in die andere Richtung. Du wärst jetzt gerne woanders.
Warum mache ich dich so nervös?

»Ich suche eine Frau Tennert. Lebt sie hier?«

Mit einer fahrigen Bewegung deutete die Frau in Richtung Gang und hieß Helen, ihr zu folgen.

Es war später Nachmittag, draußen dunkelte es bereits, aber die Beleuchtung im Gang war noch immer nicht eingeschaltet worden. Helen wunderte sich darüber, niemandem zu begegnen, weder einem anderen Mitarbeiter noch einem der Senioren. Am Ende des Gangs blieb die Frau abrupt stehen, wandte sich zu ihr um und nickte ihr knapp zu. Helen trat vor und klopfte.

»Sie war nicht da.«

Abler musterte sie. Seit Helen ihren Dienst in Lenzkirch angetreten hatte, war er auf der Suche nach dem fehlenden Puzzleteil. Seine Kollegin stand vor ihm und regte sich nicht. Kein Aufblitzen in den Augen, kein Schulterzucken, nichts. Wie so oft stand sie ihm gegenüber und schien geradewegs durch ihn hindurchzublicken. Als ginge sie das alles überhaupt nichts an. Er spürte, wie die kalte Wut wieder in ihm aufstieg, schluckte sie aber hinunter.

»Hast du auch den Grund dafür erfahren?«

Er atmete tief durch und zwang sich, Helen aussprechen zu lassen. »Okay. Das ist doch interessant. Kein Mensch will von ihrem Verschwinden etwas mitbekommen haben, obwohl dieser Paulinenstift am Steilhang liegt und Auf- und Abstieg trotz Rampe nicht gerade als barrierefrei bezeichnet werden können. Du sagst, die Frau wird als dement beschrieben. Schaut man als Mitarbeiter denn nicht besonders genau auf solche Bewohner? Helen, du rufst sofort den Wentzel an und gibst den Namen der Frau durch. Wenn nicht bereits geschehen, sollen seine Mitarbeiter einen Gebissabdruck nehmen und die Zahnärzte im Umkreis kontaktieren. Die sollen direkt beim Pfuscher in Seebrugg beginnen, vermutlich macht der Hausbesuche im Stift. Wenn du damit fertig bist, dann stocherst du mal ein bisschen im Dreck vom Paulinenstift herum.«

Helen blickte ihn ausdruckslos an und rührte sich nicht. *Was war bloß mit dieser Frau los?*

»Warum soll ich im Dreck stochern?«, fragte sie schließlich.

Kurz war er sprachlos. *Warum schaffte es diese Frau, ihn jedes Mal aufs Neue zu provozieren?* »Helen, verdammt, du sollst recherchieren, was es mit diesem Stift auf sich hat!«, polterte er und spürte, wie seine Halsschlagader gefährlich zu pochen begann. »Es kann doch nicht möglich sein, dass eine Frau im Altenheim einfach so verschwindet und niemand davon etwas mitbekommen hat!«, fügte er hinzu, bemüht, seinen Puls unten zu halten. Sie brachte ihn noch ins Grab mit ihrem Verhalten! »Los jetzt!«, setzte er nach. Mit diesen Worten wandte er sich ab und stampfte in Richtung seines Büros.

***

Sie war noch immer außerstande sich zu rühren und doch schien jeder Muskel in ihrem Körper kurz vor dem Bersten zu stehen. Abler war für sie ein Vulkan im Dämmerschlaf – urplötzlich erwachte er, brodelte und spie heiße Lava. Warum war so oft sie das Ziel seiner Ausbrüche? Warum sagte er nicht schlicht, was er von ihr erwartete? *Im Dreck herumstochern.* Sie hatte sich gefragt, mit was genau sie stochern sollte und woher Abler wusste, dass der Fußboden im Altenheim tatsächlich ziemlich schmutzig war. Kurz musste sie über das Missverständnis grinsen und lachte laut auf.

»Frau Kollege, so gut gelaunt?«

Sie fuhr herum. Schrenk musste sich unbemerkt angeschlichen haben und stand nun direkt hinter ihr. Unwillkürlich wich sie nach hinten aus.

»Ich würde mich ja nicht so ins Zeug legen für den Fall, wenn ich du wäre«, schnarrte er und verzog seinen Mund zu einem dünnen Strich.

»Warum?« Ihrem ersten Impuls folgend, wandte sie sich ab und lief in Richtung ihres Schreibtischs. Sie spürte seinen Blick unangenehm in ihrem Rücken.

»Dir ist schon klar, dass eine Soko gebildet wird und du mit Sicherheit nicht Teil davon sein wirst, oder?«

Helen drehte sich langsam um und sah, dass Schrenks Grinsen breiter geworden war. *Menschen grinsen aus unterschiedlichen Gründen. Nicht immer ist Freude die zugrundeliegende Emotion.* Wieder spürte sie die unangenehme Spannung, die seine Gegenwart stets in ihr auslöste, das Gefühl, das ihr die Schweißperlen ins Gesicht treiben, ihren Körper zur Erstarrung, ihr Denken zum Stillstand bringen konnte. Deutlich roch sie seine scharfe Ausdünstung, diese Mischung aus After Shave, Schweiß und etwas Undefinierbarem, etwas, das ihr den Atem raubte. Sie versuchte, die Kontrolle über ihre Gliedmaßen zurückzugewinnen, spürte, wie ihr rechter Fuß auf dem Boden auftraf. Zwei weitere Schritte und sie hatte den Schreibtisch erreicht. Sie griff nach dem Telefon und spähte zu ihrem Kollegen.

»Frau Kollege.« Schrenk hob den Arm und legte zwei Finger an seine Stirn, so, wie er sich oft verabschiedete. Aus den Augenwinkeln sah sie, wie er nach seiner Jacke griff und das Dienstgebäude verließ.

Erleichtert sackte sie in ihrem Stuhl zusammen und schloss kurz die Augen. Bilder zogen durch ihren Kopf. Bilder vom Hang, auf dem der Paulinenstift thronte wie ein längliches Insekt, Bilder von Schrenk, dessen Gesicht zu einer Fratze erstarrte, Bilder vom dunklen See. Ein Geruch mischte sich zwischen die Bilder, setzte sich in ihrer Nase fest. Fremd und doch beängstigend vertraut. Der seltsame Geruch, den sie in der Nähe des Leichenfundorts wahrgenommen hatte, als sie den Weg verlassen und ein Stückchen den Abhang hinaufgeklettert war. Als das kleine Mal auf ihrem Schenkel wieder Feuer gefangen hatte. Ihre Nackenhaare stellten sich auf.

Mit einem Ruck fuhr sie nach oben. *Eine Sonderkommission.* Das lag natürlich auf der Hand. Deshalb war sie damit beauftragt worden, weitere Arbeitsplätze auf dem Revier in Neustadt zu organisieren. Es würde eine Sonderkommission gebildet werden, deren Kern die Kollegen von der Kriminalpolizei sein würden. Auf die Ortskenntnisse der hiesigen Polizei würden sie jedoch nicht verzichten können. Würde Abler Schrenk hinzuziehen? Sie spürte Übelkeit in sich aufsteigen. Als Oberkommissarin hatte sie zumindest formal gesehen den höheren Dienstgrad. Dennoch war Schrenk derjenige, den Abler meist in Ermittlungen einbezog, während sie selbst mit kleinen Zulieferdiensten beschäftigt wurde. Natürlich würde sie nicht einbezogen werden. Bitterkeit legte sich auf ihre Zunge und ein dumpfes Gefühl regte sich in ihrem Inneren. Es hätte ihr bereits gestern auffallen müssen, als Abler sie aus der Besprechung ausgeschlossen hatte. Sie atmete tief aus und ballte ihre Fäuste.

Weitere Minuten verbrachte sie reglos in ihrem Stuhl und starrte an das makellose Weiß der Wand, bis sie sich abwenden musste, da die Helligkeit in ihren Augen stach. Warum die Stadt ausgerechnet den Wänden eine so große Aufmerksamkeit geschenkt hatte, dem asbesthaltigen Bodenbelag jedoch nicht, war Helen ein Rätsel. Sie kniff ihre Augen zusammen und unwillkürlich fluteten die Bilder erneut ihre Gedanken. *Der Waldweg, die Tannen, der Abhang, der schwarze See. Die Flammen, die die Kohlhütte zerfraßen.*

Sie schrak zusammen, riss japsend ihre Augen auf und wand sich, sekundenlang um Luft ringend, auf ihrem Stuhl. Es war besser so. Sie würde diesen Fall nicht durchstehen. Nicht einen weiteren Fauxpas würde sie sich leisten können. Sie dachte an den Besuch vom Vortag. *Jens Kossnick.* Man würde sie von nun an genau beobachten. Nein! Keine brennenden Häuser, keine versengte Leiche. Mechanisch glitt ihre rechte Hand in die Hosentasche ihrer Diensthose, ertastete den Kubotan, sonst nichts. *Die auf den See starrenden Augen.* Noch am Abend des grausamen Funds hatte sie die Murmel zu den anderen ins Kästchen gelegt. Sie straffte die Schultern und verscheuchte den Gedanken aus ihrem Kopf. Sie würde sich stattdessen um den Vorfall mit den beiden Mädchen kümmern, der den Ort weiterhin beschäftigte. Gunnar war für die nächsten Tage als Patrouille im Kurpark abgestellt worden, doch Helen bezweifelte, dass es zu weiteren Vorfällen kommen würde. Dennoch. Sie würde dem Fall in Ruhe nachgehen, die Menschen im Dorf davon überzeugen, dass der Übergriff nicht von den Geflüchteten der Aufnahmestelle im Ort ausgegangen war. Was konnte ihr Besseres passieren? Bei dem Gedanken daran, dass Abler und Schrenk einen Großteil ihrer Zeit im Revier in Neustadt verbringen würden, hüpfte ihr Herz. *Nur sie und Gunnar würden hier sein.* Sie spürte, wie die Wärme in ihren Brustkorb zurückkehrte und lächelte.

Nachdem Helen den verhassten Anruf mit Wentzel hinter sich gebracht hatte, wandte sie sich die folgenden Stunden der Recherche zu. Der Paulinenstift war eine katholisch geführte Einrichtung mit offenbar zweifelhaftem Ruf. Sie hatte nicht allzu tief *im Dreck stochern* müssen, wie Abler es ausgedrückt hatte. Stattdessen war sie mühelos auf zig Foreneinträge gestoßen, in denen sich Angehörige über die katastrophalen Bedingungen dort ausließen. Von unratübersäten Fußböden im Essenssaal, in dem die alten Menschen offenbar stundenlang ausharren mussten, bis hin zu wundgelegenen Körpern. Dagegen schienen unbeleuchtete Gänge noch das kleinste Übel zu sein, wie Helen sich eingestehen musste. Sie gewann den Eindruck, dass es im Stift vor allem an einem mangelte: an Personal. Das verwunderte sie nicht wirklich. Auch andere Berufssparten kränkelten hier oben an Mitarbeitenden, den Nachwuchs zog es hinab nach Freiburg oder in die Großstädte. Gerade im Bereich der Altenpflege mangelte es auch andernorts an Fachkräften.

Sie hing noch einige Minuten ihren Gedanken nach und zuckte jäh zusammen, als die Eingangstür aufgerissen wurde. Schwer atmend betrat Abler das Büro und pflanzte sich vor Helen auf. Er stützte sich mit einer Hand auf ihrer Tischkante auf und bewegte sein Gesicht nahe an ihres. Unwillkürlich ließ sie sich in ihrem Stuhl nach hinten rollen.

Ablers Augen hatten sich zu Schlitzen verengt. »Morgen, sieben Uhr dreißig, auf dem Revier in Neustadt. Sonderkommission Schluchsee. Und dass du mir keine Schande machst!« Mit diesen Worten stürmte er vorbei in sein Büro und warf geräuschvoll die Tür ins Schloss.

11. *November, 2022*

Roswitha hatte sich fest in den flauschigen Steppdecken-Bademantel gewickelt, den sie am Morgen nach ihrer Ankunft in einem der Schränke gefunden hatte und seither von morgens bis abends trug. Bis auf die Küche, in der sie die alte *Küchenhexe*, den mit Holz befeuerten Ofen, der sowohl Kochplatten, ein Backfach als auch den Raum erhitzte, bereits ab morgens zum Lodern brachte, war die Bruchbude bitterkalt. Das alte Gemäuer bot im Sommer sicherlich einen kühlen Rückzugsort, aber jetzt stand der Winter vor der Tür. Das Haus war umgeben von hohen Tannen und Roswitha vermutete, dass sich kaum je ein Sonnenstrahl hindurch verirrte.

Sie trottete ins Badezimmer, in dem Kobra bereits auf sie wartete. *Kobra*, das schien ihr der geeignete Name für den Kater zu sein. Er mäanderte schnurrend um ihre Beine herum und krächzte sie an. Seit das Tier am Abend ihrer Ankunft vor dem Fenster gestanden hatte, war es, abgesehen von seinen seltenen nächtlichen Streiftouren, zum Inventar geworden. Bereits in der

ersten Nacht hatte es sich zu ihr unter die beiden Wolldecken gemogelt, die sie auf dem kleinen Kanapee in
der Nähe des eingestürzten Holzbalkens gefunden
hatte. Das Kanapee war neben der Küche zu ihrer bei-
der Lebensmittelpunkt geworden – außer in der Küche,
neben dem lodernden Ofen, war die Kälte nur unter
den beiden Wollschichten zu ertragen. Wenn Kobra
sich nicht unter den Decken, an ihren Bauch geku-
schelt, wärmte, dann fläzte er, alle viere von sich gestreckt, auf dem Fußboden vor dem Küchenofen. Das
hatte den Vorteil, dass er keine ihrer Mahlzeiten verpasste. Da sie sich noch immer hartnäckig weigerte,
Katzenfutter für das zugelaufene Tier zu kaufen, teilte
sie sich ihr Essen, das zu großen Teilen aus Dosenfisch,
Käse und Pasta bestand, mit ihm. Fleisch kam bei ihr
nicht mehr auf den Tisch, seit ihr die Arbeitsagentur einen Job in einem Zerlegebetrieb in direkter Nachbarschaft zu einem Schlachthof vermittelt hatte. Roswitha
war nicht die Art Frau, die man als *zart* beschreiben
würde, nicht einmal Michelangelo hätte in ihr mehr als
den Stein gesehen, und doch hatte sie den Job nach drei
Tagen hingeschmissen und das letzte Rad Lyoner hinterher. Fisch gegenüber hatte sie allerdings weniger
Skrupel und Käse war für sie seit ihrer Jugend eine Art
Grundnahrungsmittel geworden. Mit beidem hatte
sich der Kater anstandslos arrangiert. Dass das Tier Kä-
senudeln fraß, hatte Roswitha zunächst mit Erstaunen,
dann mit Resignation zur Kenntnis genommen. Immerhin musste sie ihm kein Fleisch kaufen. »Warum
kannst du nicht Mäuse jagen, wie andere Katzenvie-
cher?«, raunte sie ihm zu. Aber der Kater sah noch nicht
einmal zu ihr auf.

Kapitel 6

Eine geschlagene Stunde zu früh stand Helen neben dem Hintereingang des Polizeigebäudes. Sie hatte in der Nacht kein Auge zu getan, die Frage, warum sie auf dem Revier erscheinen sollte, hatte sie nicht losgelassen. *Was hatte das zu bedeuten? Sollte sie Bericht erstatten bei der ersten Sitzung oder würde sie gar Teil der Sonderkommission werden?* Helen hatte den Gedanken in ihrem Kopf gedreht und gewendet, war aber zu keinem zufriedenstellenden Schluss gekommen. Irgendwann gegen sechzehn Uhr dreißig war sie schließlich aufgestanden, hatte sich ihren Earl Grey zubereitet und zwei Scheiben Marmeladentoast gegessen. An Schlaf war nicht zu denken gewesen. Sie mochte es nicht, unvorbereitet zu sein. Die Aussicht auf ein bevorstehendes Ereignis, dessen Sinn und Zweck sich ihr nicht erschloss und dessen Ausgang sie nicht vorhersehen konnte, beunruhigte sie zutiefst.

Immer wieder war sie die einzelnen Schritte im Kopf durchgegangen, hatte sich ausgemalt, wem sie am Morgen gegenüberstehen würde. Jens Kossnick, das einzige Gesicht, das ihr bekannt vorgekommen war, schied aus. Was war mit Schrenk? Abler würde dabei sein, so viel stand jedenfalls fest, aber ihr Kollege? Seine Anmerkung war ihr nicht aus dem Kopf gegangen. Falls aber Schrenk in die Ermittlungen einbezogen werden würde, dann schied sie selbst aus. Abler würde sicher nicht zwei seiner Polizisten für Neustadt abziehen. Am Ende war sie zu dem Schluss gekommen, dass sie aus anderen Gründen auf dem Revier zu erscheinen hatte. Natürlich würde man sie nicht einbeziehen, nicht nach dem, was sie sich geleistet hatte. Vermutlich würde sie Bericht erstatten müssen oder erhielt ein Briefing von den Kollegen der Mordkommission. Ob das üblich war, wusste sie allerdings nicht.

Irgendwann hatte sie das Grübeln aufgegeben, sich in ihre Uniform geworfen und war ins Auto gestiegen. Nun war sie da, in gebührendem Abstand zum Haupteingang und maß erneut die Straßenbreite mit ihren Schritten. *Fünfeinhalb Meter.* Noch immer nagte dieses Gefühl in ihrer Brust, das sie verspürt hatte, als sie bei der Sondersitzung zu spät ins Besprechungszimmer gekommen war. Es war nicht ihre Schuld gewesen – Abler hatte ihr einen Auftrag zugeteilt – aber Unpünktlichkeit war für sie schlicht inakzeptabel.

Sie lief ein Stückchen an der Straße entlang und spähte in Richtung des Parkplatzes, der sich gegenüber des Haupteingangs befand. Bis auf den dunkelblauen Passat, der neben ihrem Peugeot stand, war dieser noch immer leer. Sie warf einen erneuten Blick auf die Uhr und fragte sich, warum der Zeiger sich beharrlich weigerte, fortzuschreiten.

Endlich bog ein schwarzer Volvo um die Kurve und fuhr auf den Parkplatz. Helen blieb in gebührendem Abstand zum Eingang stehen und beobachtete, wie ein hochgewachsener, etwa fünfzigjähriger Mann mit spärlichem Haarbewuchs dem Auto entstieg und den Eingang betrat. Der Graureiher! Schnell duckte sie sich hinter dem Gebäude weg und überlegte. Sollte sie auf ihn zugehen und ihn begrüßen? Abler hatte sie bei der Sitzung in Lenzkirch nicht vorgestellt. Andererseits wusste sie nicht, in welcher Rolle sie hier war. Sie spürte einen Funken Ärger in sich aufsteigen bei dem Gedanken daran, dass Abler sie stillschweigend ins offene Messer laufen ließ. Helen und er arbeiteten bereits einige Jahre zusammen und immer wieder setzte er sie Situationen aus, die sie in Bedrängnis brachten. Sie dachte an Gunnar ... ihr Kollege, der Fels in der Brandung. Die Metapher hatte sie verinnerlicht, als sie diese zum ersten Mal erklärt bekommen hatte. Ja, Gunnar war ihr Fels in der Brandung. Gunnar wüsste genau, was zu tun war. Sie hatte ihn am Vortag um Rat bitten, ihm von dem Treffen in Neustadt erzählen wollen, aber als sie seine Nummer gewählt hatte, war lediglich seine Mailbox drangegangen.

Ein weiteres Auto bog auf den Parkplatz, gefolgt von zwei anderen. Helen richtete sich auf und zupfte ihre Uniform zurecht. Es half nichts. Sie konnte sich nicht ewig verstecken, sie musste sich der Situation stellen. Ein erneuter Blick auf die Uhr verriet ihr, dass sie noch immer fünfzehn Minuten zu früh dran war. Sie entschied sich dennoch, ihr Versteck zu verlassen. Sie würde eine weite Runde um das Gebäude drehen und von der anderen Seite über den Parkplatz den Haupteingang anpeilen.

»Frau Winter?«

Erschrocken fuhr sie herum und blickte geradewegs in das knochige Gesicht des Graureihers. *Rohde,* erinnerte sie sich. Sie räusperte sich und streckte ihm ungelenk die Hand entgegen.

»Ich habe Sie vom Fenster aus gesehen. Wollten Sie sich noch etwas die Füße vertreten, bevor es losgeht?«

Helen stammelte verlegen eine Antwort und spürte, wie ihre Wangen aufleuchteten. Sie fühlte sich ertappt und hoffte inständig, dass er sie nicht dabei beobachtet hatte, wie sie sich, gegen die Wand gedrückt, hinter dem Gebäude geduckt und den Parkplatz observiert hatte.

»Dann gehen wir mal rein, oder?« Er hob das linke Handgelenk und entblößte eine dunkle Uhr mit silbern illuminiertem Ziffernblatt und braunem Lederband. *Eine Taucheruhr.*

Helen folgte ihm ins Innere des Gebäudes und wunderte sich darüber, dass sich zwischenzeitlich einige Polizisten eingefunden hatten. Erstaunt registrierte sie, dass Kriminalhauptkommissar Harald Rohde sich bereits mit den Kollegen des Reviers bekannt gemacht hatte und sie ebenfalls vorstellte. Helen war schon einige Male zu Besprechungen oder Kongressen auf der Dienststelle gewesen, hatte jedoch keine persönlichen Kontakte geknüpft.

Sie ließ sich von Rohde in das geräumige Dienstzimmer führen, in dem sich bereits einige Kollegen eingefunden hatten und stand perplex neben ihm, als er sie, reihum, den anwesenden Polizisten vorstellte.

Wenige Minuten nachdem sie Platz genommen hatten, betraten Abler und Schrenk das Zimmer und schlagartig kehrte die Unruhe zurück. Die beiden nickten ihr knapp zu, begrüßten die Anwesenden und nahmen am anderen Ende der rechteckig angeordneten Tischreihen Platz.

»Liebe Kolleginnen«, dabei blickte Rohde freundlich in Helens Richtung, »liebe Kollegen, ich begrüße Sie zur ersten Sitzung der Sonderkommission Schluchsee. Zunächst möchte ich mich herzlich bei den Kollegen vor Ort bedanken für ihre Flexibilität und die Möglichkeit, ihre Räumlichkeiten zu nutzen.« Rohde nickte zu einem kleingewachsenen Mann hinüber, der in der Reihe vor der Eingangstür Platz genommen hatte und den Helen als Dienststellenleiter erkannte und fuhr fort: »Ich denke, dass ich für meine Kollegen spreche, wenn ich meinen Dank ausspreche, dass Sie uns so komfortabel im *Hotel Bären* untergebracht haben.«

Ein zustimmendes Raunen ging durch den Raum, bevor Rohde weitersprach: »Die Obduktion hat eindeutig bestätigt, dass wir es mit einem Mordfall zu tun haben und, wenn ich das so sagen darf, mit einem besonders grauenvollen.«

Rohde griff nach den Unterlagen auf seinem Tisch, erhob sich und pinnte einige Aufnahmen des Opfers an die Stellwand hinter ihm. Helen spürte, wie die Übelkeit zurückkam. Die Leiche auf dem See, aufgequollen und fahl. Wie eine Plastiktüte im Wasser. Bis auf einen entscheidenden Unterschied.

Helen zwang sich, sitzen zu bleiben und weiter auf das Foto zu blicken. Arme und Beine des Opfers waren versengt, nicht mehr als verkohlte Stummel waren von den Gliedmaßen übrig geblieben. Weitaus erschreckender aber war das Gesicht. *Eine Fratze.* Flammen mussten es zerfressen haben, bis auf die Knochen. Sie sog laut die Luft ein und sprang von ihrem Stuhl auf. Aus dem Augenwinkel sah sie das garstige Grinsen auf

Schrenks Lippen aufblitzen und ließ sich augenblicklich wieder auf den Stuhl fallen. Ein weiteres Mal würde sie ihm nicht die Genugtuung geben.

Nachdem die Sitzung etwa drei Stunden später geendet hatte, eilten die Beamten aus dem Besprechungszimmer, als folgten sie einem geheimen, nur ihnen bekannten, Code. Vom Flur aus beobachtete Helen, wie die Männer gemeinsam in Richtung Ort liefen. Vermutlich würden sie irgendein Café aufsuchen, um die Pause für ein schnelles Frühstück zu nutzen. Niemand drehte sich nach ihr um oder fragte gar, ob sie sich anschließen wollte. Im Grunde genommen war ihr das recht so. Bereits im Besprechungsraum hatte sie begonnen, die Minuten zu zählen und gebetet, dass die Sitzung bald enden würde. Es waren zu viele Menschen in dem Raum gewesen. Allein die Vorstellung daran, die Pause mit den vielen Gesichtern teilen zu müssen, einer Collage aus Mündern, Augen und Nasen, die ihr beliebig zusammengewürfelt erschienen, versetzte sie in Aufruhr. Sie sehnte sich nach dem kleinen Dienstposten in Lenzkirch, nach Gunnar, nach der weißen Wand. Immerhin hatte sie sich kein zweites Mal blamiert und es geschafft, die restliche Zeit bis zur Pause auf ihrem Platz sitzen zu bleiben.

Hinter sich vernahm sie dumpf Schritte auf dem Parkett. Keine polternden, wie die von Abler, eher ein bedachtes Schreiten. *Der Graureiher.* Helens Muskulatur entspannte sich wieder.

»Frau Winter, dürfte ich Sie einen Augenblick sprechen?«, fragte er und lächelte sie freundlich an. »Ich möchte Ihnen mitteilen, dass ich mich freue, Sie im

Team zu wissen. Ich hätte Sie gerne hier auf dem Revier gehabt, aber Erich hat mir versichert, dass Sie in Lenzkirch unabkömmlich sind. Nun gut, immerhin sind Sie Teil unserer Sonderkommission und wir werden uns regelmäßig bei den Sitzungen sehen. Ich nehme an, Sie verlassen uns noch vor der Mittagspause?«

Helen war sprachlos und ließ die Informationen sacken. *Erich* Abler hielt sie für unabkömmlich? Sie war Teil der Sonderkommission? Warum sollte Abler sie einbeziehen wollen? Sie nickte verdattert und entschuldigte sich, um auf die Toilette zu gehen.

Ihre Gedanken rasten. Minutenlang beobachtete sie, wie das Wasser über ihre Hände prasselte, bis diese taub wurden. Sie warf einen kurzen Blick in den Spiegel, der ihr vorgaukelte, dass alles wie immer war, und kehrte zum Sitzungszimmer zurück.

Als die Polizeibeamten nach und nach eintrudelten, hatte sich Helens Aufregung gelegt. Sollte Abler sie nach dem Vormittagsblock zurück nach Lenzkirch schicken, wie Rohde angedeutet hatte, würde sie mit Gunnar sprechen.

»Frau Anna Tennert«, polterte Abler ohne Vorwarnung in die Runde.

Helen schreckte hoch. *Tennert. Die verschwundene Frau aus dem Paulinenstift.*

»Eben habe ich einen Anruf von Professor Wentzel erhalten. Die Gerichtsmedizin bestätigt, dass es sich bei unserer Leiche tatsächlich um die alte Dame handelt, die aus dem Seniorenheim verschwunden ist. Der Gebissabdruck konnte bereits eindeutig zugeordnet werden. Es besteht kein Zweifel. Die Dame war fünfundsiebzig Jahre alt und schwer dement.«

Die folgenden eineinhalb Stunden zogen an Helen vorbei wie ein Schwarm Bienen. Viele Informationen, das Klären organisatorischer Fragen, das Delegieren von Zuständigkeiten. Ihr Kopf schwirrte, als sie sich erhob und einen knappen Gruß in die Runde nuschelte. Rohde hatte recht behalten. Abler hatte sie als Teammitglied *vor Ort* vorgestellt, die mit ihrer Expertise von Lenzkirch aus unterstützend tätig sein würde. Aus dem Augenwinkel sah sie wie Schrenk, der mit Rohde und Abler in einer Gruppe stand, ihr hinterhersah – sein Mund, wie so häufig, zu einer Fratze verzerrt.

Unterwegs hielt sie vor der Dorfbäckerei, kaufte eine belegte Seele und ein Plunderstück sowie einen Schwarztee und einen Kaffee. Sie lenkte ihren Wagen auf den Parkplatz vor dem Kurpark und war erfreut, dass Gunnar noch nicht in die Mittagspause verschwunden war.

»Das ist ja mal eine Überraschung«, rief er ihr bereits von Weitem zu und entblößte dabei die herrliche Zahnlücke, die ihr Herz stets zum Hüpfen brachte.

»Wie komme ich denn zu der Ehre?«

Helen drückte ihm das süße Teilchen und den Kaffee in die Hand und begann zu erzählen.

»Das ist deine Chance, Helen«, sagte er ernst.

Sie hatte ihm von ihrem Unmut erzählt, Teil der Soko zu sein, von ihrer Verwirrung, dass Abler sie miteinbezogen hatte und dem Fakt, dass sie weiterhin in Lenzkirch arbeiten würde – und nicht wie Schrenk und Abler im Neustädter Revier.

»Gunnar, ich schaff das nicht!«, presste sie verzweifelt hervor. »Ich kann noch nicht einmal das Bild der Leiche richtig anschauen!«

»Hör mal Helen«, vernahm sie seine Stimme, die sich plötzlich weicher anhörte als noch kurz zuvor. »Ich weiß, dass wir es hier nicht alle Tage mit einem Mordfall zu tun haben, schon gar nicht mit einem so bestialischen. Dennoch kannst du dich da nicht ausklinken. Du musst dein Bestes geben, Helen. Das ist vielleicht deine letzte Chance, wenn du hierbleiben möchtest.«

Sie erstarrte. *Letzte Chance.* Gunnar hatte recht. Kossnick hatte die Ermittlungen gegen sie aufgenommen. Sie wusste nicht, was ihr im schlimmsten Fall drohen konnte. Zumindest ging sie nicht davon aus, dass ihr Handeln ihre Entfernung aus dem Beamtenverhältnis rechtfertigen würde. Dennoch würde sie vermutlich nicht mit einem Verweis davonkommen und wie oft hatte sie davon gehört, dass Beamte *weggelobt* wurden. »Weggelobt« – das hatte sie jahrelang wörtlich verstanden, bis Gunnar sie irgendwann aufgeklärt hatte, was das tatsächlich bedeutete. Bei dem Gedanken daran, Lenzkirch verlassen zu müssen, biss sie heftig die Zähne aufeinander und krallte ihre Fingernägel in die Handballen.

Dabei hatte ihr Dienstantritt in Lenzkirch holprig gestartet. Es war eine große Umstellung gewesen und hatte sie viel Zeit und Kraft gekostet. Mittlerweile aber kannte sie jeden Baum und jedes Straßenschild in der Umgebung. Sie wusste, wann welcher Bus fuhr und wo sie ihre Erdbeermarmelade kaufen konnte. Sie hatte alle wichtigen Telefonnummern eingespeichert und kannte die Öffnungszeiten ihrer Ärzte. Sie wusste, welcher Nachbar um welche Uhrzeit den Rasen mähte und wann sie welche Mülltonne vor die Tür stellen musste.

Den Polizeiposten in Lenzkirch zu verlassen, käme einer Katastrophe gleich, deren Ausmaß Helen noch nicht einmal erahnen wollte.

»Du hast recht«, sagte sie und blickte auf den Kurpark, der sich hinter Gunnar erstreckte. Der Regen der letzten Tage hatte nachgelassen und zum ersten Mal, seit gefühlten Wochen, blitzte die Sonne hinter den grauen Wolken hervor. Angelockt von dem Licht, flanierten Spaziergänger auf den Kieswegen zwischen der Grünfläche, und ihre Stimmen drangen leise zu ihnen durch.

»Gab es wieder Probleme?«

»Nichts. Gar nichts.« Gunnar grinste sie an und ergänzte: »Bis auf die üblichen Damen, die meinen, ihre Sorgen bezüglich der Flüchtlingsunterkunft lautstark verkünden zu müssen.«

Helen erwiderte schwach sein Lächeln und verabschiedete sich. Abler hatte sie damit beauftragt, die Akten der Ermordeten zu recherchieren und sie würde sich ins Zeug legen.

»Helen?«

Sie drehte sich noch einmal zu ihrem Kollegen um und blickte ihn fragend an.

»Vielleicht hat der Typ von der Dienstaufsicht etwas damit zu tun, dass du in dem Fall ermitteln darfst.«

11. November, 2022

Roswitha seufzte, tätschelte dem Tier den Kopf, was dieses mit einem verärgerten Maunzen quittierte, und schlurfte, Kobra dicht auf ihren Fersen, in die Küche. Sie öffnete eine Thunfischdose und gab die Hälfte auf den angekrusteten Unterteller vom Vortag. Der Kater quittierte das Morgenritual mit einem erneuten Krächzen und stürzte sich auf den Fisch, während Rosi den verbliebenen Teil direkt aus der Dose löffelte.

Sie betrachtete den Kater. Sein schwarz-grau gestreiftes Fell mit dem weißen, beinahe brillenförmigen, Fleck auf der Brust, stand wirr von seinem gedrungenen Körper ab. Jedes einzelne Haar seines Fells, jeder Kratzer an seiner Nase, ganz zu schweigen von dem eingerissenen linken Ohr, schrie Streuner. Roswitha bückte sich zu dem Tier hinunter und kraulte ihm das Köpfchen. Augenblicklich verfiel der Stubentiger in ein tiefes, sonores Brummen. Sie lächelte und griff nach einem der Holzscheite, die sie noch am Vorabend mit der selbstgezimmerten Kiste aus dem Schuppen neben dem Haus hereingeholt hatte. Neben allerlei Döschen und Behältnissen mit getrockneten Kräutern, deren Alter Roswitha noch nicht einmal erraten wollte und die sie in einem der maroden Küchenschränke gefunden hatte, befand sich in der Küche, abgesehen von einem alten Holztischchen und zwei Stühlen, nur die Ofenhexe. Nicht einmal in ihren wildesten Träumen wäre ihr in den Sinn gekommen, dass sie eines Tages, ausgebrannt wie sie war, freiwillig in dem halb eingestürzten Schwarzwaldhaus Kaffee über dem feuerbetriebenen Herd kochen würde. Doch Roswitha gehörte nicht zum Schlag Mensch, der sich kleinkriegen ließ. Sie straffte die Schultern, zog geräuschvoll den Rotz durch die Nase und entzündete ein Streichholz.

Kapitel 7

Helen starrte auf den Bildschirm und wartete darauf, dass sich das Dienstprogramm öffnete. Ihre Stippvisite im Paulinenstift war wenig ergiebig gewesen. Sie würde dem Altenheim einen weiteren Besuch abstatten müssen, um mehr über Anna Tennert in Erfahrung zu bringen. Sofern man sie, das *Teammitglied vor Ort*, überhaupt damit beauftragen sollte.

Sowohl ihre Suche im Kellerarchiv als auch im elektronischen Register waren erfolglos geblieben. Das hatte sie nicht anders erwartet. Sie beschloss, zunächst den früheren Wohnort der Frau zu ermitteln. Erfahrungsgemäß ließen sich dort Anknüpfungspunkte finden. Einige Minuten klickte sie mit der Maus auf dem Bildschirm herum und hämmerte schließlich die Worte *Anna Tennert* in die Tastatur. Keine Einträge.

Sie ließ sich gegen die Stuhllehne sacken und starrte auf die Uhr, die sich scharf von der weiß getünchten Wand abhob. Unerbittlich tickte der Zeiger über das Zifferblatt und hallte durch ihre Schädeldecke. *Tack ... Tack ... Tack ... Tack.* Die Recherche würde mehr Zeit in Anspruch nehmen als erwartet.

Irgendwann nahm sie einen erneuten Anlauf, ließ ihre störrischen Finger über die Tasten gleiten, aber bereits kurze Zeit darauf ließ sie ihren Rücken resigniert gegen die Lehne sacken. Anna Tennert tauchte in keinem Register auf, schien weder in Schluchsee noch in

Blasiwald wohnhaft gewesen zu sein. »Wer bist du?«, murmelte sie und ließ ihren Blick mit dem Weiß der Wand verschmelzen.

Um halb acht fuhr Helen den Rechner herunter. Sie war erschöpft und ihre Laune am Tiefpunkt angelangt. Stundenlang hatte sie sämtliche Register der nahen und weiteren Umgebung durchforstet und nicht einen einzigen Hinweis auf Anna Tennert erhalten. *Wo verdammt, hatte die Alte gewohnt?* Sie drehte sich um und schaltete den Teekocher aus, der stets griffbereit auf dem Beistelltischchen hinter ihr stand. Wenn die Frau nicht in der Nähe wohnhaft gewesen war, so musste sie doch zumindest Angehörige im Schwarzwald haben. Warum sonst hatte sie ausgerechnet im Paulinenstift gelebt? Im Geiste notierte sie sich, im Altenheim nachzuhaken, wer für die Unterbringungskosten aufkam.

Sie griff nach ihrer Dienstjacke und schloss hinter sich ab. Die Zeit war an ihr vorübergerauscht und hatte den Elan der Morgenstunden mit sich gerissen. Immerhin war ihr weder Schrenk noch Abler begegnet. Aber Gunnar leider auch nicht. Bis zum Abend hatte sie die stille Hoffnung genährt, er würde seinen Kopf durch die Eingangstür strecken. Vielleicht hätte er weitergewusst, oder er hätte seine hinreißende Zahnlücke entblößt. Sie lief die wenigen Meter zu ihrem Wagen und startete den Motor. Aber er war den ganzen Tag nicht auf dem Posten erschienen. Stattdessen war die Zeit von der Uhr getropft, als wäre sie nicht mehr als surreale Kunst.

Bereits auf dem ersten Treppenabsatz zu ihrer Haustür, merkte sie, dass irgendetwas anders war.

Sie drehte sich um, konnte aber nichts Auffälliges entdecken. Sie nahm die letzten Stufen und trat zur Tür. Mit zittrigen Händen kramte sie nach dem Schlüssel, fand ihn schließlich und steckte ihn ins Schloss. Eine Drehung nach links – und die Tür sprang auf. Kälte kroch ihren Nacken herauf. Sie hatte abgeschlossen. *So wie jeden Tag.*

Zögernd setzte sie den ersten Schritt ins Innere der Wohnung, als sie jäh zusammenzuckte. *Ein Einbruch!*

Ohne sich umzudrehen, stolperte sie zurück, nahm zwei Stufen auf einmal und stand schnell atmend wieder vor ihrer Wohnung. Ihre Hände griffen erneut in die Tasche ihrer Uniform, bekamen endlich das Handy zu fassen und versuchten, die richtigen Tasten auf dem Display zu treffen.

»Gunnar?«

Als Gunnar Theben seinen Wagen keine zehn Minuten später in ihre Straße lenkte und ihn am Bordstein zum Stehen brachte, spürte Helen, wie ihr Atem sich langsam beruhigte. Sie lief ihm entgegen, erzählte ihm von der Haustür, von dem merkwürdigen Gefühl, das sie in Aufruhr versetzt hatte. Gunnar nickte knapp und betrat mit ihr zusammen die Wohnung.

Gemeinsam beleuchteten sie jeden Winkel der Dreizimmer-Wohnung, überprüften jede Schublade und jeden Schrank. Es fehlte nichts. Aber der dumpfe Druck in Helens Brust blieb bestehen.

»Helen, da ist nichts. Ganz sicher. Du hast heute Morgen einfach vergessen, abzuschließen.«

Sie nickte und verabschiedete ihren Kollegen schließlich in die Dunkelheit. Mit zitternden Fingern drehte sie den Schlüssel im Schloss. *Zwei Mal. So wie immer.*

Nervös schritt sie ein weiteres Mal die Wohnung ab, knipste das Licht in jedem Zimmer an. Mit Unbehagen stellte sie fest, dass sie den Rollladen vor ihrem Balkon, der den Blick zur Straße freigab, noch immer nicht heruntergelassen hatte. Schnell lief sie zur Kurbel. Eine Bewegung in der Dunkelheit ließ sie zusammenzucken. Der Rollladen war bereits zur Hälfte unten, sie bückte sich ein Stückchen und spähte unter die grauen Lamellen. Sie spürte, wie ihr Herz gegen den Brustkorb schlug und Übelkeit in ihr aufstieg. Schnell ließ sie den Rollladen ganz herunter und blieb einige Minuten erstarrt vor dem Balkon stehen. Da war nichts gewesen. *Die Bewegung.* Vielleicht ein Marder?

Als sie wieder die Kontrolle über ihre Beine zurückbekam, setzte sie sich in Bewegung und griff nach der Rotweinflasche, die seit ihrem Geburtstag auf der Anrichte neben dem Kühlschrank stand. Das schwarz-goldene Etikett hatte ihr gefallen und sie hatte dem Drang widerstanden, die Flasche in den Schrank zu räumen. Stattdessen freute sie sich jeden Morgen über den Anblick und die daran geknüpfte Erinnerung. Gunnar hatte ihr den Wein mitgebracht, als er am Abend ihres Geburtstags überraschend vor der Tür gestanden hatte, und an jenem Abend hatte sie sich über den unangekündigten Besuch sogar gefreut. Unsicher glitten ihre Finger über das Etikett und weiter hoch zum Korken. Helen trank keinen Alkohol. Aber heute würde sie das ändern.

Als der Wecker wie jeden Morgen um halb sieben klingelte, fühlte sich ihr Schädel an, als hätte sie ein Hammer niedergestreckt. Sie schlurfte fluchend ins Badezimmer und blickte in den Spiegel. Zwei blutunterlaufene Augen starrten zurück.

Nachdem sie eine Dusche genommen und ihren Earl Grey getrunken hatte – die zwei Scheiben Marmeladentoast lagen noch immer unberührt auf ihrem Teller – zog sie Jacke und Schuhe an und verließ das Haus. An der Türschwelle hielt sie inne und vergewisserte sich, dass sie den Schlüssel zwei Mal im Schloss umgedreht hatte. Der Gedanke an den Vorabend ließ sie noch immer nicht los. Lange hatte es gedauert, bis sie eingeschlafen war, in etwa so lange, wie sie gebraucht hatte, das scheußliche rote Gesöff hinunterzuschütten. Sie wusste, dass Gunnar ihr keinen billigen Fusel geschenkt hatte. Im Gegenteil, der Wein mit dem italienischen Etikett schien durchaus erlesen gewesen zu sein. Aber ihre Zunge hatte sich bereits beim dritten Schluck pelzig angefühlt und von da an hatte sie sich mehr oder weniger dazu gezwungen, die Flasche zu leeren. Was sie mittlerweile bitter bereute.

Bereits vor dem Eingang des Polizeipostens stellte sie erleichtert fest, dass sie heute zumindest nicht den ganzen Tag allein sein würde. Gunnar saß bereits an seinem Schreibtisch und begrüßte sie beim Eintreten.

Sie erwiderte seinen Gruß, legte ihre Jacke ab und schaltete den Wasserkocher ein. Bei dem Gedanken daran, Abler und Schrenk auch heute nicht begegnen zu müssen, hatte sie sich gestern diebisch gefreut. Jetzt war sie froh, nicht allein im Dienstgebäude zu sein.

»Erst mal einen Tee, hm?« Gunnar kam an ihren Schreibtisch geschlendert und grinste sie an.

Sie wollte sein Lächeln erwidern, hob stattdessen jedoch eine Hand zum Kopf und schloss die Augen.

»Was ist los?«

»Gunnar, erinnerst du dich an den Wein, den du mir zum Geburtstag geschenkt hast?«

»Du meinst den Barolo?«

»Genau den. Den Barolo«, nuschelte Helen.

»Klar. Hast du den probiert gestern?« Er lächelte sie an.

»Ich habe die ganze Flasche getrunken.«

»Du hast *was*?« Gunnar machte eine kurze Pause und starrte sie an. Dann prustete er laut los. »Helen, willst du mir erzählen, dass du gestern die ganze Flasche allein getrunken hast? Du, die gar keinen Wein trinkt, wie du mir kürzlich gestanden hast?« Er gluckste. »Der Barolo ist einer der erlesensten Rotweine Italiens, der wird in Eichenfässern vergoren und hat einen wirklich extrem hohen Tanningehalt! Den trinkt man nicht einfach so runter, schon gar nicht die ganze Flasche!«

Erneut brach Gunnar in schallendes Gelächter aus und Helen versuchte, die Geräusche mit einer ungelenken Handbewegung von ihren Ohren abzuschirmen.

»Das wusste ich nicht«, ächzte sie.

»Lass mich raten, dein Kopf ist kurz vor dem Platzen?«

»Ich fühle mich, als ob ein Troll die ganze Nacht darauf eingehämmert hätte.«

Erneut lachte Gunnar, bis ihm Tränen in die Augen traten, dann kam er zu ihr hinter den Schreibtisch und drückte ihren Kopf sanft gegen seine Brust. Helen atmete seinen holzigen Duft ein und einen Augenblick lang blieb die Welt einfach stehen.

Als Gunnar sich abrupt von ihr löste und sie ein Stückchen von sich weg schob, sagte er: »Helen, ich habe das Heilmittel für dich!«

Kurz verschwand er hinter seinem Schreibtisch, dann hörte sie, wie er eine Schublade öffnete und mit einem Plastikdöschen und einer Pille zurückkehrte.

»Bullrich-Salze und Aspirin«, sagte er triumphierend, streckte ihr die Schmerztablette entgegen und fischte zwei Tabletten aus der Dose.

Widerstandslos schluckte sie die Pillen und ließ sich auf ihrem Bürostuhl nieder. Hinter sich hörte sie, wie er mit zwei Tassen hantierte und das aufgekochte Wasser einfüllte. Er stellte den dampfend heißen Tee vor ihr ab und ging mit der zweiten Tasse zu seinem Schreibtisch hinüber.

»Das dauert jetzt sicher eine halbe Stunde, vielleicht auch etwas länger. Ich würde dir raten, dir bis dahin nicht allzu viel vorzunehmen, wird sowieso nichts.« Nach einer kurzen Pause fügte er hinzu: »Außerdem sehe ich hier niemanden, der dir heute ans Bein pinkeln, geschweige denn am Bürostuhl sägen wird.«

Helen grinste schief, ließ sich gegen die Stuhllehne sacken und schloss die Augen. *Ans Bein pinkeln.*

Anderthalb Stunden, eine weitere Schmerztablette und zwei Umarmungen der Kloschüssel später, hatte Helen wieder ein Mindestmaß an Einsatzfähigkeit zurückgewonnen. *Helen Winter betrunken.* Das war peinlich. Einmal hatte Gunnar angemerkt, sie solle sich krankmelden. Aber ein Blick von ihr hatte genügt, um ihn zum Schweigen zu bringen. Ächzend rappelte sie sich von ihrem Stuhl hoch und knallte die Tasse hinter sich auf die Ablage neben den Teekocher. Es war kein Anruf von Abler eingegangen, aber sie war sich sicher, dass dieser kommen würde. Früher oder später. Dieses Mal würde sie schneller sein. *Die Zeit läuft.*

Sie schnappte sich ihre dunkelblaue Jacke und eilte mit einem knappen Gruß in Gunnars Richtung zur Tür. Vor dem Dienstwagen blieb sie abrupt stehen, drehte sich fluchend um und stürmte die Treppen zum Dienstgebäude zurück.

»Helen, das ging aber schnell«, witzelte Gunnar.

Ihr war nicht entgangen, dass sich seine Pupillen einen winzigen Moment geweitet hatten. *Überraschung,* zog sie irgendwo in ihrem Inneren die dumpfe Schlussfolgerung. Endlich schien er zu begreifen. Er griff in seine Schublade, steckte sich einen Autoschlüssel in die Tasche und erhob sich. An der Garderobe griff er nach seiner Jacke und grinste sie an. »Ich fahr dich mal besser, was?«

Als Helen das zweite Mal die Rampe des Paulinenstifts emporstieg, bemerkte sie, dass auch heute nicht ein einziger der Senioren zu sehen war. Weder vor dem Gebäude noch im Inneren schien sich das Geringste zu bewegen. Sie betätigte die Klingel und wartete. Minuten später polterte dieselbe stämmige Person wie beim letzten Mal über den Flur. Als sich die Glasfront öffnete, blaffte sie ihr entgegen: »Schon wieder die Polizei. Was wollen Sie denn noch alles wissen?«

Perplex antwortete sie: »Ein paar Fragen müsste ich Ihnen schon noch stellen.«

»Ich hab Ihrem Kollegen heut' morgen doch schon alles gesagt!«

Verwirrt kniff sie die Augen zusammen, bemühte sich, ihre Gedanken zu sortieren, spürte aber lediglich ein dumpfes Ziehen in ihrem Hinterkopf. »Welcher Kollege?«, stammelte sie.

»Na, das sollten doch schon besser Sie wissen, oder etwa nicht?« Sie wendete sich ab und Helen hörte ein genuscheltes »Wieder typisch für den Saftladen!«, bevor sich die Frau im Gang entfernte. Unterwegs drehte sie sich kurz zu Helen um und rief: »Ich muss arbeiten. Sie wissen ja, wo die Tür ist.«

Helen stand regungslos im Flur. Der harsche Tonfall der Frau erschien ihr irgendwie nicht angemessen. Als sie sich gerade umdrehen wollte, bemerkte sie vor sich eine Bewegung. Sie kniff die Augen zusammen und erkannte, wie eine gebückte Gestalt aus dem Halbdunkel des Gangs schlurfte. Helen hielt einen Augenblick inne, dann lief sie ihr entgegen.

»Entschuldigung.«

Die Gestalt war nur wenige Meter vor ihr, schien sie jedoch nicht zu hören. Stattdessen trottete sie unbeirrt weiter, einen Rollator vor sich herschiebend. Helen machte einige weitere Schritte auf sie zu und wartete. Kurz vor ihren Füßen kam der Rollator zum Stehen.

Zwei wässrige, aquamarinfarbene Augen starrten unverwandt aus einem zerfurchten Gesicht. Helen räusperte sich und stellte sich vor. Die Frau vor ihr verzog keine Miene. Helen beschloss, es ein weiteres Mal zu versuchen, dieses Mal etwas lauter. Sie hatte ihren Satz noch nicht beendet, als die Frau unvermittelt die

Hände zu den Ohren hob und keifte: »Schreien Sie mich nicht so an!«

Helen verstummte und spürte den Blick der Alten auf sich ruhen. Sie beschloss, zu warten, um der Frau die Zeit zu geben, die sie brauchte. Sekunden verstrichen. Sie dachte an den Zeiger der Uhr in ihrem Büro, der sich niemals fortzubewegen schien.

Als Helen bereits die Hoffnung aufgegeben hatte, ein weiteres Wort aus dem Mund der alten Frau zu locken, hörte sie diese wispern: »Sie kommen wegen der Anna, gell? Die Anna, die isch tot. Die Anna war schon immer hier.«

Helen straffte sich. Sie hatte keine Ahnung, welcher ihrer Kollegen am Morgen die Mitarbeiterin befragt hatte, eines wusste sie jedoch sicher: er hatte nicht einen einzigen Gedanken daran verschwendet, mit den Bewohnern zu sprechen.

Sie spannte die Muskulatur in ihrem Mundwinkel an und hoffte, dass die resultierende Mimik als Lächeln durchgehen würde. Dann fragte sie die Seniorin nach ihrem Namen.

»Margot. Margot Brenner. Und die Anna, des war ganz eine Garschtige.«

Die Bewohnerin erklärte sich bereit, mit Helen zu sprechen, und gemeinsam kämpften sie sich in Tippelschritten zum Speisesaal vor. Sie ließen sich auf den billig wirkenden Plastikstühlen nieder, flankiert von den wenigen traurigen Gestalten, die noch immer ihr Mittagessen zu sich nahmen. Eine Pflegerin war nirgendwo zu sehen.

Helen wagte es kaum, den Blick zu senken. Sie hatte Mühe, den Ekel zu unterdrücken, der beim Anblick des von Speiseresten übersäten Fußbodens in ihr aufstieg. Stattdessen konzentrierte sie sich auf die Worte der Alten, die wie Sägemehl durch den Raum schwebten.

»Die Anna, des war keine liebe Frau«, sagte sie zum wiederholten Male. »Die war garschtig zu allen. Die het nie ein nettes Wort verlore. Zu niemandem.«

Die Frau näherte ihr Gesicht an Helens, sodass diese unwillkürlich auf ihrem Stuhl zurückrutschte. Sie spürte den wässrigen Blick der Frau, der sich geradewegs in ihren zu bohren schien. Helens Übelkeit verstärkte sich ins Unermessliche, als sie den strengen Atem der Frau auf ihren Wangen spürte, die, dicht vor ihrem Gesicht, mit brüchiger Stimme zu einem Gesang anhob, der wie Scherben in ihre Haut schnitt.

Bub' bis ich wiederkomm'
Sei du fein brav.
Fütter das Öfelein
Bald ist es Nacht –
Schaufel die Kohle rein
Geb' du fein acht.

Die Stimme der Frau klirrte über den Fußboden und brach dann abrupt ab. »Weiter kann ich's nit«, sagte sie und schenkte Helen ein zahnloses Lächeln.

Helen befand sich unter Schockstarre. Die Stimme der Alten, die noch immer durch den dunklen Saal zu schweben schien, ihr fahles Gesicht mit den wässrigen Augen, die Erinnerung an die verklungene Melodie – alles verschwamm zu einem undurchdringlichen Nebel.

Mit einem Satz erhob sie sich und stürmte grußlos den Gang hinaus in Richtung Ausgang. An der Eingangstür drehte sie sich noch einmal um und starrte in den schummrigen Gang. Dann stolperte sie die Rampe hinunter und riss die Beifahrertür des Dienstwagens auf.

Kapitel 8

Als Helen am nächsten Morgen um Punkt sieben Uhr fünfundvierzig die Tür zur Dienststelle aufschloss, war sie zufrieden. Alles fühlte sich wieder so an wie immer. Gunnar hatte sie im Anschluss an ihren Besuch im Altenheim nach Hause gefahren und sie war früh schlafen gegangen. Heute Morgen war sie um halb sieben aufgestanden, hatte eine Tasse Earl Grey getrunken und zwei Scheiben Marmeladentoast gegessen. Die Kopfschmerzen waren verflogen, genauso wie das mulmige Gefühl des gestrigen Tages.

Ein Blick auf den Garderobenständer bestätigte ihr, dass Gunnar bereits im Kurpark war. Der Gedanke daran, dass ihr Kollege stets vor ihr das Büro betrat, um seine schwarze Lederjacke gegen die Polizeijacke zu tauschen, stimmte sie seltsam glücklich. Als sie ihn einmal gefragt hatte, warum er seine Jacke nicht einfach mit nach Hause nahm, wenn er bereits wusste, dass er am nächsten Morgen auf Streife sein würde, hatte er ihr lachend geantwortet, dass er nicht auch in seiner Freizeit daran erinnert werden wolle, den falschen Beruf gewählt zu haben. Helen hatte ihm damals vehement widersprochen. Sie konnte sich keinen besseren Polizisten als Gunnar vorstellen.

Sie hatte gerade den Wasserkocher angestellt und ihren Computer hochgefahren, als das Telefon klingelte.

»Polizei Lenzkirch, Helen Winter am Apparat.«

»Frau Winter, schön, dass ich Sie direkt erreiche.«

Am anderen Ende entstand eine Pause und Helen fragte sich, ob ihr Gegenüber eine Reaktion erwartete.

»Womit kann ich Ihnen helfen?«, fragte sie schließlich. Sie hörte ein Räuspern am anderen Ende, dann sagte die männliche Stimme: »Kriminalhauptkommissar Harald Rohde am Telefon.«

Sie spürte, wie ihr die Röte ins Gesicht schoss, und schalt sich innerlich für ihre Unfähigkeit. Es gelang ihr mühelos, das Zwitschern von Goldammer und Buchfink auseinanderzuhalten, aber menschliche Stimmen zu unterscheiden, bereitete ihr große Schwierigkeiten. Gunnars Stimme würde sie hingegen unter Tausenden erkennen.

Schnell nuschelte sie ein »Guten Morgen, Herr Rohde« und ärgerte sich, dass ihr auf Anhieb keine Ausrede einfiel, um die Situation zu kitten. Erleichtert hörte sie jedoch Rohdes Stimme am anderen Ende der Leitung ertönen: »Frau Winter, ich möchte Sie an unsere Dienstbesprechung morgen, sechzehn Uhr, erinnern. Ich erwarte, dass Sie kommen.«

Es blieb still und Helen überlegte, was sie antworten sollte. Natürlich würde sie kommen, wenn eine Dienstbesprechung anstand. »Ja natürlich«, antwortete sie daher.

»Ich mein ja nur. Die letzten beiden Male habe ich Sie schmerzlich vermisst. Aber gut, ich verstehe ja, dass Sie auch vor Ort einiges zu tun haben. Es ist kein Drama. Aber morgen, sechzehn Uhr, auf dem Revier in Neustadt, merken Sie sich das bitte vor. Frau Winter, ich verabschiede mich. Haben Sie einen schönen Tag.«

Verdutzt legte sie den Hörer auf die Station. Was meinte Rohde damit? Sie schaltete ein zweites Mal den Wasserkocher ein und wartete auf das Klacken des Schalters, der anzeigte, dass das Wasser die korrekte Temperatur erreicht hatte. Sie fischte einen Beutel Earl Grey aus der Packung, gab ihn in die Tasse und goss das sprudelnd heiße Wasser darüber.

Unvermittelt wurde die Tür aufgerissen und Helen schreckte hoch.

»Guten Morgen, Frau Winter! Na, wieder unter den Lebenden?«

»Gunnar!« Sie spürte, wie ihr Herz einen Satz machte und dabei den Gedanken an Rohde aus ihrem Kopf katapultierte. »Bist du nicht auf Streife?«

»Ich dachte mir, ich schau mal bei meiner Lieblingskollegin vorbei und bring ihr ein zweites Frühstück mit!«

Gunnar zog zwei Papiertüten hinter seinem Rücken hervor und schob seinen Drehstuhl zu ihrem Schreibtisch hinüber.

»Machst du mir auch einen Tee?«

Nachdem Helen die dampfende Tasse vor ihm abgestellt hatte, fiel ihr das Telefonat wieder ein und sie entschied, ihm davon zu erzählen.

Gunnar hörte aufmerksam zu, dann schaute er Helen aus zusammengekniffenen Augen an und sagte: »Kann es sein, dass Schrenk und Abler dir schlichtweg nicht Bescheid gegeben haben?«

Sie stutzte. Das war natürlich eine Erklärung. Von wem sonst hätte sie von den Besprechungen erfahren sollen, wenn nicht von ihrem direkten Vorgesetzten?

***

Helen drehte ihren Stuhl um fünfundvierzig Grad und starrte gegen die weiße Wand. Gunnar kannte diese Momente, wenn Helen überlegte. Sie brauchte die Zeit und die Ruhe, um sich zu sortieren. Er hatte das früh bemerkt und wusste, dass man Helen in diesen Augenblicken nicht stören sollte. Auf manchen Gebieten zeigte seine Kollegin eine blitzschnelle Auffassungsgabe, aber bei profanen Alltagssituationen schien sie manchmal das sprichwörtliche Brett vor dem Kopf zu haben – eine charakterliche Eigenheit, die er irgendwie charmant fand.

»Scheiße«, presste Helen schließlich hervor. Sie drehte ihren Stuhl blitzschnell zu ihm herum und funkelte ihn an. Die Unvermitteltheit ihrer Reaktion ließ ihn zusammenzucken. Ihre Augen sprühten Funken. Eine beunruhigende Facette an seiner Kollegin, die er mittlerweile zu kennen glaubte.

»Wenn du da morgen hingehst«, versuchte er sie zu beschwichtigen, »dann sprich doch am besten direkt mit Rohde. Er hat ganz nett auf mich gewirkt, auch wenn ich nicht allzu viel von ihm mitbekommen habe.«

»Nein«, presste sie zwischen den Zähnen hervor. »Das werde ich nicht tun.« Noch immer loderte es in Helens Augen. Ihr Gemütszustand versetzte ihn in Alarmbereitschaft. Seine Kollegin schätzte er als ruhige, zumeist besonnene Frau ein, in manchen Momenten hoch konzentriert, zuweilen in sich gekehrt. Er hatte jedoch die seltenen Momente erlebt, in denen eine unbändige Wut von ihr Besitz zu ergreifen schien. Dann war sie ein Vulkan, der brodelnde Lava spie und in der

Lage war, alles um sich herum in Schutt und Asche zu legen. Diese Augenblicke waren meist folgenschwer gewesen.

»Gunnar«, sagte sie, sichtlich um Beherrschung ringend, »wenn ich dem Rohde stecke, dass mein eigener Vorgesetzter und mein Kollege mich absichtlich aus den Ermittlungen heraushalten wollen, welchen Schluss lässt das deiner Meinung nach zu?«

Gunnar überlegte kurz und antwortete: »Dass du Unterstützung brauchst, dass man dir übel mitspielen will, dass ...«

Helen schnitt ihm das Wort ab: »... dass meine Kollegen mich für unfähig halten. Und das kann ich im Moment nicht gebrauchen!« Sie stand auf und funkelte ihn an: »Oder hast du das Disziplinarverfahren vergessen? Selbst wenn Rohde sich bemüßigt fühlen würde, mir zu helfen, wie sähe so eine *Hilfe* denn aus? Dass ich ab sofort ebenfalls auf dem Revier ermittele, unter seinen Augen, und Schrenk hierherkommt? Das wird er mich bitter spüren lassen, das weißt du so gut wie ich! Außerdem kann ich nur in meinem Büro arbeiten und das ist hier in Lenzkirch!«

Gunnar beobachtete stumm, wie seine Kollegin bebend vor ihm stand. Er wagte es nicht, aufzustehen und sie in seine Arme zu schließen. Stattdessen wartete er darauf, dass das Feuer in Helen abebben würde.

Lange blieb sie vor ihrem Schreibtisch stehen, die Hände fest zu Fäusten geballt. Dann lief sie ins Badezimmer. Von seinem Platz aus hörte er minutenlang das Wasser laufen.

Als Helen wieder zurückkam, wirkte sie so wie immer. Er beobachtete, wie sie Platz nahm und die belegte

Seele auspackte, die er an ihren Platz gelegt hatte. Gunnar nahm einen Biss von seinem Plunderstück und spürte, wie er sich langsam entspannte. Einige Minuten saßen sie einander in trautem Schweigen gegenüber. Schließlich blickte er sie an und fragte: »Gehst du noch mal hin?«

»Wohin?«, fragte Helen kauend.

»Zu diesem Seniorenstift. Als du da gestern rausgekommen bist, sahst du aus, als hättest du einen Geist gesehen. Ich vermute mal, das lag an den Nachwirkungen des guten Barolo.« Er zwinkerte ihr schelmisch zu und Helen grinste schief.

Nach kurzem Zögern antwortete sie bestimmt: »Ja, ich werde da noch einmal hingehen, und zwar jetzt!«

Gunnar schrak zusammen, als Helen ihre Teetasse auf die Tischkante knallen ließ und sich abrupt erhob. Verdutzt beobachtete er, wie sie nach ihrer Dienstjacke griff, die neben seiner Lederjacke hing und durch die Tür verschwand.

Der Barolo war Schuld gewesen. Sie schob die Erinnerungen an die brüchige Stimme, die durch den düsteren Raum gewabert war, von sich und schaltete einen Gang höher. Ein weiteres Mal ging sie die Ereignisse des Vortags in Gedanken durch. Von der Bewohnerin des Stifts hatte sie bereits erste Informationen über das Mordopfer erhalten, die sich vielleicht als nützlich erweisen würden. Offenbar war die Frau nicht besonders beliebt gewesen – zumindest, wenn man den Worten der Alten Glauben schenken konnte. Ein kalter Schauer durchfuhr sie, als sie an das seltsame Lied dachte, das die Greisin angestimmt hatte. Ihre kratzige Stimme, die sich in dem dunklen Raum verloren hatte. *Der Unrat auf dem Boden. Die leeren Gesichter der Mitbewohner.* Schnell schob Helen die Gedanken beiseite. Es hatte an den Nachwirkungen des Weins gelegen, Gunnar hatte recht. Heute würde die Situation anders sein und sie würde die richtigen Fragen stellen.

Sie betätigte die Klingel und stellte sich bereits innerlich darauf ein, minutenlang vor der Tür warten zu müssen, als ein Gesicht vor der Glasscheibe auftauchte und sich kurz darauf die Schiebetür öffnete. Ein junger Mann um die Zwanzig, mit rostrotem Haar und einem sommersprossenübersäten Gesicht, strahlte sie an.

»Guten Tag, kommen Sie herein.«

Verwirrt von der unerwartet freundlichen Begrüßung betrat Helen den Flur und stellte sich vor.

»Die Polizei war ja schon ein paar Mal da, wie ich gehört habe. Adrian Berger, ich bin der Azubi hier.« Er streckte Helen die Hand entgegen und ergänzte: »Genau genommen seit heute.«

Helen griff nach seiner Hand und konnte nicht anders, als das Lächeln des jungen Mannes zu erwidern. Bei der Berührung nahm sie den beißenden Geruch von altem Zigarettenqualm und kaltem Kaffee wahr und schüttelte sich innerlich.

»Ist es möglich, mit einer der Bewohnerinnen zu sprechen?«, fragte sie, nachdem sie einen Schritt zurückgetreten war.

Der Mann sah sie etwas ratlos an, sein Gesicht erhellte sich jedoch sofort.

»Ich dachte eigentlich, dass Sie noch einmal die Mitarbeiter hier vernehmen wollten. Frau Netzer hat mir gesagt, dass ein Bulle hier war«, Adrian Berger schlug seine Hand vor den Mund, »ich meine, ein Polizist, sorry, und Sie sogar schon zwei Mal. Aber ich habe ihr erklärt, dass das ganz normal ist. Ist immer so. Kommen immer noch mal zurück, weil ihnen plötzlich noch etwas einfällt. Sind halt auch nur Menschen, die Bu-, äh Polizisten, habe ich gesagt.«

Er beugte sich zu ihr vor und flüsterte: »Das ist ein ganz schöner Kotzbrocken, die Netzer, das habe ich schon gemerkt. Aber vielleicht taut sie ja auf, wenn man sie besser kennt. Ist nicht schlecht, wenn man sich mit seinen Kollegen verträgt, oder, was meinen Sie?«

Perplex blickte Helen den jungen Mann an. Als sie ihre Sprache wiederfand, sagte sie: »Frau Margot Brenner. Ich möchte mit ihr sprechen. Aber bitte nicht im Speisesaal!«

»Kein Problem, ich bringe Sie zu ihrem Zimmer. Bis zum Mittagessen ist es sowieso noch ein bisschen hin und die alten Leutchen liegen ja auch gern länger im Bett.«

Helen eilte dem jungen Mann, der im Stechschritt über den Gang fegte, hinterher. Sie bezweifelte, dass die Bewohner gern lange in ihren Betten zubrachten, sofern sie nicht bereits bettlägerig waren. Vielmehr stellte sie sich die Frage, ob vielleicht die Unterbesetzung im Stift der Grund dafür sein konnte.

»Warum machen Sie denn eigentlich kein Licht an?«, rief sie dem Azubi fragend hinterher. Ohne anzuhalten, drehte er den Kopf und rief: »Energiekrise. Wir müssen sparen.«

In der Mitte des Gangs stoppte er abrupt, öffnete eine Tür und kam mit einem Blatt Papier zurück.

»Brenner, Brenner, Brenner ... ach, hier haben wir sie ja!«

Mit dem Papier in der Hand eilte er den Gang weiter hinunter und Helen hatte Mühe, Schritt mit ihm zu halten. Hinter dem jungen Mann fiel etwas auf den Boden. Helen schloss auf und sah, dass es sich um eine Zigarettenschachtel handelte.

Adrian Berger war mittlerweile am Ende des Gangs angekommen und vor der vorletzten Tür stehen geblieben. *Tür Nummer Siebzehn.* Als sie ihn erreichte, steckte sie ihm die Schachtel in die weite Tasche seiner Dienstjacke. »Die brauchen Sie sicher gleich«, raunte sie ihm zu.

Selbst im Schummerlicht konnte Helen erkennen, wie sich das Gesicht des Mannes rötete.

»Danke«, sagte er und grinste unsicher. »Ich würde Sie jetzt allein lassen. Einfach anklopfen.« Mit diesen Worten huschte Adrian Berger zur Glastür am Ende des Gangs und verschwand im Freien. Vermutlich würde er die Zeit nutzen, um heimlich zu rauchen.

Helen überlegte. Anna Tennert hatte Zimmer Achtzehn bewohnt, das letzte Zimmer im Gang. Hinter der Glastür sah sie einen roten Lockenschopf aufblitzen, der kurz danach aus ihrem Sichtfeld verschwand.

Sie zögerte, bevor sie anklopfte. Sie hatte damit gerechnet, dass der Auszubildende sie zuvor ankündigen würde, wollte aber auch nicht warten, bis dieser zurückkam.

»Frau Brenner«, rief sie unsicher und setzte dann, etwas lauter, nach.

Aus dem Inneren des Raums hörte sie ein leises Schlurfen, gefolgt von einem Grummeln, dann wurde ruckartig die Tür aufgerissen.

»Ja?«

Helen blickte auf die alte Dame, die sie misstrauisch beäugte. Braune Augen. Das war nicht Frau Brenner.

Helen nuschelte eine Entschuldigung und war gerade im Begriff, sich umzudrehen, als die Stimme der Frau die Luft durchschnitt: »Sie sind wegen Anna Tennert hier.«

»Woher ...«, stammelte Helen und beantwortete sich ihre Frage innerlich selbst. Sie trug eine Polizeiuniform und die Kunde von der Ermordung der alten Dame hatte hier sicherlich die Runde gemacht.

»Kommen Sie rein«, herrschte die Alte sie mit ihrer durchdringenden Stimme an.

Ihrem inneren Widerstand zum Trotz folgte sie der Frau durch die offene Zimmertür.

Die Seniorin wies ihr einen Platz auf einem der beiden Holzstühlchen in dem beengten, stickigen Raum zu. Es war nicht mehr als ein Kämmerlein. Gegenüber des schmalen Krankenbettes stand ein kleines Holzmöbel mit einem alten Röhrenbildschirm, der auf einem weißen Häkeldeckchen thronte. Schwere ockerfarbene Gardinen verdeckten das Fenster und ließen nur Schummerlicht ins Innere.

Helen widerstand dem dringenden Bedürfnis aus dem Raum zu laufen, stattdessen nahm sie Platz und bat die alte Dame, das Fenster einen Spalt breit zu öffnen.

»Nein«, war die schlichte Antwort der Frau und Helen schluckte die aufwallende Übelkeit hinunter.

»Sie sind nicht Frau Brenner«, eröffnete Helen das Gespräch.

Die Frau musterte sie eindringlich und bestätigte: »Nein, die bin ich nicht.«

»Ich habe gestern mit Frau Brenner über Anna Tennert gesprochen. Sie hat mir erzählt, dass Anna ihre Zimmernachbarin war, und ich wollte ihr noch ein paar Fragen stellen.«

»Vielleicht kann ich Ihnen ja auch weiterhelfen.«

Helen sammelte sich. »Was genau wissen Sie über Anna Tennert?«

»Nicht viel«, schoss es aus der Frau hervor. »Ich weiß aber, wer es weiß!«

Als Helen die Wohnungstür aufschloss, fühlte sie sich erschöpft. *Ausgebrannt* – das Wort, seltsam passend auf einmal, waberte durch ihre Gehirnwindungen, dann zuckte sie jäh zusammen. *Der Torso, wie eine Mülltüte auf dem Wasser. Die verstümmelten Gliedmaßen, die verbrannte Haut.* Schnell trat sie ein und schloss hinter sich ab. Sie ließ sich gegen die Tür sacken und konzentrierte sich darauf, ihren Atem zu regulieren. Morgen würde sie zur Dienstbesprechung antreten und noch immer hatte sie nichts vorzuweisen. Gar nichts. Sie spürte, wie sich ihr Herzschlag unangenehm beschleunigte, und bohrte mit aller Kraft die Nägel in ihre Handflächen.

Einige Minuten verstrichen, dann lockerte sie den Griff und öffnete ihre blutenden Hände. Ihr Puls hatte sich verlangsamt, ihr Atem ging wieder ruhig. Sie hatte nichts vorzuweisen. Dennoch war der Besuch im Altenheim nicht umsonst gewesen. Immerhin hatte sie jetzt einen Ansprechpartner, der vielleicht mehr über das Opfer wusste. Die Seniorin hatte ihr den Namen eines älteren Pflegers genannt, der lange auf der Station gearbeitet hatte. Mehrfach hatte sie bekräftigt, dass Michael Angermaier der richtige Ansprechpartner sei. Helen hatte sich von dem Auszubildenden ein Stockwerk nach oben führen lassen, wo sie eine freundliche Mitarbeiterin empfangen hatte. Michael Angermaier war mittlerweile auf der *Demenz* tätig, wie sie die Station unverblümt bezeichnete, aber derzeit im Urlaub. In ein paar Tagen würde er jedoch wieder anwesend sein. Helen hatte darauf verzichtet, sich die Nummer des Mannes geben zu lassen. Einerseits war sie unsicher, ob er ihr wirklich würde helfen können, andererseits ermittelte Helen auf eigene Faust und würde sich zuvor das Einverständnis von Abler einholen müssen.

Sie ging ins Badezimmer und beobachtete, wie das rötliche Rinnsal, das von ihren Händen tropfte, durch den Abfluss fortgespült wurde.

Kapitel 9

Hast du Angst? Weißt du jetzt, dass ich es war, der den Flammenkranz um den See gelegt hat? Weißt du, dass ich es bin, der dich holen kommt?

***

»Frau Winter?«

Helen schreckte hoch. Sie hatte nicht erwartet, als Erste ihren Bericht ablegen zu müssen. Sie hatte die halbe Nacht wach gelegen und war die Dienstbesprechung wieder und wieder im Geiste durchgegangen. Die Fragen, ihre Antworten. Sie hatte sich einige Floskeln zurechtgelegt, diese eingeübt. Als sie jedoch aus dem Auto gestiegen und vor den Treppen des Reviers gestanden hatte, war plötzlich alles weg gewesen. Als seien beim Öffnen der Autotür die Worte einfach aus ihrem Kopf entfleucht und wie Nebel verdampft.

Sie räusperte sich und wollte gerade ansetzen, als sie von einer männlichen Stimme unterbrochen wurde.

»Vielleicht starte ich mit den Ergebnissen der Befragung im Seniorenstift.« Schrenk blickte zu ihr hinüber und kniff seine Lippen zu einem schmalen Strich zusammen. »Frau Winter kann anschließend ergänzen und uns weitergehende Informationen zum Hintergrund des Opfers geben.«

Mit angehaltenem Atem versuchte Helen, die Worte, die aus seinem Mund flossen, zu einem kohärenten Muster zusammenzusetzen. Worte, wie *Netzer*, *Alzheimer* und *intensive Betreuung* irrten durch den Raum und Helen hatte Mühe, einen Sinn daraus herzustellen.

Die Worte »Frau Winter, Sie dürfen jetzt gerne ergänzen«, rissen sie aus ihrer Starre.

Helen richtete sich in ihrem Stuhl auf, um die Worte aus ihren Gehirnwindungen herauszupressen, aber sie wusste, dass da nichts mehr war. Schließlich waren sie längst über dem Parkplatz entschwebt, hatten sich wie Wasserdampf in der Luft aufgelöst.

»Ich habe nichts gefunden«, sagte sie schließlich und spürte, wie sich der Boden unter ihren Füßen auftat.

Sie fühlte Ablers Blick auf ihrem ruhen, seine dunklen Augen, die versuchten, sich in ihre zu bohren.

»Ich habe in allen Geburten- und Melderegistern der näheren Umgebung recherchiert. Eine Anna Tennert ist nirgendwo verzeichnet.«

»Krankenhäuser, Schulen und so weiter? Was ist mit nahen Angehörigen, wie Schwestern, Brüdern? Der Name *Tennert* an sich? Ähnliche Vornamen, wie Annabelle, Anna-Lena, Maria Anna, was weiß ich?«, hörte sie eine zweite Stimme. Ein Blick in die Runde verriet ihr, dass es die von Rohde war.

Helens Kopf fühlte sich seltsam taub an, als sei er gänzlich in Watte gehüllt. Sie hatte nicht daran gedacht. Versessen darauf, den Namen *Anna Tennert* zu finden, hatte sie ihren Radius erweitert, immer größere Kreise um die Schluchsee-Gemeinden gezogen. Festgebissen hatte sie sich. Die Idee, nach einer Namensvariation zu recherchieren, war ihr nicht einmal in den

Sinn gekommen. Zu allem Überfluss hätte sie einen Großteil ihrer Arbeitszeit damit verschwendet, unaufgefordert im Altenheim herumzuschnüffeln.

»Also dann, nichts Neues zum persönlichen Hintergrund des Opfers. Ich würde sagen, wir kommen zum nächsten Punkt: die Ergebnisse der Obduktion sind mittlerweile vollständig.«

Schockstarr saß Helen auf ihrem Stuhl und wagte es nicht, Abler oder einen der anderen Polizeibeamten anzusehen. Sie hatte versagt. Sie hatte es noch nicht einmal geschafft, eine einfache Recherche-Aufgabe auszuführen.

Durch ihren Wattekopf drangen immer wieder einzelne Satzfetzen zu ihr hindurch, aber es war unmöglich, einen Zusammenhang herzustellen. Irgendwann standen die Beamten auf und Helen mit ihnen. Sie marschierte wie eine stumme Soldatin hinterher. Aus dem Augenwinkel sah sie, wie sich die Männer durch die Türen schoben, ein kleines Grüppchen, das die Straße entlang schlenderte und schließlich aus ihrem Blickfeld verschwand.

Die Taubheit hatte mittlerweile auch ihre Beine erfasst. Sie versuchte, einen Schritt vor den anderen zu setzen, aber der Blick auf ihre Füße verriet ihr, dass sie noch immer an Ort und Stelle stand.

»Frau Winter?«

Sie drehte den Kopf und sah das gerötete Gesicht des Kriminalhauptkommissars. Rohde drängte sich im Gang an ihr vorbei und plusterte sich vor ihr auf.

»Frau Winter«, presste er erneut zwischen seinen Zähnen hervor. Dann machte er eine längere Pause, raufte sich die Haare und drehte den Kopf zur Fensterfront, die sich den Gang entlang zog.

Helen wartete regungslos auf das Wortgewitter, das sich über ihrem Kopf entladen würde.

»Mir fehlen dafür schlicht die Worte«, fing er an, verstummte aber erneut.

Helen dachte an den Zeiger der Uhr, der sich niemals zu bewegen schien. Dann hörte sie Rohdes Stimme wieder: »Glauben Sie, dass Sie Ihre Position verbessern können, wenn Sie so etwas abliefern?« Er lachte kurz auf und korrigierte sich: »Nein, bestimmt nicht. Sie haben ja genau genommen gar nichts abgeliefert. Überhaupt nichts! Ich habe mich hier für Sie eingesetzt, auf Rücksprache mit Jens Kossnick, der mir versichert hat, dass Sie Ihre Chance ergreifen werden. Ich merke auch, dass Sie nicht den besten Rückhalt aus Ihrem Team zu haben scheinen, Frau Winter. Aber Sie machen Ihrem Ruf gelinde gesagt auch keine Ehre. Sie erscheinen zu den Dienstbesprechungen nur dann, wenn es Ihnen gerade in den Kram passt, Sie recherchieren wie eine blutige Anfängerin und dann bekommen wir auch noch einen Beschwerdeanruf vom Altenstift, dass wir unsere Leute nicht koordinieren können. Frau Winter, ich habe Ihnen nicht den Auftrag erteilt, die Mitarbeiter im Stift zu befragen, das hat der Kollege Schrenk bereits übernommen. Wenn Sie bei der letzten Dienstbesprechung anwesend gewesen wären, dann hätten sie das auch gewusst! Sie erfüllen hier nicht das Mindestmaß an Professionalität! Sagen Sie, wie haben Sie es eigentlich auf diese Weise zur Oberkommissarin gebracht? Es ist mir schlicht ein Rätsel.«

Helen beobachtete, wie Rohde sich eine imaginäre Haarsträhne von seiner puterroten Stirn strich, bevor er mit gesenkter Stimme hinzufügte: »Ich weiß nicht, was ich mit Ihnen machen soll!« Wieder sah er in Richtung Fenster. Dann drehte er unvermittelt den Kopf und starrte ihr in die Augen. »Sagen Sie es mir, Frau Winter, wie geht es weiter?«

Helen taumelte aus der Tür des Haupteingangs und die Treppen hinunter in Richtung Parkplatz. Sie öffnete die Autotür und ließ sich auf den Sitz fallen. Dann legte sie ihre Arme auf das Lenkrad und schloss die Augen.

Stundenlang war sie durch den Kurpark gelaufen. Noch nicht einmal ihre Uniform hatte sie abgelegt. Sie hatte niemanden gesehen, nicht eine einzige Vogelstimme gehört, den eisigen Wind nicht gespürt. Sie war gelaufen und gelaufen, immer wieder am selben Punkt angelangt, hatte immer wieder von Neuem den Kreis geschlossen.

Als sie ihre Wohnungstür hinter sich verriegelte, entkleidete sie sich und schlüpfte in ihre Sportkleidung. Sie griff nach ihrem Stirnband mit der Lampe und stieg zum zweiten Mal an diesem Tag in ihr Auto.

In Schluchsee angekommen, lenkte sie ihren Wagen auf den Parkplatz vor der Staumauer und streifte ihr Stirnband über. Es war erst kurz nach sechzehn Uhr, aber die Dämmerung würde zu dieser Jahreszeit früh einsetzen. Sie stieg aus dem Wagen und lief weiter.

Ihre Füße trugen sie mechanisch über den Seeuferweg, der nach Aha führte. Nie zuvor war sie die Strecke gelaufen. Helen liebte die kleinen Wanderwege und

Trampelpfade, die durch die Wälder führten. Sie ging gerne joggen, atmete den Duft der Nadelbäume ein, lauschte dem Rauschen der Bächlein und dem Knacken der Äste unter ihren Füßen. Den Schluchsee hatte sie stets gemieden.

Sie richtete ihren Blick starr geradeaus, taub und blind für alles, was ihren Weg kreuzen würde. Sie achtete nicht auf die passierenden Autos, den entgegenkommenden Läufer – war es ein Mann oder eine Frau gewesen? –, nicht auf ihren Körper oder die einsetzende Dunkelheit.

Helen lief weiter, trieb ihre Beine an, noch schneller zu werden. Sie ignorierte den Druck in ihrem Kopf, der sich wie ein Geschwür darin ausbreitete, löschte mit jedem Schritt die Gedanken an den vergangenen Tag.

Sie lief weiter, vorbei am Schluchtensteig, passierte einen Hof und gelangte zu einem höher gelegenen Aussichtspunkt. Sie stoppte nicht.

Die Schwärze des Sees vermischte sich mit der aufziehenden Dunkelheit und schluckte jedes Geräusch. Nicht einmal das Knacken unter den düster aufragenden Tannen war mehr zu vernehmen. Hell zeichnete sich ein moosbewucherter Felsbrocken ab, der im fahlen Licht wie ein Grabstein wirkte. Den Bruchteil einer Sekunde zuckte Helen zusammen, dann schaltete sie das Stirnlicht an, richtete ihren Blick starr geradeaus und rannte weiter, vorbei an den Steinen, die den Hang zu ihrer Rechten säumten wie die Nachhut eines längst vergessenen Friedhofs.

Die eisige Kälte bohrte sich tief in ihre nackten Hände, aber sie würde dem Gefühl nicht nachgeben.

Weiter, immer weiter. Nicht anhalten, niemals stehen bleiben. Auf der gegenüberliegenden Seite erblickte sie durch das Geäst ein Stückchen abseits des Bahnhofsgebäudes das Herrenhaus von Seebrugg, das im fahlen Mondlicht gespenstisch schimmerte.

Sie hatte die Hälfte der Strecke hinter sich.

Helen trieb sich weiter an, befahl ihren Beinen zu laufen, immer weiter zu laufen, in Bewegung zu bleiben. Die Schwärze der einsetzenden Nacht hatte den See fast geschluckt. Lediglich die dünne Sichel, die irgendwo in der Dunkelheit zu schwimmen schien, ließ seine stumme Anwesenheit erahnen.

Kurz streifte Helens Blick die Sichel, ein Augenblick, der ausreichte, um sie ins Straucheln zu bringen. Sie drehte ein und knickte in sich zusammen.

Schwer atmend probierte sie, sich aufzurichten. *Was war das?* Ihre Hände griffen unter sich und bekamen etwas Festes zu fassen. Sie richtete ihren Blick auf die Erde und der Lichtkegel erhellte eine längliche Wurzel. Schnell rappelte sie sich auf, um weiterzulaufen, als ein Geruch ihre Aufmerksamkeit bannte. *Der Geruch.*

Ohne Vorwarnung breitete sich die Feuersbrunst auf ihrem Schenkel aus. Der brennende Schmerz ließ sie zusammenzucken und ihre Hand schnellte an ihr linkes Bein. Panik ergriff sie. So unvermittelt wie das plötzliche Nervenbrennen einsetzte, traf sie die Erkenntnis, dass sie allein war. Allein mit der Dunkelheit des toten Sees. Was, wenn jemand ihr gefolgt war? *Die unverschlossene Haustür.* Helen griff röchelnd an ihre Kehle, die die Luftzufuhr verweigerte. Sie torkelte einige Schritte über den unebenen Grund, krallte ihre

Fingernägel in die Handflächen, als könne sie die Angst aus ihrem Fleisch kratzen. *Sie musste weiterlaufen.*

Die Beine übernahmen. Helen merkte, wie ihre Schritte schneller wurden, und spürte den Windzug auf ihren Wangen. Irgendwann öffnete sie die Fäuste, wurde eins mit ihren Beinen, lief weiter, immer weiter, drehte sich nicht um.

Als sie anderthalb Stunden später mit zitternden Fingern den Wagen aufschloss, klebte ihr Haar trotz der Novemberkälte nass auf ihrer Stirn. Sie startete den Motor, noch bevor sie sich angeschnallt hatte und raste zurück nach Lenzkirch.

»Nein, kein Witz.«

Gunnar blickte seine Kollegin an, die das Gesicht verzog und unter den Tisch starrte, als müsse sie sich davon überzeugen, dass ihre Beine noch dort waren. Sicherlich kündigte sich der Muskelkater bereits an.

»Ich glaub es nicht!«, wiederholte er lachend. »Du bist einmal komplett um den Schluchsee gelaufen? Weißt du eigentlich, wie weit das ist? Das sind locker zwanzig Kilometer!«

»Neunzehn«, entgegnete sie.

»Und das ohne Übung. Respekt.« Er grinste noch immer.

»Du hast Koriander zwischen den Zähnen«, sagte Helen.

Mit dem Finger pulte er zwischen seinen Schneidezähnen herum. Als sie ihm geschrieben hatte, hatte er sofort gewusst, dass sie seinen Rat brauchte. Vermutlich hatte es etwas mit der Dienstsitzung zu tun. Außerdem ergriff er nur zu gern jede sich bietende Gelegenheit, seiner Wohnung zu entfliehen. Das thailändische Restaurant war so etwas wie sein zweiter Heimathafen geworden. Das Essen war überragend und lockte die Leute in Scharen in das kleine Kaff, was ihm bereits die ein oder andere interessante Bekanntschaft verschafft hatte.

»Ich habe schon Übung. Ich gehe joggen«, stellte Helen richtig.

»Ja, weiß ich doch. Aber sieben Kilometer ist was anderes als neunzehn, oder? Dafür sollte man eigentlich üben, und du rennst das einfach mal so und das auch noch nachts.«

»Es war nicht Nacht, es war nur dunkel.«

»Schon gut, Helen«, sagte er lachend. »Themawechsel. Was verschafft mir die Ehre unseres späten Treffens?«

Helen fasste die Ereignisse des Vormittags zusammen. Was er hörte, missfiel ihm zutiefst.

»Was meinst du, soll ich jetzt machen?«, fragte sie.

Gunnar sah sie eine Weile an und überlegte. Was sollte er ihr antworten? Es war eigentlich fast süß, welche Schwierigkeiten es seiner Kollegin zu bereiten schien, selbst Lösungen zu finden. Die Verzweiflung, die sich auf ihrem ebenmäßigen Gesicht abzeichnete, das Kräuseln ihrer Nasenspitze, der traurige Blick – davon ging ein Reiz aus, den er nicht zu beschreiben in der Lage gewesen wäre. Aber vor allem wollte er Helen weiterhelfen. Er mochte seine Kollegin und die beruflichen Probleme, mit denen sie zu kämpfen hatte, lagen nicht allein an ihrer Person. Abler und Schrenk hatten ihr von Anfang an das Leben schwer gemacht. Wenn er nicht gewesen wäre, würde Helen heute nicht mehr vor ihm sitzen. Er seufzte und antwortete: »Vielleicht solltest du dir Unterstützung holen.«

»Das tue ich gerade. Du sitzt doch hier«, wandte Helen ein.

»Nein, das meine ich nicht. Ich spreche von externer Unterstützung. Du brauchst jemanden, der dir Rückendeckung gibt, jemanden, dem du in Ruhe die Situation erklären kannst, der Einfluss hat im Polizeidienst. So, wie du es erzählst, hattest du ja bereits erste Ermittlungsergebnisse. Das Problem ist eigentlich eher, dass du dich selbst schlecht verkaufen kannst. Du glaubst doch nicht, dass die anderen in der Soko immer alles richtig machen und bereits abschließende Ergebnisse vor sich liegen haben, oder? Denk an Schrenk! Der Typ hat dir einfach die Recherche-Arbeit vor Ort abgefuchst – wie auch immer er das angestellt hat – und was hat er herausgefunden?«

Helen schien zu überlegen. Schließlich antwortete sie: »Ich habe es nicht genau gehört. Mein Kopf war wieder voll Heu.«

Gunnar stutzte, dann lachte er lauthals los. Helens Wortschöpfungen und seltsame Redewendungen waren eine weitere Eigenart, für die er sie manchmal am liebsten knuddeln würde.

»Helen, der kleine Heukopf.«

Der verzweifelte Blick in ihrem Gesicht brachte Gunnar allerdings zum Thema zurück. »Nein Helen«, sagte er schnell. »Der Punkt ist, dass Schrenk überhaupt nichts gesagt hat. Zumindest nicht inhaltlich. Er hat sich lediglich präsentiert. Und zwar als der Superbulle, der besser ist als seine Kollegin mit dem zusätzlichen Stern am Revers. Der hat dich ausgebootet, sich profiliert auf deine Kosten! Helen, der Typ ist gefährlich. Ich hab dir das schon mal gesagt. Ich würde mir jetzt wirklich Hilfe von außen holen. Was kann denn schon passieren?«

Seine Kollegin schien zu grübeln, dann fragte sie: »Von wem soll ich mir Hilfe holen?«

»Wie wäre es mit Kossnick? Du meintest doch, dass der im Anschluss an die Dienstsitzung auf dich zugekommen ist und nett war, und hast du nicht gesagt, dass Rohde angedeutet hat, dass Kossnick etwas mit deiner Soko-Beteiligung zu tun hatte?«

Helen saß ihm noch immer gegenüber wie ein Stockfisch. Er widerstand dem Bedürfnis aufzustehen und sie in seine Arme zu schließen.

»Nein, ich kann Kossnick nichts sagen!«, schoss es plötzlich vehement aus ihr hervor. »Der ist für die Dienstbeschwerde gegen mich zuständig. Dem werde ich ganz bestimmt keine weiteren Argumente liefern, die mich belasten könnten.«

Gunnar schwieg. »Dann informiere endlich den Personalrat.«

Helen sah ihn schweigend an und löffelte ihre Suppe aus.

Kapitel 10

Um Punkt acht Uhr stand Helen vor dem Hintereingang des Altenstifts und wartete auf Adrian Berger. *Anderthalb Schachteln, plus Minus.* Es brauchte kein besonders feines Näschen, um zu bemerken, dass der Azubi Kette rauchte. Seine fahrigen Bewegungen und der gehetzte Blick hatten ihn bereits vor der Glastür verraten.

Keine fünf Minuten später wurde die Tür geöffnet und Adrian Berger stolperte um die Ecke. Kurz schrak er zusammen, fasste sich jedoch sofort wieder und strahlte sie an.

Es gefiel ihr, wie die kleinen Sommersprossen auf seinem Gesicht dabei tanzten. Charaktergesichter mochte sie. Ein weiterer Punkt, der ihr bereits etliche Male Schwierigkeiten bereitet hatte und für den Polizeidienst von entscheidendem Nachteil war: sie hatte Mühe, sich Gesichter einzuprägen. Zumindest die Gesichter der meisten Menschen, denen sie in ihrem Leben begegnet war, die ihre Scheinnormalität wie eine vergorene Duftmarke hinter sich herzogen. Diese faden, ebenmäßigen Gesichter, die nichts sagten und keine Antwort erwarteten. Charaktergesichter, abstrakte Leinwände aus bunten Farben, Fleckchen, Narben, Pünktchen und Falten, Landkarten mit pergamentartigen Furchen, die die Flüsse des Lebens selbst gezeichnet hatten – diese Gesichter konnte sie sich sehr wohl merken. Der junge Mann mit den Sommersprossen hatte ein solches Charaktergesicht.

»Wollen Sie uns wieder besuchen?«, fragte er.

Helen zog ihn ein Stückchen vom Türbereich weg und raunte: »Herr Berger, Sie müssen mir helfen!«

Mit knappen Worten gab sie ihm die Anweisungen. Er sollte ihr unbemerkt die Vordertür öffnen und sicherstellen, dass die Netzer davon keinen Wind bekam, sodass sie unbemerkt die Stufen hinauf zur Station im Obergeschoss nehmen konnte.

Adrian runzelte die Stirn. »Und wenn ich Ärger bekomme?«, fragte er verunsichert.

»Du kannst auch Ärger bekommen, wenn jemand der Netzer steckt, dass der neue Azubi während seiner Arbeitszeit heimlich raucht«, entgegnete sie.

Sie hatte keine Wahl. Den Gedanken, die Feuertreppe zu benutzen, hatte sie sofort verworfen. Das war zu riskant. Wenn sie hingegen die Station über die Treppen erreichte, würde sie kein Aufsehen erregen. Sie musste nur ungesehen durch den Haupteingang gelangen. Man würde keine weiteren Fragen stellen. Zumindest hoffte sie das.

Adrian nickte knapp und gab ihr zu verstehen, an der Ecke zum Haupteingang auf ihn zu warten.

Helen hatte bereits die Befürchtung, dass der Junge einen Rückzieher gemacht hatte, da öffneten sich die Glastüren des Eingangs.

Adrian winkte sie aufgeregt zu sich und sie huschte zur Tür herein und schlich die Treppenstufen hinauf. Auf dem Absatz drehte sie sich noch einmal um und lächelte dem Jungen zu, dann eilte sie die letzten Stufen hinauf.

Es war nicht schwer gewesen, Frau Brenner zu finden. Die alte Dame saß zusammengekauert auf einem Stuhl im halb leeren Speisesaal, vor sich eine Tasse Kaffee und ein Brötchen, daneben, auf einem Unterteller, Butter und Marmelade. Als Helen den Tisch erreichte und ihr gegenüber Platz nahm, blickte die Frau kurz auf, heftete ihre Augen jedoch sofort wieder auf ihren Teller.

Helen hörte das leise Klappern ihres Gebisses, das jedes andere Geräusch im Raum zu schlucken schien. *Klack ... Klack ... Klack ... Klack.*

»Frau Brenner«, setzte Helen an und zwang sich, den unangenehmen Klang zu ignorieren. Die Frau starrte weiterhin unbeirrt auf ihren Teller.

Helen registrierte die Verzweiflung, die durch den Raum waberte. Sie troff in Schlieren von den milchigen Fensterschlitzen, die hinter dem Rücken der Frau im oberen Drittel der Wand eingelassen waren und die Sicht auf ein stumpfes Grau freigaben. Trauer, Angst, Freude, Leid – Feinpartikel, die die Luft in Schwingung versetzten. Und Helen schwang mit ihnen.

Endlich begriff sie. Sie erhob sich, ging um den Tisch herum und nahm auf dem leeren Stuhl neben der Frau Platz. Sie griff nach dem Messer, das unberührt neben dem Teller lag, schnitt das Brötchen auf und beschmierte es sorgfältig mit Butter und Marmelade. Dann schnitt sie ein Stückchen ab und reichte es der Frau vorsichtig.

Mit zitternden Fingern nahm diese es entgegen, führte es zu ihrem Mund und begann zu kauen. Sofort schnitt Helen das nächste Stückchen ab, überreichte es ihr und beobachtete, wie sie sich auch dieses Stückchen in den Mund steckte.

Als die Seniorin das Brötchen aufgegessen hatte, reichte sie ihr die Tasse. Die Hand der Frau zitterte so stark, dass Helen ihr schnell zur Hilfe kam und sie beim Trinken abstützte, bevor noch mehr der dunklen Flüssigkeit über den Tisch schwappte.

Als sie die Tasse gemeinsam wieder abgestellt hatten, hob Frau Brenner ihren Blick und lächelte sie an. Helen spürte einen kleinen Stich im Herzen. Ihre Großmutter hatte an Parkinson gelitten. Irgendwann hatte sie nicht einmal mehr allein essen, geschweige denn, sprechen können.

Sie schluckte die Tränen herunter und lächelte zurück.

Eine Stunde saß Helen mit der Greisin am Frühstückstisch und hörte ihr zu. Es waren nicht die Dinge, die sie sich erhofft hatte, aber es war ihr egal geworden. Sie hatte ihren Stuhl zu der Frau gedreht, und beobachtet, wie die weißen Härchen auf ihrem Kopf wippten, wenn sie sprach, sie hatte die Runzeln auf ihrer Stirn gezählt und den Geschichten von Bella, der Rauhaardackelhündin gelauscht. Sie hatte zugehört, bei welchem Hof sie als Kind Milch geholt hatte, genickt, wenn sie von der schweren Zeit erzählte nach dem Krieg. Als sie sich bereits zum Abschied erhoben hatte, wiederholte die Frau den Satz, den sie mehrfach hatte fallen lassen: »Mir hen alli mithelfe müsse. Alli.«

Helen lächelte ihr zu und drückte ihr zum Abschied vorsichtig die Hand.

»Und die Anna, die war ä Garschdige. Mir hen die nit möge«, flüsterte die Frau.

Helen merkte auf. »Meinen Sie Anna Tennert? Kannten Sie sie von früher?«

Die Alte hielt sie mit ihrem wässrigen Blick fest und hob mit dünnem Stimmchen zu einem Gesang an.

Wo einsam die Tannen
rauschen im Wind
wo still liegt der See
still auch das Kind

Helen spürte, wie sich ihre Nackenhaare aufrichteten. Sie wollte aufspringen, aber ihre Beine versagten ihr den Dienst. Stattdessen starrte sie auf die spröden Lippen der Frau, die sich öffneten und schlossen und die seltsame Melodie durch den Speisesaal bliesen.

Schwarz ist dein Mäntelein
Vater dir's gab
Bub' bis ich wiederkomm'
Sei du fein brav.
Fütter das Öfelein
Bald ist es Nacht –
Schaufel die Kohle rein
Geb' du fein acht.

Ihre Stimme schien noch durch den Raum zu irren, als die Frau den Mund längst geschlossen und sich abgewandt hatte. Als Helen erneut das Klappern ihres Gebisses hörte, sprang sie mit einem Ruck vom Stuhl und eilte wortlos aus dem Raum.

Im Auto angekommen atmete sie tief durch und schloss einen Augenblick die Augen. Die Melodie schien ihr bis ins Innere des Wagens gefolgt zu sein und waberte tonlos durch den engen Raum. Sie öffnete kurz die Fahrertür und drängte sie mit aller Kraft hinaus. Sie musste wiederkommen, denn die Frau schien Anna Tennert zu kennen und war womöglich ihre einzige Chance, mehr herauszufinden. Sie startete den Wagen und lenkte ihn auf die Landstraße in Richtung Lenzkirch.

»Moin, Helen!«

Gunnar beobachtete, wie seine Kollegin an der Türschwelle stehen blieb, sich die Füße an der Matte abstreifte, sorgsam, einen nach dem anderen und dann die Polizeijacke an die Garderobe hängte. Sie lief zielstrebig auf ihren Platz zu, ließ sich, ohne ihn zu grüßen oder ihn überhaupt zu bemerken, auf den Stuhl fallen und startete den Computer.

Innerlich triumphierte er. Helen hatte sich festgebissen, daran bestand nicht der geringste Zweifel. Seit der Typ vom Präsidium zusammen mit den Kriminalbeamten hier aufgeschlagen war, hatte sich seine Unruhe verstärkt. Die unterschwellige Feindseligkeit, mit der Schrenk langsam die Abteilung vergiftete, hatte ein Ventil gefunden. Die stumme Bedrohung hatte sich manifestiert in Form eines Disziplinarverfahrens, das Helen nicht so einfach würde abschütteln können. Sie hatte einen schweren Fehler gemacht, der Konsequenzen nach sich ziehen würde. Aber dieser Kossnick war allem Anschein nach kein schlechter Kerl. Garantiert hatte er die Feindseligkeit gewisser Kollegen ihr gegenüber bemerkt. Wenn es stimmte, was Rohde Helen nach der letzten Dienstbesprechung an den Kopf geworfen hatte, dann war Kossnick zumindest nicht unbeteiligt daran gewesen, dass Helen überhaupt die Chance erhalten hatte, sich als Teil der Sonderkommission zu beweisen. *Sie sollte ihn wirklich anrufen.*

Er stützte seinen Kopf in die Hand und schielte aus dem Fenster. Warum Helen sich bei dem Fall derart gewunden hatte, erschloss sich ihm noch immer nicht. Er kannte seine Kollegin seit mehreren Jahren und dieser Fall, so viel stand für ihn fest, brachte sie an ihre persönlichen Grenzen. Die Hinrichtung am See hatte ein grausiges Bild abgegeben, keine Frage. Weder er noch Helen waren in der Vergangenheit mit einem ähnlichen Fall konfrontiert gewesen – wie auch? Als *Dorfsheriffs*, wie er sie beide gern spöttisch bezeichnete, befassten sie sich in erster Linie mit Verkehrsdelikten und kleineren Straftaten. Vor allem aber waren sie eines: Ansprechpartner für die Bürgerinnen und Bürger des Orts, *Freund und Helfer* – ein Bild, das ihm durchaus gefiel. Dennoch, Helen war keine Person, die er als zart besaitet beschreiben würde. Auf einige Menschen wirkte sie vielmehr teilnahms-, ja vielleicht sogar gefühllos. Dass dies nicht der Fall war, wusste er nur zu gut. Helen hatte schlicht eine andere Art und Weise, ihren Gefühlen Ausdruck zu verleihen und nicht immer landete die innere Regung auch auf ihrem Gesicht. Auch fand sie nicht jedes Mal die passenden Worte, hatte Schwierigkeiten, intuitiv auf Situationen zu reagieren. Dass dies bei einigen Personen Irritationen auslöste, war ihm vollkommen klar. Dennoch durfte dies kein Grund sein, Helens berufliche Fähigkeiten herabzuwürdigen. Sie war eine gute Polizistin, eigenwillig in

ihrem Vorgehen, aber gut. Abler wusste das. Umso
mehr missfiel es Gunnar, dass er Schrenks zunehmende Feindseligkeit nicht unterband. Aber er würde
dem nicht tatenlos zusehen! Wie oft hatte er Helen geraten, den Personalrat einzubeziehen. Warum nur, tat
sie das nicht? Aus Angst, als schlechte Polizistin dazustehen oder dass man ihr ein *Versetzungsangebot* unterbreiten würde? Insgeheim mutmaßte er, dass die Angst
vor einer Versetzung der eigentliche Grund war, warum sie sich in diesen Fall festbiss. Sie wollte unter allen Umständen verhindern, ihren Dienstposten verlassen zu müssen. Lieber ertrug sie stillschweigend alle
Anfeindungen, als Lenzkirch zu verlassen. Aber genug
war genug! Den Bezirkspersonalrat hatte er bereits informiert. Die Situation ging ihm gehörig gegen den
Strich und er hatte nicht mehr länger zusehen können.
Seit einiger Zeit schon, noch vor der Dienstbeschwerde,
stand er bereits mit ihm in Verbindung. Im Stillen gratulierte er sich dafür. Aber das war nicht genug. Erneut
schielte er zum Telefon. Er würde ihn über die Situation in Kenntnis setzen. Vielleicht würde Helen selbst
das Blatt zu ihren Gunsten wenden. Er warf ihr einen
Blick zu und schmunzelte. Das, was er sah, ließ ihn innerlich jubilieren: Wie sie aufgerichtet in ihrem Bürostuhl saß und auf den Computerbildschirm starrte,
zeigte ihm, dass sie ihren Fokus ausgerichtet hatte. Als
habe sie ihre unsichtbaren Scheuklappen hochgefahren, schien sie nichts mehr um sich herum mitzubekommen. Dennoch würde er es nicht wagen, in ihrer
Gegenwart mit ihm zu telefonieren. Er wusste nicht,
was sie vorhatte, aber er war sich sicher, dass sie nicht
lockerlassen würde, bis sie gefunden hatte, was sie

suchte. Helen war im Jagdmodus und das gefiel ihm. Dennoch: es war Zeit, aktiv zu werden. Lächelnd beobachtete er, wie sie wild in die Tastatur hämmerte. Er würde ihn anrufen. Notfalls vom Park aus.

Kapitel 11

Mit klopfendem Herzen saß Helen am Frühstückstisch und starrte auf ihr Toastbrot. Oben links fehlte Marmelade, auf mindestens einem halben Zentimeter. Sie schob den Teller von sich und trank ihren Tee aus. Sie würde es tun.

Die intensive Recherche des Vortags hatte Ergebnisse gebracht, wenn auch nicht in dem Maße, wie sie erhofft hatte. Eine Anna Tennert tauchte zwar in keinem der Geburtenregister auf, der Name Tennert aber sehr wohl. 1929 war die Geburt einer Christiane Tennert registriert worden, Tochter von Leni Tennert, geborene Baumgartner, und Joseph Tennert. In den Jahren 1933 bis 1939 wurden drei weitere Geburten registriert, Ulrich, Günther und zuletzt Ulrike Tennert, alle drei aus der Verbindung von Leni und Joseph Tennert, wohnhaft in Schwarzhalden. Weitere Recherchen hatten ergeben, dass Ulrike geheiratet und, wie damals üblich, den Namen ihres Mannes angenommen hatte. Damit kam sie als Mutter von Anna nicht infrage. Ulrich und Günther hatten ebenfalls geheiratet und Nachkommen gezeugt, aber keines der Kinder trug den Namen Anna, Anna-Lena, Anna Sophie oder einen vergleichbaren, für den später eine Kurzform hätte gefunden werden können. Blieb Christiane Tennert. Die allerdings schien unverheiratet und kinderlos geblieben zu sein. Zumindest war ihr Name in keinem Register mehr aufgetaucht, allerdings auch in keinem Sterberegister – im Gegensatz zu ihren jüngeren Geschwistern. Vermutlich war Christiane weggezogen, vielleicht war sie in den turbulenten Nachkriegsjahren sogar eine Verbindung mit einem ehemaligen Besatzungssoldaten eingegangen und mit ihm in dessen Heimat zurückgekehrt. 1982 war Leni Tennert im Alter von 72 Jahren in Buchenbach gestorben.

Leider wusste sie noch immer nicht, aus welcher Verbindung Anna Tennert hervorgegangen war. Aber sie hatte eine Idee, wer das wusste.

Das Toastbrot ignorierend, sprang sie auf, zog hastig ihre Schuhe an. Als sie ihre Hand nach der Jacke ausstreckte, zuckte sie stöhnend zusammen. Der Muskelkater in ihren Beinen hatte sie bereits beim Aufstehen an ihre nächtliche Joggingrunde erinnert. Dass ihr ganzer Körper schmerzte, hatte sie hingegen nicht erwartet. Sie schloss kurz die Augen, was ausreichte, um die Vision eines kleinen Kobolds heraufzubeschwören, der lachend an ihren Schultern zerrte. Sie schob das Bild zur Seite und öffnete die Augen. Es verstieß natürlich gegen die Regeln. Das Unbehagen, das schon am frühen Morgen ihren Nacken heraufgekrochen war und sich unter ihrem Haaransatz versteckte, ließ sich nicht so einfach abschütteln wie der Kobold. Sie hatte Dienstanweisungen Folge zu leisten. Es war aber auch Aufgabe einer Polizistin, die Fährte aufzunehmen. Sie eilte zu ihrem Wagen, stieg ein und startete den Motor. Vor allem aber war es eines: ihre Chance, sich zu beweisen. Womöglich die einzige.

»Pssst, Herr Berger!« Helen stand am Hintereingang und zerrte den jungen Mann, der sich gerade eine Zigarette angezündet hatte, hinter das Gebäude.

Adrian riss erschrocken die grünen Augen auf, lächelte dann aber erfreut, als er sie sah.

»Frau Kommissarin«, sagte er, »muss ich noch mal meinen Arbeitsplatz für Sie riskieren?«, flachste er.

Oberkommissarin. »Herr Berger, Sie haben quasi Rückendeckung durch die Polizei.«

Adrian grinste sie an und streckte ihr die Kippenschachtel entgegen. Helen lehnte dankend ab. Die Rotweineskapade hing ihr noch nach, sie hatte keine Lust, eine weitere Erfahrungslücke mit Drogen zu schließen. Lieber würde sie eine zweite nächtliche Runde um den Schluchsee laufen, als freiwillig an einem dieser widerlich stinkenden Glimmstängel zu saugen.

»Heute ist Herr Angermaier, der Pfleger, der einige Jahre auf Ihrer Station gearbeitet hat, aus seinem Urlaub zurück. Ich muss ihn sprechen, aber ohne, dass die Netzer davon etwas mitbekommt. Geben Sie mir Rückendeckung?«

Adrians Sommersprossen hüpften durch sein Gesicht. »Habe ich eine Wahl?«

»Nein«, gab Helen zu und begab sich in Richtung Eingang.

Keine zwei Minuten später hatte der Azubi die gläserne Pforte geöffnet. »Die Netzer hat montags ihren freien Tag. Sie hätten sich also die Mühe sparen können, mich am Hintereingang abzufangen. Viel Erfolg und bis zum nächsten Mal!«

Sie sah dem jungen Mann hinterher, der pfeifend über den Gang in Richtung Speisesaal schlenderte.

»Michael Angermaier?«

Helen hatte den massigen Typen mit dem spärlichen Haarbewuchs bereits auf dem Gang erspäht und war ihm gefolgt. Vor einer geöffneten Tür, die offenbar zum Dienstzimmer führte, passte sie ihn ab.

Der Mann drehte sich zu ihr um und blickte sie fragend an. Er war etwa so groß wie sie, hatte dunkle Knöpfe, wo bei anderen Menschen Augen waren, und zwischen seinen Pausbäckchen breitete sich ein freundliches Lächeln aus. *Ein Charaktergesicht.* Helen mochte ihn sofort.

Der Mann kniff die Augen zusammen und beäugte interessiert die zwei silbernen Sterne auf ihren Schultern.

»Frau Oberkommissarin«, rief er entzückt aus und strahlte Helen an, die nicht anders konnte, als das Lächeln ihres Gegenübers zu erwidern. Es kam selten vor, dass ihr Erscheinen mit sichtlicher Freude aufgenommen wurde, meist war das Gegenteil der Fall. Dafür, dass er sie mit korrektem Dienstgrad angesprochen hatte, verbuchte sie ihm innerlich Pluspunkte.

Sie umriss in Kürze ihr Anliegen und sparte dabei die Details um Frau Netzer und ihren Kollegen Schrenk aus.

»Können Sie mir weiterhelfen?«

Der Mann warf einen Blick auf seine Armbanduhr und seufzte. »Ich kann Ihnen sicherlich die eine oder andere Information geben. Ob Ihnen das helfen wird, kann ich allerdings nicht versprechen. Ich mache in einer Stunde Pause. Können Sie so lange warten?«

Helen verbrachte die Wartezeit in ihrem Auto, wo sie sich gedanklich auf das Gespräch vorbereitete. Eine weitere Idee war ihr in den Sinn gekommen. Wenn die Netzer montags ihren freien Tag hatte, würde Helen ungehindert Zutritt zum Paulinenstift haben – und das ohne Adrian Berger noch einmal um Hilfe bitten zu müssen. Eine Gelegenheit, die sie zu nutzen wusste.

Eine Stunde später beobachtete sie, wie der Pfleger erstaunlich leichtfüßig die Rampe herunterglitt und zu dem Waldparkplatz schlenderte, auf dem sie ihr Auto geparkt hatte. Sie stieg aus und begrüßte ihn.

»Wir gehen ein Stückchen«, sagte er und schlug sich lachend auf den Bauch. »Mein Arzt sagt, ich muss mich bewegen. Dass ich den ganzen Tag auf der Station hin- und herlaufe, lässt er nicht gelten. Bei ihm zählt nur Bewegung an der frischen Luft. Ärzte! Aber was soll man machen? Seine Frau und meine sind gut befreundet und mit meinen Cholesterinwerten hat der Gute mich in der Hand.«

Helen rang ihren Lippen etwas ab, von dem sie hoffte, dass es einem Lächeln zumindest nahe kam und schloss zu ihm auf. Das Zerren an Oberschenkeln und Waden versuchte sie zu ignorieren und verscheuchte den Gedanken an ein grün behaartes Männlein, das an ihrem Körper hing und grienend an allen Extremitäten gleichzeitig riss.

Gemeinsam schlenderten sie den Waldweg entlang, der vom Parkplatz in Richtung Staumauer führte, wie ein Schild verriet. Helen kannte den Weg nicht. Mit dem Auto war sie viele Male die asphaltierte Straße entlanggefahren, die von Blasiwald zur Staumauer führte, von der aus ein beängstigend enges Sträßchen auf die andere Uferseite nach Schluchsee führte. Etliche Male hatte sie gebetet, dass kein Gegenverkehr auf der einspurigen Straße mit der hoch aufragenden Betoneinfassung auf sie zurasen würde. Der Fußweg hingegen führte durch den Wald.

Links von ihnen drängten sich zwischen moosbewachsenen Felsbrocken dichte Nadelbäume den Hang empor, rechterhand ging es ein Stückchen den Abhang hinunter.

»Ist da unten noch ein Wanderweg?«, fragte sie den Pfleger.

»Genau. Der führt ein Stück am See entlang.«

Noch bevor Helen eine ihrer Fragen stellen konnte, die sie sich im Auto zurechtgelegt hatte, begann der Pfleger zu erzählen. »Ja, die Frau Tennert. Mein Nachbar hat mir den Zeitungsartikel aufgehoben. Ich dachte, ich werde verrückt, als ich das erfahren habe. Ich meine, ermordet? Hier in Blasiwald? Noch dazu eine so alte Frau. Wer macht denn so was? Und grausig muss das ausgesehen haben.« Er leckte über seine Lippen und blickte zu ihr hoch. »Haben Sie denn schon eine Spur? Nein, entschuldigen Sie, das dürften Sie mir ja gar nicht sagen, weiß ich doch.«

Er blieb stehen und schnaufte. »Da gehst du einmal in den Urlaub, entspannst dich schön, isst was Leckeres und schon kommst du zurück und hast zehn Pfund mehr drauf. Das merkst du dann gleich beim Laufen«, sagte er entschuldigend und verweilte einen Moment, um Luft zu holen, bevor er weitersprach.

»Also die Frau Tennert«, schnaufte er. »Ich hab ja viele Jahre da unten gearbeitet auf der Station, bei den *Fitten*, wie wir sagen. Oben haben wir ja die Demenz-Station, das wäre eigentlich der richtige Ort für die Tennert gewesen. Sie war aber stur wie sonst was und außerdem nicht der einfachste Mensch. Ich konnte immer gut mit ihr und hab ihr das auch nachgesehen, wenn sie wieder grantig war. Das ist einfach die Krankheit, da kannst du nix machen. Das meint die nicht so.« Er hielt kurz inne und korrigierte sich: »Das heißt natürlich, das *hat* sie nicht so gemeint.«

»Was verstehen Sie unter *grantig*?«, hakte Helen nach.

»Na die hat halt immer gern erzählt von früher und manchmal kamen da auch schlimme Erinnerungen hoch. Ich glaub, die Anna Tennert hat es im Leben nicht leicht gehabt. In ihren lichten Momenten konnt' die nett sein, ich hab sie irgendwie schon auch gemocht. Die war halt ein bisschen anders als die anderen Leute hier. Mehr für sich, eine Eigenbrötlerin. Die hatte ja schon sehr früh mit ihrer Erkrankung zu kämpfen, eigentlich kenn ich die nur so. Ich hab hier angefangen vor, ich glaub zwanzig Jahren, da war die noch keine Sechzig und der Kopf schon Brei.« Er lachte auf und fügte entschuldigend hinzu: »Sie müssen mir meinen Galgenhumor nachsehen. So lange mit den alten Leutchen zu arbeiten, das macht was mit einem. Das ist bei uns ein bisschen wie bei den Medizinern. Da entwickelst du so einen gewissen Humor, um mit dem Tod umgehen zu können. Ich war froh damals, dass ich nicht oben in der Demenzstation gearbeitet hab. Mittlerweile komme ich besser damit zurecht. Und unter uns gesagt«, er senkte seine Stimme und raunte, »oben ist es weitaus gemütlicher. Wenn es dir nichts ausmacht, dass die Hälfte der Bewohnerinnen und Bewohner bettlägerig ist und die andere Hälfte nicht weiß, wer du bist, geschweige denn, wer sie selbst sind, dann kommst du da oben gut klar. Unten war das schon ein ganz schönes Gerenne. Da war ich auch ein paar Kilo leichter«, fügte er lachend hinzu, bevor er wieder ernst wurde. »Zumal die personellen Ressourcen den Bewohnern da oben zugutekommen, weil dort der Pflegebedarf höher ist. Wie dem auch sei«, fuhr er nach einer kurzen Pause fort, »die Tennert, die hätte eigentlich oben sein müssen. Aber mit der sind nicht so viele Mitarbeiter klargekommen. Ich habe ja erst vor einem Jahr etwa gewechselt und seither war es immer wieder im Gespräch, dass die Anna Tennert nach oben verlegt wird. Aber die war stur! Geweigert hat sie sich, mit Hand und Fuß, ihr Zimmer zu wechseln. Seit ich sie kenne, hat die auf Zimmer 18 gewohnt. Auf was anderes wollt' die sich nicht einlassen.« Michael Angermaier senkte die Stimme und raunte: »Wenn Sie mich fragen, hatte die schon ihre klaren Momente. Die hat ums Verrecken ihr Zimmer nicht wechseln wollen, weil das nämlich direkt am Hinterausgang lag.«

»Was meinen Sie damit?«, wollte Helen wissen.

»Die Tennert, die ist öfter mal stiften gegangen«, antwortete er.

Helen sah ihn fragend an. »Stiften?«

Er lachte. »Ja, abgehauen ist die! Immer wieder habe ich sie im Dorf aufgegabelt. Das kam auch schon mal vor, dass die über Nacht weg war. Ich vermute, der Frieder hat ihr dann Asyl gewährt, wenn sie abends ausgebüxt ist und zu ihm gekommen ist.«

»Frieder?«

»Der Frieder Beisswänger. Der hat sich vor einigen Jahren einen alten Hof in Blasiwald gekauft und den supermodern umgebaut. Aus dem Schwabenländle kam der.« Angermaier rieb Daumen und Mittelfinger aneinander. »Geld wie Heu hat der.« Grinsend fügte er hinzu: »Und eine schöne Frau!«

Helen lauschte gebannt, was der Pfleger erzählte. Offenbar war Anna Tennert immer wieder zum Haus der Beisswängers zurückgekehrt, was bei Frau Beisswänger auf großen Widerstand gestoßen war.

»Die hat mehr als einmal bei uns vor der Tür gestanden und sich beschwert. Aber der Frieder ist ein lieber Kerl. Um ein paar Ecken ist der wohl mit der Anna verwandt gewesen. So genau schau ich da nicht durch. Zumindest würde es erklären, warum er ausgerechnet ein Haus in Blasiwald kauft, wo der doch überall wohnen könnte. Ich glaube, seine Frau ist hier auch nicht wirklich glücklich. Aber der zieht hier in der Gegend eine Immobilie nach der anderen hoch. Ich glaub ja nicht, dass der die Leute in Scharen anlockt, aber für die ein oder andere Familie ist es wahrscheinlich schon interessant. Die Preise in Freiburg und Umgebung kann sich ja kein Mensch mehr leisten. Und gar so schlecht haben wir es hier ja auch nicht, oder Frau Oberkommissarin?«

Helen lächelte. Nein, das hatten sie nicht.

»Können Sie mir die Adresse von Frieder Beisswänger geben? Ich würde ihm gerne ein paar Fragen stellen.« *Zum Beispiel, ob Anna Tennert am Abend ihres Verschwindens wieder bei ihm aufgeschlagen war*, fügte sie im Geist hinzu.

»Ich bringe sie hin! Ist nicht weit. Ich würde vorschlagen, wir drehen hier um, dann komme ich nicht zu spät aus meiner Pause zurück.«

Vor sich konnte sie bereits den hellgrauen, hoch aufragenden Beton der Staumauer erkennen und es sah so aus, als würde der Weg dort enden. Sie grinste den Kobold schief an, der vor Enttäuschung noch einmal fest an ihrem Bein riss, dann nickte sie dem Pfleger zu und drehte um.

Bevor sich die beiden etwa zehn Minuten später verabschiedeten, hielt Helen den Pfleger zurück. »Herr Angermaier, wie geht es der Frau Brenner?«

»Frau Brenner ist erst seit wenigen Tagen auf der Station. Ganz gut, soweit ich das beurteilen kann. Woher kennen Sie die Frau?«

Helen fasste in Kürze die Begegnungen zusammen und ergänzte: »Sie erinnert mich an meine Großmutter. Ich würde sie gerne nächste Woche zum Spazierengehen abholen. Geht das?«

Sie vereinbarte mit dem Pfleger, die Frau am darauffolgenden Montag vor der Einrichtung abzuholen.

»Ich bring sie dann um zehn dreißig runter und helfe mit der Rampe. Aber keine sportlichen Meisterleistungen von Frau Brenner erwarten«, rief er ihr hinterher, bevor er um die Ecke in Richtung Paulinenstift verschwand.

Helen war zufrieden. Auf die Idee war sie bereits bei ihrer Ankunft gekommen, als der Auszubildende angemerkt hatte, dass die Netzer montags ihren freien Tag hatte. Sie hatte auch nicht wirklich gelogen. Im Grunde genommen erinnerte sie die Frau tatsächlich ein wenig an ihre verstorbene Großmutter, die ebenfalls an Parkinson erkrankt gewesen war. Und ein bisschen frische Luft und Gesellschaft würden der Frau sicher nicht schaden. Im Gegenteil – vielleicht würde der Spaziergang durch Blasiwald auch ein paar Erinnerungen bei ihr wecken. *Erinnerungen an die alte Zeit, an Anna Tennert.*

Sie blieb noch eine Weile vor dem Haus stehen und betrachtete den gläsernen Anbau, der sich, über dunkle Stahlstreben verbunden, an das alte Fachwerk anschloss und dem futuristischen Anstrich eine bodenständige Note gab. Ein bisschen wirkte der Bau auf sie, als habe man sich nicht recht einigen können über die Restaurierung des Hauses. Vielleicht handelte es sich aber auch um ein architektonisches Meisterwerk, überlegte sie, mit solchen Dingen hatte sie sich noch nie befasst.

Sie drückte die Klingel und wartete. Im Inneren hörte sie ein Poltern, dann wurde die Tür aufgerissen. Eine kleine Frau mit Kittelschürze stand an der Schwelle und musterte sie mit starrem Blick. »Die Beisswängers sind nicht zu Hause.«

Einen Augenblick brauchte Helen, um auf die Situation zu reagieren, dann überreichte sie der Frau ihre Karte und bat sie, dem Ehepaar auszurichten, dass sie sich auf dem Polizeiposten melden sollten.

»Isch des wegen der Verrückten? Der Anna?«, rief die Haushaltshilfe ihr hinterher, als sie sich bereits auf dem Gehsteig befand. Sie stutzte. Bevor sie sich umdrehen konnte, vernahm sie ein verärgert klingendes Brabbeln, dann hörte sie, wie die Tür ins Schloss fiel.

Helen blieb stehen und fragte sich, warum sie Anna Tennert als *Verrückte* bezeichnet hatte. Wegen ihrer Alzheimer-Erkrankung? Sie nahm sich vor, bei Gelegenheit noch einmal auf die Frau zurückzukommen.

Kapitel 12

»Und Frau Winter?« Der Mann am anderen Ende der Leitung machte eine Pause, bevor er fortfuhr: »Vergessen Sie nicht, den Termin als Dienstreise bei Ihrem Vorgesetzten zu melden, wenn Sie Ihren Privat-Pkw nutzen. Sie wissen, versicherungstechnisch.«

Helen starrte auf den Hörer, bis sie ein Tuten vernahm. Jens Kossnick hatte sie auf das Präsidium bestellt und wenn sie sich in einem Punkt sicher war, dann in dem, dass das nichts Gutes bedeuten konnte. Dass sie den Termin auch noch bei Abler würde melden müssen, versetzte sie regelrecht in Aufruhr. Im Stillen wünschte sie sich, dass Schrenk keinen Wind davon bekommen würde.

Sie hatte gerade den Hörer auf die Gabel gelegt, als Gunnar das Büro betrat und sie mit einem Nicken begrüßte.

»Heute so spät?«, fragte sie erstaunt.

Helen beobachtete, wie Gunnar seine Lederjacke an der Garderobe befestigte und sich die Polizeijacke überwarf.

»Magst du keinen Tee?«

Er blieb stehen und schien zu überlegen. Dann hängte er die Jacke zurück und nickte. »Doch klar.« Sein Blick schweifte zur Uhr, die neun Uhr fünfzehn anzeigte. »Aber nur einen schnellen.«

Helen wunderte sich. Gunnar war stets der Erste im Büro. Obwohl er noch immer im Kurpark Streife lief, zeugte die dunkle Lederjacke, die jeden Morgen, wenn sie die Tür aufschloss, verlässlich an der Garderobe baumelte, davon, dass er seinen Dienst bereits angetreten hatte.

Sie wartete auf das Klicken des Wasserkochers und überbrühte den Teebeutel in seiner Lieblingstasse.

Gunnar ließ sich auf seinen Drehstuhl fallen und rollte damit auf ihren Schreibtisch zu.

»Alles in Ordnung?«, fragte sie, als sie merkte, dass sein Blick zum Fenster flog und dort hängenblieb. Sie reckte ihren Kopf, konnte aber draußen niemanden sehen.

»Ja, natürlich.« Gunnar wirkte, als habe sie ihn aus seinen Gedanken gerissen. Er wandte den Kopf zu ihr und entblößte seine Zahnlücke. »Ein herrlicher Tag heute, oder?«

Helen warf einen erneuten Blick aus dem Fenster. Die Wolkendecke war an einer winzigen Stelle aufgerissen und ließ einen Hauch Sonne erahnen. Ansonsten wusste sie nicht, was an dem Tag *herrlich* war. Sie überlegte, ob Gunnar nun auch damit anfangen würde, sinnlose Wettergespräche zu führen wie andere Leute. Dann beschloss sie, das Thema zu wechseln. »Wie lange musst du eigentlich noch deinen Streifendienst im Kurpark antreten?«, fragte sie stattdessen.

»Nicht Streife, Helen. Präsenz zeigen, heißt das Zauberwort. Die Polizei, dein Freund und Helfer.« Er strahlte sie an und Helen runzelte die Stirn. Offenbar machte es Gunnar tatsächlich Freude, den Tag im Kurpark zu verbringen.

»Den besorgten Kurgästen eine Stütze sein.« Grinsend fügte er hinzu: »Zumindest habe ich bisher nicht ein einziges Auto entdeckt, das angehalten hätte, um arglosen Frauen aufzulauern. Abler hat trotzdem die strikte Anweisung gegeben, noch bis Ende der Woche zu patrouillieren. Du kennst ihn ja. Dienstanweisungen von oben nimmt er ganz genau. Auch wenn ich mir, ehrlich gesagt, mittlerweile noch nicht einmal mehr sicher bin, ob das nicht irgendeine Falschaussage war, mit der wir es hier zu tun haben. Zumindest sollte der *Vorfall*, wenn man es denn überhaupt so nennen kann, nicht als Politikum missbraucht werden können. Scheinbar sollen weitere Erstaufnahmeeinrichtungen hinzukommen und man will unter allen Umständen vermeiden, dass es bereits im Vorhinein böses Blut gibt. Weißt schon.«

Helen reichte ihm seine Tasse und beobachtete, wie Gunnar einen tiefen Schluck daraus nahm.

»Au, scheiße!«, entfuhr es ihm und er knallte die Tasse auf ihren Schreibtisch.

Sie registrierte, dass sie auf ihrem Stuhl herumwippte und stellte die Bewegung unwillkürlich ein. Gunnars Nervosität schien sich auf sie zu übertragen und sie fragte sich, was der Auslöser dafür sein mochte.

»Helen, erzähl mal, wie läuft es in dem Fall?«

Sie beschloss, nicht weiter nachzuhaken, und fasste in Kürze ihren Besuch im Seniorenstift zusammen.

Gunnars Blick schien sich von Minute zu Minute zu verfinstern. »Helen, bist du sicher, dass du dich da gerade nicht ein wenig verrennst?«

»Wohin verrennen?«

»Na, ich meine, dass du dich vielleicht ein bisschen zu stark auf dieses Altenheim konzentrierst. Ich würde dir raten, diese Beisswängers zu befragen. Vielleicht war die alte Tennert kurz vor ihrem Tod wirklich dort und du hast einen neuen Anhaltspunkt. Aber dann würde ich das Thema Altenheim abschließen. Ich befürchte, das gibt sowieso nur Ärger. Wenn ich dich richtig verstehe, ermittelst du gerade nicht auf Anordnung von Abler und wenn das rauskommt, dann wird sich dein Problem nur vergrößern.«

Helen spürte einen Druck in ihrem Magen. *Kossnick. Das Disziplinarverfahren.*

»Vielleicht hast du recht«, gab sie zögerlich zu, vermied es aber, Gunnar von dem morgigen Gespräch zu erzählen. Irgendetwas in ihr wehrte sich dagegen, Gunnar schon wieder in ihre Schwierigkeiten miteinzubeziehen. Sie würde sich am Nachmittag in Ruhe vorbereiten und Gunnar später davon erzählen.

»Wo setzen deine neuen Kollegen eigentlich an? Welche Spur verfolgen die?«, wollte er wissen.

Helen stutzte. Nicht einen Gedanken hatte sie bisher daran verschwendet. Es waren immerhin eine Handvoll Beamte in den Fall involviert, zuzüglich Schrenk und Abler.

»Ich weiß es nicht«, gab sie zu.

Gunnar starrte sie an. Unsicher wandte sie ihren Blick zur weißen Wand und verharrte dort einige Minuten, zählte die kleinen Erhebungen des Putzes, die sich unter der Farbe abzeichneten.

»Helen«, riss Gunnar sie aus ihrem Zustand. »Das geht nicht. Du bist Teil dieser Sonderkommission, ob nun am Rande oder nicht, spielt keine Rolle. Du musst dir

Informationen einholen, sonst bist du da schneller wieder raus, als du Piep sagen kannst! Ich rate dir, bleib am Ball!«

Am Ball bleiben. Helen löste ihren Blick von der Wand und richtete ihn auf Gunnar. *Am Ball bleiben. Am Fall dran bleiben.* Gunnar hatte recht. Sie musste wissen, wie es weiterging, in welche Richtungen ermittelt wurde, neue Fährten aufnehmen. Im Grunde genommen war es seltsam, dass sie keine weitere Einladung zur Dienstbesprechung erhalten hatte. Oder hatte sie einen Termin versäumt, vergessen, sich diesen zu notieren? Sie zwang sich, die Erinnerungen an die letzte Sitzung von sich zu schieben, die Scham, der Blick von Rohde, der sich starr auf sie gerichtet hatte. Wut war wie ein Lavaspuckender Vulkan, der die Luft zum Erzittern brachte. Sie hatte sie gespürt, Rohdes Wut, als wäre es die eigene. Den Ausdruck in seinem Gesicht hatte sie hingegen nicht zu lesen vermocht.

Sich in etwas verrennen. Sie dachte an ihren nächtlichen Dauerlauf um den See und spürte, wie sich ihre Nackenhaare aufrichteten. Vielleicht hatte er recht.

Gunnar leerte seine Tasse und stand auf. Mit einem knappen Gruß verabschiedete er sich, griff zum zweiten Mal an diesem Tag nach seiner Dienstjacke und verschwand aus der Tür.

Keine Stunde später stand ein Paar um die Fünfundvierzig vor dem Eingang zur Dienststelle. Der Mann hatte dunkelbraunes Haar, von dem am Hinterhaupt nur wenig übrig geblieben war und ein unscheinbares Gesicht. Helen würde es sich nicht merken können. Die

Frau hingegen war groß gewachsen und ebenfalls brünett, hatte einen dunkelroten Lippenstift und trug einen teuer wirkenden karamellfarbenen Wollmantel und wadenhohe schwarze Stiefel. Kajalumrandete hellgraue Augen stachen unter der dunklen Mähne hervor, die unter einer schwarzen Mütze mit Pelzbesatz hervorquollen.

Als Helen sich wieder gefasst hatte, bat sie die beiden, einzutreten. Eine dicke Parfümwolke stob durch das Dienstbüro und breitete sich in den Ecken aus. Helen rang nach Luft.

»Alles in Ordnung?«, fragte der Mann.

Sie versuchte, die Übelkeit, die der starke Duft in ihr auslöste, zu ignorieren, und spulte ihr Begrüßungsprogramm ab. Das Paar stellte sich als Herr und Frau Beißwänger vor. Helen bat die beiden, sich auszuweisen, bevor sie ihnen einen Platz gegenüber ihrem Schreibtisch zuwies.

»Womit können wir helfen?«, eröffnete Frau Beißwänger das Gespräch zu Helens Irritation.

Sie fasste knapp ihr Anliegen, ausgehend von dem Mord an Anna Tennert, zusammen und fügte hinzu: »Frau Tennert hat Ihnen ab und an einen Besuch abgestattet?«

»Ab und an?« Frau Beisswänger lachte freudlos auf und ihre Augen blitzten. »Die Alte wäre ja jeden Tag bei uns aufgekreuzt, wenn ich diese *Mitarbeiter*«, das Wort betonte sie abfällig, »nicht angewiesen hätte, ihre Leute besser im Blick zu behalten. Offen gesagt, verstehe ich nicht, warum dieses Heim nicht schon längst geschlossen wurde.« Sie rümpfte die Nase und ergänzte abfällig: »Das ist doch das reinste Rattenloch!«

Helen sah, wie Frieder Beisswänger seine Frau leicht am Arm berührte und diese daraufhin schwieg.

»Die Anna Tennert war öfter bei uns, das ist schon richtig«, sagte er nach einem Räuspern. Auch er sprach Hochdeutsch, aber im Gegensatz zu seiner Frau verriet sein mit Nasallauten durchsetzter Akzent seine schwäbische Herkunft allzu deutlich. »Die Anna hat das alles nicht mehr so gut zusammengekriegt.«

Frau Beisswänger schnaubte. »Demente alte Schachtel«, schoss es aus ihrem Mund. Helen registrierte den Blick, den Frieder Beisswänger seiner Frau zuwarf, bevor er weitersprach.

»Die Anna müssen Sie wissen, die hat früher als junges Mädchen hier die Milch gekauft. Sie haben unser Haus ja gesehen, das war ein alter Hof, den wir umgebaut haben. Der Hof hat irgendeiner Tante gehört oder einem Onkel, so genau weiß ich das nicht. Jedenfalls sind wir wohl so was wie verwandt, wenn ich mir das richtig zusammenreime. Der Hof war lange in Familienbesitz, ich hab mich dann entschlossen, hier in der Gegend Fuß zu fassen. Der Schwarzwald ist hier noch relativ unberührt und offen gestanden, eine Goldgrube im Wohnungsbau, wenn ich mich nicht täusche.«

Helen verkniff sich einen Kommentar. Vielleicht sollte Frieder Beisswänger recht behalten, man würde sehen.

»Die kam halt immer wieder, mich persönlich hat das nicht gestört«, er warf einen Blick zu seiner Frau hinüber, »die Sabine schon, die mochte das nicht so. Die war eben verwirrt, hat ihre alten Geschichten ausgepackt, wollt reinkommen und Tee trinken. Den habe ich ihr auch gemacht. Dann hat sie mich manchmal Ulrich genannt, vielleicht hieß so ihr Onkel, ich weiß es nicht. Manchmal kam sie sehr spät, wenn es schon dunkel war. Ich vermute, die hat sich heimlich aus dem Altenheim geschlichen und ist zu uns rüber gekommen. Ich hab sie dann im Gästebett schlafen lassen, nachdem sie ihren Tee getrunken hat. Die wollt nichts Böses, das war eine einsame alte Frau. Ich hab sie dann am nächsten Morgen zurück begleitet, die hatte da wohl so einen Hintereingang. Ich selbst bin da nie reingegangen, war mehr oder weniger froh, wenn sie wieder weg war.«

Die beiden tauschten Blicke miteinander aus, die Helen nicht zu deuten vermochte.

»Und warum haben Sie die Frau bei sich aufgenommen, ohne im Seniorenstift Bescheid zu geben?«

»Pah«, entfuhr es der Frau. »Wie oft hab ich bei denen vor der Tür gestanden. Irgendwann zeig ich euch an, hab ich gesagt.« Sie warf ihrem Mann einen weiteren Blick zu und sagte: »Aber der Frieder hat ja so ein gutes Herz«.

Nachdem das Ehepaar gegangen war, beschloss Helen, Gunnar im Kurpark zu besuchen und ihn zum Mittagessen abzuholen. Die Vorstellung, bereits am Mittag thailändisch zu essen, kostete sie ein wenig Überwindung. Im Winter verbrachte sie ihre Pause normalerweise im Büro, wo sie die Stunde ohne Schrenk und Abler genoss, im Sommer hingegen vor einem der Stehtischchen vor der Dorfbäckerei. Essen ging man abends und nicht mittags. Gunnar verbrachte allerdings auch seine Mittagspause häufig im thailändischen Restaurant, wo man ihm stets ein Tischchen in Thekennähe freihielt. Als sie ihn einmal gefragt hatte, warum er so viel Zeit in dem Restaurant zubrachte, hatte er seine herrliche Zahnlücke entblößt, sich über den Kopf gerubbelt und geantwortet: »Um mich einmal am Tag fortzuträumen.« Sie hatte ihn gebeten, es ihr zu erklären, aber er hatte nur gelächelt und ihr sanft über das Haar gestreichelt. Manchmal, wenn sie die Augen zumachte, spürte sie seine Hand noch immer dort.

Sie schloss die Tür zum Dienstposten ab. Ein wenig bedauerte sie es, heute auf ihre belegte Seele verzichten zu müssen. Die Mitarbeiterinnen würden sich wundern, dass sie diese nicht wie sonst pünktlich um zwölf Uhr zehn abholen würde. Aber der Gedanke daran, sich bei Gunnar revanchieren zu können für die Unterstützung der letzten Tage, überwog.

Als sie die Bäckerei passierte, hielt sie kurz inne. Nein, sie würde die Seele heute nicht kaufen.

Zwei Minuten später verließ sie die Bäckerei und stopfte die Papiertüte notdürftig in ihre Jackentasche.

Der Kurpark war keine zehn Minuten vom Polizeiposten entfernt. Helen marschierte am alten Mühlrad vorbei und blickte über die Wiesen, konnte Gunnar aber nicht entdecken. Sie beschleunigte ihre Schritte und beschloss, den Park einmal zu umrunden. Als sie wieder an ihrem Ausgangspunkt angekommen war, warf sie einen Blick auf ihre Armbanduhr. *Halb eins!* Sie musste Gunnar verpasst haben. Vermutlich saß er schon längst im Restaurant.

Als sie fünf Minuten später die Tür der asiatischen Gaststätte öffnete und ihren Blick über die spärlich besetzten Tische schweifen ließ, stellte sie enttäuscht fest, dass Gunnar nicht da war. Sie ließ sich dennoch von der Bedienung an einen der Tische lotsen. Lange studierte sie die Speisekarte und warf zwischendurch immer wieder einen Blick auf ihre Armbanduhr oder unternahm einen weiteren Versuch, ihn auf seinem Handy zu erreichen. Gegen zwölf Uhr fünfundvierzig legte sie die Karte beiseite, erhob sich und verließ das Restaurant. Schnellen Schrittes lief sie zurück in Richtung Polizeiposten, vorbei am Kurpark, wo sie innehielt und erfolglos Ausschau nach ihrem hünenhaften Kollegen hielt.

Als sie die Tür zum Dienstgebäude aufschloss und sich hinter ihren Schreibtisch auf den Stuhl fallen ließ, zeigte die Uhr zwölf Uhr fünfundfünfzig. *Noch fünf Minuten.* Sie griff in ihrer Jackentasche nach der Bäckereitüte, zog die Seele heraus und biss herzhaft hinein.

Sie war müde. Nach ihrer Pause hatte sie den kurzen Zeiger der Uhr beobachtet, der widerständig darauf beharrte, seine Position beizubehalten, als wolle er an Helen ein Exempel der Relativitätstheorie statuieren.

Sie hatte versucht, sich gedanklich vorzubereiten auf die morgige *Einladung* auf dem Präsidium. Sie vermutete, dass es in Wirklichkeit eher eine Art *Vorladung* war. Was genau Kossnick ihr mitteilen würde, war so wenig greifbar wie die Zeit, von deren Existenz noch nicht einmal der Uhrzeiger überzeugt zu sein schien. Dazwischen hatten sich immer wieder Gedanken gemischt. Gedanken an die Beisswängers, die die alte Frau kannten, sie aber weder am Tag ihres Verschwindens noch die Tage zuvor gesehen haben wollten, die alte Frau, die in ihrem Kopf nicht mehr war als eine aufgequollene Mülltüte auf der Oberfläche des toten Sees.

Irgendwann hatte sie ihre Sachen zusammengepackt und gegen die Wand gestarrt, unfähig, einen sinnvollen Gedanken zu formen, geschweige denn, zu Papier zu bringen.

Abler riss sie aus ihrem Trancezustand. Wie vom Blitz getroffen fuhr Helen zusammen, als er unvermittelt im Türrahmen stand, heftig schnaufend, seine lederne Aktentasche über der Schulter, und sich schließlich vor ihrem Schreibtisch aufpflanzte.

»Helen, wir brauchen den Bericht.« Seine dunklen Augen fixierten ihre, hielten sie fest, ließen sie nicht ausweichen. Helen spürte, wie sie im Stuhl versank.

Abler machte einen weiteren Schritt auf sie zu und beugte sich über die Tischplatte, sodass sein Kopf wenige Zentimeter vor ihrem zum Halten kam.

»Bis morgen«, raunte er. Der bedrohliche Unterton in seiner Stimme waberte durch den Spalt zwischen ihnen.

Unfähig, etwas zu erwidern, geschweige denn, die Position zu verändern, blieb Helen reglos sitzen.

Endlich richtete sich der Hauptkommissar auf, trat einen Schritt zurück und ihr Atem setzte wieder ein. Als er seinen Blick von ihr abwendete, um auf die Uhr zu sehen, fasste sie sich wieder.

»Ja, der Bericht«, stammelte sie. »Was genau ...«

Weiter kam sie nicht. Abler hatte sich ihr wieder zugewandt und schnitt ihr das Wort ab. »Der Bericht zu deinen Rechercheergebnissen, Helen, auf den wir jetzt seit geraumer Zeit warten, verdammt!«

Abler raufte sich die dichten Haare, die spärlich von grauen Strähnen durchzogen waren und fuhr fort: »Du glaubst doch nicht, dass ich ewig den Kopf für dich hinhalten kann! Das kommt alles auf mich zurück! Der Abler hat seine Leute nicht im Griff.« Etwas leiser fügte er hinzu: »Und dann noch die Sache mit dem Dienstvergehen!« Abler stockte, fuhr sich erneut durchs Haar.

Helen richtete sich etwas in ihrem Stuhl auf. »Wegen des Dienstvergehens«, krächzte sie und blickte zu ihm auf. In Ablers Blick lag ein unruhiges Flackern.

Bevor sie einen Deutungsversuch unternehmen konnte, sagte er: »Du brauchst noch die Dienstreisegenehmigung für morgen.«

Helen stutzte. Sie beobachtete, wie er ein Formular aus seiner Aktentasche zog und Helen auf den Schreibtisch legte.

»Hier, habe ich schon unterschrieben. Dass du dafür deinen privaten Pkw nimmst, ist klar, oder?«

Helen nickte verdattert. Ihre *Einladung* auf das Präsidium hatte offenbar bereits die Runde gemacht. Ob Schrenk ebenfalls Bescheid wusste? »Ja«, stammelte sie.

Abler hatte sich bereits abgewandt, blieb aber an der Türschwelle stehen und drehte sich noch einmal zu ihr um. »Und Helen, den Bericht schickst du mir morgen Nachmittag, spätestens sechzehn Uhr!«

Als hinter ihm die Tür ins Schloss fiel, sackte sie in sich zusammen und starrte an die Wand. Wie sollte sie bis zum nächsten Tag den Bericht fertig stellen? Was würde dieser enthalten? Helen Winters Ermittlungen ohne Anordnung? Ihre Befragungen im Altenheim, die sie auf eigene Faust vorgenommen hatte? Vielleicht hatte Gunnar recht. Sie hatte sich *verrannt*. Wieder drängten die Bilder ihrer nächtlichen Joggingtour vor ihr inneres Auge. Der seltsame Geruch, als sie über die Wurzel gestolpert war, schien durch das Büro zu wabern, stieg ihre Nasenflügel hinauf, legte sich wie ein Tuch über ihre Gehirnwindungen.

Als sie den Blick wieder hob und auf die Uhr richtete, deren Zeiger seit dem plötzlichen Erscheinen ihres Vorgesetzten einen Satz nach vorne gemacht hatten, war sie sich sicher, dass Zeit einen boshaften Humor besaß.

Kapitel 13

Helen setzte den Blinker und bog auf den Parkplatz des Polizeipräsidiums. Hinter sich hörte sie einen dumpfen Schlag und registrierte eine Bewegung im Rückspiegel. Starr vor Schreck drückte sie auf die Bremse und drehte sich in ihrem Sitz um. Ein junger Mann mit blondem Dutt und wild gemusterter Pluderhose richtete gerade sein Fahrrad auf und verpasste dem Auto einen erneuten Tritt. Mit wutverzerrtem Gesicht, das Rad neben sich herschiebend, erschien er vor der Beifahrertür, donnerte seine flache Hand gegen die Scheibe und zeigte ihr den Mittelfinger. Dann stieg er auf und radelte davon.

Kurz blieb sie sitzen, das Auto noch immer in der Parkplatzausfahrt, über die rechts und links Fahrräder an ihr vorbeisausten. Sie hatte ihn nicht gesehen.

Helen nahm einige tiefe Atemzüge, um sich zu sammeln. Der Mann hatte offenbar damit gerechnet, dass sie warten und ihn durchlassen würde. Vermutlich hatte er zu spät abgebremst und war auf das Heck geprallt, als sie gerade abgebogen war. Allzu schlimm konnte es nicht gewesen sein, denn seit die B31-Tunnel den Wagen im Freiburger Stadtgebiet ausgespuckt hatten, tuckerte sie mit Tempo dreißig durch die Straßen. Mit Unmut dachte sie an den morgendlichen Berufsverkehr, der sie zwanzig Minuten gekostet hatte, eingepfercht zwischen brummenden Motorhauben und stinkenden Auspuffen. An einer Kreuzung hatte sie schließlich so lange gestanden, dass sie befürchtete, die Ampel sei ausgefallen. Freiburg mochte ein hübsches Städtchen sein, da ihr die Anreise aber jedes Mal Bauchschmerzen bereitete, da, vom Schwarzwald kommend, noch immer keine Umfahrung des Stadtgebietes existierte, nahm sie diese nur in dringenden Fällen auf sich. Leider war heute ein dringender Fall.

Als sie das Auto auf dem Parkplatz vor dem Präsidium abgestellt hatte und vor der Betontreppe zum Eingang stand, zögerte sie. Die ganze Nacht über hatte sie sich hin und her gewälzt, hatte sich jedes Wort im Kopf zurechtgelegt, war das Gespräch wieder und wieder durchgegangen. Was er fragen würde, was sie darauf antworten könnte ... wo sie ihre Hände hintun sollte und wo ihr Blick ruhen würde. *Auf seiner Nasenspitze.* Jetzt stand sie hier und ihr Kopf war nicht mehr als eine zu lange gelagerte Walnuss. Dort, wo der hirnförmige Kern sein sollte, befand sich nur vertrocknete, bittere Masse. Helen straffte ihre Schultern, nahm einen tiefen Atemzug und stieß die Glastür auf.

***

»Frau Winter!«
Kossnick bemerkte, wie die Frau zusammenzuckte. Er lief auf sie zu und streckte ihr die Hand entgegen. Anstatt diese zu schütteln, drängte sie sich an ihm vorbei und blickte gehetzt in Richtung Gang.
»Wo ist die Toilette?«, fragte sie mit abgewandtem Kopf.

Überrumpelt führte er sie zur entsprechenden Tür und beobachtete, wie sie dahinter verschwand. Er beschloss, einige Meter weiter im Gang auf sie zu warten, hielt aber inne. Aus dem Inneren des Badezimmers hörte er Leitungswasser prasseln. Er war bereits im Begriff, sich abzuwenden, aber irgendetwas hinderte ihn daran. Stattdessen lauschte er weiter dem Rauschen des Wassers, das dumpf durch die Tür drang und nicht abebben wollte. Gebannt verharrte er im Flur. Augenblicklich drifteten seine Gedanken zurück zu dem bevorstehenden Gespräch. Wenn es stimmte, was dieser Gunnar Theben ihm gestern berichtet hatte, dann sollte er behutsam vorgehen. *Mobbing am Arbeitsplatz.* Jedenfalls würde er dem Ganzen nachgehen.

Wie lange wusch sich diese Frau denn ihre Hände?

Mit einem Ruck wurde die Tür aufgerissen und Kossnick stolperte einige Schritte zurück. Beschämt blickte er auf seine Schuhe, als sich Helen Winter erneut an ihm vorbeischob. »Da lang?«, fragte sie.

Perplex folgte er ihr einige Schritte und überholte sie. Am Ende des Flurs drehte er sich zu ihr um. »Hier wären wir«, sagte er und zeigte auf sein Büro. Es war das letzte im Gang, der durch einen Hinterausgang ins Freie führte.

»Ich muss zum Paulinenstift!«

Er zuckte zusammen, so plötzlich waren die Worte aus ihrem Mund geschossen. Die Polizistin stand kerzengerade hinter ihm und starrte ihn an.

»Frau Winter, wir haben jetzt einen Termin«, stammelte er. *Paulinenstift. War das nicht ...* »Ist das nicht dieses Altenheim, in dem das Mordopfer gelebt hat?«

»Die Hintertür des Altenstifts!«, sprudelte es plötzlich aus ihr hervor. »So wie hier!« Sie zeigte zur Glastür im Flur. »Anna Tennert hatte ungesehen ein- und ausgehen können. Aber nicht nur sie!«

»Moment!« Er öffnete die Tür zu seinem Büro und ließ sie eintreten. Interessiert beobachtete er, wie die Polizistin, ohne auf seine Aufforderung zu warten, auf einem der Stühle gegenüber von seinem Holzschreibtisch Platz nahm, dessen Ausmaße ihn bei jedem Besucher, den er empfing, ein bisschen beschämte.

»Welche Spur verfolgen Sie, Frau Winter?«, fragte er, während er den Schreibtisch umrundete und dahinter Platz nahm.

Gebannt lauschte er den knappen Ausführungen der Polizistin. In wenigen, präzisen Worten legte sie den Fall dar, leitete ihre bisherigen Ermittlungsschritte ab. Der Blick der jungen Frau, die ihm zuvor beinahe desorientiert erschienen war, wirkte klar, ihr Denken scharf. Die Polizistin, die da vor ihm saß, wurde ihm schlagartig bewusst, hatte die Fährte aufgenommen. Und wenn ihn nicht alles täuschte, dann war es die richtige.

»Sie denken an die Möglichkeit, dass der Täter über den Hintereingang in den Altenstift eingedrungen ist, und Frau Tennert ungesehen mitgenommen hat?«

»Es wäre zumindest denkbar. Der Paulinenstift ist unterbesetzt. Gut möglich, dass sich der Täter unbemerkt Zutritt verschaffen konnte. Außerdem bekräftigt das Ehepaar, das die alte Frau während ihrer kurzen Ausflüge aufgesucht hat, Frau Tennert bereits Tage vor ihrem Verschwinden nicht mehr gesehen zu haben.«

Er nickte und fuhr sich durch sein dunkles Haar. Dann griff er nach einem der gelben Notizzettel auf seinem Schreibtisch und machte sich Stichpunkte. Als er fertig war, hob er seinen Kopf und blickte der Polizistin in die Augen. Groß und braun waren sie, gerahmt von dunklen, lang geschwungenen Wimpern. Obwohl sie keinerlei Schminke trug, das dunkelblonde Haar zu einem festen Zopf gebunden hatte und die Uniform ihr burschikoses Auftreten unterstrich, hatte sie etwas an sich, das seinen Blick einen winzigen Moment zu lange in ihren Augen ruhen ließ. Peinlich berührt sah er zur Seite, öffnete die Schreibtischschublade, kramte einen zweiten Kugelschreiber hervor, den er fahrig neben seiner Kladde fallen ließ und räusperte sich.

»Frau Winter«, sagte er und stierte auf das eingeklemmte Papier mit den Notizen vor sich. »Kommen wir zum Grund Ihres Besuchs.«

Er hob seinen Kopf und bemerkte irritiert, dass die Polizistin auf seine Nase starrte. Unwillkürlich fuhr er sich mit der Hand darüber, bevor er, den Blick wieder starr auf die Unterlagen gerichtet, sagte: »Ich möchte Sie im Folgenden über die Einleitung des Disziplinarverfahrens unterrichten. Dabei eröffne ich Ihnen, welche Dienstvergehen Ihnen zur Last gelegt werden und setze Sie anschließend über Ihre Rechte und den weiteren Ablauf in Kenntnis.«

Wieder hob er seinen Blick und registrierte, dass die Frau nicht die geringste Regung zeigte. Irritiert senkte er den Blick auf seine Notizen. »Zunächst wird Ihnen eine schuldhafte Verletzung Ihrer Dienstpflicht vorgeworfen. Diese Beschwerde werden wir prüfen und wenn nötig mit der Verhängung einer Disziplinarmaßnahme abschließen«, las er konzentriert von seinem Papier ab.

»Es wurde der Vorwurf erhoben, dass sie am fünften August diesen Jahres während eines Verkehrsunfalls auf der Bundesstraße 315 zwischen Lenzkirch und Holzschlag Ihrer Garantenpflicht nicht nachgekommen sind. Sie sollen zugesehen haben, wie sich die Flammen in dem Unfallwagen ausgebreitet haben, anstatt Hilfe zu leisten. Nur durch das beherzte Eingreifen Ihres Kollegen konnte der Mann aus dem brennenden Wagen gerettet werden.«

Er löste sich von seinen Papieren und suchte die Augen der Polizistin, die starr durch ihn hindurchzublicken schienen. Sie saß ihm noch immer regungslos gegenüber und hatte die Hände tief in den Hosentaschen vergraben. Erstaunt registrierte er die winzigen Zuckbewegungen unter dem Stoff, die auf seltsame Art und Weise ihr Gesicht zu verraten schienen.

Er räusperte sich und sagte: »Aus einem der Zeugenprotokolle geht hervor, dass Sie nicht nur stehen geblieben sind und zugesehen haben, sondern sich einige Schritte von der Unfallstelle fort bewegt haben. Ihr Kollege Gunnar Theben bestreitet dies weiterhin. Er wird Ihnen in diesem Fall jedoch keine Hilfe sein, da er Sie zu diesem Zeitpunkt nicht beobachten konnte, weil er derjenige war, der den Mann aus dem brennenden Fahrzeug befreit hat.« Er machte eine kurze Pause. »Außerdem liegt eine erneute Dienstaufsichtsbeschwerde von zwei Passanten gegen Sie vor, die angeben, von Ihnen im Kurpark Lenzkirch mit einem Tactical Pen angegriffen worden zu sein.«

»Kubotan«, nuschelte Helen.

Kossnick sah irritiert zu ihr auf, bevor er seinen Blick wieder auf das vor ihm liegende Papier heftete. »Einer der Männer hat Anzeige wegen Körperverletzung gegen Sie erstattet. Zusammengenommen lassen die Vorwürfe Zweifel an Ihrer Einsatzfähigkeit aufkommen.«

Er beobachtete die Reaktion der Polizistin, deren Gesicht zu seiner Irritation nicht die geringste Regung zeigte.

»§ 32 StGB, eine zur Gefahrenabwehr erforderliche Verteidigungshandlung«, murmelte sie mit abgewandtem Kopf.

»Verteidigungshandlung?« Er runzelte die Stirn und sah sie aufmerksam an. »In meinen Unterlagen steht, dass Sie den Männern gefolgt sind und sie hinterrücks niedergestreckt haben.«

Das Gesicht der Polizistin blieb regungslos. »Sie haben mich noch nicht darauf hingewiesen, dass ich mich zur Sache äußern oder nicht äußern und einen Anwalt hinzuziehen kann.«

Ihr Kommentar brachte ihn einen Augenblick aus der Fassung. *War dieser Frau nicht bewusst, was auf sie zukommen würde, oder war sie einfach nur verdammt stur?* »Ich weise Sie hiermit *ausdrücklich*«, bei diesem Wort machte er eine demonstrative Pause, »darauf hin, dass es Ihnen freisteht, sich mündlich oder schriftlich zu äußern oder auch nicht zu dieser Sache auszusagen. Ferner haben Sie das Recht, sich jederzeit eines Bevollmächtigten oder Beistands zu bedienen sowie zu Ihrer Entlastung einzelne Beweiserhebungen zu beantragen. Für die Äußerung wird Ihnen eine angemessene Frist eingeräumt und Frau Winter, ich rate Ihnen dringend, von diesem Recht Gebrauch zu machen. Im Falle, dass zusätzlich ein Strafverfahren eingeleitet wird, sollten Sie sich ohnehin dazu äußern.«

Einen Moment lang breitete sich eine Stille zwischen ihnen aus, die Kossnick seltsames Unbehagen verursachte. Schnell fügte er hinzu: »Sie wissen, dass eine Dienstaufsichtsbeschwerde, sofern ein Disziplinarverfahren eingeleitet wird, in die Personalakte eingetragen wird, oder? Frau Winter, Sie stehen erst am Anfang der Karriereleiter. Wissen Sie, was das für Sie bedeuten könnte?«

»§ 112 Abs. 1 S. 1 BBG. Anspruch auf Entfernung aus der Akte, sobald sich die Beschuldigung als unwahr herausstellt.«

Er seufzte. Stur. Die Frau war wirklich stur. Doch das würde ihr nicht weiterhelfen. »Frau Winter, ich kann Ihnen nur raten, sich kooperativ zu zeigen. Es sieht, gelinde gesagt, nicht besonders gut für Sie aus. Zwei Dienstvergehen innerhalb so kurzer Zeit. Die Aussagen belasten Sie in beiden Fällen und Sie selbst haben, mit Verlaub, bisher nichts zu Ihrer Verteidigung beigetragen.«

Er räusperte sich und ließ den Blick nach draußen schweifen. Die grauen Wolkenberge schienen förmlich durch sein Bürofenster zu drücken. »Zum Ablauf, Frau Winter«, fügte er seufzend hinzu. »Ich werde bei den Ermittlungen nicht nur belastende, sondern auch entlastende Tatsachen einbeziehen. Entlastend könnten Ihre Aussagen sein, sofern Sie sich doch dazu bereit erklären würden, sich im Rahmen einer Anhörung zu äußern. Meine Befugnisse sind weitreichend, das bedeutet, dass ich Zeugen und Sachverständige vernehmen kann, Ihre Kollegen zum Beispiel, mir Auskünfte einholen kann und auch werde. Dienstliche Unterlagen werde ich ebenfalls anfordern und sollte es notwendig sein, könnte ich eine Durchsuchung beantragen.« Er machte eine Pause, um die Worte sacken zu lassen, und suchte dabei in Helen Winters Augen nach einer Gefühlsregung. Doch abgesehen von den winzigen Bewegungen in ihren Hosentaschen – was machte sie da nur mit ihren Händen? – regte sich rein gar nichts an der Frau. Ihr Ausdruck blieb versteinert und sie schien weiterhin durch ihn hindurchzublicken, als sei er gar nicht anwesend. Einen Augenblick lang fragte er sich, ob sie womöglich einen Sehfehler hatte. Er seufzte und fuhr fort: »Sollte außerdem ein Strafverfahren gegen Sie eröffnet werden, wird das Disziplinarverfahren ausgesetzt und die Entscheidung des Strafgerichts abgewartet. Auch nach Beendigung der Ermittlung haben Sie die abschließende Gelegenheit, sich zu äußern. Dann wird entschieden, ob eine Disziplinarmaßnahme verhängt oder das Verfahren mangels Beweisen eingestellt wird.«

Als die Polizistin weiterhin schwieg, sagte er: »Ich habe Sie hiermit über die Einleitung des Verfahrens und den weiteren Ablauf unterrichtet. Dabei habe ich Ihnen mitgeteilt, welches Dienstvergehen Ihnen zur Last gelegt wird. Es steht Ihnen, wie bereits gesagt, frei, sich mündlich oder schriftlich zur Sache zu äußern oder dies zu unterlassen. Außerdem können Sie sich, wie bereits erwähnt, jederzeit eines Bevollmächtigten oder Beistands bedienen.«

Jens Kossnick schob die Papiere zur Seite und blickte auf. »Für die Äußerung wird Ihnen in den nächsten Tagen postalisch eine angemessene Frist zukommen.«

Er hatte seine Pflicht getan. Jetzt lag es bei ihr. Seine Arbeit erledigte er gründlich und er würde dabei garantiert Staub aufwirbeln.

Kapitel 14

»Mögliche Konsequenzen des Disziplinarverfahrens gemäß § 20 BDG bzw. § 32 Abs. 4 SG: Verweis, Geldbuße, Kürzung der Dienstbezüge, Zurückstufung, Entfernung aus dem Beamtenverhältnis«, schloss Helen und erhob sich. Eine Versetzung fiel nicht darunter. Aber sie wusste, dass diese, mit oder ohne Zurückstufung, gängige Praxis war.

Es hatte nach Ärger gestunken. Helen wusste, dass sie ihre intensiven Sinneseindrücke nicht zu ihrer Verteidigung hervorbringen konnte. Sie war den beiden Typen gefolgt, die irgendwann hinter dem Mädchen hergelaufen waren, so, wie sie es vermutet hatte. Sie hatte es gerochen und ihr Magen hatte sich zusammengekrampft, wie er es stets tat, wenn sie Gefahr witterte. Hätte sie dem Inspektor *das* etwa mitteilen sollen? Manchmal war Schweigen die bessere Lösung – diese Lektion hatte sie im Laufe der Zeit gelernt. Sie konnte es nicht beweisen, aber sie war sich sicher, dass die intuitive, im Bruchteil einer Sekunde gefällte Entscheidung, die richtige gewesen war. *Körperverletzung im Amt.* Natürlich war es keine Notwehr gewesen.

»Frau Winter«, hörte sie Kossnicks Stimme, als ihre Hand den kalten Türgriff berührte. »Wir haben ausführlich über die Dienstaufsichtsbeschwerde gesprochen, aber nicht über den Vorwurf der Unterlassung, der dieser vorausgegangen ist.

Ein heftiger Krampf durchfuhr ihre Eingeweide und Helen verspürte den dringenden Wunsch, zu flüchten. Stattdessen zwang sie sich, sich auf der Schwelle umzudrehen. »Ja«, krächzte sie. Ihre Finger glitten in die Hosentaschen zurück und versuchten, sich gegenseitig Halt zu geben.

Während sie exakt den Ort hätte angeben können, wo sie den Metallstift hinter den beiden Männern gezückt hatte, war das brennende Auto die einzige Erinnerung an den Unfall. Ihr Gedächtnis war ausgezeichnet, sie prägte sich jedes noch so kleine Detail ein. Warum dieser verfluchte Tag vom Nebel geschluckt worden war, dafür hatte sie schlicht keine Erklärung.

»Frau Winter«, drang Kossnicks Stimme dumpf zu ihr durch. »Es würde mir und Ihnen die Sache erleichtern, wenn Sie sich auch zu diesem Vorwurf äußern würden. Das dürfen Sie, wie gesagt, auch gern schriftlich tun.«

Er stand auf und kam hinter dem Schreibtisch hervor. Mit Unbehagen spürte sie seinen Blick auf sich ruhen.

»Ich will Ihnen helfen. Ich weiß, dass etwas in Ihnen steckt. Dazu müssen Sie mir aber erzählen, was genau passiert ist.«

Helen löste ihren Blick von seinem Gesicht. Sie hatte aufgehört, ihre Fingerkuppen aneinander zu reiben, und ballte stattdessen die Hände zu Fäusten zusammen.

»Also«, hörte sie ihn sagen und wartete darauf, dass er eine Frage stellen würde, aber Jens Kossnick schwieg und sah sie aufmerksam an.

»Ich kann mich nicht erinnern«, presste sie schließlich zwischen ihren Zähnen hervor.

»Sie bleiben dabei«, stellte Kossnick fest und wandte seinen Körper zum Fenster. Er ließ seinen Blick auf den Innenhof schweifen, wo sich ein kleiner Teich befand. Sie folgte seinem Blick. Das Grau der Wolken schien die Aussicht zu schlucken, aber schemenhaft nahm sie eine Metallskulptur wahr, die unwillkürlich ihr Interesse weckte. Sie reckte ein wenig den Kopf, um sie besser sehen zu können.

»Eine Suspendierung bereits vor Abschluss des Disziplinarverfahrens ist in besonders schwerwiegenden Fällen möglich.« Kossnicks Stimme brachte sie augenblicklich wieder in den Raum zurück.

»Ich gehe aber nicht davon aus, dass es so weit kommt.« Kurz schwieg er, dann fügte er hinzu: »Frau Winter, rechnen Sie mit einem Schreiben in den nächsten Tagen. Dieses enthält die erwähnte Frist, bis wann Sie Ihre Aussage im Rahmen einer Anhörung tätigen können. Was Sie bereits jetzt tun können, ist, sich juristischen Beistand zu suchen, wenn Sie das möchten, und ...«, er machte drei Schritte zum Schreibtisch und zog ein Schreiben hinter seiner Kladde hervor, das er ihr überreichte, »... Sie können bereits einen Termin bei Frau Darulo zur Eignungsabklärung vereinbaren.« Er fing ihren Blick ein und hielt ihn fest. »Um diesen werden Sie nicht herumkommen. Bringen Sie es also am besten bald hinter sich.«

Jens Kossnick eskortierte sie mit einer Abschiedsfloskel zur Tür hinaus. Auf dem Gang spürte sie den sanften Druck seiner Hand auf ihrer Schulter ruhen. Sie hatte ihm alles gesagt, was sie wusste. Zurückgehalten hatte sie lediglich den Fakt, dass sie während ihrer Recherchen ohne Dienstanweisung gehandelt hatte. Dass sie sich an nichts erinnern konnte, was an diesem verfluchten Tag passiert war, dafür konnte sie schließlich nichts. Sie drehte sich um und blickte in seine Augen, die nur wenige Zentimeter über ihren funkelten. *Grüner Bernstein*, schoss es durch ihren Kopf, bevor sie den Blick auf seine Nasenspitze senkte. Einen winzigen Augenblick lang war der Boden unter ihren Füßen verschwunden.

»Frau Winter.«

Seine Hand lag noch immer auf ihrer Schulter und die Taubheit in ihrem Körper war schlagartig zurückgekehrt. Sie entzog sich seiner Berührung, indem sie einen Schritt nach hinten machte.

»Egal, was auf Sie zukommen wird, Sie sind eine fähige Polizistin und ich werde Sie da durchbringen.«

Nicht in der Lage, ihrem Körper eine Reaktion zu befehlen, gab sie ihrer einzigen Regung nach und hastete den Gang hinunter in Richtung Ausgang.

Für die Rückfahrt hatte sie zweiundfünfzig Minuten gebraucht. Zwölf Minuten weniger als bei der Hinfahrt im Berufsverkehr. Sie hatte stur das Gaspedal durchgedrückt, als sie aus dem Tunnel herausgefahren und der B31 in Richtung Schwarzwald gefolgt war. Beim Anblick der von dunklen Nadelbäumen gefleckten Berge, die sich vor ihr erhoben, hatte ihr Herz stumpfsinnig weitergepocht. Nicht wie sonst war es gehüpft, als ihr Wagen die kurvige Straße hochkletterte und die Haarnadelkurve um den steilen Felsen nahm. Auch hatte sie nicht zum majestätischen Hirsch aufgeblickt, der kühn auf dem schroffen Felsvorsprung thronte, bereit, auf dem rettenden Sprung sein Leben zu lassen, sollte es so sein. Sie hatte sich nicht gefragt, welche Farbe er hatte, ob sein Fellkleid heute weiß oder rosafarben in der Sonne funkelte, weil ein weiterer Unbekannter seine Tollkühnheit durch das Bemalen der Tierskulptur bewiesen hatte. Der Hirsch, der sie seit ihrem Dienstantritt an diesem Ort faszinierte und zusammen mit den dunklen Tannen für sie das Symbol des Schwarzwalds überhaupt war. Der Hirsch, der sie stets am Felsvorsprung begrüßte, in schwindelerregender Höhe, über der Enge des Höllentals. Der Hirsch, der der Legende zufolge die Schlucht mit dem waghalsigen Sprung bezwang und so seinem Verfolger, einem Ritter der Burg Falkenstein, entkam. Er hatte die Flucht nach vorne angetreten, das Undenkbare geschafft, seine Meisterleistung, während der Jäger in den Tod gesprungen war. Der Sprung ins Ungewisse war es, der sie nicht losließ. Der alles bestimmende Sprung, der Scheideweg zwischen Leben und Tod. Aber heute blickte Helen nicht nach oben.

Als sich die kurvige Straße am Bergkamm wieder vor ihr ausstreckte, drückte sie erneut das Gaspedal durch.

Sie konnte ihre Gedanken einfach nicht sortieren. *Was würde Kossnicks Ermittlungen folgen? Würde es auch zu einem Strafprozess kommen? Würde dieser das Aus für Lenzkirch bedeuten, für die weiße Wand, für Gunnar? Würde ihre junge Polizeikarriere daran zerbrechen?* Sie krallte ihre Nägel in das Lenkrad und spürte einen stechenden Schmerz dort, wo sich ihre Fingernägel im Präsidium unablässig in das Fleisch ihrer Handflächen gebohrt hatten. Vor ihrem inneren Auge waren immer wieder die beiden Männer aufgetaucht, die sich an die

Fersen des Mädchens geheftet hatten. Ihre Finger hatten instinktiv den kleinen Metallstift in ihrer rechten Hosentasche umklammert. *§ 340 StGB. Körperverletzung im Amt. Mit Geldstrafe oder Freiheitsstrafe bis zu fünf Jahren geahndet.* Hinzu kam noch der Bericht, den sie bis zum späten Nachmittag würde vorlegen müssen. Ein Bericht, für den es keinen Inhalt gab. Ihre eigenständigen Ermittlungen konnte sie schließlich nicht melden.

Als sie das Ortsschild von Lenzkirch erreichte, schlug ihr die Müdigkeit wie eine Ohrfeige ins Gesicht. Mit letzter Kraft lenkte sie den Wagen auf den Parkplatz vor der Dienststelle und sackte dann in sich zusammen.

Ein Klopfen an der Autoscheibe riss sie jäh aus ihrem Schlaf. Verwirrt richtete sie sich in ihrem Sitz auf und kurbelte umständlich das Fenster herunter.

»Helen Winter, steig aus dem Wagen aus, sofort!«, herrschte Abler sie an.

Mit belegter Zunge und einem flauen Gefühl im Magen kurbelte sie das Fenster wieder hoch, schnallte sich ab und öffnete die Autotür.

Auf dem Parkplatz hatte sich eine Gruppe Polizisten versammelt, darunter auch Schrenk und zwei Männer, die sie meinte als Kriminalbeamten wiederzuerkennen. Sie sprachen aufgeregt miteinander, zwei der Männer stiegen in einen Wagen und fuhren los. Schrenk löste sich aus der Gruppe und kam langsamen Schrittes auf sie zu.

»So, Frau Kollege ... ausgeschlafen? Na hoffentlich«, raunzte er und schlurfte drei weitere Schritte in ihre Richtung, bis er neben Abler zum Stehen kam.

»Hast einen netten Vormittag im Präsidium gehabt, ja?«

Helen sah, wie Abler ihm einen Blick zuwarf. Sie spürte, wie sich ihr Körper verkrampfte und Übelkeit in ihr aufstieg.

»Helen, komm«, heischte Abler und gab ihr mit einem Nicken zu verstehen, ihm zu folgen.

Ihre Beine liefen mechanisch hinter ihm her. Er lotste sie zu seinem alten Saab. Seit Helen in Lenzkirch arbeitete, hatte Erich Abler nicht ein einziges Mal einen der beiden Dienstwagen genommen. »Carsten, du bleibst hier«, rief er Schrenk zu, der Helen dicht auf den Fersen folgte.

Er öffnete ihr die Beifahrertür und hieß sie einzusteigen. Als er auf der Fahrerseite Platz genommen hatte, drehte er sich zu ihr. Mit ruhiger Stimme sagte er: »Helen, das, was wir gleich sehen werden, wird kein schöner Anblick sein. Ich erwarte trotzdem von dir, dabeizubleiben, bis Wentzel eingetroffen ist. Du bist Teil der Soko und wirst dich nicht, wie beim letzten Mal, verstecken.«

Helen fühlte, wie sich seine dunklen Augen regelrecht in ihre bohrten, als er sich noch weiter zu ihr herüberbeugte. Sein scharfer Schweißgeruch raubte ihr den Atem, aber sie zwang sich mit aller Kraft, ihren Blick weiterhin an seine Nasenwurzel zu heften.

»Du kannst es dir schlicht nicht mehr leisten, Helen«, raunte er. Sie schnappte nach Luft und bohrte die Nägel mit aller Gewalt in ihre geschlossenen Handflächen.

Abler drehte sich zur Frontscheibe. »Die Spurensicherung ist vermutlich bereits vor Ort«, sagte er und startete den Wagen.

Helen richtete ihren Blick starr geradeaus und sagte tonlos: »Ein weiterer Mord.«

»Eine Hinrichtung, Helen.«

Kapitel 15

Ich bin immer direkt hinter dir. Wohin du auch gehst, ich gehe mit dir.

***

Helens Blick glitt über den See, der sich dunkel unter dem Nebel abzeichnete. Bilder von der späten Joggingrunde drängten sich vor ihr inneres Auge. Unwillkürlich zog sie den Reißverschluss ihrer Jacke ein Stückchen höher. Nicht weit von hier war sie über die Wurzel gestolpert, hatte innegehalten und auf das Wasser geblickt, das sich in der Dämmerung nur vage unter dem schwarzen Himmel abgezeichnet hatte. Der brennende Schmerz setzte unvermittelt ein. Tausende Ameisen krabbelten ihren Körper hoch und spuckten Gift auf ihre Haut. Wie von einem unsichtbaren Hieb getroffen, taumelte sie zurück. Angst schnürte ihr die Kehle zu, ließ sie röchelnd einknicken.

»Helen, los jetzt!«

Ablers Stimme riss sie jäh aus ihrem Zustand. Sie rappelte sich auf und stolperte über den Waldweg zu ihrem Vorgesetzten, der sich einige Meter weiter auf die Uferböschung zubewegte.

Wie ein surreales Kunstwerk ragte der Torso vor dem
See auf. Drei Gestalten in Plastikanzügen standen re-
gungslos daneben, als hüllte die Szenerie alles in
Schweigen, ließ jedwedes Leben erstarren.

Sie schluckte die Übelkeit herunter, ignorierte den
dumpfen Druck in der Magengegend, den brennenden
Schmerz auf ihrer Haut. Sie schloss zu Abler auf und
schweigend legten sie die letzten Meter zurück.

Herabhängende Stofffetzen flackerten und zuckten
wie weiße Fahnen im Wind. Sie zwang sich, den Blick
auf den leblosen Körper zu richten, der irrwitzig verdreht auf einer Art Pflock vor dem steilen Uferhang
aufgespießt war.

Nein, es war kein Körper, schoss es Helen durch den
Kopf. Es war nicht mehr als eine leblose Hülle, verseng-
tes Fleisch ohne Arme und Beine, das da hing. *Verstümmelt, verkohlt.* Die orange-roten Flammen der Kohle-
hütte loderten vor ihrem geistigen Auge auf. Der Geruch von Feuer. *Und etwas anderes.* Mit einem Ruck
richtete sie sich zu ihrer vollen Körpergröße auf. Ener-
gisch drückte sie die Fersen in den feuchten Boden,
während sie sich dem morbiden Kunstwerk näherte.
Sie spürte Ablers Blick in ihrem Rücken und zwang
sich einige weitere Schritte nach vorne zu gehen. Dann
sah sie es ganz deutlich. Der blutige Fleischklumpen
war knapp oberhalb der angesengten Brust aufgespießt
worden, dort, wo die Spitze des Pfahls aus dem leblosen
Körper herausragte. Lange weiße Fäden umspielten
ihn, die von den Überresten des Schädels ausgingen,
der hintenüber hing. Zwischen den versengten Beinen
klebte dort, wo sich normalerweise die Genitalien befanden, dunkles Blut.

Die Übelkeit ließ Helen seitlich einknicken. Sie sah Abler noch aus dem Augenwinkel neben sich treten, bevor sie sich mit einem Schwall neben ihm übergab.

Das Eintreffen der Spurensicherung und der Kriminalbeamten vollzog sich hinter einer Schleierwand, die Helen nicht übertreten konnte. Dumpf drang Ablers Stimme zu ihr durch, schien sie aus weiter Ferne anzuklagen. Sie blickte zu dem weißen Stofffetzen hinüber, der im Wind tanzte wie ein Leichentuch. Die fahle Haut in der herannahenden Dunkelheit, schwarz durchsetzt, grotesk verdreht. Vor dem Steilhang emporragend wie ein Mahnmal vor dem dunklen See. Sie spürte einen dumpfen Druck auf Rücken und Beinen, die hinter Wattebergen begraben schienen, Materie, seltsam unverbunden mit ihrem Körper. Stimmengewirr tanzte durch ihren Kopf.

Der Kohlebruckner isch z'rück! ... Stoffreste von so am Nachtgwand', wia Leichentuch schaut's aus ... *die Anna, die war ä Garschdige* ... Männlich, etwa achtzig Jahre alt ... Mei, kann ich noch nicht sagen, do miassn'S mia scho a bissal Zeit lassn ... *Wo einsam die Tannen rauschen im Wind* ... Die Helen nach Hause bringen ... *Wo still liegt der See, still auch das Kind.*

»Frau Winter!«

Eine laute Stimme an ihrem Ohr ließ sie hochschrecken. Sie riss die Augen auf und starrte in das Gesicht eines Mannes, keine zehn Zentimeter von ihrem entfernt. Sein Gesichtsausdruck versetzte sie in Panik. Mit einem Ruck richtete sie ihren Oberkörper auf und kam umständlich auf ihre Füße, die ausgestreckte Hand des Mannes im Plastikanzug ignorierend. Als sie seinen Arm auf ihren Schultern spürte, ließ sie es zu und folgte ihm zu Ablers Wagen. Sie wunderte sich, dass der Mann den Schlüssel des Saabs bei sich trug, ließ sich aber ohne weitere Fragen auf den Beifahrersitz bugsieren und schloss die Augen.

Sorge, dachte sie noch, bevor sie ihre Augen schloss. Ein besorgter Blick.

Ein Klacken riss Helen aus ihrem Schlaf. Ihr Herzschlag verdoppelte sich und hämmerte einen Schwall Übelkeit aus ihrem Magen als sie die Augen öffnete und sich ruckartig umdrehte. Abler saß neben ihr und hantierte an der Gangschaltung herum. Die Gedankenfetzen rasten durch ihren Kopf, dann fing sie sie wieder ein. *Der Saab. Der See. Die Leiche.* Wie ein Geschwür streute die Übelkeit in ihrem Körper, ein eitriges Gelb, das ihn langsam vergiftete. Mit einem jähen Atemzug setzte ihre Respiration ein und katapultierte Helen zurück in den Wagen.

Sie hörte, wie Abler den Motor startete. Als sich das Auto in Bewegung setzte, war sie hellwach. Sie fuhren über das enge Sträßchen, das über den Staudamm führte, vorbei an dem pompösen Herrenhaus, ließen Schluchsee hinter sich und nahmen die Landstraße in Richtung Lenzkirch.

Vor ihrer Haustür kam der Wagen zum Stehen und Abler schaltete den Motor aus. Während der Fahrt hatte er kein einziges Wort gesprochen und Helens Unruhe hatte von Kilometer zu Kilometer zugenommen.

Abler drehte sich in seinem Sitz und fixierte sie mit seinen dunklen Knöpfen. Ein paar Mal setzte er an, schien um Worte zu ringen, brach aber ab. »Steig aus«, presste er schließlich hervor.

Helen schnallte sich ab und öffnete die Beifahrertür. Unschlüssig stieg sie aus, beugte sich dann aber wieder in den Wagen. »Soll ich Feierabend machen?«, fragte sie verunsichert.

Abler starrte sie an. Nach kurzem Schweigen antwortete er mit gepresster Stimme: »Ja Helen, du machst Feierabend.« Er hielt ihren Blick mit seinem fest und sie wagte es nicht, diesem auszuweichen. Nach einer weiteren Pause fügte er hinzu: »So lange, bis ich dich wieder zurückhole.«

»Ich verstehe nicht ...«, stotterte sie, unfähig ihren Blick auf seine Nasenspitze zu lenken.

»Du bist bis auf Weiteres beurlaubt!«

Stundenlang hatte Helen auf ihrer grauen Couch gesessen und an die Wand gestarrt, unfähig auch nur irgendetwas zu denken. Irgendwann war sie aufgestanden und hatte KarlMay, den Labyrinthfisch mit dem blauschimmernden Körper und den anmutigen roten Flossen gefüttert. Minutenlang hatte sie ihm dabei zugesehen, wie er durch die dichte Bepflanzung am Beckenrand entlanggrubberte und schließlich aufstieg. *Siamesische Kampffische. Fühlen sich allein am wohlsten. Benötigen strömungsarmes Gewässer.* Ihr Blick blieb an der abgedunkelten Wasseroberfläche hängen, die nur an wenigen Stellen nicht mit Schwimmpflanzen bedeckt war. Der Betta splendens mochte es krautig, liebte es, sich zu verstecken. Dennoch brauchte er freie Stellen, an denen er mit seinem Labyrinthorgan atmosphärischen Sauerstoff an der Oberfläche atmen konnte.

Irgendwann hatte sie sich lösen können, war ins Schlafzimmer gegangen und hatte das Holzkästchen in ihrem Kleiderschrank geöffnet, die schillernden kleinen Kugeln gezählt, wie jeden Abend. *Einunddreißig.* Dann hatte sie den Schrank geschlossen und war in Richtung Küche geschlurft. Heute hatte sie keine der Murmeln vor dem Fenster gedreht und beobachtet, wie sie das letzte Licht des Tages in tausend schillernden Facetten zurückwarfen. Sie hatte keinen Blick aus dem Fenster geworfen, hätte noch nicht einmal bezeugen können, dass die Sonne ihren Tagesdienst überhaupt je angetreten hatte.

Die Leere des Kühlschranks gähnte sie an. Seit dem Frühstück hatte sie nichts mehr zu sich genommen und nachdem Abler sie geweckt hatte, hatte sich jeder Gedanke an Nahrung verflüchtigt. Mechanisch öffnete sie den Küchenschrank. Eine Tütensuppe und drei Dosen passierte Tomaten. Der Hunger kniff in ihren Magen und entlockte ihr einen unterdrückten Schrei. Kurzerhand griff sie nach dem Flyer, den sie am Vortag aus ihrem Briefkasten gefischt hatte. *Indische Küche.* Sie spürte den leisen Anflug von Panik, der sie bei der Vorstellung, unbekannte Nahrung zu sich zu nehmen, stets ergriff. Es hatte Gunnar einiges an Überredungskünste gekostet, bis sie sich damals überwunden hatte, ihn in das exotische Restaurant im Ort zu begleiten. Sie überlegte, sich Jacke und Schuhe überzustreifen, um genau dorthin zu gehen. Aber der Gedanke daran, Gunnar dort treffen zu können und ihm von den Ereignissen des Tages berichten zu müssen, ließ ihren Magen noch heftiger verkrampfen. Sie konnte es einfach nicht ertragen, auch nur einer einzigen Menschenseele zu begegnen.

Widerwillig öffnete sie den Flyer und ließ ihren Blick
über die Zeilen schweifen. Gerichte, von denen sie nie
zuvor gehört hatte, und aberwitzige Nahrungsmittelkombinationen ließen sie bereits resignieren, als ihr
Blick an der Überschrift *Pizza* hängen blieb. Kurz
stutzte sie bei der Frage, warum ein indisches Restaurant Pizza auf seine Speisekarte setzte, doch dann gab
sie ihrem Magenknurren nach und griff nach dem Telefon. *Pizza*. Der Gedanke gefiel ihr.

Eine halbe Stunde später öffnete sie einem jungen
Mann die Tür, bezahlte und nahm ihre Bestellung entgegen.

»Das hab ich nicht bestellt.« Helen streckte ihm die
Flasche wieder entgegen.

»Geht aufs Haus, erste Bestellung. Guten Appetit und
bis nächstes Mal!«

Verdattert schloss sie die Tür und stellte die Rotweinflasche neben ihrem Pizzakarton ab. Sie zögerte kurz,
dann zuckte sie mit den Schultern und holte sich ein
Glas aus dem Schrank, das sie bis zum Rand füllte.

Sie öffnete die Schachtel und stellte zufrieden fest,
dass die Pizza bereits geschnitten war, so, wie sie es verlangt hatte. Der Duft von geschmolzenem Käse, gebackenem Teig und frischen Tomaten stieg in ihre Nase,
was ihr Magen mit einem entzückten Grummeln und
ihr Mund mit dem ersten Lächeln des Tages quittierte.
Sie ließ sich auf den Stuhl sinken, griff nach einer Ecke
und biss ab. Entrückt beobachtete sie, wie sich der feine
Käsefaden zwischen Pizza und Mund spannte, wenn

sie den Abstand ihres Armes variierte. Sie inhalierte den Duft von frischem Basilikum und verspürte eine tiefe Befriedigung.

15. November, 2022

Sie hatte lange gewartet, zugesehen wie die Schwärze der Nacht den grauen Tag geschluckt hatte. Dann hatte sie sich in Bewegung gesetzt. Hinter der Kastanie, die ihr Blätterkleid bereits abgestreift hatte, hätte man sie am Tag schnell gesehen. Ihren weißblonden Schopf würde man vermutlich sogar nachts noch erkennen, daher hatte sie sich dazu entschieden, die vergammelte Mütze zu tragen, die sie gefunden hatte. Halbherzig duckte sie sich hinter den breiten Stamm und spähte zu dem Haus auf der anderen Straßenseite hinüber.

Wieder ging das Licht an. Durch die Jalousien konnte sie die Umrisse der Frau gut erkennen. Sie war dünn, beinahe knochig. Das konnte selbst dieser Lumpen nicht verdecken, der zerknittert um ihre Beine schlackerte. Verdiente ein Bulle nicht genug Kohle, um sich anständig was zwischen die Zähne zu schieben? Oder war sie eine dieser Yoga-Weibchen, die den Tag mit Verrenkungen und dem Zubereiten von verfickten Smoothies zubrachte? Sie schnaubte. War auch egal. Jetzt griff die Frau nach einer Flasche und setzte sich diese an den Mund. Sie kniff die Augen zusammen. Das war doch eindeutig eine Weinflasche! *Doch keine Yoga-Triene*, stellte sie amüsiert fest. Was hatte die überhaupt an? Der Lumpen sah ein bisschen aus wie … *Nee, kein Scheiß, oder?* Die Alte trug selbst nachts ihre Uniform! Ein kurzes Auflachen konnte sie nicht unterdrücken.

Die hatte eindeutig einen Sprung in der Schüssel. *Was macht sie denn jetzt?* Fasziniert beobachtete sie, wie die Frau auf der anderen Straßenseite neben dem Kühlschrank herumhantierte und sich schließlich etwas in den Mund schob. *Definitiv kein Yoga-Bienchen*, stellte sie beinahe zufrieden fest und grinste, als sie die Pizzaschachtel erkannte.

Kapitel 16

Dort, wo sie ihren Kopf vermutete, herrschte hämmernde Leere. Helen zog die Bettdecke ein Stückchen höher und schloss die Augen wieder. Das Zimmer drehte sich weiter. Ihre körperliche Hülle ruhte seit Stunden dumpf auf der Matratze, während ihre Organe offenbar zu Topform aufliefen. In ihrem Magen knurrte, rumorte und piekte es abwechselnd, während ihr Herz eine Rave-Party ausrichtete und ihre Speiseröhre dazu Gift und Galle spie.

Ihre Hand tastete neben die Bettkante und griff nach der leeren Wasserflasche. Sie nahm einen Anlauf, sich aufzurappeln, ließ sich aber sofort wieder stöhnend zurücksacken und rieb sich den Schädel. Gerade wollte sie sich wieder auf das weiche Kissen zurücksinken lassen, als ein plötzlicher Anflug von Übelkeit sie erfasste, sodass sie, dem Schwindel und Kopfschmerz zum Trotz, aufsprang und in Richtung Bad rannte. Auf halbem Weg stoppte sie abrupt und erbrach mit einem Schwall eine orangerote, beißend stinkende Flüssigkeit, in der sich Überreste des Pizzabelags mit Rotwein mischten.

Nachdem sie sich Stunden später erneut aus dem Bett bewegte, fühlte sich ihr Magen immer noch flau an. Immerhin war der hämmernde Kopfschmerz einem hinterhältigen Nagen gewichen. Im Stillen beglückwünschte sie sich für ihre Umsicht, stets Schmerztabletten im Haus zu haben. Sie war selten krank und nahm eigentlich keine Medikamente ein. Aber mit Kopfschmerzen hatte sie früh ihre Erfahrungen gemacht. Schon seit ihrer Schulzeit kannte sie die Migräneanfälle, die sprichwörtlich den Himmel über ihrem Kopf einstürzen ließen – meist dann, wenn alles zu viel wurde.

Sie schlurfte in Richtung Kleiderschrank und blickte an sich herunter. Ihr Hemd schlackerte zerknittert über der Uniformhose, nur die Socken hatte sie offenbar nach ihrem gestrigen Pizza-Wein-Exzess noch ausgezogen, bevor sie unter die Bettdecke gekrochen war. Ein neuerlicher Bauchkrampf ließ sie zusammenkrümmen. Wie hatte sie nur diesen abscheulichen Wein trinken können? Gunnar hätte ihn als billigen Fusel bezeichnet. Aber am Vorabend hätte ihr das gleichgültiger nicht sein können. Der Wein hatte schließlich seinen Zweck erfüllt. Er hatte ihre Sinne betäubt, ihre Gedanken gelähmt – nichts anderes hatte gezählt.

Sie öffnete die Tür ihres kompakten Kleiderschranks. An der Stange hingen, sauber aufgereiht, links Uniformhemden, in der Mitte die Jacken, rechts daneben die Multifunktions-Cargohosen. Auf der kleinen Ablage darunter stand der hölzerne Schuber mit ihrer Unterwäsche und den Hemdchen, daneben ein zweiter mit ihren Socken. In der untersten Ablage bewahrte sie ihre Pyjamas sowie zwei identische Jogginganzüge und vier schweißabsorbierende Unterhemden auf. Vier Mal die Woche laufen, so hatte sie es eingeplant. Ein Plan, von dem sie immer häufiger abgewichen war, was sie seltsamerweise nicht weiter gestört hatte. Der Anblick der Hemden ließ ihr schlechtes Gewissen kurz aufflackern. Für den Polizeidienst musste sie körperlich fit bleiben. Ihre strenge Laufroutine hatte sie über Jahre hinweg in ihren Alltag integriert ... bis sich Erschöpfung unter die hohe Motivation gemischt hatte und sie bei ihrer Heimkehr, nach zahlreichen Sticheleien seitens ihrer Kollegen, mit Ausnahme Gunnars, auf die Couch gefallen und müde eingeschlafen war.

Augenblicklich spürte sie, wie das Gefühl der Leere zurückkam. Ohne zu zögern, griff sie in die unterste Ablage und zog ein Unterhemd und einen der Jogginganzüge hervor. Sie entkleidete sich und schlüpfte in die Sportklamotten. Dann lief sie zur Küche und kochte Tee.

Am späten Nachmittag saß Helen auf ihrer Couch, eine neue Schachtel Pizza und eine eineinhalb Liter Flasche Cola vor sich und starrte auf den Fernsehbildschirm. Sie hatte keine Ahnung, um was es ging, irgendwas mit Meer oder Seen, es war aber auch vollkommen egal. Sie stopfte sich das nächste Stück Pizza in den Mund und streckte ihre Füße vor sich auf dem Couchtisch aus. Dann griff sie nach der Flasche und setzte diese an den Mund. Zum ersten Mal in ihrem Leben trug Helen ihren Jogginganzug nicht zum Laufen. Sie ließ ihren Rücken tief in das weiche Polster zurücksinken und rülpste.

Die folgenden Tage verloren sich im Äther, irgendwo zwischen Zeit und Raum, der grauen Couch und dem Bett. Irgendwann hatte sich in Helen ein Gefühl geregt, das neu war. Nicht aufregend neu, mehr eine Art weißes Rauschen, unbekannt und doch seltsam vertraut.

Sie kannte den Wochentag nicht und selbst der Zeiger der Uhr sagte ihr nichts mehr. Manchmal hörte sie das leise Ticken, dann blickte sie auf das Zifferblatt, das seine Bedeutung verloren hatte. Es war ihr egal. Gleichförmig verbrachte sie Tage, Stunden, Wochen oder Monate. Zeit war ein Konstrukt und Helen hatte aufgehört, daran zu glauben.

Als der Pizzabote wieder an der Tür klingelte, raffte sie sich fluchend von der Couch auf, griff nach ihrem Portemonnaie und öffnete.

»Pizza Carciofo?«

Sie blickte ihn ausdruckslos an. Auf seinem linken Arm balancierte er einen Karton, aus dem zwei Flaschenhälse hervorlugten.

»Artischocke?«

»Ich habe Pizza Funghi bestellt.«

Der Mann runzelte die Stirn, griff in seine Jackentasche und kramte nach der Bestellung. »Einmal Pizza Carciofo, eine Flasche Cola und ein Lambrusco.«

Helen riss ihm den Karton aus der Hand, nuschelte »Egal« und steckte ihm fünfundzwanzig Euro zu.

»Das Rausgeld«, hörte Helen noch, bevor sie die Tür vor seiner Nase zuschlug und zur Couch schlurfte.

Die Fernsehsendungen machten sie schläfrig. Sie hatte aufgehört zu versuchen, deren Inhalt und Sinn zu entschlüsseln. Irgendwann schlurfte sie ins Bett oder drückte einfach ihren Körper in das Polster der Couch und zog die Decke über den Kopf. Manchmal lief der Fernseher am nächsten Morgen noch, manchmal wachte sie mitten in der Nacht auf, schleppte sich in die Küche und setzte die Weinflasche an ihre Lippen.

Wenn es nicht anders ging, hievte sie sich zur Toilette hoch, wenn es sich vermeiden ließ, blieb sie auf der Couch liegen. Ihre Augen flackerten unstet in Richtung Bildschirm, ihre Ohren absorbierten Stimmen, Töne, manchmal Melodien, aber meistens Geräusche.

Anfangs hatte das Telefon geklingelt. Minutenlang hatte sie bewegungslos dagesessen und der eintönigen Melodie gelauscht, bis diese verstummte. Das Vibrieren ihres Handys, das von irgendwo zu ihr durchdrang, ignorierte sie ebenfalls. Als sie irgendwann in der Nacht aufstand, registrierte sie im Vorbeigehen ein Aufblinken auf dem Handy, das irgendwo in der Küche herumlag – oder war es noch im Wohnzimmer? Sie hatte die Kühlschranktür geöffnet und sich das letzte Stück Käse in den Mund gesteckt, das in der hintersten Ecke dem Ende seines Verfalldatums entgegensah. Dann hatte sie sich zurück ins Schlafzimmer geschleppt.

An einem anderen Tag war das Display dunkel und das Klingeln verstummt. Ihre Füße glitten ins Nichts, sie fiel tiefer und tiefer, der Schwärze entgegen. Einmal weckte der Hunger sie, aber der Weg zum Telefon war in unerreichbare Ferne gerückt. Sie senkte die schweren Lider und schwebte durch den Raum, in dem sich die Kontur längst aufgelöst hatte, einer Endlosigkeit gewichen war, die keinen Halt mehr bot, keinen Grund, auf dem sie hätte weitergehen können.

Dann war die Erinnerung über ihr zusammengebrochen. Aus dem Nichts füllte sie den Raum, dehnte ihn ins Unermessliche, schuf aus der Leere ein Alles. Wie eine Springflut riss diese sie mit sich, schleuderte sie gegen Felsen, packte sie und zog sie in die Tiefe. Die schweren Glieder spannten sich zur Flucht, brüllten die

Beine an, den Ausgang zu finden. Ihre Lungen schrien nach Sauerstoff, aber da war nur stickige Angst. Röchelnd folgte sie ihren Beinen, die sie nicht spürte, tastete nach dem Grashalm, an dem ihre Hände Halt gefunden hätten. Doch sie fand ihn nicht. Der Raum hielt sie gefangen, aber da war keine Tiefe mehr, keine Spalte, in die sie hätte abgleiten können. Keine Schwärze. Da war nur Angst.

Irgendwann hatte sie die Augen aufgeschlagen und ihren Körper wieder gespürt, der auf dem Linoleum kauerte. Dumpf hatte sie die Kälte registriert, sich in eine Decke gewickelt und sich ins Bett gelegt. Lange Zeit lag sie da, starrte an die Wand und zählte die Kerben im Putz.

Als es wieder klingelte, schlurfte sie zur Tür und öffnete. Mit schweren Augen blickte sie ihr Gegenüber an. »Du hast keine Pizza dabei.«

Kapitel 17

Die dunkelblonden Haare standen wirr von ihrem Kopf ab. Sie trug etwas, das aussah wie eine Jogginghose, und ihn in Form und Farbgebung unangenehm an die Achtzigerjahre erinnerte. Darüber trug sie ein weißes Unterhemdchen, unter dem sich ihre Brustwarzen abzeichneten. Er zwang sich, seinen Blick zu heben und suchte den der Polizistin. Helen Winter starrte unverwandt in seine Richtung. Dennoch hatte er das Gefühl, dass sie geradewegs durch ihn hindurchschaute. Er hatte geahnt, dass ihr die Beurlaubung zusetzen würde, aber dem Bild, das die sonst so korrekt wirkende Frau vor ihm abgab, fehlte wirklich jede Würde.

»Nein, ich habe keine Pizza dabei.« Aus der bunt gemusterten Synthetik-Tasche, die er sonst zum Einkaufen verwendete, zog er eine Mappe hervor und überreichte sie der Polizistin.

Helen Winter regte sich nicht. Einzig ihre Augen schielten auf die Mappe mit der transparenten Hülle in ihrer Hand. »Jetzt schauen Sie sich das wenigstens mal an, herrje!«, entfuhr es ihm. »Lesen!«, befahl er.

Sie senkte ihren Blick und schien zu versuchen, die Worte zu entziffern. Das war doch nicht auszuhalten! Eine Minute später hob sie den Kopf und schüttelte ihn.

»Verdammt, was haben Sie denn bloß eingeworfen?«

»Nichts habe ich ...«, nuschelte sie träge.

»Anna Tennert. Vorwurf der Mittäterschaft durch Unterlassen im laufenden Ermittlungsverfahren 11 Js 847/91«, las er ungehalten vor und tippte mit dem Zeigefinger so fest auf dem Deckblatt herum, dass es der Polizistin fast aus der Hand fiel. Ihr trüber Blick schien einen kurzen Moment aufzuflackern, bevor er wieder erlosch.

»Herrje, Frau Winter! 847. Ermittlungsverfahren aus dem Jahr 1991. Im 11. Dezernat der Staatsanwaltschaft gelandet. Und hier ...«, seine Finger blätterten einige Seiten weiter »... eingestellt«.

»Anna Tennert«, kam es stumpfsinnig von ihren Lippen.

Das durfte doch nicht wahr sein! »Frau Winter! Hier, das bin ich, Thomas Bertel.« Er tippte mit seinem Finger auf ein Kürzel und zückte seinen Ausweis, den er ihr direkt unter die Nase hielt. »Und das da«, wieder tippte er auf der Akte herum, »ist der Fall Anna Tennert, den wir beide wieder aufrollen werden!«

Mit diesen Worten marschierte er an ihr vorbei durch die Tür in Richtung Wohnzimmer.

»Schließen Sie die Tür und herrje, stellen Sie sich unter die Dusche und ziehen Sie sich etwas anderes an. Das ist ja nicht auszuhalten!«

Als Helen fünfzehn Minuten später mit nassen Haaren und, aus Ermangelung eines ungetragenen Jogginganzugs, in Cargohose und Diensthemd die Küche betrat, wehte ihr der Duft von Tomatensoße entgegen. Ungläubig schaute sie Thomas Bertel dabei zu, wie er Pasta auf zwei Tellern anrichtete und Soße darüber verteilte.

»Immerhin hatten Sie noch etwas Essbares im Schrank. Ich hatte schon die Befürchtung, dass Sie wieder den Pizzadienst rufen müssen.«

Helen starrte ihn noch immer an. Woher wusste der Mann, dass sie sich Pizza bestellt hatte? Warum stand er morgens in ihrer Küche und kochte Nudeln? Wo hatte er diese überhaupt gefunden?

Bertel gab ihr mit einer Geste zu verstehen, sich zu setzen. Er stellte einen Teller mit dampfender Pasta vor ihr ab und sie beschloss augenblicklich, keine Fragen zu stellen.

»Na, Sie haben ja Hunger«, hörte sie ihn murmeln. Er hatte ihr gegenüber Platz genommen. Helen blickte kurz auf und schaufelte weitere Nudeln in ihren Mund.

Nachdem sie fertig gegessen hatte, blickte sie zu Bertel hinüber. Vor ihm stand noch immer ein halb voller Teller.

»Wollen Sie meinen auch noch?«, fragte er mit leicht hochgezogenem Mundwinkel.

Sie winkte ab, stand auf und füllte sich ein Glas mit Leitungswasser, das sie in einem Zug austrank. Dann schielte sie zu dem Mann hinüber, griff nach einem zweiten Glas, füllte es und stellte es vor seinem Teller ab.

»Wie aufmerksam von Ihnen.«

Wieder registrierte sie denselben Unterton in seiner Stimme, den sie als Spott zu identifizieren glaubte. Mit dem Rücken gegen die Küchenzeile gelehnt, betrachtete sie ihn genauer. Er war kein großer Mann, in etwa so groß wie sie selbst, hatte kurz geschorenes stahlgraues Haar, das an einigen Stellen Einblicke auf seine gebräunte Kopfhaut gewährte, und eine drahtige, kompakte Figur. Selbst im Sitzen umgab ihn die Aura eines gedienten Soldaten. Sie schätzte ihn auf Ende Fünfzig, Anfang Sechzig. Was ihr sofort auffiel, war sein markantes Gesicht. Feine Fältchen säumten die wachen, grauen Augen und kräuselten sich um den hochgezogenen Mundwinkel, der von einem gepflegten silberfarbenen Schnauzer gerahmt wurde. Sie hätte nicht sagen können, was dieses Gesicht zu etwas Besonderem machte, aber sie beschloss in diesem Moment, dass sie es mochte.

Nachdem er sie angewiesen hatte, Kaffee zu kochen, stellte sie die beiden dampfenden Tassen auf den Tisch und nahm ihm gegenüber Platz.

»So«, sagte er und musterte sie unverhohlen. »Nachdem Sie wieder einigermaßen ansprechbar wirken, kommen wir zur Sache.« Er schob die Akte, die er neben seinem Platz abgelegt hatte, über die Tischplatte zu ihr hinüber.

Helen starrte auf das Deckblatt.

»Na los, worauf warten Sie? Lesen Sie schon!«

Helen blinzelte und blätterte zur nächsten Seite, die sie nur überflog, blätterte weiter, runzelte die Stirn, blickte fragend zu Bertel, der sie mit einer Geste aufforderte, fortzufahren.

Mit jeder Seite, die sie umblätterte, spürte sie, wie ihr Geist wieder zum Leben erweckt wurde. Immer wieder blickte sie auf, aber Thomas Bertel gab ihr zu verstehen, weiterzulesen.

Als sie die Akte betastete, sie dicht an ihre Augen hielt und schließlich sogar an die Nase führte, um daran zu schnuppern, sah sie, dass Bertel sie fragend anblickte.

»Die Akte wurde fingiert«, sagte sie schnell. »Ein minimaler Grauton am oberen Rand. Ich vermute, dass das Aktenzeichen abgeändert wurde. Sie riecht außerdem seltsam.«

Thomas Bertel runzelte die Stirn. Schnell fügte sie hinzu: »Und es fehlen Seiten.«

Der Ex-Polizist verschränkte die Arme hinter dem Kopf und lehnte sich auf dem Holzstuhl zurück. *Zufriedenheit?*

»Was sagt Ihnen das?«

»Dass jemand die Akte manipuliert hat.« Nach kurzem Überlegen fuhr sie fort: »Wer hat überhaupt Zugang zu polizeilichen Akten? Und wie kommen Sie eigentlich an diese Aktenkopie, die es meinen Recherchen zufolge gar nicht geben dürfte?«

Einige Sekunden wartete er mit seiner Antwort und seine Augen funkelten. »Ich habe die Akte Tennert 1991 eröffnet, nachdem ein Nachbar den Verdacht auf Kindesmissbrauch durch den damaligen Partner der Frau an ihren beiden Töchtern gemeldet hatte. Derselbe Nachbar hatte damals auch die Mutter der beiden Mädchen belastet. Der Mann wurde festgenommen, Anna Tennert konnte jedoch keine Mittäterschaft nachgewiesen werden. Es ist lange her, aber ich erinnere mich, dass sie sich in einem desolaten, verwirrten Zustand befand. Man hat ihr das Sorgerecht für die beiden entzogen und die Kinder in Obhut genommen. Sie wurden in unterschiedlichen Pflegefamilien untergebracht. Sieben Jahre war die Ältere der beiden zu diesem Zeitpunkt, die Jüngere erst vier.« Er verstummte und blickte zur Seite. Seine Gesichtszüge hatten sich verhärtet und wirkten jetzt angespannt. Einige Sekunden

171

später sprach er weiter. »Das Verfahren gegen die Frau wurde eingestellt, Anna Tennert einige Jahre später in ein Pflegeheim eingeliefert. Sie muss damals erst knapp Mitte Fünfzig gewesen sein, war aber bereits vollkommen am Ende.«

Er machte eine Pause und Helen überlegte, ob er erwartete, dass sie etwas dazu sagte. »Der Paulinenstift«, fügte er schließlich hinzu.

»Was hat das alles zu bedeuten?«, kam es schließlich über ihre Lippen.

Bertel seufzte. »Nichts. Das dachte ich zumindest damals, als ich die Akte schloss.«

Sie beobachtete, wie sein Blick durch den spärlich eingerichteten Raum flackerte.

»Bis zwölf Jahre später dieses Mädchen auf dem Polizeiposten auftauchte.« Er drehte seinen Kopf und blickte ihr direkt in die Augen. *Ein Blick wie Abler. Kein Ausweichen möglich.* »Roswitha, das Mädchen, das den Stein ins Rollen gebracht hat. Ihrer Aussage wegen habe ich die Akte Tennert wieder eröffnet.«

Er beugte sich weit über den Tisch zu ihr hinüber und kniff die Augen zu schmalen Schlitzen zusammen. »Eine Entscheidung, die mir nicht nur unzählige schlaflose Nächte bereitet, sondern mich auch einen guten Teil meiner Pension gekostet hat.« Er machte eine kurze Pause und schien darum bemüht zu sein, seine bebende Stimme unter Kontrolle zu bringen. »Ihrem Kollegen Carsten Schrenk, diesem karrieregeilen Taugenichts, der damals seinen Dienst bei uns angetreten hat, hatte ich es zu verdanken!« Ein unterdrücktes Lachen entwich seinen Lippen. Die Bitterkeit, die in seiner Stimme lag, ließ sie jäh zusammenzucken. Ocker, schoss es ihr durch den Kopf. Sie war ockerfarben.

»Der war noch grün hinter den Ohren, ein lausiger kleiner Arschkriecher und das hat sich bis heute nicht geändert. Ich war damals so nah dran.« Er unterstrich das Gesagte gestisch, indem er Daumen und Zeigefinger zusammenführte. »Die Aussage des Mädchens war sehr klar. Dennoch hat man ihr kein Wort geglaubt. Eine einschlägige Akte hatte das junge Ding: Körperverletzung, Diebstahl, Prostitution. Einem delinquenten Mädchen glaubt man nun mal nicht. Dazu kam dann die Anzeige wegen Verleumdung und Falschaussage.«

Helen konnte die Anspannung des Mannes in jeder Faser ihres Körpers spüren. In Augenblicken wie diesen verfluchte sie ihre Wahrnehmung, die es ihr einerseits so unglaublich schwer machte, die Emotionen aus dem Gesicht des Gegenübers intuitiv abzulesen, sie dafür andererseits jede noch so kleine Gefühlsregung mitempfinden ließ. Als wäre sie ein Pendel, das einfach mitschwang. Im Nachhinein würde sie das Puzzle Stück für Stück zusammensetzen und mit viel Kraftaufwand versuchen, dem entstandenen Bild einen Sinn zu entlocken. Nicht immer gelang dies allerdings.

Der Mann ballte die Hände zu Fäusten und Helen hatte den Eindruck, dass es ihm schwerfiel, sitzen zu bleiben. Sie wartete stumm, bis er einige Sekunden später mit ruhigerer Stimme fortfuhr: »Das Mädchen hat damals nicht nur die Mittäterschaft der eigenen Mutter, Anna Tennert, zu Protokoll gegeben, sondern darüber hinaus zwei Männer schwer belastet, die am Missbrauch der beiden Schwestern beteiligt gewesen sein sollen: Herbert Rothloff und Jürgen Kämmerer.« Er ließ seine Finger durch die Papiere gleiten und hielt ihr eine weitere Aktenkopie unter die Nase.

Helen rührte sich nicht und hielt den Atem an. *Sollte sie darauf etwas antworten?*

»Herbert Rothloff«, raunte er schließlich. »Der Richter!«

Er zog sich zurück, ließ seinen Rücken gegen die Lehne sinken und schloss die Augen.

Herbert Rothloff. Das zweite Mordopfer am See? Helen blickte stumm auf Thomas Bertel und wartete darauf, dass er weitersprach. Als er die Augen endlich wieder öffnete, bestätigte er ihre Vermutung. »Das zweite Mordopfer. Es stand in der Zeitung.«

Gebannt wartete Helen darauf, dass er weitersprach.

»Nachdem das Mädchen bei uns aufgeschlagen war«, sagte er schließlich, »habe ich nicht aufgehört zu suchen. Ein organisiertes Täternetzwerk, damit hatten wir es damals zu tun. Niemand wollte sich die Finger verbrennen. Ich hatte die Observierung des Hauptbeschuldigten beantragt, aber die Staatsanwaltschaft hat abgelehnt. Unverhältnismäßiger Eingriff in die Persönlichkeitsrechte. Es kam nie zu einem Verfahren. Ich war jung und motiviert. Ich habe das damals nicht hinnehmen können, deshalb habe ich auf eigene Faust weitergemacht, und ich war dicht dran, so dicht.« Er nahm einen tiefen Atemzug und schloss erneut die Augen.

Als das Schweigen jeden Winkel des Raums ausgefüllt hatte, schlug er die Augen wieder auf und heftete seinen Blick erneut auf sie. »Als ich von Anna Tennerts Hinrichtung erfahren habe, war ich sofort alarmiert.

Dann der Tod von Rothloff vor einigen Tagen.« Wieder beugte er sich über die Tischplatte, sodass seine Nase ihre fast berührte. »Ich habe nie aufgehört, an die Wahrheit zu glauben. Die Suche nach der Wahrheit und das Herstellen von Gerechtigkeit. Das«, er machte eine Pause und klopfte sich auf die Brust, »ist die Essenz unseres Berufs. Das ist, was uns zu guten Polizisten macht. Die unablässige Suche nach der Wahrheit, Hélène.«

Die plötzliche Vertraulichkeit irritierte sie. Ihr Mund fühlte sich trocken an. Sie griff nach ihrem Glas und leerte es in einem Zug. Als er die Stimme wieder hob, kam es ihr so vor, als durchschnitte sie die Luft wie eine Klinge.

»Und du, Hélène«, hörte sie ihn sagen, »wirst diese Wahrheit ans Licht bringen.«

Kapitel 18

Helen war früh aufgestanden, hatte ihren Earl Grey getrunken, sich in ihre Dienstkleidung geworfen und war anschließend einkaufen gegangen. Sie hatte kein Toastbrot mehr und im Kühl- und Vorratsschrank herrschte gähnende Leere. Nach ihrer Rückkehr brühte sie sich eine zweite Tasse Tee auf und schmierte sich zwei Scheiben Marmeladentoast. Zufrieden über die zurückeroberte Morgenroutine ließ sie sich gegen die Lehne sacken, ohne dem Ziffernblatt über der Küchenzeile Beachtung zu schenken. Niemand würde sie davon abhalten, ihre Arbeit als Polizistin zu tun, kein Abler und erst recht kein Schrenk. Sie spürte ein leichtes Kribbeln in der Magengegend bei dem Gedanken an die Akte, die der ehemalige Polizist ihr dagelassen hatte.

Beinahe enthusiastisch öffnete sie die Schublade der kleinen Holzkommode im Flur und griff nach dem Metallstift darin. Da die Spitze des Kubotans bereits stumpf geworden war, benutzte sie ihn nur noch zu Übungszwecken. Sie öffnete die Tür zur Vorratskammer, in der sich die Akupunkturpuppe befand und trug sie ins Wohnzimmer. Sie ließ ihren Blick darüber gleiten und spürte das bekannte Kribbeln, das sie stets durchfuhr, wenn sich die Hunderte Druckpunkte vor ihrem inneren Auge wie eine Landkarte über dem Plastikkörper ausbreiteten.

Krav Maga, ein Kampf- oder Selbstverteidigungssystem, das ursprünglich der israelische Geheimdienst entwickelt hatte und wegen seiner Effektivität häufig im Bereich Polizei, Militär und Sicherheitsdienst gelehrt wurde, bediente sich verschiedener Techniken. Das Konzept Dim Mak, die »Kunst der tödlichen Berührung« hatte sie sofort fasziniert und während ihre Kollegen sich in effektiven Schlag- und Entwaffnungstechniken übten, beschaffte sich Helen eine Akupunkturpuppe und studierte zu Hause die 365 Druckpunkte der traditionellen chinesischen Medizin, deren Bedeutung sich nicht allein auf Heilzwecke beschränkte.

Präzision war der Schlüssel. Nächtelang hatte sie geübt, Intensität und Technik waren entscheidend, vor allem aber, dass die Punkte millimetergenau getroffen wurden – auch während einer Kampfhandlung. Schnell hatte sie sich die Punkte wie eine Landkarte in ihrem Kopf eingeprägt, aber das handelnde Üben war entscheidend. Neben Schultergelenk, Ellenbogen, Rippen und Handgelenk gab es eine Vielzahl weiterer Schmerzpunkte am menschlichen Körper, die mittels gezielten Drucks, Stoßes oder Schlags starke Schmerzen oder Lähmung hervorrufen, die Blutzirkulation kurzzeitig unterbrechen, aber ebenso gut tödlich enden konnten.

Einen Augenblick betrachtete sie den metallenen Stift in ihrer rechten Hand, dann stieß sie diesen in Nummer 342. *Treffer.*

Nachdem sie KarlMay gefüttert hatte, beschloss sie, ihre Energie zu nutzen, um die Wohnung auf Vordermann zu bringen. Sie staubsaugte, lüftete, wusch durchgelegene Jogginganzüge samt Bettwäsche und räumte das benutzte Geschirr in die Spülmaschine. Dann setzte sie sich auf die Couch und schloss für einen Moment die Augen. »Und denk daran, Helen, wir spielen gegen die Zeit.« Bertels Worte vom Vortag hatten sich zu einem Nebel verdichtet, der zwischen ihren Gehirnwindungen waberte. Sie öffnete die Augen und ließ den Blick zum Ziffernblatt der Küchenuhr wandern. Wieder einmal hatte der Zeiger die Zeit zerschnitten. Wo sollte sie nur anfangen?

Sie hatte Bertel von ihren Besuchen im Altenheim erzählt, von den Beisswängers und der Tatsache, dass sich ebenso gut eine dritte Person unbemerkt über den Hintereingang des Altenheims hätte Zutritt verschaffen können. Er hatte sie ermutigt, diese Spur weiterzuverfolgen. »Dieses Mädchen von damals«, hatte er geraunt und war dabei einen Schritt auf sie zugegangen, »so sehr sie mir leidtat, war, weiß Gott, kein unbeschriebenes Blatt.«

Nachdem er gegangen war, hatte sie den Faden in ihrem Kopf weitergesponnen. Das Mädchen, das damals auf dem Polizeiposten Anzeige erstattet hatte, musste mittlerweile eine gestandene Frau sein, vermutlich ein paar Jahre älter als sie selbst. War es denkbar, dass eine Tochter die eigene Mutter tötete? Wenn Bertel recht behielt mit seiner Vermutung, dass diese am Missbrauch beteiligt gewesen war, wäre es zumindest nicht auszuschließen ... vor allem der zweite Mord genau an dem Mann, den das Mädchen belastet hatte. Eine späte Vergeltung, um das Unrecht von damals zu sühnen? Mit Erschaudern dachte sie an die Augäpfel, die die Plastiktüte auf dem See anzustarren schienen. An den aufgespießten Torso vor dem Steilufer, den blutigen Fleischklumpen, der von der silbernen Haarsträhne sanft umspielt wurde. Ein Ritualmord, hatte Rohde gesagt. Sie versuchte den Geruch von verkohltem Fleisch, der ihr augenblicklich in die Nase stieg, abzuschütteln und rannte ins Badezimmer. Minutenlang beobachtete sie, wie das eisige Wasser ihre Finger benetzte und die Angst in den Abfluss spülte.

Sie brauchte die richtige Akte.

Helens Gedanken waren ein See. Das Bild gefiel ihr auf eine verschrobene Art und Weise. Erst wenn ein Steinchen die Oberfläche traf oder eine Tafelente sie aufwirbelte, setzte sich etwas in Bewegung und kleine Partikel gelangten an die Oberfläche des trüben Grunds. Partikel, winzige Teile des Ganzen, die jedes für sich ein Universum in sich bargen.

Sie holte ein frisches Funktionsshirt aus dem Schrank, schlüpfte in den klammen Jogginganzug, der auf der Wäscheleine vor sich hintrocknete und stieg ins Auto.

Zeit, etwas Bewegung in den See zu bringen.

Das Wasser breitete sich düster zu ihren Füßen aus. Helen schloss den Wagen ab und unternahm einige plumpe Dehnversuche, bevor sie schließlich lostrabte. Die stumpfsinnig verbrachten Tage schienen ihre Knochen zermürbt und ihre Muskeln erschlafft zu haben.

Etwa zehn Minuten später war sie in ihrem Element. Der kalte Wind stob ihr ins Gesicht und aus weiter Ferne drangen die Motorengeräusche vorbeifahrender Autos an ihr Ohr. Mit jedem Meter, den sie zurücklegte, schien sie ihrem eigentlichen Ziel ein Stück näher zu kommen. Als sie das Gewässer überquerte, verloren sich die Geräusche in seinen Tiefen. Auf der anderen Uferseite angekommen, setzte sie ihre Runde auf dem schmalen Waldweg fort, die aufragenden Tannen, die die Böschung säumten, zu ihrer rechten, der See zu ihrer linken.

Die Akte war unvollständig. Jemand hatte Seiten daraus entfernt. Außerdem vermutete sie, dass das Aktenzeichen abgeändert worden war. Es war nur diese schmale Linie am oberen rechten Seitenrand, die einen etwas gräulicheren Farbton aufwies. Sie hatte sie anfangs nicht bemerkt. *Carsten Schenk, dieser karrieregeile Nichtsnutz*, schoss es ihr durch den Kopf. Sie biss die Zähne fest aufeinander und spürte einen unangenehmen Schmerz im Kiefer. Warum dieser Aufwand? *Wovor hattest du Angst, Carsten?*

Helen wusste, dass die Aktenzeichen der Polizei, oder besser gesagt, die Vorgangsnummern, im Verlauf des Verfahrens von den Justiz-Aktenzeichen der Staatsanwaltschaft und des Gerichts abgelöst wurden. Allerdings fügten die Gerichte in der Regel lediglich Elemente zu den Nummern der Staatsanwaltschaft hinzu, sodass sich der Kern nicht änderte. Sie bestanden aus einer Nummer, der lediglich das Jahr, die Nummer der zuständigen Abteilung und das Registerzeichen angehängt wurde, aus dem hervorging, um welchen Verfahrensabschnitt es sich handelte. So verwies jedes Aktenzeichen zugleich auf seine Geschichte. Eine Geschichte, die in diesem Fall offenbar nicht erzählt werden sollte.

Verbissen reckte sie ihren Kopf in den schneidenden Wind. Auf dem Aktenzeichen war das Kürzel JS vermerkt gewesen, was bedeutete, dass zu diesem Zeitpunkt ein Ermittlungsverfahren durch die Staatsanwaltschaft eingeleitet worden war. Der weitere Verfahrensablauf, aus dem ein Kürzel verriet, vor welcher gerichtlichen Instanz der Angeklagte sich hatte verantworten müssen, war nicht in der Akte enthalten gewesen. Es war sehr unwahrscheinlich, dass der Fall lediglich durch einen Strafrichter beim Amtsgericht verhandelt worden war. Sie schnaubte. Auch fehlten jegliche Hinweise auf den Verbleib der Kinder. Der Name Roswitha Kaiser tauchte in der gesamten Akte nicht auf.

Dann würde sie sich eben auf andere Weise Informationen beschaffen. An die Gerichtsakten zu gelangen, würde aus ihrer derzeitigen Position heraus und ohne offiziellen Auftrag schwierig werden. Aber letztlich interessierte sie sich wenig für den Prozess an Anna Tennerts Partner, sondern vielmehr für den Verbleib ihrer Kinder, allen voran Roswitha.

Als Helen etwa die Hälfte der Wegstrecke zurückgelegt hatte, registrierte sie, wie ihre Beine langsamer wurden. Das unangenehme Gefühl, dass sich ein Blick in ihren Rücken bohrte, ließ sie herumwirbeln. Sie kam zum Stehen, drehte ihren Kopf nach links, konnte aber zwischen den dunklen Nadelbäumen keine Bewegung ausmachen. Mit angehaltenem Atem drehte sie sich einmal im Kreis. *Der Geruch!* Schlagartig wurde ihr klar, dass sie schon einmal an derselben Stelle innegehalten hatte, als sie vor ein paar Tagen über die Wurzel gestolpert war. Sie schnupperte. Es war ein flüchtiger Geruch, kaum wahrnehmbar und doch da. Sie ließ ihren Blick zur Uferböschung gleiten, vor der die Ästchen vertrockneter Sträucher den Blick auf das dunkle Wasser durchbrachen. Das Gefühl überraschte sie hinterrücks. Als hätte eine eisige Hand ihren Nacken gepackt. Ohne sich umzudrehen, verharrte sie an Ort und Stelle. Alles in ihr schrie, weiterzulaufen, aber ihre Beine gaben dem Impuls nicht nach. Stattdessen bohrten sie sich umso fester in den Waldboden. Trotz der Kälte spürte sie, wie eine Schweißperle langsam über ihre Stirn kroch und das Mal auf ihrem Bein erneut Feuer fing. Ihr Blick glitt zu Boden und da sah sie es.

Mit zitternden Fingern bückte sie sich und hob es vorsichtig auf. Die *Wurzel* war aus gusseisernem Metall und etwa fünfzig Zentimeter lang. Nur ein Teil davon hatte aus dem Waldboden herausgeragt, der Rest war mit Erde und Steinchen bedeckt gewesen. Kein Wunder, dass sie darüber gestolpert war. Ein Knacken ließ sie hochschrecken. Alarmiert blickte sie in Richtung Uferböschung, von wo das Geräusch hergekommen zu sein schien. Etwas tief in ihr, schrie ihr lautlos zu, endlich weiterzulaufen. Als die Panik ihr Hirn erreicht hatte, rannte sie los, die Eisenstange fest mit ihrer rechten Hand umklammert.

Stunden später saß Helen, frisch geduscht und mit einer Tasse Tee, auf der Couch und starrte auf die Stange, die vor ihr auf dem Tisch lag. Sie hatte sich dazu entschieden, Bertel von dem Fund zu berichten. Außerdem würde sie Gunnar einen Besuch abstatten, denn sie brauchte seine Hilfe. Er war ihre einzige Verbindungsstelle zum Mordfall und sie musste zumindest halbwegs über den Stand der Ermittlungen im Bilde sein. Außerdem durfte sie keine Zeit mehr verlieren!

Sie griff nach dem Telefon und wählte Gunnars Nummer.

»Helen, schön, dass du anrufst. Ich habe mir schon Sorgen gemacht!«

Helen atmete tief durch, bevor sie sprach. Sollte Thomas Bertel recht behalten, so galt es, alles dafür zu tun, um den dritten Mord zu verhindern.

Kapitel 19

»Ich kann mich an nichts erinnern.«

Elena Darulo senkte ihren Blick und spähte sie über ihre Brille hinweg an.

»Das sagten Sie bereits. Aber wenn Sie in diesem Punkt nicht mit mir kooperieren, Frau Winter, dann sehe ich keine Möglichkeit, wie ich Sie guten Gewissens in den Außendienst zurückschicken kann.«

Aus dem Augenwinkel schien die Psychologin die Bewegungen, die sie heimlich mit ihren Fingern im Inneren ihrer Hosentaschen vollführte, zu beobachten und notierte irgendetwas in dem kleinen Notizbuch, das auf ihrem Schoß lag. *Reibt die Fingerkuppen in den Hosentaschen in schnellen Bewegungen gegeneinander*, oder so ähnlich, vermutete Helen und unterdrückte deshalb diesen Impuls.

»Heißt das, dass ich den Posten Lenzkirch verlassen muss?«, presste sie stattdessen zwischen den Zähnen hervor.

»Das wird Ihr direkter Vorgesetzter mit Ihnen klären, Sie kennen den Dienstweg. Ich bin lediglich für die psychologische Eignungsfeststellung zuständig und kann Ihnen hierzu nichts sagen.« Die Psychologin fasste sich mit Daumen, Zeige- und Mittelfinger an die Stirn und senkte ihren Blick, bevor sie Helen wieder fixierte. »Aber ist das wirklich Ihr größtes Problem, Frau Winter? Sie werden möglicherweise nicht mehr im Außendienst eingesetzt werden. Sie sind«, Elena Darulo blickte erneut auf die Papiere, die vor ihr auf dem Tisch lagen und ergänzte, »Mitte Dreißig. Wollen Sie Ihre Karriere bereits so früh beenden?«

Helen starrte geradeaus. Sie war dazu übergegangen, die Fingerkuppen unauffällig, aber kräftig aufeinanderzudrücken, um der Psychologin keine weitere Angriffsfläche zu bieten. »Nein«, presste sie hervor.

»Also ...«, sagte die Frau am anderen Ende des Schreibtischs nach einer kurzen Pause. »... beginnen wir noch einmal von vorne. Wir gehen den Tag des fünften Augusts noch einmal gemeinsam durch. Vom Frühstück bis zum Eintreffen am Ort des Verkehrsunfalls. Ich will jedes Detail Ihrer Erinnerung hören. Alles ist wichtig.«

Als Helen erschöpft und niedergeschlagen die Haustür zu ihrer Wohnung aufschloss, fühlte sie einen Blick im Nacken. Sie drehte sich auf dem Absatz um, konnte aber bis auf die Kastanie, die sich mittlerweile ihres Laubkleides entledigt hatte, niemanden entdecken. Es war bereits später Vormittag, vereinzelt fuhren Autos an der Straßenkreuzung vorbei. Hier regte sich nichts, kein Spaziergänger, kein Radfahrer, kein Nachbar, der den Müll vorne zur Straße brachte. Es war eine ruhige Gegend und Helen mochte die Gemächlichkeit des Viertels, die ihrem oft unvorhersehbaren Arbeitsalltag einen Gegenpol bot. Heute mischte sich allerdings ein anderes Gefühl zwischen die Behaglichkeit und weckte die Erinnerung an die Tür, deren Schloss Tage zuvor nach nur einer Umdrehung aufgesprungen war. Kalter Schweiß trat auf ihre Stirn, als sie die Tür öffnete und schnell hinter sich schloss. Sie ließ sich auf einen der Holzstühle fallen und vergrub das Gesicht in ihren Händen.

Irgendwann spürte sie, wie sich ihr Atem mit jedem Zug verlangsamte. Sie musste sich in den Griff bekommen.

Sie spielte im Kopf noch einmal das Gespräch mit der Polizeipsychologin durch. Dann griff sie in ihre Hosentasche und betastete die Kanten des Pappkärtchens. *Agnes Mersepacher, Psychologische Psychotherapeutin. Psychoanalyse und Hypnoseverfahren.* Helen hatte schließlich eingewilligt, sich bei Darulos Kollegin vorzustellen. Wenn es ihre einzige Chance war, würde sie diese ergreifen. Sie war sich nicht sicher, ob Elena Darulo ihr geglaubt hatte oder nicht. Fakt war, dass sich der Tag aus ihrer Erinnerung gelöscht, sich wie Dampf verflüchtigt, ihren Gehirnwindungen entfleucht war. Nebelschwaden über dem düsteren See drängten vor ihr inneres Auge und Helen krallte sich mit der rechten Hand an der Tischplatte fest. Sie legte die Visitenkarte vor sich auf den Tisch, um damit das Unbehagen abzuschütteln. *Agnes Mersepacher.* Sie würde morgen anrufen.

Der Gedanke daran weckte die Erinnerung an das Telefonat mit Gunnar. Er war wenig begeistert von ihrem Vorstoß gewesen und hatte versucht, sie davon abzuhalten, eigenmächtig weiter zu ermitteln. »Ich möchte lediglich über das Voranschreiten des Falls informiert bleiben«, hatte sie gelogen. »Ich werde mich heraushalten und mich zu Hause erholen. Aber der Fall beschäftigt mich, Gunnar, und wenn ich nichts über den Weitergang der Ermittlungen erfahre, werde ich hier noch verrückt!« Gunnar hatte schließlich eingelenkt und ihr versichert, sich für sie umzuhören. Sie selbst würde versuchen, mehr über den Verbleib von Anna Tennerts Tochter zu erfahren. Sie hob den Blick und starrte auf den Zeiger der Uhr. Die Zeit spielte gegen sie.

Am anderen Ende blieb es still. Helen fragte sich schon, ob die Leitung unterbrochen worden war, als sie plötzlich ein Schnaufen vernahm.

»Sie bekommen gar nichts von mir. Bevor ich keine richterliche Anordnung vorliegen habe, bleiben die Namen unter Verschluss. Ich wünsche einen schönen Tag.«

Das Tuten am anderen Ende verriet Helen, dass sie es gründlich versiebt hatte. Ungläubig starrte sie einige Minuten auf den Hörer in ihrer Hand, drückte dann auf eine Taste und torkelte zur Ladestation, wo das Gerät mit einem kurzen Jingle auf das Einrasten reagierte. Sie ließ sich gegen die Küchentheke sacken und vergrub den Kopf zwischen den Händen. Sie konnte doch nicht ernsthaft damit gerechnet haben, dass das Jugendamt ihr unter der Hand irgendwelche Namen oder Daten mitteilen würde! Sie hatte mehrfach miterlebt, wie ihr Kollege Schrenk die ein oder andere informelle Anfrage bei diversen Ämtern vorgenommen hatte, aber das hier war schließlich etwas vollkommen anderes. Immerhin hatte der Name *Tennert* bei der Frau offenbar eine Assoziation geweckt. In solchen Fällen von Inobhutnahme blieben Namen und Daten zum Schutz der Kinder stets unter strengem Verschluss. Seltsam war es allerdings, dass die Frau so prompt auf den Namen reagiert hatte. Immerhin lag der Fall bereits viele

187

Jahre zurück. Andererseits, spann Helen ihren Gedankenfaden fort, hatte die Presse den Namen der Toten vor Kurzem öffentlich gemacht.

Der Gedanke an ihren Termin im Altenheim ließ sie jäh zusammenzucken. Mit einem Ruck richtete sie sich auf und eilte zur Garderobe, wo sie in ihre Schuhe schlüpfte und sich die Jacke anziehen wollte. Kurz zögerte sie, unschlüssig, welche Oberbekleidung sie wählen sollte. Dann entschied sie sich für ihre Winterjacke. An einem Montagvormittag in Zivil auf die Straße zu gehen, kostete sie einige Überwindung. Der Fakt, dass sie beurlaubt war und darüber hinaus aus vorgeschützten privaten Gründen im Altersheim aufkreuzen würde, brach jedoch ihren Widerwillen.

Als sie kurze Zeit später vor dem lang gezogenen Gebäude am Waldrand stand, verspürte sie Unbehagen. Das Gefühl, beobachtet zu werden, ließ sie herumfahren. Hinter sich erblickte sie nichts als Tannen. Dahinter meinte sie einen kleinen Waldweg ausmachen zu können. Vermutlich führte dieser, ein Stück weit versetzt von dem Weg, den sie eine Woche zuvor mit dem Pfleger Michael Angermaier entlang spaziert war, ebenfalls zur Talsperre. Innerlich schalt sie sich für ihre Schreckhaftigkeit. Es war Zeit, dass sie wieder in ihren Dienst zurückkehrte, um auf andere Gedanken zu kommen. Die Zeit zu Hause schien ihr nicht zu bekommen. Sie beschloss, die alte Brenner auf einen Spaziergang mitzunehmen, und hoffte inständig, dass die Frau noch einigermaßen gut zu Fuß war.

»Frau Winter«, begrüßte der Pfleger sie, als sie bereits am Fuß der steilen Rampe stand. »Warten Sie, Frau Brenner ist gleich so weit.«

Keine fünf Minuten später erschien Michael Angermaier mit einer gebückten Dame mit Eisengestell am Eingang. Helen starrte mit Unbehagen auf die Frau, die sich mit zitternden Händen am Rollator festhielt. Einen Augenblick lang kämpfte sie gegen den aufkeimenden Widerwillen an, dann schluckte sie ihn herunter. Sie spannte ihre Gesichtsmuskeln an, um ein Lächeln auf ihre Lippen zu zwingen. Dann eilte sie die Rampe hinauf.

»Ist Ihnen nicht gut?«, krächzte die Alte zur Begrüßung.

Verwirrt stoppte Helen vor den beiden ab. »Sie machen so ein komisches Gesicht.«

Der Pfleger machte eine wegwerfende Handbewegung hinter dem Rücken der Frau und strahlte Helen weiterhin an. »Frau Brenner freut sich auf ihren Ausflug! Sie können sich gerne Zeit lassen, allzu schnell werden Sie nicht vorankommen. Aber ein Stück den Waldweg entlang, das wird ihr sicher guttun. Toll, dass Sie sich selbst in Ihrer Freizeit um andere Menschen kümmern. Hut ab!«

Michael Angermaier verfiel in ein polterndes Lachen und Helen fragte sich, was daran so lustig war. Dann sah sie, wie der Mann sich mit einer knappen Geste in ihre Richtung verabschiedete und sich die Glastür hinter ihm schloss.

Sie blickte auf die alte Dame, die sie aus zusammengekniffenen Augen taxierte und fragte sich, ob das eine gute Idee gewesen war.

Als Helen von ihrem Besuch im Altenheim zurückkehrte, war sie so geschafft, dass sie sich, ohne die

Schuhe auszuziehen, auf die Couch warf und gegen die Wand starrte. Als der große Zeiger bei der Sieben angekommen war, richtete sie sich auf, schnappte sich ihre Jacke und verließ das Haus in Richtung Ortskern. Sie hatte bereits am späten Nachmittag versucht, Gunnar zu erreichen und ihm irgendwann eine Textnachricht gesendet, dass sie ihn gerne zum Essen einladen würde.

Als sie die Tür zum Gasthof aufstieß, wankte sie unwillkürlich einen Schritt zurück. Eine Wolke südostasiatischen Dunstes schlug ihr entgegen und Helen brauchte einen Moment, um sich dazu durchzuringen, das Restaurant zu betreten. Drinnen waren die Tische mäßig besetzt, dennoch registrierte sie die ausgelassene Stimmung, die von einem Tisch in der linken Ecke ausging, um den sich einige junge Menschen versammelt hatten, lachten und sich zuprosteten. Ebenfalls auf der linken Seite, nahe des Eingangs, schimpfte ein bärtiger Mann seinen etwa siebenjährigen Sohn aus, der mit seiner Schwester kabbelte. Rechterhand des Eingangs, vor dem mit Plastiklotusblumen geschmückten Fenstersims, schaufelte ein Pärchen in mittleren Jahren schweigend Reis und Nudeln in sich hinein und am Tisch dahinter aß eine Gruppe von fünf älteren Herrschaften, die Helen als eingesessene Lenzkircher ausmachte. Enttäuscht stellte sie fest, dass von Gunnar keine Spur zu sehen war.

Sie kämpfte das Bedürfnis, auf dem Absatz kehrtzumachen, nieder und steuerte stattdessen auf den letzten Tisch rechts vor der Theke zu, der sich direkt hinter dem Tisch mit den Dorfbewohnern befand. Sie würde dieses Mal nicht umkehren, sondern warten. Gunnar würde bestimmt auch heute im Restaurant essen. Wobei sie es seltsam fand, dass er ihr nicht geantwortet hatte.

Sie zückte ein weiteres Mal ihr Handy und wählte seine Nummer. Nach mehrmaligem Tuten meldete sich seine Mailbox. Enttäuscht ließ sie sich in der gepolsterten Sitzbank zurückfallen. Sie hatte gehofft, bereits heute von ihm neue Informationen über den Fortgang der Ermittlungen zu erhalten. Außerdem musste sie sich eingestehen, dass ihr nicht nur ihre Arbeit fehlte, sondern auch ihr Kollege. Sie seufzte und wandte sich der Speisekarte zu, die die Bedienung vor ihr auf den Tisch gelegt hatte.

»Ja Gerda, das ist grausig! Und dann auch noch der Rothloff. Aufgespießt wie Schaschlik!«, hörte sie die aufgebrachte Stimme des Mannes am Tisch hinter sich.

»Günther, hörst du jetzt auf«, zischte eine weibliche Stimme.

»Ist doch so«, brummte der Mann mit gedämpfter Stimme.

»Pst jetzt! Man sollt' ihn nicht heraufbeschwören!«

Helens Neugierde war geweckt. Sie versenkte ihren Kopf tiefer in die Karte und lauschte aufmerksam.

Eine dritte Stimme meldete sich nun zu Wort. »Geh, Gerda, des isch doch nur ne alte Mär, die man uns Kindern früher erzählt hat! Wenn du nit brav bisch, dann kommt der Kohlebruckner! Da glaubt doch heut kein Mensch mehr dran.«

Kurz schien Stille am Tisch eingekehrt zu sein, dann meldete sich die Frau, die Helen als Gerda identifizierte, zurück: »Und wie erklärsch' du dir dann, dass da kurz davor die Hütten am See gebrannt haben? Die

Kohlhütte war die erschte! Und dann die alte Tennert vor dem See. Jetzt der Richter. Verbrannt waren die! Da war nix mehr von den Armen und Beinen übrig! Des ham' se nicht alles geschrieben in der Zeitung, aber der Heinz, der isch da am Morgen entlanggelaufen und hat sie gesehen, die Tennert, oder was halt von der übrig geblieben isch. Verkohlt, hat er g'sagt. Er hat's nicht so genau g'sehen, die isch wohl im Wasser getrieben. Aber er hat g'sagt, sie hat aus'gsehen wie ne Qualle und Arme und Beine waren nimmer da. Wie Streichholzköpf', hat er g'sagt!«

Helen spürte, wie die Übelkeit schlagartig zurückkehrte. Sie krallte sich an der Tischkante fest und widerstand mit aller Kraft dem Drang, auf die Toilette zu rennen und sich zu übergeben.

»Mir kennen halt die alten G'schichten noch«, meldete sich eine brüchige vierte Stimme zu Wort. »Und es het halt immer wieder so Vorfälle gebe rund um den See. Vor emol zwanzig Johr, oder so, da het doch da des Haus vom Kärcher g'brannt. Und dann war da die Leich', die sie g'funde henn' von dem Mann ohne Papiere, des war da bei Aha-Eule. Aber des isch so lang her alles!«

»Uralte G'schichten«, hörte sie eine Männerstimme bekräftigen. »Das war der Mann, der sich als jemand anderes ausgegeben hat nach dem Krieg. Der war ja nicht der Einzige! Wer weiß, was der auf'm Kerbholz hatte. Den ham' se umgebracht irgendwann. Oder der hat sich selbscht das Leben g'nomme, weil er es nicht mehr ausg'halte het mit seinen Lebenslügen.«

»Der Kohlebruckner nimmt sich, was ihm g'nomme worde isch«, hörte sie eine Stimme, von der sie annahm, dass es die von Gerda war.

Es herrschte wieder Schweigen am Tisch, dann meldete sich die dünne Stimme einer alten Frau zu Wort: »Die G'schicht' vom Kohlebruckner het mir meine Mutter erzählt, als ich ein Kind war. Des hat zu tun mit den Flutungen für den Staudamm, den sie gebaut haben.«

Die Stimme brach ab und ein Räuspern war zu vernehmen. »Damals sind ja mehrere Häuser geflutet worden, ein paar von der Wüstung Schwarzhalden«, sprach sie mit zittriger Stimme weiter, »zu Blasiwald g'hört des heute ja, aber auch von Aha-Eule«, sie schnaufte, »und auch welche von Schluchsee«, beendete die Frau ihren Satz und ließ ihn für einige Atemzüge im Raum stehen, um Luft zu holen. »Meine Mutter het mir erzählt vom alten Bruckner. Der soll seinen Jungen da im Kohlekeller eing'sperrt haben.«

Helen hielt den Atem an und wagte es kaum, Luft zu holen, bis sie die Stimme der alten Frau wieder vernahm, die in einen beinahe unverständlichen Dialekt abgedriftet war.

»Der isch jämmerlich verbrennt dort unte. Do het's e Feuer gä', het' se mir erzählt. Und dann henn' se jo, aber e paar Johr spoter erscht, die Hiiser g'flutet.«

Hiiser – Häuser, übersetzte Helen stumm im Kopf. Die Stimme war wieder verstummt. Sie drehte sich leicht nach hinten, um erkennen zu können, von wem sie stammte. Eine buckelige Gestalt mit violett gelocktem Haar und geblümten Seidenschal hob den Kopf und fuhr in ihrem breiten Dialekt fort: »Irgendwann het's ang'fange, dass die Liit' g'redet henn'.« Nach einer weiteren Verschnaufpause hob sie ihre Stimme an und sagte: »Es het' halt immer wieder emol brennt' oder irgendebbis isch dort am See passiert. Dann henn' die Liit' irgendwenn g'sait, des isch dem Bruckner sei Bub'. Weil ihm keiner g'holfe het'. Der kunnt nachts uss'em See, henn se g'sait, und rächt sich für des Unrecht, des ihm g'schehe isch. Der isch ja au' so trüb, der See, seit die Nazis da Torf nii'gschüttet henn, weil se Angscht g'ha henn', dass die Staumauer bombardiert wird. Die schwarze Seele vom Kohlebruckner färbt den See, so hett' man sich's erzählt. Mir Kinder jedenfalls, mir henn' wenn's dunkel war, kei' Fuß in die Näh' vom Schluchsee g'setzt. Oder zu sellem verfluchte Hüüs, wo er spoter umhergeischteret het.«

Die Worte der Frau hatten das Gespräch erstickt. Helens Übelkeit war einer aufflammenden Panik gewichen, die in ihr Feuer und Eis gleichzeitig hervorbeschworen. Bilder von ihrer nächtlichen Joggingtour um den See drängten vor ihr inneres Auge und machten sie bewegungsunfähig. Dumpf spürte sie ihr Gewicht tiefer in das Sitzpolster drücken und fasste sich an die Kehle, die sich plötzlich wie zugeschnürt anfühlte. Das Knacken zwischen den Ästen, die Blicke, die sie in ihrem Rücken gespürt hatte.

Mit einem Ruck riss sie sich vom Stuhl hoch und rannte in Richtung Toilette, wo sie minutenlang darauf wartete, dass das eisige Wasser ihre Angst in den Abguss spülte.

Kapitel 20

»Warum sind Sie bei mir?«

Helen starrte die Frau mit den von grauen Strähnen durchzogenen Haaren entgeistert an. »Frau Darulo, Ihre Kollegin hat mich ...«, stammelte sie und verstummte unter dem strengen Blick der Frau, die sich weit zu ihr nach vorne beugte. Keine zwei Minuten saß sie hier, in einem kleinen holzvertäfelten Zimmerchen unter einer Dachschräge, und krümmte sich bereits unter dem taxierenden Blick der Fachärztin für Psychiatrie und Psychotherapie, auf deren Schild der Zusatz *Klinische Hypnose. Hypnoanalyse* vermerkt war. Helen sprang auf.

»Setzen Sie sich!«, sagte die Frau und Helen war erstaunt, darüber, dass ihr Körper dem Befehl unwillkürlich folgte.

»Ich will nicht wissen, wer Sie geschickt hat. Ich will wissen, warum Sie hier sind.«

Helen versuchte irgendeine passende Antwort zwischen ihren Lippen hervorzupressen, öffnete und schloss ihren Mund wieder. Einige Sekunden lang krümmte sie sich auf ihrem Stuhl, dann schloss sie die Augen und zählte ihre Atemzüge.

Als sie Minuten später den Blick auf ihr Gegenüber richtete, verließen die Worte ganz ohne ihr Zutun ihre Lippen.

»Ich bin bei Ihnen, weil ich eine gute Polizistin bin und Sie mir helfen sollen, das zu beweisen.«

Agnes Mersepacher blickte ihr in die Augen und nahm zum ersten Mal das Funkeln darin wahr.

Als Helen anderthalb Stunden später ihre Haustür aufschloss, steuerte sie geradewegs auf die Couch zu und ließ sich darauf niedersinken. Sie war zufrieden mit dem Termin, dennoch war sie nervös. Die Psychologin hatte etwas in ihr aufgerührt und dieses Etwas beunruhigte sie zutiefst. Vielleicht war Agnes Mersepacher ihr Rettungsboot. Aber das Wasser, über das sie schipperten, war tief und trüb.

Am Morgen hatte sie den Hörer in die Hand genommen und sie angerufen. Sie war davon ausgegangen, frühestens in ein, zwei Wochen einen Termin zu erhalten, wenn überhaupt. »Können Sie in einer halben Stunde hier sein?«, hatte die Frau stattdessen gefragt und Helen war, völlig überrumpelt, zur Garderobe gelaufen und hatte ihre Schuhe geschnürt. Im Nachhinein war sie froh, dass es so abgelaufen war. Womöglich hätte sie den Termin zu einem späteren Zeitpunkt gar nicht wahrgenommen. Sie hatte allerdings eine verstörende Nacht hinter sich, hatte stundenlang wach gelegen und war immer wieder in fieberartige Träume abgeglitten, in denen Feuersbrünste den dunklen See in ein Inferno verwandelten.

Als sie am frühen Morgen in den Spiegel geschaut hatte, kam es ihr so vor, als wäre ihr der Teufel persönlich begegnet und sie hatte stundenlang gebraucht, um sich halbwegs zu sortieren. Als sie wieder klarer sah, hatte sie sich an den Esstisch gesetzt und war ihre Optionen durchgegangen. Letztlich war sie zu dem Schluss gelangt, dass sie Hilfe brauchte. Sie verstand nicht, warum ihr Leben derart aus den Fugen geraten war. *Die Plastiktüte.* Ein Schauer durchfuhr sie bei dem Gedanken an den Leichenfund und doch sagte ihr etwas, dass es nicht der Mord als solcher war, der sie in Aufruhr versetzte. Wenn sie einigermaßen unbeschadet durch das Disziplinarverfahren gehen wollte, musste sie das alles aber verstehen! Und die Zeit spielte gegen sie.

Sie hatte daraufhin nach dem Kärtchen mit der Telefonnummer gegriffen, das die Polizeipsychologin ihr mitgegeben hatte. Kossnick hatte Post angekündigt und ihr nahegelegt, sich zu den Vorwürfen zu äußern. Ein »Ich kann mich an nichts erinnern« würde ihr nicht weiterhelfen. Die Sache mit den zwei Typen im Kurpark war nicht das eigentliche Problem, das wusste sie. Ihre Instinkte leiteten sie selten fehl. Anzeigen wegen Körperverletzung hatten bereits etliche Polizisten vor ihr durchgestanden. Schwerer wog die unterlassene Hilfeleistung. Herauszufinden, warum sich der Tag des Verkehrsunfalls, der einen ganzen Rattenschwanz nach sich gezogen hatte, aus ihrem sonst so intakten Gedächtnis gelöscht hatte, war augenblicklich das Wichtigste. Dennoch hatte sich ein anderer Gedanke durch ihre Hirnwindungen genagt und sich dort festgebissen. *Den dritten Mord verhindern.* Sie allein hatte den Schlüssel dazu. Warum das so war, konnte Helen sich nicht erklären. Sie wusste einfach, dass es so war.

Bei Agnes Mersepacher waren die Worte wie flüssiges Wachs von ihren Lippen getropft und hatten seltsame Skulpturen erschaffen. Sie hatte sich nicht auf die Liege begeben müssen, wie anfangs befürchtet, es war auch keine Hypnosesitzung erfolgt. Vielleicht würde das noch kommen, sie hatte nicht gefragt. Mit einem Schwall waren Erinnerungen an den Vortag hochgekommen und hatten an die Oberfläche gedrängt ... das beängstigende Stimmchen der Alten, das sich hinter Michael Angermaier in Richtung Altenstift verloren hatte ... die Melodie, die jedes einzelne Nackenhärchen bei ihr aufgerichtet hatte ... das irre Keckern der Frau auf dem Waldweg zum Staudamm ... die wirren Geschichten, unter die sich immer wieder Erinnerungsfetzen gemischt hatten. Erinnerungen an ihre Kindheit, die sie in Schluchsee verbracht hatte, das Milchholen, die *garschtige Anna*, die den Kindern gedroht und sie beklaut hatte, das Haus, in dem Anna gewohnt hatte, die Nachkriegszeit. *Und immer wieder der See.* Sie hatten es nicht bis zur Talsperre geschafft, aber die alte Frau hatte in Richtung Tannen gezeigt und geflüstert: »Drei Wege gibt es zum Damm. Mal nehmen wir den einen, mal den anderen«, und Helen hatte sich gefragt, ob die Erinnerungen aus jüngster Zeit stammten oder aus längst vergangenen Tagen. Kurz bevor sie die Rampe erreicht hatten, hatte die Alte sie eindringlich angesehen und gesagt: »Sie hett' uns gedroht, die Anna, beim Essen, do hett' sie immer g'sait: »Wenn du nit brav bisch, dann holt dich der Kohlebruckner!« Ich hab des der Mechthild g'sait, ich hab g'sait, die Anna soll uffhöre!« Auf ihre Nachfragen, ob die Mechthild eine Freundin von ihr gewesen sei, hatte sie nicht mehr reagiert, sondern begonnen, die widerliche Melodie zu summen, die noch im Auto in ihren Ohren nachgeklungen hatte.

Weitere Erinnerungen waren aus ihr hervorgesprudelt und sie hatte Agnes Mersepacher vom See erzählt, der in ihren Träumen gebrannt hatte, von den Geschichten der Senioren, denen sie am Vorabend im Restaurant gelauscht hatte, vom Kollegen Schrenk, der sich über das Bild von Ablers Tochter gebeugt hatte, das Gefühl, das sie an der Eingangstür beschlichen hatte, als die Tür nach einer einzigen Umdrehung aufgesprungen war, der Marsch durch den Kurpark, als sie Gunnar gesucht hatte.

Wirre Erinnerungen hatten den Raum in diffusen Nebel gehüllt und als Helen auf dem Treppenabsatz stand und sich die Tür hinter dem Praxisgebäude schloss, war es ihr so vorgekommen, als hätte sie diese dort zurückgelassen, sicher verwahrt bei der Psychologin.

Das Telefon riss Helen jäh aus ihren Gedanken. Als sie abnahm, kläffte ihr Bertels Stimme knappe Anweisungen entgegen. Zum zweiten Mal an diesem Tag von einem Telefonat überrumpelt, zog sie sich erneut die Schuhe an und stieg kurz darauf in ihr Auto.

Die Einfahrt war leicht zu finden. *Unterschwarzhalden* stand auf dem Schild und darunter *Talstraße*. Der Blick auf die gelbe Hinweistafel neben dem schmalen Asphaltweg, der rechterhand von der Straße in Richtung Blasiwald in den Wald abzweigte, verriet ihr, dass sie sich auf einem Privatweg befand. Einen Augenblick zögerte sie, dann parkte sie das Auto am Straßenrand und stieg aus. Sie mochte den Gedanken nicht, das Hinweis-schild darunter einfach zu ignorieren, das Unbefugten das Betreten und Befahren des Grundstücks unter-sagte. Der Gedanke daran, hier unten Hinweise auf die Mordfälle zu erhalten, veranlasste ihre Beine jedoch dazu, sich in Bewegung zu setzen. Bertel hatte sie im-merhin genau instruiert. Er hatte das Haus in der ehe-maligen Wüstung *Schwarzhalden*, in dem Anna Ten-nert aufgewachsen war, aufgesucht und sich hineinge-schlichen, als er Tage zuvor Rauch aus dem Kamin hatte aufsteigen sehen. Das Innere des Hauses gleiche einer verfallenen Ruine, hatte er gesagt. Trotzdem sei er auf Spuren menschlicher Existenz gestoßen – zer-wühlte Wolldecken auf der Couch, Thunfischreste und eine Katze. Dennoch war Helen skeptisch. War es nicht durchaus möglich, dass Nachbarn in dem alten Haus streunende Katzen fütterten? Sie erinnerte sich an die ehemalige Kaserne, die sie bei einer Übung während ih-rer Ausbildung aufgesucht hatten. Der Keller war voll von Katzen gewesen, die sich über Futter hermachten, das ihnen Menschen aus der Nachbarschaft auf klei-nen Tellerchen angerichtet hatten.

Der abschüssige Weg führte zwischen Nadelbäumen hindurch in Richtung See. Nachdem sie einen Hof pas-siert hatte, hielt Helen die Luft an, aus Angst, ein frei laufender Hofhund könnte ihr jeden Moment entge-genspringen. Aber das *Privatgrundstück*, beherbergte außer dem Hof, der seltsam verlassen wirkte, nur einen windschiefen Schuppen mit einer Wellblechgarage und so wagte sich Helen weiter vor. Bereits nach eini-gen Metern sah sie das Haus, das Bertel ihr beschrieben hatte. Aus dem Kamin stieg kein Rauch auf und Helens feine Nase nahm auch nicht das geringste Anzeichen von Feuer wahr. Ihre Nachfrage, ob sie ihn dort antreffen würde, hatte er verneint. Er wolle sich bedeckt halten für den Fall, dass er mit seiner Vermutung recht behielt und es tatsächlich Anna Tennerts Tochter war, die hier Quartier bezogen hatte. Roswitha Kaiser, deren Anzeige Bertel viele Jahre zuvor aufgenommen hatte. Roswitha Kaiser, die möglicherweise zurückgekehrt war, um Rache zu üben – und den ehemaligen Polizisten vielleicht wiedererkennen würde. Helen zog sich die schwarze Mütze tiefer ins Gesicht und vergrub die Hände in den Taschen ihrer Winterjacke. Falls Bertel recht behalten sollte und Roswitha Kaiser tatsächlich an den Ort ihrer Kindheit zurückgekehrt war, dann durfte auch sie sich unter keinen Umständen als Polizistin zu erkennen geben. Angespannt machte sie weitere Schritte auf das Haus zu, von dem nichts darauf schließen ließ, dass es in den letzten Jahrzehnten auch nur eine Menschenseele betreten, geschweige denn, bewohnt hatte.

Immer wieder Deckung hinter den dichten Tannen suchend, schlich sie einmal um das Haus herum und spähte durch ein eingeschlagenes Fenster auf der Rückseite des Gebäudes. Helen mutmaßte, dass das Loch von einem Stein herrührte, wurde in ihren Gedanken jedoch jäh durch eine Bewegung unterbrochen. Schnell duckte sie sich nach unten weg und lauschte. Von drinnen vernahm sie ein leises Rumpeln, dann sah sie eine Bewegung über sich. Kalter Schweiß lief Helen über die Stirn als sie sich, noch immer geduckt, zwang, nach oben zu spähen. Mit angehaltenem Atem wartete sie auf das, was gleich passieren würde. Dann schob sich eine gedrungene schwarze Gestalt durch das Fenster, tappte auf das Sims und maunzte vorwurfsvoll.

Erleichtert ließ Helen die Luft aus ihren Lungen entweichen und lachte leise auf ... die Katze, von der Bertel berichtet hatte! Sie beobachtete, wie das Tier am Boden neben ihr schnüffelte, das Köpfchen reckte und dann leichtfüßig zwischen den Tannen verschwand. Helen fragte sich, ob die Katze auch an anderen Orten ihre Futterstellen hatte. Sie wagte es, sich etwas aufzurichten und in das Innere des Hauses zu spähen. Durch die dicht stehenden Nadelbäume drangen vereinzelte Sonnenstrahlen und wurden von dem Fensterglas orangefarben zurückgeworfen. Helen kniff die Augen zusammen und drehte ihren Kopf etwas, um besser durch die milchigen Scheiben spähen zu können. Was sie von hier draußen erkennen konnte, war ein Sofa mit aufgerissenem Stoff, auf dem ein Berg zerwühlter Decken lag. Möglich, dass hier jemand geschlafen hatte. Ebenso gut konnte es aber auch sein, dass es lediglich als Schlafstätte für den kleinen Streuner diente.

Sie wagte es, sich ganz aufzurichten und einige Schritte am Fenster vorbeizulaufen, sodass sie aus einem anderen Winkel ins Innere blicken konnte. Kurz musste sie die Augen zusammenkneifen, da das gleißende Sonnenlicht, das ihr die Scheibe entgegenschmetterte, in ihren Augen stach. Zufrieden stellte sie fest, dass sie von hier aus einen guten Überblick über den Raum hatte, der etwa in der Mitte durch die herabgestürzte Decke durchtrennt wurde. Helen wusste, dass leer stehende Häuser schnell dem Zahn der Zeit unterlagen, dennoch irritierte sie der Anblick. Kaum vorstellbar, dass dieses Haus in jüngster Zeit von einer menschlichen Seele bewohnt worden war. Sie ging wieder etwas in die Knie, um in Richtung des angrenzenden Raumes blicken zu können. Er schien winzig zu sein. Sie neigte den Kopf etwas und meinte, dort Holzschränke und einen alten Herd zu sehen. Mit einem Mal spürte sie, wie Übelkeit in ihr aufstieg. Sie krallte sich am Fenstersims fest, zog sich nach oben und wartete darauf, dass der Schwindel nachließ.

Das Haus stand leer, daran gab es wenig Zweifel. Falls hier jemand genächtigt hatte, dann war er vermutlich bereits über alle Berge. *Oder sie.*

Als ihre Beine wieder gehorchten, eilte sie um das Haus herum, sodass sie wieder vor dem Eingang mit der hölzernen Veranda stand. Konnte sie es wagen, einzutreten? Ihr Verstand beschwor sie eindringlich, das Haus auf menschliche Spuren hin zu überprüfen. Alles andere in Helen schrie jedoch, umzukehren. Sie befahl ihren Beinen, die nächsten Schritte in Richtung Treppe zu gehen, aber sie gehorchten nicht. Schwer atmend stand sie vor dem Haus und lauschte.

Kapitel 21

Ich habe lange darauf gewartet, dich endlich wiederzuse-hen. Die Vorfreude, so sagt man doch, ist die schönste Freude. Oder nicht?

***

»Warum sind Sie bereits heute zu mir gekommen?« Agnes Mersepacher beugte sich auf ihrem Stuhl weit zu Helen nach vorne und musterte sie.

»Ich habe keine Zeit mehr«, krächzte Helen. Sie sah, wie die Psychologin ihre Augen zusammenkniff und auf einen weiteren Satz aus ihrem Mund zu warten schien. Helen atmete tief durch und fügte hinzu: »Mir läuft die Zeit davon. Es wird ein weiterer Mord gesche-hen, mehr kann ich Ihnen dazu nicht sagen. Aber mein Körper macht nicht mehr das, was ich von ihm will!«

Agnes Mersepacher kritzelte etwas in ihren Notiz-block, hob dann wieder den Blick und forderte sie auf, weiterzusprechen.

Helen erzählte ihr von den Erlebnissen des Vortags, achtete jedoch darauf, Orte, Namen und nähere Um-stände auszusparen. Ihre Untätigkeit hatte sie sich nicht verzeihen können und den gesamten Abend da-mit zugebracht, sich Vorwürfe zu machen. Sie war schließlich zu dem Entschluss gekommen, um eine spontane Sitzung zu bitten. Agnes Mersepacher hatte ihr angeboten, dass sie sich jederzeit bei ihr melden könnte und genau das hatte sie getan.

Als sie mit ihrem Bericht geendet hatte, stützte sie den Kopf auf ihre Hände und wartete schweigend darauf, dass die Psychologin etwas erwidern würde. Als das Schweigen im Raum immer lauter zu werden schien, fügte sie hinzu: »Es ist, als ob mir mein Körper nicht mehr gehorchen will.«

Agnes Mersepacher legte ihre Hände in den Schoß und blickte sie über die Gläser ihrer rot umrandeten Brille hinweg an. »Und was sagt Ihnen das?«

Helen starrte sie an und stammelte dann irritiert: »Wie ... was soll mir das sagen?«

»Das frage ich Sie, Frau Winter. Sehen Sie hier nicht eine gewisse Parallele zu dem Problem, weshalb Sie mich ursprünglich aufgesucht haben? Sie erinnern sich an nichts, bekommen die Interna an den Hals, weil Zeugen sie mit der Aussage belasten, dass Sie tatenlos zugesehen haben, wie ein Mensch in seinem brennenden Auto sitzt, dass Sie sogar einige Schritte zurückgelaufen seien. Gestern möchten Sie ein Haus auf menschliche Spuren überprüfen, aber Ihre Beine gehorchen Ihnen nicht. Stattdessen laufen Sie planlos einen Waldweg in der Nähe eines Sees entlang, wenn ich das richtig verstanden habe.« Sie machte eine Pause, bevor sie sich so weit zu Helen vorbeugte, dass diese auf ihrem Stuhl unwillkürlich zurückrutschte, und fügte hinzu: »Wo ist der Zusammenhang, Frau Winter? Wo ist der Ursprung Ihres Verhaltens? Den müssen wir finden!«

Nach der Sitzung hatte sie Hunger. Dennoch widerstand sie der Versuchung, nach Hause zu fahren, um sich Spaghetti mit Tomatensoße zu kochen – eines der wenigen Gerichte, die sie beherrschte – und nahm stattdessen den kleinen Schlenker von Sankt Blasien nach Blasiwald. Beim Erzählen der Erlebnisse vom Vortag war ihr ein Gedanke gekommen und hatte sie seither nicht mehr losgelassen: Wohin führte der Weg, den sie von Schwarzhalden aus in Panik entlang marschiert und schließlich wieder verlassen hatte, um nach Blasiwald zurückzukehren?

Sie parkte ihren Wagen vor der Gaststätte an der Talsperre und achtete darauf, ihren Blick nicht zur Anlegestelle wandern zu lassen, auf dem die Leiche von Anna Tennert getrieben hatte. Stattdessen zwang sie sich, in Bewegung zu bleiben, und hastete auf die andere Seite der engen Straße, die über die Talsperre nach Schluchsee führte und nahm den steilen Trampelpfad direkt hinter der Staumauer nach unten. Sie folgte dem Weg ein kleines Stückchen durch die Tannen hindurch und konnte bald schon das graue Steingebilde erkennen. Rechts neben sich, im Schutz der Nadelbäume erblickte sie eine Holzbank und war erstaunt, dass ihr diese zum ersten Mal auffiel. Keine Chance, diese von unten zu sehen, wenn man einen der Wege von Blasiwald zur Staumauer nahm. Rechts von der Bank führte ein weiterer Waldweg in Richtung des Orts. Helen zögerte kurz, setzte sich und richtete ihren Blick nach unten. Drei Wege führten hierher, hatte die alte Brenner gesagt, und wenn sie recht behalten sollte, dann gab es noch einen vierten.

Mit angehaltenem Atem suchte sie von oben intensiv ihre Umgebung ab. Direkt unter sich sah sie den breiten Schotterweg, den sie gemeinsam mit dem Pfleger entlang spaziert war und der direkt zu der massiven Staumauer führte, in die zu beiden Seiten Gebäude eingelassen waren, die vermutlich Kontrolltechnik enthielten. Aufgeregt lief sie den steilen Abhang nach unten und gelangte auf ein von einem Stahlgeländer umsäumtes Podest, auf dem sich eine weitere Holzbank befand. Eine kurze Steintreppe führte zu einem umsäumten Areal, auf dem sich eine geländerumfasste Öffnung und ein Lichtstrahler befanden. Sie hob ihren Blick zur Staumauer und entdeckte eine Kamera. Mit wild klopfendem Herzen blieb sie stehen. Sollte das, was sie hinter dem Schotterweg zwischen den Bäumen auszumachen schien, tatsächlich ein vierter Weg sein, der von Schwarzhalden geradewegs zur Talsperre führte, dann hätte der Täter – *oder die Täterin* –, die Opfer ungesehen hierherbringen oder aber von der Bank aus auf seine Opfer warten können. Wenn man von hier aus den Aufstieg nahm und die Talsperre passierte, gelangte man in kurzer Zeit auf den Waldweg. Mit Erregung dachte sie an das eiserne Fundstück, über das sie bei ihrer Seeumrundung gestolpert war und das noch immer bei ihr zu Hause auf dem Wohnzimmertisch lag.

Die Tatsache, dass die Staumauer kameraüberwacht war, ließ sie innerlich jubilieren. Sie musste schnellstmöglich Kontakt zu einem Mitarbeiter der Elektrizitätswerke aufnehmen und an die Aufnahmen gelangen! Den Gedanken daran, dass der Täter Anna Tennert den steilen Abhang hinaufgelotst – oder gar geschleppt! – haben musste, um sie oben an der Einmündung des

Sees bei der Gaststätte abzulegen, schob sie geflissentlich von sich.

Sie nahm die kleine Brücke zum Waldweg hinunter und schlug sich von dort aus durch die Tannen. Einige Meter weiter kreuzte ein Flüsschen, das sie, den niedrigen Wasserpegel ignorierend, durchwatete. Keine zwei Minuten später stand sie auf einem weiteren kleinen Waldweg.

Helen war dem Weg, der parallel zu dem Flüsschen verlief, rechterhand gefolgt und etwa zwanzig Minuten später auf dem Sträßchen angekommen, von dem aus man zu Anna Tennerts Geburtshaus gelangte. Sie hatte nicht gewagt, ein weiteres Mal den davon abzweigenden schmalen Waldweg zu nehmen, sondern war kurzerhand zur Straße geeilt, die zurück in Richtung Blasiwald und zu ihrem Auto führte.

Als sie unterwegs am umgebauten Glastempel der Beisswängers vorbeikam, blieb sie kurz stehen und betrachtete den seltsamen Bau. Die alte Scheune, umgeben von Glas und Stahl, konnte eine gewisse Nostalgie des Planers nicht verbergen. Sie wollte gerade weitergehen, als die Tür aufgerissen wurde und ihr die Haushälterin entgegenlief.

»Frau Winter, ich muss Ihnen etwas sagen«, raunte sie ihr aufgeregt zu und schob sie ein Stückchen zur Seite.

»Die Anna war hier ... kurz bevor sie verschwunden ist, meine ich. Frau Beisswänger hat sie verjagt. Wie so oft.«

Gehetzt blickte sie sich um. »Der alte Beisswänger und die Anna, die kannten sich gut, oder waren verwandt.

Wie gesagt, ich seh' da nicht so genau durch. Aber die Frau Beisswänger, die wollt' nicht, dass die Anna sie besucht, oder dass die Leut' hier im Dorf das mitbekommen. Sie hat immer gesagt, sie müssten auf ihren Ruf achten. Ich weiß nicht, wie sie das gemeint hat. Ich muss wieder rein.«

Mit diesen Worten drehte sie sich um und eilte zurück in das Haus. Aus dem Augenwinkel meinte Helen eine leichte Bewegung des Vorhangs wahrzunehmen und kniff angestrengt die Augen zusammen, aber da war nichts.

Während der Fahrt nach Lenzkirch tobte ein Gewitter in ihrem Kopf. Die Beisswängers hatten ausgesagt, Anna Tennert schon Tage zuvor nicht mehr gesehen zu haben. Was hatte das zu bedeuten? Sie grübelte eine Weile darüber nach, beschloss aber, den Gedanken aufzuschieben, denn viel spannender war ihre Entdeckung gewesen: Es gab tatsächlich einen vierten, versteckten Weg, über den der Täter – oder die Täterin – ungesehen von Schwarzhalden zum See hätte gelangen können. Noch immer sträubte sie sich innerlich gegen die Vorstellung, dass Anna Tennerts Tochter für die beiden Morde verantwortlich sein könnte – und doch war es ihre einzige Spur. Wenn Bertel recht behalten sollte, dann hatte sie nicht mehr viel Zeit, um einen weiteren Mord zu verhindern. Bei dem Gedanken daran, dass sie vor dem Treppenaufgang des Hauses kehrtgemacht hatte, grub sie wütend ihre Finger in das Lenkrad.

Als sie das Ortsschild passierte, grummelte ihr Magen bereits so laut, dass sie kurzerhand die nächste Abzweigung nahm und den Wagen auf dem Parkplatz vor dem

thailändischen Restaurant zum Stehen brachte. Als sie
die Tür zur Gaststube öffnete, wunderte sie sich einmal
mehr über ihre neuen Gewohnheiten. Noch vor zwei
Wochen hätte sie der Gedanke daran, ihr Mittagessen –
um halb zwei! – in einem asiatischen Restaurant einzu-
nehmen, in Aufruhr versetzt. Jetzt atmete sie den noch
immer fremden Geruch ein und registrierte, wie ihr
Magen dies mit einem erfreuten Grummeln quittierte.
Sie hoffte inständig, dass er da wäre. Sie steuerte auf
den Tisch in der rechten Ecke zu und zuckte erschrocken zusammen, als sie plötzlich eine Hand auf ihrer
Schulter spürte. Ruckartig drehte sie sich um und
blickte auf eine breite Männerbrust, über der von irgendwo ein wohlbekanntes, dunkles Lachen zu vernehmen war.

»Helen! Das ist ja mal eine Überraschung!«

***

Gunnar Theben hatte nicht mit ihr gerechnet. Genaugenommen hatte er seit Tagen nicht mehr an Helen gedacht. Dass er sie hier vorfand, erstaunte ihn zutiefst
und machte ihn zugleich neugierig. Er hielt in der Bewegung inne und musterte sie aufmerksam. Ihre asch-
blonden Haare fielen heute offen über ihre Schultern
und anstelle der Uniform trug sie Jeans und eine dunkelblaue Winterjacke, was ihr eine durchaus feminine
Ausstrahlung verlieh. Vor allem aber lag etwas in ihren
Augen, das er nicht so recht deuten konnte. Eine gewisse Erregung, vielleicht Neugierde? Er beschloss,
seine Mittagspause etwas auszudehnen, und orderte einen Eistee.

»Helen, dir scheint der unfreiwillige Urlaub ja gut zu tun«, sagte er grinsend.

»Nein! Gunnar, du musst mir helfen!«, schoss es aus ihr heraus, bevor sie wieder verstummte. Er betrachtete seine Kollegin, der die Röte ins Gesicht schoss und lachte laut auf. »Wie kann ich dir helfen, Frau Kollegin?«

Während Helen ihr Anliegen vortrug, beherrschte er sich, sein Grinsen zu unterdrücken. Er stellte sich vor, wie sie sich bereits Stunden zuvor die Sätze mühsam zurechtgelegt hatte – denn genauso klangen sie. Angestrengt blickte sie an ihm vorbei und Gunnar fragte sich insgeheim, ob Helen gerade versuchte, ihn ein bisschen an der Nase herumzuführen. Sein Blick auf ihre ausgebeulten Jackentaschen, die verräterisch zuckten, bestätigte seinen Verdacht. Helen Winter, seine Lieblingskollegin rieb vor lauter Aufregung die Fingerspitzen gegeneinander. Vermutlich betete sie gerade innerlich, dass er ihr die Story abnehmen würde. Er entschied sich dazu, mitzuspielen.

»Sogar im Urlaub einhundert Prozent Polizistin!« Er lächelte sie an. »Meinetwegen fahren wir da morgen kurz vorbei. Aber warum du neuerdings deine Runden um Blasiwald drehst, ist mir nicht ganz klar. Du hattest doch gerade deine Liebe für nächtliche Langstreckenrunden um den Schluchsee entdeckt. Wobei, weit ist der ja nicht weg ...«

Helen schien krampfhaft nach Worten zu suchen, als Gunnar Lien erblickte, die gerade die Bestellung am Nebentisch aufnahm und sie grüßte. Ein Seitenblick auf Helen bestätigte seine Vermutung, dass ihr die Unterbrechung äußerst recht kam. Amüsiert beobachtete er, wie Helen sich die letzte Gabel Nudeln in den Mund schaufelte und ihr Glas in einem Zug leerte.

»Gunnar, ich muss los«, sagte sie im Aufstehen und marschierte an der Bedienung vorbei zur Theke, um zu bezahlen.

Als Helen, zu Hause angekommen, die Haustür hinter sich abschloss und sich auf die Couch fallen ließ, fühlte sie sich leicht, beinahe unbeschwert. Gunnar würde morgen gemeinsam mit ihr zum Haus fahren und nach dem angeblichen Landstreicher sehen, von dem sie ihm erzählt hatte. Sie hatte behauptet, während ihrer Joggingrunde Rauch im Kamin des leer stehenden Hauses gesehen zu haben und auf einen Nachbarn getroffen zu sein. Dieser habe die Vermutung geäußert, jemand habe dort unrechtmäßig Quartier bezogen. Das aufkeimende Gefühl, Gunnar belogen zu haben, schluckte sie tapfer herunter. Es war unrecht, ja, aber das Verhindern eines weiteren Mordes wog mehr. Sie benötigte noch einmal seine Hilfe, um Gewissheit zu erlangen. Weiter würde sie ihn in diese Sache jedoch nicht mit hineinziehen.

Ihre Hand griff mechanisch nach der Eisenstange, die noch immer auf dem Couchtisch lag. Sie drehte und wendete das Eisenstück. Dunkle Erde bröselte dabei auf ihre Schenkel und den Teppich. Sie überlegte noch immer, von woher ihr das Gebilde bekannt vorkam, als ihr Zeigefinger an einer kleinen Einkerbung hängen blieb. Sie hielt die Stange näher an ihre Augen und kratzte ein bisschen von der Erde ab. Darunter entdeckte sie eingeritzte Zeichen. Je länger sie diese betrachtete, umso unsicherer wurde sie, ob die Einkerbungen einfach nur dem Alter des Werkzeugs geschuldet waren. Mittlerweile hatte sich ein Teil des Drecks abgelöst und darunter offenbarte sich schwarzes Gusseisen, an dem der Zahn der Zeit tiefe Spuren hinterlassen hatte. So wie die Stange aussah, war es möglich, dass sie bereits seit Jahrzehnten auf dem Waldboden gelegen und durch den Regen der vergangenen Tage freigespült worden war. Aber irgendetwas in Helen schrie gegen ihren Verstand an. Noch immer meinte sie, eine Spur des seltsamen Geruchs daran wahrzunehmen und konnte die Erinnerung an das brennende Mal auf ihrer Haut nicht abschütteln. Was, wenn sie hier die Tatwaffe vor sich liegen hatte? Sie musste unbedingt in Erfahrung bringen, was die Obduktion der beiden Leichen ergeben hatte. Sie hoffte inständig, dass Gunnar über das Gröbste informiert war.

Kapitel 22

»Keine Hämatome, keine äußerlichen Spuren von Gewaltanwendung?« Helen nestelte unruhig mit ihren Fingern in der Tasche und beugte sich vom Beifahrersitz zu Gunnar hinüber. Dabei blieb ihr Blick zum wiederholten Male auf dem riesigen Kaffeefleck haften, der noch immer auf der Innenseite von Gunnars Hosenbein prangte. Sie hatte zunächst darauf bestanden, dass er sich umziehen sollte, aber er hatte lachend abgewunken. »Stört keinen großen Geist«, hatte er gesagt und seine Zahnlücke entblößt. Wie vereinbart, hatte er sie um acht Uhr fünfzehn von zu Hause abgeholt, nachdem er auf dem Weg dorthin einen Zwischenstopp bei der Bäckerei eingelegt hatte. Pünktlichkeit war eines der Attribute, die Helen an Gunnar zu schätzen wusste. Neben einigen anderen, die in Helen einen Gefühlssturm auslösen konnten, für den sie keine Worte fand. Aber es war einfach unmöglich, diesen Fleck zu ignorieren. Sie wollte gerade erneut ansetzen, als Gunnars Worte ihren Gedankengang abrupt abbrachen.

»Warum fragst du?« Er warf ihr einen Seitenblick zu, der sie dazu veranlasste, wirre Satzfetzen ins Innere der Karosserie zu spucken, bemüht, den Gedanken an die Eisenstange, die noch immer auf ihrem Wohnzimmertisch lag, nicht laut auszusprechen.

»Soweit ich das mitbekommen habe, sind beide Opfer ertrunken. Mehr weiß ich nicht. Die DNA-Spuren konnten noch nicht ermittelt werden, da auch das zweite Opfer eine ganze Weile im Wasser gelegen haben muss, bevor es aufgespießt wurde.«

Helen krallte die Nägel fest in ihr Fleisch, um die Bilder aus ihrem Kopf zu vertreiben. »Und die Verbrennungen?«, presste sie mühsam zwischen den Zähnen hervor.

»Offenbar hat der Täter die Gliedmaßen der Opfer erst post mortem verstümmelt.«

Eine Weile war es still im Auto. Aus dem Seitenfenster sah sie, wie dichte Tannen an ihr vorbeisausten, bevor Gunnar den Blinker setzte und den Wagen auf den Waldweg nach Unterschwarzhalden lenkte.

»Das heißt ...«, hörte sie ihn neben sich sagen, »... ich meine, dass sich Abler und Schrenk über Brandmale unterhalten haben. Was genau es damit auf sich hat, kann ich dir allerdings nicht sagen.«

Gunnars Worte drangen in ihre Ohren und schienen sich irgendwo in ihren Hirnwindungen zu verlieren.

Der Wagen fuhr langsam über den abschüssigen Weg, vorbei an dem Hinweisschild. Helens Muskeln spannten sich unwillkürlich an, als das Holpern des Wagens ihren Körper durchrüttelte und damit gleichsam ihre Gedanken wieder in Gang zu setzen schien. Vor der grünen Holzveranda brachte Gunnar das Auto zum Stehen.

»Sieht aus, als ob hier seit Jahren niemand mehr gewohnt hat«, hörte sie Gunnar neben sich sagen.

Helens Blick glitt zu dem Haus, das sich düster zwischen den Tannen duckte, und blieb an der Holzveranda hängen, deren grüne Farbe großflächig abblätterte.

Sie stieg aus und schloss die Wagentür hinter sich. Trotz des klaren Morgens hüllte eine beklemmende Stille die Lichtung in dichten Nebel.

Es gab nicht den geringsten Hinweis darauf, dass das Haus bewohnt war, keine Schuhe oder Kleidungsstücke vor der Tür, nicht die kleinste Regung hinter dem milchigen Fensterchen neben der Eingangstür. Dass in dieser Kälte jemand in dem verfallenen Haus Quartier bezogen hatte – ohne Strom, Warmwasser und Heizung – schien ihr auf einmal mehr als unwahrscheinlich.

Unsicher blickte sie zu ihrem Kollegen hinüber. Seine hellen Augen wirkten so, als würden sie sie aufmunternd anfunkeln. Sie senkte ihren Blick auf die klaffende Spalte zwischen seinen Schneidezähnen und spürte, wie sich dabei unwillkürlich ihr Nacken entkrampfte.

»Komm!«, hörte sie ihn sagen.

Sie folgte ihm in Richtung des Gebäudes. Nach einigen Metern drehte er sich um und schaute sie eindringlich an. »Sollte tatsächlich jemand da drin sein, Helen, dann hältst du dich bitte zurück.« Er machte eine Pause und atmete tief ein und aus. »Was wir hier machen, schmeckt mir gar nicht und das weißt du. Trotzdem tue ich dir diesen Gefallen. Wir gehen rein und sehen nach dem Rechten. Wenn hier wirklich jemand illegal haust, nehme ich die Personalien der Person auf und dann gehen wir wieder. Du warst offiziell nicht dabei und hältst dich bitte raus. Einverstanden?«

Einen Augenblick lang meinte sie, den Geruch von verbranntem Holz einzuatmen. Sie blickte zum Kamin hoch, konnte aber keinen Rauch aufsteigen sehen. Vermutlich befeuerte jemand in einem der umliegenden Häuser seinen Kachelofen. Es war unwahrscheinlich, dass sie jemanden im Haus antreffen würden.

»Natürlich«, murmelte sie. Unwillkürlich griff ihre Hand an den Schal, den sie sich am Morgen umgebunden hatte. Der November zeigte sich bereits von seiner rauen Seite. Fröstelnd zog sie ihre Mütze tiefer ins Gesicht, um den Wind abzuwehren, der durch die Schneise des tannengesäumten Waldwegs pfiff und in ihre Wangen schnitt.

Sie gab sich einen Ruck und lief hinter ihm her. Die Holzdielen der Veranda waren an einigen Stellen lose und knarrten unter ihren Schritten. Helen setzte bedächtig einen Fuß vor den anderen, während Gunnar bereits an der massiven Holztür angelangt war und klopfte. Eine Klingel konnte sie nicht entdecken.

»Hallo! Ist jemand da?«

Helen spürte, wie sich ihr Nacken verkrampfte. Verbissen stand sie neben ihrem Kollegen, die Hände in ihrer Uniformjacke zu Fäusten geballt. Das Gefühl, nicht zu wissen, was als Nächstes passieren würde, war schlicht überwältigend. Sie sog die eisige Luft tief in ihre Lungen, bevor sie zu Gunnar blickte, der wie ein Baum neben ihr stand. Sie war nicht allein!

»Hallo! Polizei! Öffnen Sie die Tür!« Er klopfte erneut, dieses Mal bestimmter.

Helen atmete langsam und kontrolliert aus. Nichts passierte.

»Ich seh' mal hinter dem Haus nach.«

Sie blickte ihm hinterher, wie er drei Treppenstufen auf einmal nahm und schnellen Schrittes hinter der

Veranda verschwand. Im selben Moment wurde die Tür geöffnet.

Eine große Frau Mitte, Ende Dreißig taxierte sie aus stechend blauen Augen. Ihre kurzen, beinahe weißblonden Haare standen struppig von ihrem Kopf ab, in ihrem Gesicht war keine Spur von Make-up zu entdecken. Sie war eingewickelt in etwas, das aussah wie eine riesige beige Steppdecke. In ihrem Mundwinkel hing eine selbstgedrehte Zigarette.

Helen war unfähig, sich zu rühren. Sie wollte den Mund aufmachen, aber das schien unmöglich. Sie setzte zu einem »Guten Tag« an, als sie hinter der Frau eine schnelle Bewegung wahrnahm. Vor Schreck machte sie einen Satz zur Seite und prallte gegen die Verandabrüstung.

Zwischen den nackten Waden der Frau erschien der Stubentiger, mit dem sie bei ihrem heimlichen Besuch am Hintereingang des Hauses bereits Bekanntschaft gemacht hatte. Einen winzigen Augenblick hob er den Kopf und funkelte sie aus bernsteinfarbenen Augen an. Dann huschte er durch die Tür an ihr vorbei. Irritiert heftete sie ihren Blick auf sein Hinterteil, bevor er aus ihrem Blickfeld verschwand. Ein Detail war ihr letztes Mal gar nicht aufgefallen.

»Die Katze hat keinen Schwanz«, stellte sie fest.

»Um mir das zu sagen, biste extra hergekommen?« Die Frau verzog keine Miene.

Helen registrierte ihre breiten Schultern, die den seltsamen Steppdecken-Umhang deutlich ausfüllten. »Frau Tennert ist tot«, hörte sie sich sagen.

Eisige Stille erfüllte den Raum zwischen ihnen. Fieberhaft versuchte sie, die Worte einzufangen, die durch ihren Kopf wirbelten, doch es waren nur sinnfreie Hülsen. Sie sollte etwas hinzufügen. Stattdessen musste sie alle Kraft aufwenden, das starke Verlangen nach eiskaltem Wasser herunterzukämpfen, das ihre Hände mit Nadelstichen bedecken und die schlechten Gefühle in ihr vertreiben würde.

Sie zwang sich, ihr Gegenüber anzusehen, den Ausdruck in dem breiten Gesicht vor ihr zu entschlüsseln, aber sie fand darin nichts. Keine Mimik, die sie hätte lesen können, keine Regung ihres massiven Körpers. Nicht die winzigste Geste. *Nichts.* Die Frau vor ihr war wie eine Wand, und doch fluteten Gerüche ihre Nase. Da waren stinkende gelbe, die ihren Magen zusammenkrampfen ließen, die ihr Innerstes aufwühlten und ihr zukreischten, wegzulaufen. *Ganz weit weg.* Dazwischen drängten sich rote, die in ihr die nackte Wut entfachten, gleichsam ihre Sinne benebelten, sie gefangen hielten in dem einen Augenblick, der winzig sein mochte und zugleich endlos war.

»Was machen Sie hier?«, hörte sich Helen irgendwann aus weiter Ferne krächzen und sah, wie ihre Worte an dem glatten Stein abperlten und langsam zu Boden tropften.

Als hätte er ihren stummen Hilferuf gehört, tauchte Gunnar unvermittelt hinter ihr auf.

»Hallo ...«

Seine belegte Stimme riss sie aus ihrem Zustand. Helens Blick blieb am äschernden Ende der Zigarette hängen, das gefährlich lang über den Mundwinkel der Frau ragte.

Sie streckte ihren Rücken durch und zwang sich, der Frau, die sie noch immer kalt musterte, in die Augen zu blicken. *Roswitha Kaiser*, dachte sie. *Anna Tennerts Tochter.*

»Entschuldigen Sie die Störung«, hörte sie Gunnar stammeln.

»Deine Kollegin ist nicht so gesprächig, was?« Die Frau im Steppdecken-Mantel schnippte die Asche in Richtung Helens Fuß. *Grauer Staub auf totem Holz.*

Helen unterdrückte den Drang, ihre Fußspitze in die Stelle zu bohren, den potenziellen Brandherd im Keim zu ersticken. Stattdessen zwang sie sich, zu ihrem Kollegen zu blicken, der noch immer reglos neben ihr stand.

»Ich bin für ein paar Tage zu Besuch. Nich', dass ihr fragt. Hab ein bisschen geholfen im Haushalt. Saubermachen und so.« Mit der Kippe in der rechten Hand machte sie eine ausladende Geste in Richtung Innenraum und verstreute dabei Asche auf dem Flurboden.

Helens Blick streifte den ihres Kollegen. Kurz zögerte sie, dann machte sie einen entschlossenen Schritt auf die Frau zu. »Wir hätten ein paar Fragen an Sie. Dürfen wir bitte reinkommen?«

Die Frau blickte sie ausdruckslos an. Der hohle Schrei eines Wanderfalken durchschnitt die Stille zwischen ihnen und brachte Helen einen Augenblick aus der Fassung.

»Was ist jetzt?«

Die rauchige Stimme riss sie aus ihren Gedanken. Die Frau hatte einen Schritt zur Seite gemacht und nickte knapp in Richtung Flur.

Helen packte Gunnar, der noch immer stumm und reglos vor der Tür stand, am Zipfel seiner Polizeijacke und zog ihn hinter sich ins Haus. Sie ließ sich von der

Frau durch den staubigen Flur führen und folgte ihr in Richtung Küche.

Eisige Kälte empfing sie, als sie das riesige Wohnzimmer erblickte. Unzählige, mit Tüchern abgedeckte Möbel standen dicht gedrängt an den Wänden. Eine dicke Staubschicht hatte sich darauf abgesetzt. Mit Beklemmung ließ sie ihren Blick zu dem Geröllhaufen schweifen. Was sie bereits durch die milchige Scheibe an der Rückseite des Gebäudes erspäht hatte, wurde nun zur Gewissheit: Das obere Stockwerk war eingestürzt.

Ein Teil der Decke war in etwa der Mitte des Raumes durchgebrochen und ergoss sich in Form von Bauschutt, Balkenwerk und zerfetzten Blümchentapeten auf die Holzdielen. Hier, das war selbst Helen klar, hatte lange niemand mehr sauber gemacht.

***

Gunnar stolperte hinter den beiden durch den Flur. Die Kälte schien durch jede Spalte des zerfallenen Hauses zu kriechen. Staub und Schmutz hatten sich in jeder Ecke festgesetzt und es roch schimmlig. Sein Blick heftete sich wieder an die festen Schultern der Frau, die unter dem dicken Morgenmantel nur zu erahnen waren. Sie mussten sie geweckt haben! Natürlich hatte er Helen geholfen, auch wenn ihm bereits am Vorabend klar gewesen war, dass sie ihm irgendetwas verschwieg. Helen war für ihn wie eine Schiffbrüchige, die auf ihrem Rettungsbötchen verzweifelt versuchte, den Klippen auszuweichen. Ohne seine Hilfe wäre ihr Boot längst an den Felsen zerschellt. Im Gegensatz zu ihm schien sie jedoch eine Leidenschaft mit ihrem Beruf zu verbinden, die ihn immer wieder in Erstaunen versetzte. Die Geschichte mit dem Landstreicher hatte er ihr noch abgenommen. Er selbst sah nur zu gerne über die eine oder andere Ordnungswidrigkeit hinweg, aber für Helen war das schlicht unmöglich. Selbst außerhalb ihres Diensts war sie Vollblutpolizistin. Insgeheim bewunderte er sie für diese Einstellung. Er konnte sich nur ausmalen, wie es für sie sein musste, beurlaubt worden zu sein. Und es stand sogar noch Schlimmeres zu befürchten. Wie hätte er ihr den Wunsch abschlagen können, hier am frühen Morgen kurz nach dem Rechten zu sehen? Zumal Abler davon keinen Wind bekommen würde. Noch während der Autofahrt hatte er sich herrlich darüber amüsiert, wie sehr Helen sich abmühte, ihn scheinbar nebenbei über den Fall auszufragen, und dabei doch so plump vorging. Als er gesehen hatte, um wen es sich bei dem angeblichen Landstreicher handelte, war ihm das Lachen jedoch vergangen.

Über ihm öffnete sich der Raum und gab den Blick frei auf das herabgestürzte erste Stockwerk. *Was zum Henker ...?* Unwillkürlich schnellte seine rechte Hand zum Nacken, als könnte sie das wohlbekannte Kribbeln einfach wegwischen. *Warum hatte sie ihm das nicht gesagt?* Stahlgraue Augen ruhten auf seinen. Wie vor einigen Tagen, als er sie zum ersten Mal im Kurpark erblickt hatte. Die Welt war einfach stehen geblieben. Augen so hell, dass sie blendeten. Er hatte sie einfach ansprechen müssen. Selbst im Schummerlicht des miefigen Hauses schienen sie zu glühen, diese Augen. *Warum hat sie nichts gesagt?*

Ein Schmerz ließ ihn zusammenzucken. »Au!«

Helen stand neben ihm. *Hatte sie ihm tatsächlich ihren Ellbogen in die Seite gerammt?*

»Gunnar, sag was!«, zischte sie.

***

Sie waren der Frau in die Küche gefolgt und standen jetzt vor einem antiken Ofen, aus dem das flackernde Licht von Brennholz hektische Schatten an die gegenüberliegende Wand warf. Es war stickig, aber deutlich wärmer als im Flur und im Wohnraum. Helen vermutete, dass der Ofen die einzig intakte Heizquelle in diesem Gebäude war. *Trockenes Holz verbrennt geruchlos und ohne Rauchbildung.*

Helen spürte, wie sich ihre feinen Nackenhärchen aufrichteten beim Anblick des Ofens und die Übelkeit mit einer Heftigkeit auf sie einhieb, dass sie kurz einknickte. Gunnar schaute mit zusammengekniffenen Augen zu ihr hinüber, blieb aber regungslos stehen. Immerhin schien ihr Seitenhieb ihn aufgeweckt zu haben. *Ob er noch müde war?*, schoss es durch ihren Kopf.

»Ähm ja«, stammelte Gunnar. Ihr Blick haftete noch immer auf seinen Gesichtszügen. Trotz des Schummerlichts registrierte sie, wie Gunnar seine Augenbrauen hochzog und sich seine Pupillen weiteten. *Zufriedenheit. Wohlgefühl.* Noch bevor sie sich Gedanken darüber machen konnte, sah sie, wie sich sein Mund zu einem Lächeln formte. Offenbar schätzte er die Situation als ungefährlich ein. Unwillkürlich spürte sie, wie ihre eigene Anspannung wich.

Die Frau vor ihr verzog noch immer keine Miene.

»Wollen wir uns nicht setzen?«, fragte Gunnar und nickte in Richtung des Holztischs, der an der Wand des kleinen Raums stand. Er wirkte massiv, ein alter, hellblau gebeizter, Bauerntisch mit geschnitzten Intarsien.

Im fahlen Licht, das sich durch das milchige Küchenfenster schummelte, konnte Helen die dunklen Ringe unter den Augen der Frau deutlich erkennen. Der Morgenmantel umhüllte ihre massigen Schultern wie ein Kokon, ihr weißblondiertes Haar sah aus, als wollte es von ihrem Kopf springen. *Wie ein Werk Christos'*, dachte Helen und musterte die Frau, die, eingepackt in Stoff und Schweigen, vor dem Küchenofen stand. Weder Schatten noch Licht lag in ihren Augen. *Wo keine Flamme ist, erlischt nichts*, durchfuhr es sie mit Schaudern. Keine Regung des Mundes oder der Stirn, keine Beruhigungsgeste, nicht das geringste Zucken der Nase, die sich gefällig unter den stahlblauen Augen ausbreitete.

Die Frau machte eine knappe Handbewegung in Richtung des Tisches, rührte sich jedoch nicht von der Stelle. Helen zögerte kurz, folgte dann jedoch ihrem Kollegen und nahm auf einem der Holzstühlchen Platz. Die Enge des Raums wirkte bedrückend. Der Staub schien ihre Lungen einzuhüllen und es war stickig. Das kleine Fenster neben dem Ofen war verschlossen. Sie rang das Bedürfnis nieder, aus der Küche zu stürmen, die Haustür weit aufzureißen und die kühle Morgenluft in ihre Lungen zu saugen. Das hier war wichtig. Sie würde es schaffen.

»Kaffeepause habt ihr ja schon gemacht«, stellte die Frau mit einem Blick auf Gunnars Hose fest.

Helen sah zu ihrem Kollegen hinüber, der schnell die Beine übereinanderschlug und eine Hand auf den Schoß legte. *Unnötig zu versuchen, den Kaffeefleck zu verdecken*, dachte sie. Rote Flecken breiteten sich auf seinen Wangen und dem Hals aus, der sich leuchtend rot aus dem Hemdkragen reckte. Augenblicklich war ihre Anspannung zurück – und das Bedürfnis, aufzuspringen.

»Wir haben ein paar Fragen an Sie, Frau Kaiser«, sagte sie, während ihr der Name über die Lippen rutschte und die beiden sie mit offenem Mund anstarrten.

Kapitel 23

»Gunnar grinst dumm zu ihr hinüber. Sein Ausdruck ist festgefroren, wie alles in diesem Haus. Er sagt nichts, steht nur da und starrt wie ein Hund auf den Knochen. Dann ist da nichts mehr.«

»Machen Sie weiter, Frau Winter! Gehen Sie noch einmal zurück in das Haus. Was sehen Sie?«

Ein weiteres Mal verklebte das Schweigen den Raum zwischen ihnen. Helen Winter lag ausgestreckt auf der Liege, eine Wolldecke um die Beine gewickelt, die Augen geschlossen. Agnes Mersepacher saß ihr gegenüber und betrachtete das schmerzverzerrte Gesicht ihrer Patientin. Sie würde es finden, da war sie sich mittlerweile sicher.

»Ich widerstehe dem Drang, aufzuspringen, das Küchenfensterchen aufzureißen, das gerade tief genug hängt, dass ich es berühren könnte. Ich spüre den Rauch, der sich wie ein schweres Tuch auf meine Brust legt. Wir sind in diesem Kämmerlein mit dem geschnitzten Holztisch und dem Ofen, in dem der Staub längst jeden Winkel erfüllt hat. Sie helfe beim Saubermachen, hat sie gesagt.« Ihre Patientin lachte freudlos auf. »Schon im Flur ist die Kälte meine Zehen hoch gekrochen, im Wohnbereich war sie schon in den Haarspitzen angelangt.« Ihre Stimme war nicht mehr als ein Flüstern als sie mit zitternder Stimme weitersprach:

»Ein großer Raum. Eine staubbedeckte Standuhr. Verhülltes Mobiliar. Wie mit Leichentüchern bedeckt. Bis in die Mitte des Zimmers ergießt sich das obere Stockwerk. Bauschutt, morsches Balkenwerk, vergilbte Tapete. Alles in dem Haus ist gelb.«

»Was meinen Sie mit *Alles ist gelb*?«

»Gelb. Überall. Es dringt stinkend aus jeder Ritze, klebt auf dem schmutzigen Fußboden. Ich bekomme kaum Luft bei so viel Gelb.«

»Interessant«, murmelte Agnes Mersepacher und notierte sich ein Stichwort. *Synästhesie.* Die Kopplung physisch getrennter Wahrnehmungsmodalitäten, vermutlich ausgelöst durch miterregte Verarbeitungszentren eines Sinnesorgans im Gehirn, wenn ein anderes Organ Reize aufnahm. Die Verbindung von Farbe und Temperatur war sehr häufig. Synästhetiker berichteten beispielsweise von *warmem Grün.* Es konnte auch mehr als zwei Wahrnehmungsbereiche betreffen. Wie war es in diesem Fall gelagert? Die Verbindung von Farbe, Geruch und Gefühl?

Ein interessanter Fall, schoss es durch ihren Kopf. Ein Lächeln schlich sich auf Agnes Mersepachers Lippen, als sie zu ihrer Patientin hinübersah, die heftig atmend auf der Liege ruhte, die Augen fest geschlossen. Sie musste die Sitzung beenden. Diese dauerte schon zu lange an.

»Geschnitzte Intarsien, hellblau blättert die Farbe von den Kanten ab«, hörte sie plötzlich die Stimme der Frau wie aus weiter Ferne. »So sind die Tische hier, so waren sie schon immer.«

Die Psychologin blickte konzentriert auf ihre Patientin, deren Haut wächsern im schwach erhellten Raum schimmerte. Sie hatte die Lippen leicht geöffnet und ihre Augen schienen unter den geschlossenen Lidern zu tanzen. Dann vernahm sie ein leises Summen. *Sie waren ganz nah dran.* Dumpf registrierte sie, wie ihre Hände vor Aufregung kribbelten und unterdrückte den Impuls, sie auszuschütteln. Stattdessen hielt sie den Atem an, bedacht darauf, ihre Patientin nicht abzulenken, und lauschte der Stimme, die nun zum Singen anhob.

Fütter das Öfelein
Bald ist es Nacht–
Schaufel die Kohle rein
Geb' du fein acht.
Wo einsam die Tannen
rauschen im Wind
liegt das schwarz' Knäbelein
tot ist das Kind.

Die Melodie schien wie Nebel aus Helen Winters Erinnerungen hochzusteigen und ließ ihr das Blut in den Adern gefrieren. Als ihre Patientin den Mund wieder schloss, wirkte sie wie eine Puppe mit ihren glatten Gesichtszügen und den geschlossenen Augen.

Agnes Mersepacher fing sich Sekundenbruchteile später wieder. Die Sonnenstrahlen des Vormittags drängten sich erfolglos zwischen die Ritzen der heruntergelassenen Jalousie und erhellten lediglich die grauen Socken der Frau. Nichts ließ mehr darauf schließen, dass Sekunden zuvor eine Melodie den Raum in tiefe Trauer gehüllt hatte. Jetzt hatten sich die

Moll-Klänge verflüchtigt, die durch das Zimmer geschwebt waren, agglomerierten und sich aufgelöst hatten wie Dunst. *Zerfallen zu Nichts.*

Die einsetzende Stille ließ die Psychologin erschaudern. Sie musste die Sitzung abbrechen, aber ihre Beine gehorchten ihr nicht. Gebannt haftete ihr Blick auf der stummen Puppe vor sich auf der Liege.

Ein markerschütternder Schrei durchschnitt plötzlich die Stille und riss sie aus ihrer Starre. Mit Schrecken sah sie zu, wie ihre Patientin sich ruckartig aufrichtete, von der Liege sprang und heftig atmend die Tür aufriss.

Noch bevor sie reagieren konnte, hatte Helen Winter ihre Praxis verlassen.

Helen drehte den Schlüssel zwei Mal im Schloss der Eingangstür und ließ ihn einfach stecken, bevor sie Schuhe und Jacke auszog. Eine tiefe Müdigkeit hatte sie erfasst, obwohl sie gut geschlafen hatte. Dennoch verspürte sie eine Rastlosigkeit, die es ihr unmöglich machte, sich auf der Couch auszustrecken.

Irritiert nahm sie wahr, dass das Telefon klingelte, und hob ab.

»Ja?«

»Ich bin froh, dass ich Sie erreiche.«

Einen Augenblick war es still am anderen Ende der Leitung.

»Warum? Wir haben uns doch gerade eben gesehen.«

»Frau Winter, Sie sind einfach aufgestanden und gegangen.«

Helen lauschte den Worten am anderen Ende und war sich unsicher, ob sie der Psychologin Glauben schenken sollte. Sie erinnerte sich nicht genau an die Sitzung. Sie hatten über Gunnar gesprochen und über die Situation vom Vortag. Irgendwann war die Sitzung vorbei gewesen und sie war gegangen. Sie rief sich die Situation ins Gedächtnis zurück. »Ich habe Ihnen von Gunnar erzählt. Wie er gestern neben mir stand. Ich wollte nur noch raus aus diesem Haus.« Sie wühlte in ihrem Gedächtnis, doch die Erinnerungen waren bereits seltsam verblasst. »Die Dielen haben geknarrt, endlich ist die Tür hinter uns ins Schloss gefallen. Dann habe ich mich umgedreht, er stand auf einmal hinter mir und starrte geradeaus, zurück in Richtung Tür. So, als könnten seine Augen das Holz durchbohren.«

Helen spürte, wie sich ihr Atem bei der Erinnerung beschleunigte, dann spuckte sie den Gedanken aus, der unvermittelt da war. »Er hat mich verraten!«

Die Stille zwischen ihnen schien die Zeit ins Endlose zu dehnen. Endlich hörte sie die Stimme der Psychologin.

»Frau Winter, warum glauben Sie, dass Ihr Kollege Sie *verraten* hat, wie Sie sich ausdrücken?«

»Ich weiß es nicht. Ich weiß es einfach nicht.«

»Warum fühlen Sie sich denn verraten?«

Helen schloss die Augen und fuhr sich über das Gesicht. Sie hatte nicht erwartet, dass die Sitzung selbst zu Hause am Telefon noch fortgeführt werden würde. Sie wollte herausfinden, warum sie ihr Gedächtnis und ihre Gliedmaßen im Stich ließen, stattdessen wurde sie mit der Frage konfrontiert, warum Menschen sie immer und immer wieder enttäuschten. »Ich bin kompliziert, sagt man mir, ich werde häufig falsch verstanden. Ich weiß es nicht!«, entfuhr es ihr aufgebracht. Sie spürte, wie die rote Glut in ihr aufzusteigen drohte und bemühte sich, ihre Lautstärke zu drosseln. »Frau Mersepacher, ich bin eine gute Polizistin. Die Menschen sind das Problem.«

»Die Menschen sind das Problem?«, hörte sie die Frau am anderen Ende der Leitung fragen. »Damit inkludieren Sie sich, Frau Winter. Sie sind auch ein Mensch. Wir sind alle kompliziert und glauben Sie mir, mein Mann versteht mich ebenfalls häufig falsch.«

Wieder lauschte Helen dem Schweigen am anderen Ende der Leitung. Die unvermittelte Frage der Psychologin ließ sie jäh zusammenzucken. »Frau Winter, wäre es denkbar, dass die beiden sich zuvor bereits begegnet sind?«

Helen hatte nicht lange gezögert. Nachdem sie das Telefonat beendet hatte, schien ihr Kopf wieder zu funktionieren. Gunnar würde ihr nicht mehr helfen. Das hieß aber noch lange nicht, dass sie aufgeben würde. Wenn Thomas Bertel recht behalten sollte – und davon war sie nach der Begegnung fest überzeugt, dann galt es, einen weiteren Mord zu verhindern, und sie hatte nicht viel Zeit dafür. In einem war sie sich jedenfalls sicher: die Frau vor ihr war keine andere als Roswitha Kaiser gewesen, die Tochter des ersten Mordopfers und etwas war faul gewesen. Ob sie ihren Worten geglaubt hatte, dass Gunnar und sie wegen ihres Eindringens in fremdes Eigentum in Schwarzhalden aufgeschlagen waren, darüber konnte sie nur spekulieren. Bis ihr der Name *Roswitha Kaiser* über die Lippen gerutscht war, hatte die Frau nicht die geringste Gefühlsregung gezeigt. Aber irgendetwas nagte seit dem Vorabend an ihrem Bewusstsein. Die Worte der Psychologin hatten diesem Etwas Kontur und Namen gegeben. *Gunnar.* Warum hatte er ihr nicht den Rücken gestärkt? Er hätte die Frau mitnehmen, zumindest ihre Personalien aufnehmen müssen, doch er hatte geschwiegen. Sie hatten das Haus gemeinsam verlassen und doch hatte sie gespürt, dass dort drin etwas geschehen war, das sich ihrer Wahrnehmung entzogen hatte. War es denkbar, dass Gunnar der Frau tatsächlich zuvor bereits begegnet war? Dieser Gedanke ließ Helen die gesamte Fahrt über nicht los und als sie schließlich das Auto auf den kleinen Schotterparkplatz in Blasiwald lenkte, war sie sich sicher: Die unbeantworteten Anrufe, die Suche nach ihm im Kurpark, die Restaurantbesuche in seinem Stammlokal, in dem sie ihn, bis auf das letzte Mal, nicht angetroffen hatte – Gunnar Theben kannte Roswitha Kaiser. Der Gedanke war vollkommen absurd und doch wusste sie, dass er stimmte. Helen stierte geradeaus durch die Windschutzscheibe auf die Nadelbäume, die sich dicht aneinanderdrängten und den dahinter liegenden Weg verdeckten. Sie schüttelte sich, als könne sie damit die Gedanken vertreiben, die ihren Kopf längst besetzt hatten, so wie Roswitha das alte Haus, das im Grunde genommen ihr Geburtshaus war. Warum hätte Gunnar sich mit Roswitha Kaiser treffen sollen?

Ein eiskalter Schauer durchfuhr sie unvermittelt und breitete sich über ihren gesamten Rücken aus, bis in den kleinen Zeh. Abrupt drehte sie sich im Wagen um und spähte durch die Rückscheibe. Doch hinter sich sah sie nur das Gebäude des kleinen Modellbahnmuseums und einige Wohnhäuser. Etwas weiter den Weg entlang, konnte sie den Aufgang zum Altenstift erahnen. Mit Erschaudern erinnerte sie sich an den Blick, den sie vor ihrer Haustür im Nacken gespürt hatte. Das Gefühl im Wald während ihrer nächtlichen Joggingtour, nicht allein unterwegs zu sein. *Die nicht korrekt verschlossene Eingangstür.* Das Kribbeln hatte bereits ihren Kopf überzogen und breitete sich auf ihrem Hals aus. Sie spürte, wie ihr Atem beschleunigte, und krallte die Nägel mit aller Kraft in das Lederimitat des Lenkrads.

»Können Sie nicht näher heranzoomen?«

Helen spähte aufgeregt über die Schulter des Mannes und kniff ihre Augen zusammen. »Sind das dunkle Haare?«, stieß sie aufgewühlt hervor.

»Sieht mir eher nach einer Mütze aus. Kann man aber schlecht erkennen.«

»Das könnte doch eine Frau sein, oder nicht?«

Der Mann drehte sich zu ihr herum und blickte sie fragend an. »Mann oder Frau. Kann man auf die Entfernung nicht erkennen. Was genau suchen Sie eigentlich?«

»Gibt es noch eine Videoaufnahme von der Nacht auf den fünfzehnten November?«, fragte Helen ungehalten nach der Tatnacht des zweiten Mordes und ignorierte seine Nachfrage.

Einige Minuten später starrten die beiden gebannt auf die nächste Videoaufzeichnung. Doch auch nach mehrfachem Vor- und Zurückspulen war bis auf einen vorbeilaufenden Fuchs, dessen Augen weißlich in der

Kamera aufleuchteten, nichts zu sehen. Enttäuscht wandte sie sich ab und verabschiedete sich.

»Einen schönen Tag für Sie, Frau Winter«, hörte sie ihn noch hinter sich herrufen, als die Tür hinter ihr ins Schloss fiel. Sie ignorierte die aufkeimenden Gewissensbisse, den Mann belogen zu haben. Es war einfacher gewesen als angenommen und er hatte sich sofort an sie erinnert, auch ganz ohne Uniform. Es war höchstens zwei Monate her, dass der Mitarbeiter der Stadtwerke bei ihr Anzeige erstattet hatte wegen Schmiereien an einem Wasserhäuschen. Genaugenommen hatte sie auch ein berechtigtes Interesse, und offenbar war noch keiner der ermittelnden Kollegen aus der Soko auf die Idee gekommen, nach den Aufnahmen zu fragen. Auch wenn auf der Videoaufnahme aus der zweiten Mordnacht nichts Auffälliges zu erkennen gewesen war, so hatte die Aufnahme von der ersten Mordnacht eine Gestalt vor dem Staudamm aufgezeichnet, die von irgendwo hinter der Staumauer aufgetaucht war, vermutlich aus dem kurzen Waldabschnitt, der zum versteckten vierten Weg nach Schwarzhalden führte. Obwohl ihr die Aufnahme nichts weiter nützen würde und es sich bei der Person theoretisch auch um einen harmlosen nächtlichen Spaziergänger handeln konnte, der mit alledem nichts zu tun hatte, was sie allerdings für äußerst unwahrscheinlich hielt, verschaffte sie ihr dennoch etwas Genugtuung und untermauerte ihre Vermutung. Der Mörder – oder die Mörderin – hatte den See unbemerkt über den Waldweg erreicht. Die Frage war nur, wie ihre Opfer dorthin gekommen waren. Hatte sie diese dort hingelockt? Zu so später Stunde? Noch dazu zwei Menschen im höheren Seniorenalter? Bei diesem Gedanken dachte sie an ihren nächsten Montags-Termin bei Margot Brenner, den sie nicht verpassen wollte.

Beschwingt lief sie das Sträßchen in Richtung Parkplatz, als sie einen kräftigen Hieb auf ihren Hinterkopf auftreffen spürte. Blitze schossen wild durch ihre Hirnwindungen, gefolgt von gleißendem Licht. Als der Schmerz einsetzte, wurde es schwarz um Helen Winter.

»Es geht schon wieder«, presste sie mühsam zwischen den Zähnen hervor.

Thomas Bertels Blick schien sich durch ihren zu bohren. Schnell drehte sie ihren Kopf zur Seite, was dieser mit einem hämmernden Pochen quittierte. Der Schlag hatte gesessen. Die Frage war nur, wer sie auf offener Straße einfach so niedergeknüppelt hatte.

Sie wusste nicht, wie lange sie ohnmächtig gewesen war. Ein Pärchen mittleren Alters hatte ihr besorgt auf die Beine geholfen und vehement darauf bestanden, einen Krankenwagen zu rufen. Erst ihr Hinweis, dass sie Polizistin und im Dienst sei, hatte die beiden zum Verstummen gebracht. Sie wollte nur nach Hause. Als sie auf dem Heimweg rechts heranfahren musste, um sich zu übergeben, hatte sie zunächst Gunnars, dann Bertels Nummer gewählt. Gunnar war nicht zu erreichen gewesen.

»Danke, dass du mich abgeholt hast«, nuschelte sie und dachte daran, wie Bertel sie versorgt hatte.

»Und du hast wirklich niemanden gesehen?«

»Nein«, antwortete sie. »Es ging so schnell.«

Bertel hatte ihr einen Tee und ein Glas Wasser mit einer Aspirin hingestellt. Auf die Schmerztablette wollte sie sicherheitshalber verzichten, um das Risiko einer Hirnblutung nicht zu erhöhen. Sie würde den Tee austrinken und ihn dann bitten, sie nach Hause zu fahren. Er war nicht begeistert davon, sie nach dem Überfall allein zu lassen, und hatte ihr daher ein Nachtlager bei sich angeboten. Helen hatte ihm jedoch deutlich zu verstehen gegeben, dass sie in keinem anderen Bett als in ihrem eigenen schlafen würde. Er hatte schließlich eingewilligt, allerdings unter dem Vorbehalt, sie am nächsten Tag zu besuchen, um nach ihr zu sehen. Von ihrem Stangenfund und den Kameraaufnahmen würde sie ihm erst dann berichten.

Bertel richtete ihr einige Kissen auf der Bank vor dem Kachelofen mit den kitschigen Malereien und die wohlige Wärme des Ofens in ihrem Rücken tat ihr Übriges, um Helens Gemüt zu beruhigen. Nachdem sie ihm versichert hatte, dass es ihr gut ging, wandte er sich wieder seinem künstlerischen Hobby zu. Unter anderen Umständen hätte sie ihm gerne dabei zugesehen, wie seine Hände aus dem feuchten Lehm Skulpturen erschufen. Als Jugendliche hatte sie ihre Liebe zur Kunst entdeckt, wobei es vor allem surrealistische Gemälde waren, die sie interessierten. Die Erinnerungen an die wenigen Ausstellungen, die sie in ihrem Leben besucht hatte, zählte sie zu ihren wertvollsten. Mit Handwerkskunst kannte sie sich hingegen überhaupt nicht aus und ihre eigenen Erfahrungen mit Ton in der Schule verdrängte sie nur allzu gerne.

Sie trank das Wasser aus, aber die Übelkeit ließ sich nicht herunterschlucken. Wer hatte sie überfallen und warum?

»Fährst du mich nach Hause?«, rief sie in den angrenzenden Essraum, den der Kachelofen wie ein Raumteiler mit dem Wohnzimmer verband und hinter dem sich Bertels kleines Atelier befand. Augenblicklich bereute sie die gerufenen Worte, denn ihr Kopf quittierte diese mit einem dröhnenden und stechenden Schmerz zugleich.

Bertel kam um die Ecke. Seine Hände und der Ansatz des hochgekrempelten Ärmels waren überzogen von der bräunlichen Erde, die sich bis über seine sehnigen, vernarbten Unterarme verteilte, die den ehemaligen Polizisten in ihm verrieten.

»Sofort. Ich muss nur noch den Flügel zu Ende modellieren, dann ist das Engelchen fertig und wir können los. Gib mir fünf Minuten.«

Kapitel 24

Als sie ihm die Tür öffnete, musste er schmunzeln. Sie trug wieder die furchtbare Jogginghose und eine Art Synthetik-Sportshirt, aber im Gegensatz zu seinem ersten Besuch bei ihr, hatte sie die Haare sorgfältig nach hinten gebunden und ihre Augen glänzten.

Sie war zäh. Das gefiel ihm auf eine spezielle Art und Weise. Ihre großen braunen Augen weckten jedoch auch andere Gefühle in ihm. Er saß am Küchentisch und beobachtete, wie Helen Tee kochte, als sie unwillkürlich zu ihm herumwirbelte.

»Die Schaufel! Ich erinnere mich wieder! Roswitha Kaiser hat mit einer Schaufel im Küchenofen herumgestochert. Benutzt man dafür nicht eigentlich diese Eisenstangen?«

»Ein Kaminbesteck, meinst du? Zum Schüren der Glut?«, fragte er, nachdem Helen ihm das Fundstück mit dem Hinweis gezeigt hatte, es nicht zu berühren, um möglichst keine Spuren zu verwischen. Es hatte ihn amüsiert, wie sie ihn, den Ex-Bullen, belehrt hatte. Er hatte sich nicht in ihr getäuscht. Sie hatte die Fährte aufgenommen.

Er beobachtete, wie sie vor dem Küchenfenster stehen blieb und in die Ferne zu blicken schien. Dann drehte sie sich abrupt um und starrte auf seine Nase. »Wäre es nicht denkbar, dass den Opfern mit dem glühenden Kaminbesteck Brandmale zugefügt wurden?«

Seit Thomas Bertel gegangen war, spürte Helen die Lebensenergie durch ihre Blutbahnen sirren. Sie eilte in den Flur und schnürte ihre Schuhe. Beim Bücken meldete sich spontan ihr Kopf zurück. Der Schmerz war schon am Morgen einem Druck gewichen und nachdem sie ihren Schwarztee ausgetrunken hatte, nicht mehr als eine dumpfe Erinnerung an den Vortag. Aber sie würde darauf achten, keine allzu hektischen Bewegungen zu machen. An der Haustür hatte Bertel sie zu Vorsicht gemahnt. »Eine Warnung«, hatte er mit gerunzelter Stirn gesagt. *Nervosität, Unbehagen,* analysierte Helen die Mimik im Geiste. »Jemand will dir zeigen, dass er dich genau beobachtet.« Auf seltsame Weise gefiel ihr die Vorstellung, dass Thomas Bertel sich ernsthaft um sie zu sorgen schien. Dennoch würde sie sich nicht davon abbringen lassen, das Haus in Schwarzhalden ein weiteres Mal aufzusuchen. Sie musste einfach Gewissheit haben. Bertel würde sich in der Nähe aufhalten und das Haus vom Waldrand aus beobachten, sodass er bei drohender Gefahr sofort einschreiten konnte. Er hatte bereits um kurz nach sieben Uhr vor ihrer Tür gestanden und sie zur Vorsicht gemahnt. »Wir müssen unter allen Umständen verhindern, dass Roswitha mich entdeckt. Wenn sie es war, die dich gestern niedergestreckt hat – und davon müssen wir ausgehen – dann hat sie dich im Visier. Wir werden in Zukunft nur noch telefonisch miteinander in Kontakt treten.«

Sie verschloss die Tür hinter sich und ging gemäßigten Tempos zu ihrem Auto. Dabei unterdrückte sie den

Impuls, ihre Schritte zu beschleunigen, um den schlafenden Troll mit seinem Hammer nicht aufzuwecken.

Keine zehn Minuten später lenkte sie den Wagen auf die Schotterpiste in eine kleine Senke, sodass dieser weder von der Straße noch von den beiden abgeschiedenen Häusern im ehemaligen Unterschwarzhalden aus zu sehen war. Anstatt den Waldweg zu nehmen, schlug sie sich querfeldein durch die Nadelbäume. Auf Höhe des verlassen wirkenden Hofs hielt sie kurz inne, weil sie meinte, von irgendwo Hundegebell gehört zu haben. Dann schlich sie weiter, bemüht, möglichst wenig Geräusche zu machen, aber das leise Knacken der frostharten Zapfen unter ihren Schuhen ließ sich nicht vermeiden. Das Bellen schien von einem anderen Hof herzurühren, der sich wahrscheinlich irgendwo vor dem Ortseingang befand. Einen Augenblick duckte sie sich unter den Tannen weg, als sie die verwitterte Holzveranda erblickte. Auch heute zeugten keine Spuren von der Anwesenheit eines heimlichen Gasts. Schließlich wagte sie sich aus ihrem Versteck.

Nachdem sie das Gebäude zwei Mal umrundet hatte und keine Anzeichen darauf schließen ließen, dass sich jemand darin befand, betrat sie vorsichtig die Stufen zur Veranda. Sie brauchte Gewissheit.

An der Tür blieb sie stehen, hielt das rechte Ohr ans Holz und lauschte. *Nichts.* Auch dieses Mal hatte sie keinen Rauch ausmachen können. *Trockenes Holz verursacht keinen Rauch*, schwirrte es erneut durch ihren Kopf. Dann stutzte sie. *Woher hatte Roswitha Kaiser denn trockenes Holz?* Das Haus musste doch seit Ewigkeiten leer gestanden haben. Holz, das so lange lagerte, war kaum als Brennholz zu gebrauchen. Und bei dem vielen Regen der vergangenen Tage war es schwer vorstellbar, dass die Frau trockenes Holz aus dem Wald hätte auftreiben können. Zumal Äste und Zweige höchstens zum Anfeuern zu gebrauchen waren und nicht, um einen Küchenofen, geschweige denn, ein ganzes Haus, damit zu beheizen. Woher hatte Roswitha Kaiser also Zugang zu trockenem Brennholz bekommen? Diese Frage beschäftigte sie derart, dass sie die Veranda kurzerhand wieder verließ und eine erneute Runde um das Häuschen drehte. Sie war bereits auf der Rückseite angekommen, konnte aber keinen Verschlag oder Schuppen sehen. Enttäuscht drehte sie um und wollte wieder zurücklaufen, als ihr Blick den Waldrand streifte. Keine zehn Meter vom Haus entfernt, kurz vor den ersten Tannen, entdeckte sie ihn schließlich.

Über den notdürftig gezimmerten Schuppen war eine Plastikplane befestigt worden. Hastig lief sie hin und überzeugte sich davon, dass ihre Vermutung richtig gewesen war. Etwa anderthalb Ster frisches Brennholz lagerte hier. Wie war Roswitha Kaiser an das Holz gekommen? Die Frau hatte beinahe wie eine Obdachlose auf sie gewirkt, was sie im Grunde genommen ja auch war, und die Preise für Brennholz waren seit Kurzem stark gestiegen. Selbst, wenn sie es geklaut hätte – wie hätte sie das anstellen sollen? Es hatte kein Fahrzeug, geschweige denn, ein Anhänger, vor dem Haus gestanden.

Sie beschloss, die Frage vorerst ruhen zu lassen, und lief zurück zur Veranda. Mit klopfendem Herzen wartete sie einige Minuten lauschend und warf sich dann mit ihrem ganzen Gewicht gegen die schwere Eingangstür, die daraufhin den Weg ins Innere freigab. Eisige Kälte kroch erneut ihre Zehen hoch beim Betreten des Flurs. Sie spürte, wie sich ihr Magen zusammenzog und ihre Beine ein weiteres Mal im Begriff waren, ihren Dienst einzustellen. Aber Helen zwang sie mit eisernem Willen, weiterzugehen. Staub und ein beißender Gestank wehten ihr entgegen. Sie hielt die Luft an und kämpfte sich durch den Gang. Sie musste es einfach wissen.

Als sie den Wohnraum betrat, jagte ihr ein erneuter Schauer über den Rücken. Im fahlen Licht des trüben Morgens wirkte das alte Gemäuer noch beängstigender als bei ihrem ersten Besuch. Sie verharrte mitten in der Bewegung und lauschte ihren Atemzügen, die sie zu verraten schienen.

Aber da war nichts.

Mit angehaltenem Atem schlich sie zum Kamin hinüber, darauf bedacht, keine Geräusche zu verursachen, für den Fall, dass sich doch irgendjemand im Haus befand.

Davor entdeckte sie es. Einen winzigen Augenblick setzte ihr Herzschlag aus. Links vor dem Kamin befand sich ein gusseisernes Gestell, in dem ein Handfeger an einem langen Stiel und eine Zange aus demselben dunklen Material hingen. Doch zwei Einlassungen waren frei.

Mit zitternden Beinen lief sie in Richtung Küche und zuckte zusammen, als sie das laute Knarren unter ihren Füßen hörte. Kurz hielt sie mit hämmerndem Herzen inne und lauschte. Als nichts geschah, schlich sie weiter.

Vor dem kleinen Küchenofen lag die Schaufel, mit der die Frau die Glut geschürt hatte. Ihre Erinnerung hatte sie also nicht betrogen. Sie spürte, wie die Übelkeit ihren Körper erfasste, und japste nach Luft. Panik stieg in ihr auf. Sie musste ihn warnen!

Bevor ihre Beine sie erneut im Stich lassen konnten, rannte sie aus der Küche, den Flur entlang und hinaus aus dem düsteren Haus.

Es war ein feuchtfröhlicher Abend geworden. Seine Schuldgefühle, sich krank zu melden, hielten sich daher in Grenzen. Er streckte seine langen Gliedmaßen auf dem Bett aus und rekelte sich. Innerlich wand er sich jedoch bei dem Gedanken an das, was zwischen ihm und seiner Kollegin vorgefallen war. Er mochte Helen, wie man eine gute Freundin nur mögen konnte. Der Gedanke daran, dass Helens Gefühle darüber hinaus gehen könnten, hatte er lange Zeit erfolgreich verdrängt. Aber jetzt ließ sich das nicht mehr ignorieren. Stöhnend griff er sich an den Kopf und verfluchte sich innerlich dafür, sich am Vorabend derart abgeschossen zu haben. Er würde sich ab sofort von Helen fernhalten. Dass er sie nicht weiter unterstützen würde in ihren notorischen Wahnanfällen – das hatte er ihr bereits während der Heimfahrt gesagt.

Als neben seinem Bett das Handy vibrierte, fuhr er erschrocken zusammen. *Helen.* Als ob sie seine Gedanken lesen konnte! Er war bereits im Begriff den Anruf wegzudrücken, besann sich aber im letzten Moment. Er konnte es auch genauso gut hinter sich bringen.

»Helen?«, flüsterte er.

»Gunnar, du bist in Gefahr!«, hörte er ihre aufgebrachte Stimme durch die Leitung krächzen. »Roswitha Kaiser, die Frau aus dem Haus in Schwarzhalden, ist die Tochter von Anna Tennert und die Mörderin, die wir suchen!«

Kurz musste er sich sammeln, dann spürte er, wie ihm das Blut in die Wangen schoss. Bemüht, seine Stimme nicht entgleisen zu lassen, presste er zwischen den Zähnen hervor: »Helen, ich habe keinen Nerv mehr für deine dämlichen Spielchen.«

»Gunnar, du verstehst nicht! Roswitha Kaiser versucht über dich an Informationen zu kommen! Ich weiß noch nicht genau, warum und wie ...«

Gunnar hielt die Luft an. Seine Kollegen hatten von Anfang an recht gehabt. Helen Winter war krank. Es waren keine kleinen Spleens oder liebenswürdige Macken. Helen lebte in ihrem eigenen Kosmos, der sie blind gemacht hatte für die Realität. Hatte sie ihn beobachtet? Wenn ja, wie lange lief das schon? Als sie gemerkt hatte, dass er nicht mehr jeden ihrer Anrufe entgegennahm? Hatte sie ihn womöglich im Kurpark mit ihr zusammen entdeckt? Ihre Eifersucht kannte offenbar keine Grenzen. Was hatte sie erwartet? Dass er diese Frau fallen lassen würde, weil er festgestellt hatte, dass sie ihren Einzug nicht ordnungsgemäß angemeldet hatte? Dass er sie zurücklassen würde in diesen kalten Gemäuern, in denen sie hausen musste wie eine Obdachlose? Er drehte sich zur Seite und strich ihr eine weißblonde Haarsträhne aus dem Gesicht, bevor er ihre Nasenspitze küsste und seinen Blick einen Moment lang auf ihrer vollen Brust ruhen ließ, die sich unter ihren Atemzügen sanft hob und senkte.

»Halt dich aus meinem Leben heraus!«

Gunnars Worte waren nicht mehr als ein Zischen, aber sie schnitten tief in Helens Fleisch.

»Rufen Sie die Frau aus dem Urlaub zurück! Es gibt neue Hinweise.« Die Worte klangen noch immer in Erich Ablers Kopf nach. Er ließ sich tief in den Stuhl fallen und stöhnte. War er denn hier ausschließlich von Idioten umgeben? Er versuchte, den Gedanken an seine Ex-Frau wegzuschieben, die ihm am frühen Mittag Stefanie vorbeibringen würde. Und das gerade jetzt! Keine zehn Minuten zuvor war ein weiterer Anruf eingegangen, der seinen Puls zum Rasen gebracht hatte. Seither hatte sich nichts geändert. Er brauchte dringend seine Blutdrucktabletten.

Schrenk würde er nicht aufs Revier nach Titisee-Neustadt schicken können, heute musste er selbst hin. *Dieser Idiot! Dieser verdammte Idiot!* Seine Faust raste auf die Tischplatte nieder. Gunnar hatte sich krankgemeldet und Helen? Er würde Helen zurückholen. Kurz lächelte er bei dem Gedanken daran, Stefanie sicher bei ihr im Büro zu wissen. Dann furchte er erneut die Stirn. Sie hatte also recht gehabt mit den beiden Typen im Park. Ob ihr das weiterhelfen würde, wagte er dennoch zu bezweifeln. Es gab ja noch den Vorwurf mit dem brennenden Auto.

Der *Ritt der Walküren* riss ihn aus seinen Gedanken. »Ja, bring sie vorbei. Gib mir zwei Stunden!«

Abrupt stieß er seinen Bürostuhl nach hinten weg und richtete sich auf. So, und jetzt zur Sache! Helen würde er anschließend anrufen.

»Carsten!«, donnerte seine Stimme durch den Gang, noch bevor er das kleine Dienstzimmer erreicht hatte.

»Ein Vöglein hat heute Morgen ein lustiges Liedlein von den Dächern gezwitschert. Willst du es hören?« Er hatte sich vor dem Schreibtisch von Carsten Schrenk aufgebaut und fixierte ihn unverhohlen.

»Die Geschichte handelt von einer alten Frau, die öfter mal ein Kaffeepläuschchen bei einem alten Bekannten und seiner Gattin abhält. Ich nenne ihn mal *Frieder B.*« Zufrieden registrierte er, wie Schrenks Augenlid zuckte, dann fuhr er fort: »Die Familie *B* und Anna Tennert, die sind, sagen wir mal, verwandt. Nur soll das nicht jeder wissen, denn der Frieder B. und seine Gattin haben einen gewissen Ruf. Dass sie der Frau Kost und Logis im Altenheim bezahlen, ist ja schließlich genug. Und den eigenen Ruf muss man freilich hegen und pflegen, nicht wahr, Carsten? Da ist so eine demente alte Schachtel, die möglicherweise sogar finanzielle Ansprüche geltend machen will, gewissermaßen ein bisschen unbequem. Aber der gute Frieder B. und seine werte Gattin, die kennen natürlich Gott und die Welt. So ist es auch nicht verwunderlich, dass sein *guter Freund*«, die letzten beiden Worte spie Abler in Carstens Richtung, »ein kleiner Dorfpolizist, ich nenne ihn spaßeshalber *Carsten S.*, der so gerne mal den Lions-Club von innen sehen würde, ihm da gerne aus der Patsche hilft.« Er stützte sich mit beiden Händen auf die Tischplatte auf und brachte sein Gesicht gefährlich nahe an das seines Mitarbeiters heran, der daraufhin unwillkürlich zurückwich. »Denn es ist natürlich sehr unglücklich gelaufen, dass die alte Frau ausgerechnet nach einem ihrer kleinen Ausflüge nicht mehr zurückkehrt, sondern tot im See gefunden wird, findest du nicht? Das ist schon sehr betrüblich. Vor allem für die Familie Beisswänger, die nicht unnötig in einem unvorteilhaften Licht dastehen möchte. Das wirkt sicher abschreckend auf die zukünftigen Investoren des kleinen Immobilienimperiums. Das kannst du bestimmt sehr gut nachvollziehen, bist ja ein verständnisvoller Mann, nicht wahr Carsten?«

Er hielt sein Gegenüber einen ausgedehnten Moment mit seinem Blick gefangen, bevor er seine Stimme wieder hob. »So und jetzt hör mir mal gut zu«, er lehnte sich weit über die Tischplatte, ohne dabei seinen Blick von ihm zu nehmen. »Nur weil du dir eine Eintrittskarte für die oberen Ränge erhoffst, darfst du nicht vergessen, auf was du deinen Eid geschworen hast, mein Lieber. Das kleine Vöglein, das diese interessante Melodie gezwitschert hat, heißt Mechthild Netzer. Die arme Frau stand derart unter Druck, dass ich sie erst einmal fünf Minuten lang am Telefon beruhigen musste. Deine liebe Kollegin Helen, ich erspare uns jeden Kommentar zu ihr«, er lehnte sich ein Stück zurück und fuhr sich seufzend über das Gesicht, »war offenbar während ihres Urlaubs fleißig und hat die Netzer mit ihrer Anwesenheit ins Schwitzen gebracht. Hat gedacht, sie macht sich schuldig, wenn herauskommt, dass sie nicht alles zu Protokoll gegeben hat, zum Beispiel, dass die Anna Tennert häufig ausgebüxt ist und auch öfter über Nacht bei der Familie Beisswänger war, als ein gewisser Polizeikommissar Schrenk sie befragt hat.«

Abler machte eine Pause und schnaufte. Sein gebräuntes Gesicht hatte mittlerweile einen ungesunden roten Farbton angenommen. »Carsten, das war ein grober Schnitzer. Ein ganz grober Schnitzer. Die Frau unter Druck zu setzen, indem du ihr mit möglichen Konsequenzen drohst! Sie hat wichtige Aussagen unterschlagen aus Angst, dass sie ihren Arbeitsplatz verliert, weil dem Personal vorgeworfen werden könnte, dass sie sich nicht ausreichend um die Heimbewohner kümmern!«

Erich Ablers Gesicht war jetzt nur noch wenige Zentimeter von dem des Polizeikommissars entfernt. Seine Augen waren Schlitze, aber das gefährliche Funkeln verfehlte seine Wirkung nicht. Carsten Schrenk schien seinen Rücken noch tiefer in die Lehne seines Bürostuhls zu pressen. Sich zurückrollen zu lassen, wagte er nicht.

»Wie erklärst du mir, dass ich das alles erst heute Morgen erfahre? Tage nachdem ein weiterer Mensch umgebracht wurde?«

Schrenk wollte zu einer Antwort ansetzen, aber der Hauptkommissar unterband seine Worte mit einem Aufblitzen seiner dunklen Augen.

»Du rückst das gerade, Carsten, haben wir uns verstanden?«

Mit diesen Worten stieß er sich von Schrenks Schreibtischplatte ab, drehte sich um und verschwand schnaufend aus seinem Gesichtsfeld.

28. September, 1975

Ein Aufglimmen erhellte die verformte Nase mit der knolligen Erhebung und gab den Blick auf eines der Holzregale frei. Ein Wimmern mischte sich unter das

Johlen des Windes, der erneut das Holzgebälk zum Erzittern brachte.

»Mach es!«, befahl die Stimme kalt.

Das Kind rührte sich nicht. Stattdessen kauerte es sich tiefer unter die Dachschräge, als böte diese den geringsten Schutz.

»Du sollst es machen, habe ich gesagt!«

Stille breitete sich über den Dielen aus. Dann knarrte das Holz unter schweren Schritten, gefolgt von dumpfen Geräuschen und ein angstzerfressener Schrei erschütterte den Raum.

»Kommst du eben in die Kiste, wenn du nicht brav bist!«

Panische, spitze Schreie hallten durch den Dachboden, ein Poltern, dann erneutes Knarren, gefolgt von dem Quietschen eines ungeölten Scharniers. Die Schreie und das Klopfen drangen jetzt nur noch dumpf durch den Raum, der nach Feuer und Angst roch.

»Sie soll singen!«, kam es gepresst aus der Ecke. Ein Ächzen, dann knarrte das Holz erneut unter den schweren Schritten. »Mach du es.«

Wieder setzte das Wimmern ein. »Nein«, schluchzte das Stimmchen auf.

»Sing!«

Ein dünner Gesang erfüllte die Dunkelheit.

Wo einsam die Tannen
rauschen im Wind
wo still liegt der See
still auch das …

Jäh brach die Stimme und wich einem markerschütternden Schrei, der den Dachboden erfüllte. Dann war
es still. Ein weiteres Mal glomm es rot auf, bevor sich
der Geruch von versengtem Fleisch durch das Holz
fraß.

Kapitel 25

Stundenlang hatte sie sich im Bett gewälzt, das Telefongespräch im Kopf wieder und wieder durchgespielt. Dann war der nächste Schwall Übelkeit in ihr aufgestiegen und hatte ihr die Luft geraubt. Das Gefühl, das sie nicht benennen konnte und das sich wie ein rasant wachsendes Geschwür in ihrem Brustkorb ausbreitete, war vernichtend. Gunnar war ihr Anker, ihr Rettungsring und ihr Boot. Sie war eine Ertrinkende und er hatte ihr die Hand entzogen. *Warum?* Wie ein Kreisel, den man immer wieder von Neuem in Bewegung setzte, drehte sich die Frage in ihrem Kopf. Irgendwann am frühen Morgen hatte der Schlaf sie schließlich eingeholt. Kurze Zeit später hatte das Klingeln ihres Weckers sie allerdings aus unruhigen Träumen gerissen.

Sie nippte an dem Earl Grey, der einen bitteren Tropfen auf ihrer Lippe hinterließ und richtete den Blick auf die Küchenuhr. Es war kurz nach acht. *Zeit, sich auf den Weg zu machen.* Sie war kurz versucht gewesen, den Tag an sich vorüberziehen zu lassen, einfach liegen zu bleiben, auf den Schlaf zu warten, der sicher bald schon gnädig über sie herfallen würde. Was gab es denn noch für sie? Tag für Tag wartete sie auf das Eintrudeln des angekündigten Briefes mit dem Amtsstempel des Präsidiums. Dabei war sie noch immer keinen Deut weiter mit ihrer Psychologin. Was sollte sie antworten, auf die Frage, was vorgefallen war an jenem Tag, der im Begriff war, ihre Polizeikarriere so früh zu vernichten? Warum sie stehen geblieben war, nicht reagiert hatte, sich sogar rückwärts bewegt hatte, anstatt den Mann aus dem brennenden Auto zu befreien oder zumindest *irgendwie* zu helfen. Selbst wenn sie eine Versetzung abwenden konnte und in Lenzkirch bleiben würde – was gab es hier noch? Der Gedanke daran, sich ohne Gunnars Unterstützung den Attacken ihrer Kollegen auszusetzen, brachte ihren Herzschlag sofort aus dem Takt. Es gab hier nichts mehr für sie. Aber der Gedanke daran, dass die Frau, die ihr Gunnar genommen hatte, ihn womöglich in Gefahr brachte, unbemerkt ihr nächstes Opfer aufspüren und hinrichten würde, ließ sie aufspringen. Wenn alles verloren war, brauchte sie auch keine Rücksicht mehr darauf zu nehmen, während ihrer heimlichen Ermittlungen entdeckt zu werden. Wenn alles verloren war, gab es immer noch einen letzten Einsatz: sich selbst.

Als ihr Wagen in ihrem Versteck vom Vortag in der Einmündung neben der Schotterabfahrt zum Stehen kam, schloss sie kurz die Augen. Sie würde sich dem Haus wieder zu Fuß nähern, querfeldein, so wie gestern. Sie würde Roswitha Kaiser keine Minute mehr aus den Augen lassen. Sie öffnete die Autotür und schulterte ihren Rucksack, den sie bis oben mit Proviant gefüllt hatte. Unter ihr knirschte der Kies, während sie sich linkerhand zwischen die eng stehenden Tannen schlug. Kurz dachte sie daran, dass sie sich nicht mehr bei Thomas Bertel gemeldet hatte. Nach dem Telefonat mit Gunnar am Vortag war alle Energie aus ihrem Körper entwichen. Am Morgen hatte sie beschlossen, ihn aus allem herauszuhalten und ihr Handy ausgeschaltet. Sie würde niemanden in Gefahr bringen. Was mit ihr selbst geschah, war ihr auf so seltsame Weise egal, dass sie sich noch nicht einmal darüber wunderte.

Trotz des Frosts war der Waldboden durch den Regen der vergangenen Tage weich genug, um ihre Schritte weitgehend zu schlucken. Zwischen den Nadelbäumen erkannte sie den benachbarten Hof, den sie in gebührlichem Abstand rechterhand hinter sich ließ. Immer weiter drängte sie sich durch das Gehölz. Dann und wann knackte es leise, wenn ihr Fuß auf einen Tannenzapfen traf.

Endlich erblickte sie das Haus. Geduckt stand es auf der Lichtung, als schien es zu warten, umgeben von hohen Tannen, wie ein längst vergessenes Mahnmal. Einen Moment hielt sie inne, verdrängte mit aller Kraft das innere Gefühl in sich, das laut zu ihr schrie, umzudrehen. Dann zog sie den Reißverschluss ihrer Jacke ein Stückchen höher, rückte ihren Rucksack zurecht und schlich darauf zu.

Helen Winter hatte keinen Plan. Die Erkenntnis war so erschreckend wie einfach. Ihre Finger griffen nach dem Kubotan in ihrer Hosentasche, als sie die Stufen nahm. Unter ihr knarrten die Holzdielen, genau wie bei ihrem letzten Besuch. Tapfer schluckte sie die Erinnerung an Gunnar hinunter, zwang sich, das Gefühl zu verdrängen, das in ihrem Herzen loderte und es zu verbrennen drohte. Dennoch fühlte sie, dass es ihr Antrieb war. Sie lauschte, dann presste sie ihr Gewicht gegen die schwere Eingangstür und schob sich leise ins Innere des Hauses, das sie mit stiller Düsternis empfing.

Ein Klirren ließ sie zusammenzucken und in der Bewegung erstarren. Ein Schatten löste sich von der Wand vor ihr. Schreckgelähmt blieb Helen stehen, unfähig, sich aus ihrer Starre zu lösen. Ein leises *Tock* erklang, dann Stille. Direkt vor ihr schoss etwas aus der Dunkelheit und ehe der Schrei über ihre Lippen kam, hörte sie ein erbärmliches Maunzen und erkannte den Umriss einer Katze. Vor Erleichterung aufstöhnend, bückte sie sich zu dem Tier hinunter, das schnurrend zwischen ihre Beine strich und streichelte es. »Was hast du mich erschreckt, kleiner Tiger«, wisperte sie und folgte dem Tier in die Küche. Immer wieder hielt sie inne, aber das Haus schien so leer wie am Vortag ihres Besuchs zu sein.

Die Vermutung, dass Roswitha Kaiser nicht zu Hause war, erhärtete sich, als ihr bereits beim Betreten des engen Raums ein infernaler Gestank entgegenstob. Die stickige Luft hatte sich vermengt mit einer Rauchnote und dem bestialischen Mief der Überreste von etwas, das aussah, wie vergammelte Thunfischreste. Helen riss das kleine Küchenfensterchen auf, fischte ein Taschentuch aus ihrer Jackentasche und beförderte die stinkenden Essensreste mit gerümpfter Nase nach draußen.

Nachdem sie mit Taschentuch und Wasser aus ihrer Trinkflasche auch den Fußboden notdürftig von den Essensresten befreit hatte, war der Geruch vergammelten Fleischs für die meisten Menschen vermutlich nur noch schwach wahrnehmbar. »Was mache ich jetzt mit dir?«, nuschelte sie und kraulte das Köpfchen des Tiers.

Noch immer maunzte es aufgeregt und strich um ihre Beine. »Ich habe leider kein Katzenfutter dabei.« Sie beschloss dennoch, einen Blick in ihren Rucksack zu werfen. Vielleicht war unter dem Proviant, den sie sich eingepackt hatte, doch etwas dabei, das sie dem Kater geben konnte. Nach einigen Minuten brach sie die Suche frustriert ab. Sie bezweifelte, dass das Tier für Marmeladentoast oder eine Seele mit Tomaten und Käse zu begeistern war. Höchstes für den Käse, mutmaßte sie. Gerade wollte sie erneut in ihren geöffneten Rucksack greifen, als ihr Blick auf der hölzernen Küchenplatte haften blieb. Darüber befand sich ein Hängeschrank aus demselben dunklen Holz. Vorsichtig öffnete sie den Schrank, innerlich darauf gefasst, auf Lebensmittelleichen zu stoßen. Als sie stattdessen, fein säuberlich aufgereihte Thunfischdosen und eine Etage darüber Nudelpackungen, zwei Dosen Instantkaffee, H-Milch und Haferflocken entdeckte, atmete sie erleichtert auf. Sie nahm eine Dose aus dem Schrank, fand einen sauberen Unterteller und ein Gäbelchen in einem der anderen Küchenschränke und füllte den Thunfisch auf das Tellerchen. Begeistert aufmaunzend machte sich der Kater über sein Mahl her und Helen spürte, wie sie selbst ruhiger wurde.

Obwohl sie bereits in der Küche sicher gewesen war, dass Roswitha nicht zu Hause war, hatte sie beinahe jeden Winkel des Hauses durchkämmt. Das hieß, des Erdgeschosses. Das erste Stockwerk traute sie sich nicht zu betreten aus Angst, dass die Treppen unter ihr nachgeben würden. Ein Teil des Gebäudes war bereits eingestürzt und sie vermutete, dass der Leerstand dem morschen Gebäude stark zugesetzt hatte.

Ihr Blick huschte erneut zu den Treppenstufen, die vom Wohnraum in den oberen Stock in die Dunkelheit führten. Kälte kroch in ihre Fußspitzen. Sie spürte, wie sich ihre Nackenhaare aufrichteten und wandte sich erschrocken ab. Dennoch schien irgendetwas sie nach oben zu locken. Heftig atmend drehte sie sich um und öffnete das Fenster im Wohnzimmer. Kalte Luft schlug ihr entgegen. Einige Minuten verharrte sie und wartete, bis ihr Atem sich wieder normalisiert hatte, dann schloss sie das Fenster und inspizierte erneut das Wohnzimmer. Roswitha musste dort genächtigt haben, denn auf dem Sofa lagen, fein säuberlich übereinandergestapelt, mehrere Lagen Decken. Dennoch musste es bitterlich kalt sein in der Nacht. Die Temperaturen fielen zu dieser Jahreszeit in den Nächten bereits in die Minusgrade und der Kachelofen schien nicht mehr funktionsfähig zu sein. Roswitha Kaiser hatte vermutlich die meiste Zeit über in der beheizbaren Küche zugebracht.

Ein Knacken ließ sie abrupt herumfahren. In Alarmbereitschaft drehte sie ihren Kopf zur Tür. Dann hörte sie es erneut. Sie schaute zur Treppe und sah gerade noch das Hinterteil des Katers in der Düsternis des ersten Stockwerks verschwinden. Eine unerklärliche Sorge um das Tier, ließ sie einige Schritte zum Treppenaufgang machen. Von hier aus sah sie, dass der Fußboden an einigen Stellen durchbrochen war. Das Gebäude schien maroder zu sein, als sie angenommen hatte. Aufgewühlt begann sie, das Tier zu rufen, aber von oben vernahm sie nur ein zartes Maunzen, gefolgt von einem Poltern. Vor Schreck setzte ihr Atem aus. Der Kater wog so gut wie nichts, es war also nicht davon auszugehen, dass er die Decke weiter zum Einsturz brachte. Was aber, wenn er eines der klaffenden Löcher nicht bemerkte und in die Tiefe stürzte?

Bewegungslos blieb sie vor dem Treppenabsatz stehen, unfähig sich zu rühren. Ein Augenblick verstrich, bevor Helen sich wieder sammelte. Sie dachte zurück an die Geste, die ihr die Psychologin während einer Sitzung vorgemacht hatte, holte tief Luft und atmete die Angst aus ihren Lungen. Dann betrat sie die erste Stufe.

Düsternis und der Geruch modernden Holzes schlugen ihr entgegen als sie die erste Etage des alten Hauses betrat. Aber auch ein anderer Geruch mischte sich darunter. Sie versuchte, das lähmende Gelb auszublenden, das ihre Nase augenblicklich flutete.

»Tiger«, wisperte sie in die Dunkelheit, die ihr nicht antwortete.

Vorsichtig tastete sie sich weiter nach vorne, die Füße langsam aufsetzend, darauf bedacht, in keines der Löcher zu treten und in der stillen Hoffnung, die Decke nicht weiter zum Einsturz zu bringen. *Krack.* Mit angehaltenem Atem stand sie da und spürte, wie ihre Knie heftig zitterten. Sie wartete kurz, dann hob sie den Fuß, setzte ihn ein Stückchen neben die morsche Stelle und spähte angestrengt in die Dunkelheit. Als sie ein erneutes Maunzen hörte, atmete sie erleichtert auf und rief den Kater erneut. Sie wollte sich schon weiter vortasten, als sie einen dumpfen Schlag ein Stück vor sich hörte und erstarrte. Mit schreckgeweiteten Augen versuchte sie erfolglos, gegen die Dunkelheit anzustarren.

Das Gefühl in ihr schrie sie an, endlich umzukehren, raus aus diesem verfluchten Haus. Trotz der eisigen Kälte stieg eine seltsame Hitze in ihr auf. Bevor sie ihren Beinen gehorchen konnte, berührte sie etwas an der Hand und noch ehe der Schrei ihrer Kehle entweichen konnte, fühlte sie das weiche Köpfchen des Katers in ihrer Handkuhle. Erleichtert atmete sie aus und ein unterdrücktes Lachen entfuhr ihrer Kehle. Sie wollte das Tier bereits schnappen und nach unten tragen, als es munter in Richtung Dunkelheit davon galoppierte. »Na Hauptsache du hast deinen Spaß«, grummelte Helen. Dann hielt sie einen Moment inne. Ihre Hände glitten in ihre Jackentasche und sie stellte erfreut fest, dass sie ihr Handy mitgenommen hatte. Genervt wartete sie, bis sich das Teil eingeschaltet hatte. Zwei unbeantwortete Anrufe von Abler ließen ihren Puls sofort hochschnellen, dann besann sie sich wieder auf das Wesentliche und drückte ein Icon.

Sofort erhellte der Schein der Handylampe den Raum vor ihr. Der Holzboden war übersät von Staub und Holzsplittern, die offenbar von den morschen Dachbalken herrührten,

die sich gefährlich bogen. In einer der hinteren Ecken stand eine alte Holztruhe. Es handelte sich wohl eher um einen Speicher als um einen Wohnraum. Vermutlich hatte dieser früher als Lagerraum gedient. Zumindest deuteten die zahlreichen Holzregale, die noch immer in einem mehr oder weniger ansehnlichen Zustand zu sein schienen, darauf hin. Vorsichtig einen Fuß vor den anderen setzend, tastete sie sich weiter nach vorne zu einem Regal, auf dem sich neben Kisten auch einige Bücher befanden. Eines davon lag aufgeschlagen auf dem mittleren Regalfach in Augenhöhe. Sie nahm den schweren Band in ihre Hände und betrachtete den roten Einband. In goldenen Lettern stand dort etwas in seltsamen Schriftzeichen, die Helen nicht direkt entziffern konnte. Nach genauerem Hinsehen meinte sie darin Sütterlin zu erkennen, die altdeutsche Schreibschrift, die frühere Generationen in der Schule gelernt hatten, bis sie unter Hitler verboten worden war. Zumindest hatte sie das in der Schule gelernt. Sie besah sich die aufgeschlagenen Seiten. Die blockweise arrangierten Zeilen wirkten wie ein Gedicht. Wahrscheinlich handelte es sich um einen alten Gedichtband für Schüler, mutmaßte sie. Kurzerhand klemmte sie sich das Buch unter den Arm und beschloss, sich dieses zu Hause genauer anzusehen. Irgendetwas daran reizte sie, auch wenn sie es für äußerst unwahrscheinlich hielt, dass das Buch in irgendeiner Art und Weise etwas mit den Morden zu tun hatte. Ihr Blick glitt zu der kleinen Holzkiste daneben. *Verstaubte Fotos.* Das hinterste Bild hatte ein größeres Format als die anderen. Helen lehnte das Handy gegen eine der Holzstreben des Regals, sodass sie beide Hände frei hatte, und griff nach dem Foto. Es zeigte eine ordentlich zurechtgemachte Familie, Vater und Mutter, nahm sie an, sowie drei Kinder – zwei Jungen und ein Mädchen sowie eine junge Frau. Aus welchem Jahr mochte die Aufnahme stammen? Neunzehnhundertdreißig oder vierzig? Sie hielt das Foto etwas näher vor ihre Augen. Der Mann trug eine Wehrmachtsuniform. Vermutlich war das Foto während des Krieges oder vielleicht sogar erst kurz nach Kriegsende aufgenommen worden, mutmaßte sie. Möglicherweise war der Mann nach Hause zurückgekehrt und das Foto zeigte die wiedervereinte Familie. Neben dem Soldaten stand eine kompakte Frau, die ausdruckslos in die Kamera starrte. Vor den beiden waren die Kinder positioniert worden und außerdem die junge Frau. Beim genaueren Hinsehen erkannte Helen, dass diese nicht älter als siebzehn, achtzehn Jahre alt sein konnte. Vermutlich handelte es sich um die älteste Tochter des Paares. Sie blickte ebenfalls starr in die Kamera. Sie trug ein weites Kleid, unter dem sich deutlich weibliche Rundungen abzeichneten. Die Gesichter der Kinder wirkten seltsam wächsern. In ihren Kleidchen standen sie steif da, beinahe wie Puppen. Einzig der Soldat hatte seinen Mund zu einem Lächeln verzogen, das unter den stierenden Knopfaugen allerdings deplatziert, ja beinahe beängstigend wirkte. Sie drehte das Foto um und erkannte das in schnörkeligen Lettern vermerkte Datum der Aufnahme:

7. August, 1947.

Warum trug der Mann zwei Jahre nach Kriegsende eine Wehrmachtsuniform? Sie nahm den restlichen Packen an sich und ließ die Abzüge durch ihre Hände gleiten. Die meisten der Fotos wirkten neuer, zeigten eine junge Frau, die ihre blonden Zöpfe in Form eines Kranzes um den Kopf trug. Auf anderen Bildern waren drei Kinder zu sehen, ein Junge, der schon älter wirkte und zwei Mädchen, ebenfalls mit blonden Schöpfen. Dazwischen fand sie eine etwas ältere Aufnahme, die mit 1958 datiert war und ein etwa zehn- oder elfjähriges Mädchen zeigte, zusammen mit einer älteren Frau. Die

Großmutter vielleicht? Innerlich verfluchte Helen ihre Unfähigkeit, sich Gesichter einzuprägen. Zumindest wäre es denkbar, dachte sie, dass es sich bei der älteren Dame um die Frau des Soldaten handelte. Allerdings war auf dem Foto von 1947 kein Säugling oder Kleinkind zu sehen gewesen. Sie verwarf den Gedanken und blätterte weiter durch die wenigen verbliebenen Fotos. Eines zeigte einen bartlosen Mann mit markanter Nase, auf einigen anderen war ein alter Mann zu sehen, von dem Helen vermutete, dass es sich um den gealterten Soldaten handelte. Ein weiteres Bild weckte ihr Interesse. Auf der Rückseite war ein Datum von 1967 notiert. Es zeigte eine junge Frau in einem schlichten Kleid, die mit einem Kleinkind auf dem Arm in die Kamera starrte. Der Anblick hinterließ bei Helen ein ungutes Gefühl in der Magengegend. Dahinter befanden sich weitere, etwas neuere Fotos, die zumeist Kinder zeigten. Eines der Bilder ließ Helen länger zwischen ihren Fingern verweilen. Darauf waren zwei Mädchen zu sehen. Eines, so mutmaßte sie, mochte um die sechs Jahre alt sein, das andere war erst dem Kleinkindalter entsprungen.

Roswitha und ihre Schwester!, schoss es ihr durch den Kopf. *Die misshandelten Mädchen.* Daneben stand eine Frau, die Helen, ihres starren Blicks wegen, auf Anhieb der Frau auf dem Foto mit dem Kleinkind zuordnete. Allerdings war sie hier bereits deutlich älter. Auf dem Foto war kein Datum vermerkt. Sie ließ das Bild aus ihren Fingern gleiten und steckte es zurück in die Kiste, bevor sie sich zum Abstieg bereit machte. Mit der Taschenlampe leuchtete sie die Ecken aus und stellte erleichtert fest, dass ihr der Kater maunzend entgegenrannte. Sie hob ihn sachte hoch, griff dann nach dem Buch und stieg, das Tier auf den Armen, das Buch dazwischengepresst, die Holzsprossen hinab, zurück in den Wohnraum.

Dort angekommen, beschloss sie, dem Kater vorsorglich eine Mahlzeit anzurichten und sich vorerst auf den Rückweg zu machen. Sie hatte nicht damit gerechnet, Rosi nach ihrem polizeilichen Überraschungsbesuch im Haus vorzufinden, konnte sich aber durchaus vorstellen, dass diese irgendwann zum Haus zurückkehrte. *Zum Beispiel, um die Katze zu füttern,* schoss es ihr durch den Kopf, als ihre Hand bereits nach einer neuen Konservendose fischte. Wenn das der Fall war, würde sie merken, dass jemand eingedrungen war. Als hätte eine unsichtbare Faust ihren Magen getroffen, krümmte sich Helen vor Schmerz und die Dose fiel mit einem lauten *Klack* auf den Küchenboden. Beißende Übelkeit durchfuhr ihren Körper. Röchelnd hastete sie zur Tür, griff im Vorbeistürmen noch nach ihrem Rucksack und dem Buch und stolperte die Stufen der Veranda hinunter. Einer plötzlichen Eingebung folgend hechtete sie in Richtung Waldrand und duckte sich zwischen die Tannen.

Ein Rascheln ließ sie zusammenzucken.

Kapitel 26

Keine fünf Meter neben ihr bewegte sich etwas. Helen hielt die Luft an, drehte ihren Kopf unmerklich in Richtung des Raschelns und suchte nach der Quelle des Geräuschs. Ein Knacken ertönte. Helens Herzschlag schien die Stille zu durchreißen und sie spürte, wie der Druck in ihrer Magengegend an Intensität zunahm. Dennoch zwang sie sich, ihre Augen nicht von dem Punkt abzuwenden, von dem sie den Ursprung des Geräuschs vermutete. Sie sog scharf die Luft ein, als dicht vor ihr Beine den kniehohen Bodenbewuchs durchschritten. Flink wie eine Raubkatze schlich die kräftige Gestalt durch das Gehölz und trat wenige Meter vor ihr auf die Lichtung. *Roswitha Kaiser*!

Helen zwang sich, ihren Atem zu kontrollieren, und betete innerlich, dass sie sich nicht bereits verraten hatte. Die Frau schien jedoch nichts von ihrer Anwesenheit bemerkt zu haben. Helen heftete ihren Blick auf Roswitha Kaiser, die gerade mit festen Schritten auf den provisorischen Holzschuppen zuging und kurz darauf mit einigen Scheiten unter dem Arm in Richtung Veranda verschwand. Erleichtert aufatmend schloss Helen einen kurzen Moment die Augen und beglückwünschte sich im Stillen für das Warnsystem ihres Körpers, das andere vielleicht als *Intuition* tituliert hätten und das ihr bereits etliche Male Schlimmes erspart hatte.

Ohne zu zögern, schlich sie in geduckter Haltung einige Meter weiter durch das Gehölz, bis sie sich in etwa auf Höhe des kleinen Küchenfensters befand. Einige Schritte wagte sie sich noch nach vorne, um besser sehen zu können, blieb aber weiterhin hinter den Nadelbäumen versteckt.

Einzelne Sonnenstrahlen tauchten die Lichtung in ein unwirkliches Licht und reflektierten in den milchigen Scheiben. Helen befürchtete bereits, sich umsonst Hoffnung gemacht zu haben, als sie Roswithas weißblonden Haarschopf im Inneren der Küche ausmachen konnte, bevor ruckartig das Fenster aufgerissen wurde. Vor Schreck zuckte Helen zusammen und duckte sich unwillkürlich tiefer. Hatte die Frau sie vielleicht schon längst bemerkt? Mit angehaltenem Atem umfasste sie ihre zitternden Beine und überlegte, was sie tun sollte. Dann sah sie, wie eine Hand aus dem Inneren schoss und nach etwas griff, das draußen auf der Fensterbank lag. Angestrengt verengte Helen ihre Augen zu Schlitzen, konnte aufgrund der Entfernung jedoch nicht erkennen, um was es sich handelte. Ein Plastikpäckchen? Womöglich ein Nahrungsmittel, das Roswitha Kaiser aus Mangel anderer Kühlmöglichkeiten draußen lagerte? Sie hatte keine Zeit, weiter darüber nachzugrübeln, denn durch das geöffnete Fenster konnte sie vage erkennen, wie die Frau den Schrank mit den Thunfischkonserven öffnete und eine Dose herausnahm. Hatte sie die Büchse, die ihr aus der Hand gefallen war, nicht entdeckt?

Die Umrisse einer kleinen Gestalt vor dem Küchenfenster bestätigte ihre Vermutung, dass Roswitha Kaiser den Kater fütterte, der soeben auf die Küchenplatte gesprungen war und offenbar dort auf sein Essen wartete. Die Vorstellung, dass der Kater durch die Hände einer Mörderin gefüttert wurde und vermutlich sogar mit dieser auf der Couch nächtigte, bereitete ihr Übelkeit.

Helen überlegte, ob sie vor dem Haus bereits ihr notdürftiges Lager errichten sollte – Proviant genug hatte sie ja dabei. Sie hatte die Frau für vorsichtiger gehalten. Nach dem Polizeibesuch musste sie zumindest alarmiert genug sein, das Haus höchstens nachts aufzusuchen. Andererseits, überlegte sie, hatte ihr Besuch wenig einschüchternd gewirkt. Ein ziehender Schmerz durchschnitt ihre Brust bei dem Gedanken an den Blick, den Gunnar der Frau zugeworfen hatte. *Einer Mörderin.* Sie krallte ihre Fingernägel fest in das Fleisch ihrer Handballen und wartete, bis der dumpfe Schmerz die aufwallende Panik überdeckte. Ihre Gedanken sprangen zurück zum Telefonat mit ihrer Psychologin. War es tatsächlich möglich, dass Gunnar die Frau bereits gekannt hatte? Sie hatte keine Zeit mehr, den Gedanken fortzuführen, denn ein lautes Krachen ließ sie aufschrecken. Noch immer zwischen die Waldsträucher an der Hinterseite des Hauses geduckt, sah sie, wie Roswitha Kaiser kurz darauf in ihrem Blickfeld erschien und in Richtung Kiesweg davon eilte.

Helen rappelte sich hoch und rannte geduckt ein Stück den Waldsaum entlang, um sehen zu können, wohin die Frau lief. Ein Motorengeräusch ließ sie aufhorchen. Knirschender Kies unter Autoreifen, Stille, dann das Öffnen einer Wagentür.

»Rosi, steig ein!«

Die Worte schnitten tief in Helens Herz. Den Klang seiner Stimme hätte sie unter Tausenden wiedererkannt. Ihre Deckung vergessend, stürmte sie aus dem Versteck und rannte auf die Lichtung. Sie hörte noch das Klacken einer zugeworfenen Wagentür und das Aufheulen des Motors. Als sie atemlos auf dem Kiesweg angekommen war, sah sie noch das Rücklicht von Gunnars Auto, dessen Reifen den Kies vor ihr aufwirbelten und den Weg in grauen Staub hüllten. Dann setzte erneut Stille ein.

Es hatte Helen Minuten gekostet, um das Gesehene halbwegs als real zu akzeptieren. Weitere Minuten hatte es sie gekostet, bis sie in der Lage war, die Lichtung zu verlassen.

Alle Vorsichtsmaßnahmen ignorierend, setzte sie sich schließlich in Bewegung und nahm ebenfalls den Kiesweg in Richtung ihres Autos. Im Inneren ihrer Brust war eine Feuersbrunst entfacht. Sie lachte hohl auf über die misslungene Redewendung, die sie häufig gehört hatte, wenn jemand den Zustand des Verliebtseins beschrieb: das Herz habe *Feuer gefangen*. Sie biss die Zähne zusammen, schluckte die kalten Tränen hinunter und beschleunigte ihre Schritte.

Sie war bereits nahe ihres Autos als sie den abgelegenen Hof passierte, der in einiger Entfernung zu Anna Tennerts Elternhaus stand. Ein bedrohliches Knurren ließ sie zusammenzucken und als etwas ihre Kniekehle berührte, stieß sie einen unterdrückten Schrei aus. Sie hielt die Luft an und drehte sich langsam um. Direkt hinter ihr stand ein schlank gewachsener brauner

Hund mit den spitz zugeschnittenen Ohren, die ihn unverkennbar als Dobermann auswiesen. Nackte Angst erfasste sie, als der Hund erneut ein drohendes Knurren ausstieß und sie aus kalten Augen anstarrte.

»Hector!«

Ein scharfer Pfiff durchschnitt die Stille, die lediglich von weit entfernten Motorengeräuschen unterbrochen wurde.

Die Ohren blitzartig zur Seite gedreht, wandte sich der Hund ab und raste in Richtung des Gebäudes auf eine Tür zu. Aus der Schwelle trat ein knorriges altes Männlein mit deformierter, rot geschwollener Nase, die Helen als Symptom einer Rosacea identifizierte und die mitunter durch regen Alkoholkonsum befeuert wurde.

»Was suchen'Se hier? Des isch ein Privatgrundstück!«, krächzte der Alte und schlurfte in karierten, cognacfarbenen Pantoffeln auf sie zu. Mit Erleichterung erkannte Helen, dass er die Tür hinter sich geschlossen hatte.

Unfähig, sich aus ihrer Schockstarre zu lösen, verharrte sie an Ort und Stelle bis der Alte wenige Meter vor ihr zum Stehen kam. »Uff dem Schild schtoht *Privatweg*. Können'Se nit lese?«

Sie schätzte den Mann auf gute achtzig Jahre, auch wenn er für sein Alter relativ fit wirkte. Bemüht, sich von den Ausdünstungen des Alten nicht die Sinne vernebeln zu lassen, richtete sie den Blick auf die Schuhe des Mannes und sammelte sich. Vielleicht konnte er ihr ja weiterhelfen.

»Sie können froh sein, dass der Sie nit zerfetzt het! Und jetzt …«

»Kupieren ist in Deutschland verboten«, murmelte Helen.

»Hä?«, schrie der Mann und fasste sich dabei an sein linkes Ohr, das er Helen entgegenstreckte.

»Das Kupieren von Ohren und Schwanz bei Hunden ist in Deutschland verboten!«, schrie Helen dem offenbar schwerhörigen Mann entgegen, dessen Augen sich einen Moment später zu gefährlichen Schlitzen verengten.

»Des geht Sie ein Scheißdreck an! Und jetzt verschwinden Se, bevor ich die Polizei ruf'!«

Helen biss sich auf die Zunge und zückte ihren Dienstausweis. »Ich bin die Polizei«, sagte sie und beglückwünschte sich innerlich für die Umsicht, diesen mitgenommen zu haben. Man hatte ihn zum Glück nicht eingezogen.

Noch nicht, dachte sie bitter.

Nicht auszudenken, wenn er den Köter wieder auf sie loslassen würde.

Erleichtert bemerkte sie jedoch, wie der Alte seine Augen zusammenkniff, dicht an sie herantrat und schließlich knapp nickte.

Helen fasste kurz den konstruierten Teil der Geschichte zusammen, in dem eine Landstreicherin das alte Haus in seiner Nachbarschaft besetzt hatte und dort illegal hauste.

»Haben Sie etwas von der Anwesenheit der Frau bemerkt?«

Der Mann verneinte, sagte aber nach kurzem Zaudern mit brüchiger Stimme: »Des Haus do, da würde mich keine zehn Pferde nei bringe!«

»Wie meinen Sie das?«, wollte Helen wissen und spürte, wie eine bekannte Empfindung ihre Zehenspitzen hochkroch.

»Des isch verflucht, des Haus«, wisperte er und nickte in Richtung Kiesweg. »Da goht keiner freiwillig nei.«

Übelkeit erfasste Helen und sie zwang sich, die Erinnerung an den eingestürzten Dachboden zu verdrängen … das Buch, das sie in ihren Rucksack gestopft hatte … *die Fotos.*

»Was meinen Sie damit?«, zwang sie sich, nachzuhaken.

»Ja, so was wissen halt die Jungen nimmer. Die wissen ja nix mehr, die Jungen. Wie's früher war. Wolle alle weg in die Stadt oder am beschten nach Amerika. Oder glotze uff ihre kleine Bildschirmli. Was hier im Dorf passiert isch, des weiß keiner mehr.«

Helen wartete, bis der Mann seine Schimpftiraden beendet hatte, dann hakte sie erneut nach.

»Das hier«, der Mann zeigte auf sein Grundstück und in Richtung Wald, »war ehemals alles Schwarzhalden. Unterschwarzhalden, genauer gesagt. Die Straße heißt heut' noch so, aber früher war des alles noch ein eigenes Dorf. Eine Wüstung«, fügte der Alte, bemüht, sich hochdeutsch auszudrücken, fort. »Do het' es früher die Flutungen gä«, fiel er wieder ins Dialektale zurück, »da wurden einzelne Häuser, auch welche von Aha-Äule und Schluchsee, geflutet wegen des Staudamms. Des isch scho lang her! Und eines von den Häusern, do het' der Kohlebruckner g'wohnt. Den het' der Vatter eingesperrt im Keller, zum Kohle schaufeln, do isch der jämmerlich g'storbe als es do gebrannt het'.«

Der Alte trat noch näher an Helen heran, sodass sie bereits seinen warmen Atem auf ihrer Nasenspitze spüren konnte. Dennoch zwang sie sich, stehen zu bleiben.

»Seither geischtert der hier am See rum. Es het' immer wieder Brände gä', johrelang. Da wurd' nie was g'funde. Des het' halt keiner glaube wolle, weil so was will man ja nit glaube. Dann sind auch Leut' einfach verschwunde. Und, es isch scho ä paar Johr her, do isch au ein toter Mann g'funde worde. Isch ertrunke, hat die Polizei damals g'sagt. Warum der Mann verbrennte Ärm' g'ha het', des het' se nit interessiert. Ich hab des nie geglaubt. Un lang davor au schon! Mir Alte im Dorf, mir hen' immer g'wisst, wenn es wieder der Kohlebruckner war, der sich jemanden g'holt het.« Beim letzten Satz brach seine Stimme. Zitternd fügte er hinzu: »Und jetzt waren's gleich zwei, die er g'holt het! Gleich zwei!« In seinen Augen erkannte Helen ein Aufflackern und sie spürte, wie sich die Angst des Mannes auch in ihre Knochen schlich. Sie schüttelte sich, als könne sie das Gefühl vertreiben. Der Alte streckte einen zittrigen Zeigefinger in Richtung ihres Gesichts und raunte aufgebracht: »Es darf keiner so spät abends an den See, da isch er wach. Mir Alte hen' des de Kinder immer g'sagt. Haben aufgepasst«, fuhr er in bemühtem Hochdeutsch fort, »dass die nicht abends dort spielen gehen. Am See und vor allem dort«, er zeigte mit dem Finger in Richtung des alten Hauses. »Aber heut' sagen die Eltern des den Kindern nimmer, und die Erwachsene wissen's au nimmer!«

Mit Erschaudern dachte Helen an ihre nächtliche Laufrunde um den See, das Wispern der Gräser am Ufer, das Gefühl, beobachtet zu werden. Der Nebel, der den See am Morgen des ersten Mordes eingehüllt hatte. *Den toten See.* Mit aller Macht verdrängte sie das Bild der auf dem Wasser treibenden Plastiktüte, die Erinnerung an den aufgespießten Alten, das silberne Haar, das sanft im Wind wehte.

»Was hat das mit dem Haus dort zu tun?«, fragte Helen mit belegter Stimme und deutete in Richtung Kiesweg.

Der Mann schien sich zu sammeln, dann antwortete er: »Da drinne, da hat er g'wohnt.«

Irritiert blickte Helen den Mann an. »Aber Sie sagten doch, dass der Kohlebruckner in einem Haus gewohnt hat, das geflutet wurde.«

Der Mann trat ein weiteres Schrittchen auf sie zu, sodass sich ihre Nasenspitzen beinahe berührten. »Des hat er auch, junge Frau. Aber er isch z'rückkomme. Dort in dem verfluchten Haus hat er eine g'funde!«

»*Was* hat er gefunden?«, krächzte Helen.

»Eine schwarze Seele natürlich.«

Während der gesamten Autofahrt grübelte Helen über das seltsame Gespräch mit dem Alten nach. Wieder war diese Geschichte aufgetaucht. Der Kohlebruckner, der sich einer *schwarzen Seele* in Anna Tennerts Geburtshaus bedient habe. Bei der Vorstellung daran, dass der Mann womöglich über die Gewaltakte seines Nachbarn im Bilde gewesen war, wallte erneut ein Feuer in ihr auf. Seit ihrem Dienstantritt im Schwarzwald war ihr immer wieder aufgefallen, dass vor allem die älteren Herrschaften teilweise einen regelrechten Kult um bestimmte Legenden und Bräuche an den Tag legten. Diese Kohlebruckner-Geschichte war nur ein

Beispiel von vielen. Gunnar hatte einmal behauptet, dass eine geteilte Vergangenheit oder auch geteilte Geschichte die Menschen zusammenschweißen würde. Die Schwarzwälder seien nahezu versessen auf ihre Lokalmatadoren, die sie immer weiter stilisierten und der Nachwelt in Form seltsamer Bräuche und Rituale näherbrachten. Sie vermutete, dass er nicht ganz unrecht mit seiner Einschätzung hatte. Vermutlich befeuerten die Morde im Ort das Sensationsbedürfnis der Menschen und ließen die alte Legende umso heller erstrahlen. Ein Schauder lief über ihren Rücken bei dem Gedanken an die aufgedunsene Leiche und den verkohlten Torso vor dem See. Erstrahlen war definitiv die falsche Wortwahl. Sie musste unbedingt mehr über die wahren Hintergründe dieser Geschichte erfahren. Auch wenn die Erinnerungen an den dunklen See ihr Bewusstsein immer wieder aufs Neue fluteten und ihr Schauer über den Rücken jagten, so war sie doch davon überzeugt, dass ein menschliches Wesen diese Taten zu verantworten hatte. Und alles deutete derzeit darauf hin, dass es sich dabei um Anna Tennerts Tochter handelte ... Roswitha Kaiser, die das Unrecht sühnte, das man ihr angetan hatte. Aber ein Steinchen in dem Mosaik fehlte noch.

Zwei Mal zuckte sie während der kurzen Fahrt zusammen: einmal wegen eines Mäusebussards, der auf einem Straßenschild auf seine Beute lauerte und den sie erst im Vorbeifahren registrierte, als er seine riesigen Flügel ausbreitete, das andere Mal scheinbar aus dem Nichts. In Gedanken spielte sie ihr weiteres Vorgehen durch. Morgen würde sie zunächst ihren Montagsbesuch bei Margot Brenner abhalten. Mit etwas Glück hatte die alte Dame ein paar lichte Momente und sie konnte ihr weitere Informationen über das Haus und die Kohlebruckner-Geschichte entlocken. Außerdem würde sie das Buch mitnehmen. Immerhin war davon auszugehen, dass Frau Brenner als Schülerin noch Sütterlin gelernt hatte. Vielleicht konnte sie das alte Schulbuch als Türöffner benutzen, um Erinnerungen bei der Frau zu wecken. Aber jetzt galt es erst einmal, sich an Roswithas Fersen zu heften!

Sie lenkte den Wagen auf einen Parkplatz, der weit genug von Gunnars Wohnung entfernt lag und stellte den Motor ab.

Als sie ausstieg, kam es ihr so vor, als bohrte sich ein Blick in ihren Nacken. Sie drehte sich blitzschnell um, konnte aber niemanden entdecken. Sie schloss den Wagen ab, überquerte die Straße und bog in eine weitere ein. Etwas außer Atem stand sie schließlich unschlüssig vor dem Mehrfamilienhaus, in dem Gunnar eine Dreizimmerwohnung gemietet hatte. Sie trottete einige Meter den Bürgersteig entlang und beschloss, die Straßenseite zu wechseln, denn Gunnars Wohnung lag im zweiten Stock und mit etwas Glück würde sie ihn durch die Fensterscheibe sehen können, und auch, ob Roswitha Kaiser bei ihm war. Kurz verfluchte sie die Tatsache, dass sie keinen Feldstecher mitgenommen hatte. Der hätte ihr auch bei der Beschattung von Roswitha durchaus einen guten Dienst erweisen können. Jäh wurden ihre Gedanken durch eine Bewegung unterbrochen, als sie gerade auf der anderen Straßenseite angekommen war. Sie kniff die Augen zusammen und spähte nach oben. Die Szene, die sich ihr bot, raubte ihr die Luft und ließ sie erstarren.

Schwarzes Gift flutete ihren Körper, schoss durch ihre Adern, mitten in ihr Herz.

Wie von einem Hieb getroffen, taumelte sie zurück, knickte ein, rappelte sich auf und stolperte die Straßen in Richtung Wagen zurück. Das Bild würde sich tief in ihre Seele brennen. Gunnars muskulöser nackter Körper, dicht über die breiten Schultern dieses Teufels gebeugt, dessen Fratze, umrahmt von weißblondem, struppigen Haar, sie mit weit aufgerissenem Mund auszulachen schien, während bei jedem seiner Stöße ihre obszönen Brüste rhythmisch gegen die Fensterscheiben klatschten.

Taumelnd, Tränen der Wut und des Hasses aus ihrem Gesicht reibend, rannte sie den ganzen Weg zurück zu ihrem Auto. Atemlos zückte sie den Schlüssel und war gerade im Begriff, die Tür zu öffnen, als ihr Blick an einem zusammengefalteten Zettel hängen blieb, der zwischen ihren Scheibenwischern klemmte. Vage meinte sie sich daran zu erinnern, während der Autofahrt etwas aus dem Augenwinkel wahrgenommen zu haben, war sich aber nicht sicher.

Sie griff nach dem Zettel und faltete ihn auseinander.

Halt dich raus oder du bist die Nächste!

Sie ließ den Zettel fallen, als hätte er Feuer gefangen. Den Schlüssel fest mit der Hand umschlossen, machte sie zwei weitere Schritte auf die Fahrerseite des Wagens zu. Sie versuchte, die Tür aufzuschließen, aber ihre zitternde Hand traf das Schloss nicht.

Als es ihr endlich gelang, die Autotür zu öffnen, startete sie den Motor, ohne sich anzuschnallen und zog die Tür erst beim Aufjaulen des Getriebes von innen zu.

Auf der Heimfahrt verflüchtigte sich jeder Gedanke zu einem angenehmen Nichts. Das Einzige, was blieb, war der Trost, sich selbst gleichsam mit aufzulösen. *Wie Nebel über dem See.*

Kapitel 27

Mühsam schleppte sie sich aus dem Bett und torkelte in Richtung Badezimmer. Sie hatte verschlafen. Aus dem Spiegel blickten sie anklagend dunkel geränderte Augen an, als wollten sie ihr die letzte Nacht in Erinnerung rufen. Stöhnend klatschte sie sich kaltes Wasser ins Gesicht, bis sie langsam spürte, wie Leben in ihren ertaubten Körper zurückkehrte.

Es war eine der Nächte gewesen, in denen sie fieberhaft gegrübelt, dann und wann gemeint hatte, eine Lösung für ihr Problem gefunden zu haben, in oberflächliche Träume versackt war und sich beim Erwachen von Neuem den Kopf zermartert hatte.

Natürlich war sie zu keiner Lösung gelangt. Sie nahm zwei Scheiben Toast aus der Verpackung und ließ sie zwischen den Schlitzen des Toasters verschwinden. Das hieß, genau genommen lag die Lösung bereits auf der Hand: Sie musste Roswitha Kaiser der beiden Morde überführen. Die Erinnerung an ihre prallen Brüste, die an der Scheibe klebten und rhythmisch erzitterten, ließ ihren Hass von Neuem auflodern. Wie konnte Gunnar sich von dieser Teufelin nur derart täuschen lassen? Roswitha Kaiser hatte ihre eigene Mutter auf dem Gewissen und mindestens einen weiteren Menschen getötet. Wenn Bertel recht behielt, würde sie einen dritten Mord begehen, wenn ihr nicht bald jemand Einhalt gebot. Ihre Hand stieß fahrig gegen die

Tasse, deren Inhalt sich daraufhin über den Holztisch und ihre Hand ergoss. Fluchend erhob sie sich, um einen Lappen zu holen, erstarrte aber mitten in der Bewegung.

Der Termin im Seniorenstift!

Die hochploppenden Toastbrote ignorierend, stürmte sie in Richtung Flur, schlüpfte in die Schuhe, warf sich ihre Jacke über und eilte zum Auto.

»Hallo Adrian«, begrüßte Helen den angehenden Pfleger, der lässig auf dem Geländer vor dem Haupteingang saß und rauchte. Er strich sich eine rotgelockte Strähne aus dem Gesicht und grinste sie an.

»Sieh an, die Kommissarin. Pünktlich auf die Minute!«

»Rauchst du jetzt schon vor dem Haupteingang? Ob das so gut ankommt während der Ausbildungszeit?«

»Die Netzer hat montags ihren freien Tag, schon vergessen?«, antwortete er grinsend und fügte leise hinzu: »Außerdem wollte ich Sie nicht verpassen.«

Er schwang sich vom Geländer und gab ihr durch ein knappes Nicken zu verstehen, ihm rechts neben den Eingang auf eine kleine Plattform zu folgen, die sich dem Blickfeld von Mitarbeitenden und Bewohnern entzog.

»Ich habe vor ein paar Tagen etwas aufgeschnappt, das ich vermutlich nicht hätte hören sollen. Ich war gerade in der Abstellkammer und habe die Desinfektionsspender im Eingang aufgefüllt.« Er druckste etwas herum und sagte schließlich: »Die Netzer hat sich mit einer Kollegin unterhalten. Offenbar war vor Anna Tennerts Verschwinden, also noch bevor ich hier angefangen habe, jemand häufiger bei ihr zu Besuch.«

Helen packte den jungen Mann unvermittelt an der Schulter und vergaß für einen Augenblick, seine Nasenspitze zu fixieren. Stattdessen starrte sie ihm unverwandt in die Augen, was sowohl ihr Gegenüber als auch sie selbst kurz aus dem Konzept brachte. »Wer?«, presste sie schließlich zwischen den Zähnen hervor.

»Keine Ahnung, das haben sie nicht gesagt.« Er wand sich aus Helens Griff und fügte hinzu: »Eine Frau jedenfalls.«

»Ha!«, entfuhr es Helen. »Was haben sie noch gesagt?«

»Eigentlich nicht viel mehr.« Wieder druckste Adrian Berger herum und schien mit sich zu ringen. Dann fügte er hinzu: »Die Netzer meinte, das müsse unter Verschluss bleiben. Zumindest *das* dürfe man auf keinen Fall der Polizei sagen. Aber von mir wissen Sie das nicht!«

»Braver Junge«, sagte Helen nach einem kurzen Moment und klopfte dem Azubi unbeholfen auf die Schulter, was diesen dazu veranlasste, einen Schritt zurück zu stolpern.

Bevor Helen sich in die zweite Etage verabschiedete, presste sie Adrian Berger das Versprechen ab, sich zu melden, falls er noch einmal *zufällig* ein Gespräch seiner Vorgesetzten mitbekäme, das weitere Hinweise auf die Frau liefern würde. Damit war sie fürs Erste zufrieden. Ob der junge Mann das Gespräch wirklich so zufällig gehört hatte wie er es dargestellt hatte, konnte sie nicht beurteilen. Dass er seine Augen und Ohren offenhalten und ihr Bericht erstatten würde, in diesem Punkt war sie sich jedoch sicher.

Im Gang des oberen Stockwerks herrschte reges Treiben und Helen fragte sich, ob die *Demenzstation* das heimliche Aushängeschild des Pflegeheims war und die personellen Ressourcen entsprechend ungleich verteilt wurden. Sie war noch etwas vor der verabredeten Zeit gekommen und hatte beschlossen, der alten Dame anstelle des Spaziergangs eine Vorlesestunde vorzuschlagen. Genaugenommen sollte Margot Brenner allerdings *ihr* vorlesen und sie betete bereits seit ihrem Aufbruch, dass die Augen der Greisin mitspielten.

Sie war gerade im Begriff den Speisesaal zu betreten, als sie an der Schwelle erstarrte. Im Inneren war kein Geringerer als ihr Kollege Schrenk zu sehen, zusammen mit einem der Polizisten, den sie vage als Mitglied der Sonderkommission zu erkennen glaubte. Unvermittelt zog sie ihren Kopf hinter der Tür zurück. Ihr Herzschlag übertönte die Stimmen im Saal, sodass sie stehen blieb und sich zwang, ruhig weiter zu atmen.

»... haben wir genug gesehen. Vielen Dank!«

Sie hörte, wie sich die Schritte der beiden der Tür näherten und rannte, ohne sich umzublicken, den Gang zurück und riss die nächstbeste Tür auf. Schwer atmend blieb sie stehen und lauschte. Hinter sich vernahm sie ein leises Schnarchen. Sie warf einen kurzen Blick über ihre Schulter und stellte beruhigt fest, dass der friedlich in seinem Bett schlummernde Mann außer ihr die einzige Person in dem Raum war.

Das dumpfe Geräusch auf dem Fußboden auftretender Schuhe, ließ ihre Aufmerksamkeit blitzschnell zurückschnellen. Schrenks Schritte hätte sie noch auf dem Mond wiedererkannt!

Direkt vor der Tür stoppten die Schritte abrupt. Er hatte sie gesehen! Panisch hielt sie die Luft an und wartete darauf, dass die Tür aufgerissen wurde. Sie wagte es nicht, weiterzuatmen. Dann hörte sie Schrenks Stimme, so als stünde er direkt vor ihr. Was wollten die hier oben?

»... sind wirklich gut aufgestellt.«

»Eine alte Frau verschwindet einfach und keiner will das gesehen haben? Du findest nicht, dass das Fragen aufwirft, Carsten?«

Helen ließ leise die Luft aus ihren Lungen entweichen. Offenbar war ihre Angst unbegründet gewesen und die beiden hatten rein zufällig vor der Zimmertür gestoppt. Sie presste ein Ohr dagegen, um besser lauschen zu können.

»... kleines Pflegeheim. Wir sind hier nicht in Freiburg, Herr Kollege. Wir haben es hier oben nicht so mit Kameraüberwachung an jeder Ecke, und die Mitarbeiter haben Bereitschaft und schlafen, wenn nicht einer der Alten bimmelt.«

Zustimmendes Grummeln. Die Schritte entfernten sich.

»... sollten dem trotzdem nachgehen«, hörte Helen noch die Stimme des zweiten Mannes, bevor diese sich im Treppenabgang verloren. Kurz darauf vernahm sie ein leises Surren, das Helen mit dem Öffnen und Schließen der Türen am Eingang in Verbindung brachte.

»Ja, dem solltet ihr tatsächlich nachgehen«, zischte Helen leise, woraufhin ein lautes Aufschnarchen hinter ihr ertönte. Schnell öffnete Helen die Tür und verschwand in den Gang.

Was diese Truppe wohl den ganzen Tag trieb, fragte sie sich kopfschüttelnd. Seit ihrer Beurlaubung hatte sie die Sonderkommission weitgehend verdrängt. Was spielte es auch für eine Rolle? Nicht einen Gedanken hatte sie verschwendet, um sich mit ihren Erkenntnissen und Vermutungen an Kriminalhauptkommissar Rohde zu wenden, geschweige denn an Abler. Man hatte sie zuvor nicht ernst genommen und man würde es jetzt erst recht nicht tun. Stattdessen war sie darauf bedacht, sich möglichst bedeckt zu halten. Das Disziplinarverfahren war im vollen Gange und sie vermutete, dass die Kenntnisnahme über ihren Alleingang ihre Lage nicht verbessern würde.

Sie strich sich eine Haarsträhne aus dem Gesicht, die sich aus ihrem Zopf gelöst hatte und verdrängte den Gedanken an die Regeln, die sie in den letzten Tagen übertreten hatte. Einen kurzen Moment ließ sie die Erkenntnis zu, dass die Gewissensbisse mit jedem Schritt abseits der Spur weniger wurden. Dann straffte sie die Schultern und atmete tief durch. Sie dachte an das Buch in ihrer Umhängetasche und eilte in Richtung Speisesaal.

»Frau Winter«, begrüßte Michael Angermaier sie. »Sie sind früh dran!«

Helen schilderte dem Pfleger ihr Anliegen, mit der Frau im Speisesaal zu bleiben, was angesichts des angekündigten Sturmtiefs keiner weiteren Erklärung bedurfte.

»Ich habe meine Kollegen am Eingang getroffen«, log sie. »Scheinen sich hier ein bisschen umgesehen zu haben.«

Angermaier verzog das Gesicht und sagte lachend: »Dass die Kolleginnen nicht noch Kanapees für die Herrschaften gereicht haben, war schon alles! Wollten einen besonders guten Eindruck hinterlassen.«

»Wie meinen Sie das?«, hakte Helen nach.

»Na die sollen doch sehen, wie aufopfernd wir uns hier um die alten Leutchen kümmern«, sagte Angermaier und setzte wieder sein schallendes Lachen auf. »Anweisung von oben. Bisschen Präsenz zeigen.«

Helen begriff. Deshalb war hier also so ein geschäftiges Treiben heute.

»Aber Anna Tennert war doch unten auf der Station, oder?«, fragte sie stirnrunzelnd.

»Ja gut, das stimmt«, entgegnete Angermaier schulterzuckend und machte eine kurze Pause. »Im Grunde genommen ist das aber das Gleiche, oben und unten, meine ich.« Er kratzte sich am Kopf, eine Geste die Helen als Beruhigungsgeste identifizierte und daraufhin schloss, dass Angermaier diese Tatsache unangenehm war.

»Außerdem«, ergänzte er, »war die Frau Tennert ja sowieso so gut wie bei uns oben, war ja schon alles in die Wege geleitet.«

Helen war irritiert.

»Schauen Sie mal, da sitzt Frau Brenner«, unterbrach Angermaier ihre Gedanken und bugsierte sie zu einem Tisch, auf dem neben einigen halbgefüllten Kaffeetassen diverse Kuchenstücke und süße Teilchen auf hübschen Servietten arrangiert lagen. Die Mitarbeiter hatten offenbar wirklich keine Mühen gescheut, ihren *Gästen* ein gutes Gefühl zu vermitteln.

»Ah die Frau«, hörte Helen die brüchige Stimme von Margot Brenner, die mit einem knöchrigen weißen Finger auf sie zeigte, als sie zu ihr an den Tisch traten.

Helens Herz machte einen kurzen Satz bei der Vorstellung, dass sie die Seniorin offenbar an einem guten Tag erwischt hatte.

Sie verabschiedete sich von dem Pfleger und nahm neben ihr Platz.

»Guten Tag, Frau Brenner«, sagte sie und gab sich Mühe, ihren Mund zu einem Lächeln zu verziehen.

»Ah«, machte die Frau und wandte ihren Kopf ab.

Unschlüssig, was sie jetzt tun sollte, sagte Helen schließlich: »Frau Brenner, wir gehen heute nicht spazieren. Wir können stattdessen lesen!«

Die Greisin starrte stumm geradeaus an die Wand und begann, zu summen.

Kapitel 28

Es wird Zeit, dass wir uns endlich wiedersehen, alter Freund.

***

»Frau Brenner?«

Helen griff in ihre Umhängetasche und fuchtelte mit dem alten Buch vor der Nase der Seniorin herum. Seit mehreren Minuten versuchte sie die Aufmerksamkeit der alten Frau zu gewinnen, die seit der kurzen Wiedererkennungsgeste allerdings stur geradeaus starrte und vor sich hinsummte.

Zunehmend verzweifelt, wagte Helen einen erneuten Versuch. Sie schlug das Buch auf der Seite mit dem Gedicht auf und schob es direkt unter die Nase der Frau. Helen war dicht zu ihr herangerückt, was ihr körperliches Unbehagen verstärkte, doch sie zwang sich, den starken Geruch nach Desinfektionsmittel und Urin zu ignorieren und unterdrückte den Impuls, aufzuspringen. Stattdessen legte sie einen Zeigefinger auf die Titelzeile des Texts, den sie aufgrund der Anordnung der Sätze für ein Gedicht oder einen Kinderreim hielt.

»Wo nintam vin«, begann sie laut zu lesen und blickte dabei zu der Greisin, die noch immer vor sich ins Leere starrte, »Tannnn«, schloss sie die Überschrift des Titels und furchte sofort die Stirn über den Blödsinn, den sie

284

da vorgelesen hatte. Das letzte Wort bestand zum Großteil aus zackigen Schriftzeichen, die allesamt aussahen
wie Abwandlungen des kleinen Schreibschrift-Ns.

»Wo einsam die Tannen«, schoss es tadelnd aus der
Frau hervor und Helen zuckte zusammen.

»Ja … natürlich«, murmelte Helen und ein unangeneh-
mes Gefühl breitete sich unter ihrer Bauchdecke aus.
Als Schulkind hatte es zu einem größeren Eklat geführt, der ihr lange Zeit unruhige Nächte bereitete, weil
sie hartnäckig darauf beharrte, weiterhin in Druckbuchstaben zu schreiben. Was ihre Lehrer als Wider-
spenstigkeit und Unwillen auslegten, war in Wirklichkeit ihrer Unfähigkeit geschuldet gewesen, die fremd
geschwungenen Zeichen mit den As und Fs und Zs in
Verbindung zu bringen, die sie bereits vor Schulbeginn
aus ihren zahlreichen Büchern kannte. Nachdem Helen auch nach Wiederholen der dritten Klasse weiterhin ausschließlich krakelige Druckbuchstaben auf das
Papier setzte, stellten die Lehrer schließlich ihren Tadel
ein und resignierten. Wie, um alles in der Welt, sollte
sie nun auch noch diese altertümliche Schulschrift entziffern?

Plötzlich stutzte sie. Ob die Frau das Gedicht kannte?
Sie hatte ihren Blick nicht ein einziges Mal auf den Text
gerichtet. Andererseits war ihr Fehler vielleicht allzu
offensichtlich gewesen. Ermutigt von der prompten Reaktion der alten Dame begann sie, weiterzulesen:

»Wo einsam die Tannen …«

»… raupfnn im Wind …«

»… rauschen im Wind!«, krächzte die Frau.

»Wo still lingt vnr Thnn?«

»Wo still liegt der See«, verbesserte sie.

»Still aurf vat Kinv.«

»Still auch das Kind!«

»Th ... äh S... fuoarz ift vnin Mäntnlnin.«

»Schwarz ist dein Mäntelein«, soufflierte die Alte.

»Vatnr vir't gab ... Vater dir's gab?«

»Lub' bit ifr.«

»Bub' bis ich wiederkomm'«, korrigierte sie.

»Th... äh nein S Mi vu fnin ...«

»Sei du fein brav«, unterbrach die Greisin.

»...füttnr vas Ofnlnin ... fütter das Öfelein?«

Die Alte schwieg zustimmend.

»Lalv ift nf Nanft?«

»Bald ist es Nacht.«

Helen starrte angestrengt auf die Buchstaben.

»Schaufel die Kohle rein!«, krakeelte die Alte.

»Geb du fein acht.«

Margot Brenner drehte ihren Oberkörper zu Helen und blickte sie aus ihren wässrig-blauen Augen an, bevor sich ihr dünnes Stimmchen wieder hob und sie zu singen anfing:

Wo einsam die Tannen
rauschen im Wind
liegt das schwarz' Knäbelein
tot ist das Kind.
Hell lodert's Feuer
Als Vater kommt heim
Schon von der Wirtshausstub'
Sieht er den Schein
Laut knistert's Holz
Spät ist die Nacht
Müd war das Bübelein

nimmer erwacht.
Hell lodert's Feuer
Bub warsch nit brav?
Schwarz ist dein Körper
Ewig dein Schlaf.
Wo einsam die Tannen
rauschen im Wind
wo still liegt der See
still auch das Kind …

Abrupt brach die Frau ab, ohne ihren Blick von Helen zu wenden. Dann hackte sie mit ihrem knöchrigen Zeigefinger wie ein Vogel mit seinem Schnabel auf die Buchseite ein und rief: »Der Kohlebruckner.«

Unwillkürlich richteten sich Helens Nackenhaare auf.

»Nein«, stotterte sie. »Das ist ein Schulbuchtext. Das ist …«

»Der Koh – le – bruck – ner!«, wurde sie rüde von Margot Brenner unterbrochen, die die Worte förmlich in ihre Richtung spie.

Die plötzliche Reaktion der alten Dame traf Helen wie eine Faust ins Gesicht. Entsetzt sprang sie auf, schnappte sich das Buch und rannte durch den Speisesaal in Richtung Ausgang.

Bereits vor ihrer Haustür bemerkte sie, dass etwas nicht stimmte. Als sie den Schlüssel im Schloss drehte, ließ ein plötzlich einsetzender Schmerz ihren Magen zusammenkrampfen. Mit angehaltenem Atem, jede Sehne ihres Körpers unter Hochspannung, betrat sie vorsichtig die Wohnung.

Ihre Schuhe standen säuberlich aufgereiht im Regal und doch hatte sie das Gefühl, dass irgendetwas nicht in Ordnung war. Ein Lufthauch kitzelte ihre Nase und mit einem Schlag realisierte sie die Kälte im Raum. Mechanisch machte sie einige weitere Schritte in Richtung Wohnzimmer und erstarrte.

Die Terrassentür war sperrangelweit geöffnet, in der Scheibe klaffte ein kreisrundes Loch. Ihre Augen suchten hektisch den Boden ab. Direkt unter dem Loch befand sich, kreisförmig angeordnet, ein kleiner Scherbenhaufen. Etwas in Helen erfreute sich über das Muster, ein anderer Teil drängte sie dazu, die Wohnung nach Spuren eines Einbruchs abzusuchen. Ihr Blick haftete noch immer am Boden, als eine plötzliche Panik von ihr Besitz ergriff. Sie eilte ins Schlafzimmer, riss die Kommode auf und griff nach dem Holzkästchen. Mit zitternden Fingern öffnete sie dieses. Ein erleichterter Seufzer entfuhr ihren Lippen und sie griff nach ihrem Lieblingsstück, der Kugel, dessen Innerstes opalfarben schimmerte. Sie hob das Glas in Richtung der Fensterscheibe und spürte sofort, wie Wärme ihren Körper durchströmte beim Anblick der Murmel, die das Licht in Abertausenden funkelnden Strahlen zurückwarf. Ruhiger geworden, ließ sie diese vorsichtig in das für sie vorgesehene Kompartiment gleiten und verstaute das Kästchen wieder in der Kommode.

Nach mehreren weiteren Minuten, in denen sie die Wohnung durchsuchte, dabei mechanisch das Skript befolgend, das ein Einbruchsszenario von einer Polizistin abverlangte, ließ sie sich erschöpft auf das Sofa fallen und starrte auf das klaffende Loch in der Scheibe. Der Einbrecher – oder die Einbrecherin – wie Helen im

Geiste ergänzte, hatte nichts entwendet. Weder war ihr Kleiderschrank zerwühlt noch sonst etwas in Unordnung gebracht worden. Nicht einmal ihre Sparkassette, die sie seit ihrer Kindheit akribisch füllte und in regelmäßigen Abständen bei der Bank gegen Scheine tauschte, war angetastet worden.

Warum war bei ihr eingebrochen worden, wenn doch nichts fehlte? Plötzlich zuckte sie zusammen. Der Zettel zwischen den Wischblättern ihres Autos! Die jähe Erinnerung an Gunnar und den weißen Teufel trieb Wutttränen in ihre Augen.

Halt dich raus oder du bist du die Nächste!

Als hätte ihr jemand einen Hieb in den Magen verpasst, ging sie zu Boden. Japsend und um Luft ringend, krümmte sie sich unter den Bildern, Gerüchen und Empfindungen, die ihr Innerstes fluteten. *Der Blick in ihrem Nacken. Das latente Gefühl, das sie seit Tagen begleitete, nicht allein zu sein.* Sie spürte, wie ihr Kopf anfing zu kribbeln und sich eine dumpfe Kälte über ihrem Rücken ausbreitete. Alle Kraft zusammennehmend, gelang es ihr, aufzuspringen. Sie eilte in den Gang zu ihrer Kommode, auf dem das Telefon stand. Sie war in Gefahr! Es fehlte nichts und doch war da dieses klaffende Loch im Fenster. Sie griff nach dem Telefon, ließ es im selben Augenblick aber wieder sinken. Kein Abler, kein Gunnar! Sie streifte ihre Schuhe über und griff nach der Jacke. Sie würde Thomas Bertel um Hilfe und um seinen Rat bitten. Als ihre Hand die Türklinke berührte, gefror sie zu Eis. Abrupt drehte sie sich um und rannte zurück ins Wohnzimmer. Sie starrte auf den Couchtisch und spürte, wie ein Brennen ihre Speiseröhre hochstieg und sich bis in ihren Kopf ausbreitete.

Die Eisenstange fehlte!

»Helen, schön, dass du persönlich vorbeikommst. Gibt es Neuigkeiten?« Helen fuhr herum und lächelte erleichtert, als Thomas Bertel, einige Holzscheite unter dem Arm, hinter ihr auftauchte.

Er nickte in Richtung der angelehnten Haustür und stapfte schließlich, als Helen nicht reagierte, an ihr vorbei ins Haus. Helen folgte ihm ins Wohnzimmer, wo er das Holz in eine steinerne Ablage vor dem Kachelofen ablegte, und sah zu, wie er zwei Scheite in die lodernden Flammen warf und die gusseiserne Tür schloss.

»Setz dich doch auf die Bank vor den Ofen, da ist es schön kuschelig. Ich mach uns mal einen Kaffee«, sagte er und stand auf. Helens Blick streifte auch heute die grünen Steinkacheln, von denen einige mit erdfarbenen Malereien verziert waren. Rehkitze, kleine Füchse und Häslein blickten unschuldig aus dem Waldbewuchs hervor oder träumten neben rot leuchtenden Fliegenpilzen vor sich hin.

Sie setzte sich auf die Holzbank, die den Kachelofen in seiner Gänze umgab und bis in den angrenzenden Essraum reichte, was ihm die typische Gemütlichkeit eines Schwarzwaldhäuschens verlieh. Sie schloss die Augen und spürte die Wärme des Kachelofens in ihrem Rücken. Nach einiger Zeit nahm sie wahr, wie sich ihre Muskeln entkrampften und sich eine angenehme Müdigkeit in ihr ausbreitete. Erst jetzt realisierte sie, wie stark die Ereignisse des Tages ihr auch körperlich zugesetzt hatten.

Bertel kehrte mit zwei dampfenden Tassen zurück, drückte ihr eine davon in die Hand und setzte sich neben sie. Sie nippte an ihrer Tasse und verzog augenblicklich den Mund.

»Schmeckt der Kaffee nicht?«

»Nein«, entfuhr es Helen.

Thomas Bertel lachte und nahm ihr den Becher aus der Hand. »Ich mach dir einen Tee!«

Kurz darauf kehrte er zurück und drückte Helen eine neue Tasse in die Hand.

»Was ist das?« Sie roch daran, verzog aber keine Miene.

»Schwarztee. Den magst du doch, oder?«

»Welche Sorte?«, hakte Helen nach.

»Gibt es da Unterschiede?«, fragte er. »Earl Grey?«, fügte er schließlich zögerlich hinzu.

Sie nahm einen Schluck aus ihrer Tasse und stellte sie neben sich auf die Bank. Er schmeckte nicht wie zu Hause.

»Du weißt doch, wie die Leute hier ticken«, sagte der Ex-Polizist, nachdem sie ihren Bericht beendet hatte. Er tippte sich mit dem Zeigefinger an die Stirn. »Alle ein bisschen verrückt hier.«

»Wobei ...«, fügte er nach einem Moment des Schweigens hinzu und fing ihren Blick ein. »... hinter allen Legenden steckt meist auch ein Funken Wahrheit.«

Er hatte recht. Es gab für alles in der Welt eine logische Erklärung, auch wenn diese manchmal verborgen war. Die Lektion hatte sie früh gelernt in ihrem Leben, das ihr immer wieder aufs Neue Rätsel aufgab. Monster, die aus den Tiefen eines Sees auftauchten, gehörten aber ganz bestimmt nicht dazu. Kurz dachte sie an das

Bild, das sie für Stephanie gezeichnet hatte. Den *Grind*, wie sie das feuerspeiende grüne Monster mit den Schuppen genannt hatte. Ein Schauer durchfuhr ihren Körper bei dem Gedanken an die brennenden Häuser am See.

»Aber den Einbruch solltest du melden, Helen.«

Bertels Worte verscheuchten ihre Gedanken. Sie überlegte kurz, dann schüttelte sie den Kopf. Man würde keine Ressourcen aufwenden, um ihr Haus zu beschatten und der Gedanke daran, ihrem Kollegen Schrenk oder Abler zu begegnen – oder gar Gunnar! – bereitete ihr Übelkeit. Dann wandte sie ruckartig den Kopf zu dem Ex-Polizisten.

»*Du* könntest mein Haus beschatten!«

Bertel runzelte die Stirn. Kurz schien er darüber nachzudenken, dann antwortete er: »Was hältst du stattdessen davon, ein paar Tage zu mir zu kommen? Wir könnten gemeinsam nachdenken, ich kann dich besser unterstützen und dir kann nichts passieren. Diese Teufelin, wie du sie nennst, hat bereits zwei Menschen auf dem Gewissen und eine einschlägige Akte. Diebstahldelikte inbegriffen, wenn du dich erinnerst. Und das kreisrunde Loch an deiner Scheibe deutet darauf hin, dass der Einbrecher – oder die Einbrecherin – einen Glasschneider benutzt hat, der schnell und vor allem lautlos Zugang in ein Haus verschafft. Da geht jemand höchst professionell vor und das bereitet mir Sorgen. Bei mir bist du sicher.«

Helen kratzte sich am Kopf. Der fade Geschmack in ihrem Mund weckte ein zweites Mal an diesem Tag Erinnerungen an die Schulzeit. Sie hatte sich gar nicht die Frage gestellt, wie die feinsäuberlich angeordneten

Scherben und das kreisrunde Loch zustande gekommen waren.

»Also was sagst du?«, hakte Bertel nach und sah sie aufmerksam an.

»Nein«, entgegnete sie, ohne zu zögern. Allein die Vorstellung, nicht in ihrem Bett zu schlafen, die Murmeln sicher verwahrt in der Kommode zu wissen, ihre Klamotten im Schrank, bereitete ihr Bauchschmerzen. Ganz zu schweigen von der Vorstellung, nach dem Aufstehen eine fremde Toilette benutzen zu müssen, dieses Gebräu hier zu trinken, das nicht so wie der Earl Grey zu Hause schmeckte, noch dazu aus einer anderen Teetasse, womöglich kein Toast mit Erdbeermarmelade zu bekommen und dabei zur Terrassentür hinauszublicken …

Die Erinnerung an die Terrassentür brach ihren Gedankengang jäh ab. *Das klaffende, kreisrunde Loch.* Unwillkürlich schnellte ihre Hand zu ihrem Oberschenkel.

»Bitte halte vor meiner Wohnung Wache. Nur ein, zwei Nächte. Ich bin mir sicher, dass sie mich bereits seit einer ganzen Weile beobachtet.« Nach einer kurzen Pause fügte sie hinzu: »Ab jetzt wird sie diejenige sein, die keinen unbemerkten Schritt mehr tut.«

Sie presste ihre Fingernägel fest in die Handflächen und drehte ihren Kopf zu dem ehemaligen Polizisten um. Die Fältchen um seine grauen Augen schienen sich wie tiefe Furchen in seine Haut zu graben und der silberne Schnauzbart über seinem Mund machte es ihr unmöglich, zu deuten, was er von dem Vorschlag hielt.

»Du willst den Spieß umdrehen? Du weißt aber, dass ich dir keine große Hilfe dabei sein werde, oder? Wenn wir beide erfolgreich sein wollen, dann ist es wichtig, dass ich mich so lange wie möglich bedeckt halte. Wenn sie mich sieht, verspielen wir unseren kompletten Vorsprung. Du übernimmst die Beschattung, ich bin da, wenn es darauf ankommt. Verstanden? Dein Haus werde ich die nächsten Nächte beobachten. Ich bezweifle aber, dass sie nachts um dein Haus schleicht. Der Einbruch war tagsüber, oder nicht? Viel wichtiger ist es, dass du die Frau nicht mehr aus den Augen lässt. Du hast bereits viel Zeit verschenkt und wir wissen nicht, wann sie das nächste Mal zuschlägt. Ich habe dir gegenüber meine Vermutung geäußert und wundere mich daher, dass du offenbar tagelang nichts anderes zu tun hattest, als im Stift herumzustromern und dich von den Alten hochnehmen zu lassen.«

Helen kniff die Augen zusammen und wollte nachhaken, was genau Bertel damit meinte, aber er fuhr bereits fort: »Ich halte viel von dir, Helen, das habe ich dir bereits gesagt. Aber die Beurlaubung tut dir nicht gut und ich habe den Eindruck, dass du keine einhundert Prozent gibst. Du musst aber einhundertfünfzig Prozent geben, Helen Winter, wenn du dich wieder ins Spiel zurückbringen willst. Dich und mich, denke daran. Es gilt, dich und mich zu rehabilitieren.« Bertel schwieg und starrte aus dem Wohnzimmerfenster. Es war noch keine siebzehn Uhr und doch dämmerte es bereits. Hinter ihnen knackte das Feuer im Kamin und Helen wünschte sich auf einmal weit weg.

Abrupt erhob sie sich und setzte zu einem Abschiedsgruß an, als Bertel sie am Arm zurückhielt. Unwillkürlich machte sie einen Schritt zurück.

»Helen, ich weiß, dass die Situation keine einfache ist, aber du kannst auf mich zählen, hörst du? Dass ich mich bedeckt halte, heißt nicht, dass ich nicht im Hintergrund für dich da bin. Ruf mich an, halte mich auf dem Laufenden, und vor allem: lass dich nicht abschütteln. Die Frau ist noch immer hier. Was bedeutet das?«

»Dass sie noch nicht fertig ist«, antwortete Helen mechanisch.

»Da ist noch eine Rechnung offen Helen. Finde die offene Rechnung.«

Kapitel 29

Helen parkte ihr Auto an einer stark befahrenen Straße, die gute fünf Gehminuten von Gunnars Wohnung entfernt lag. Sie wollte nicht noch einmal riskieren, gesehen zu werden. Das dumpfe Gefühl, das gegen ihren Kopf hämmerte und ihr zu verstehen gab, dass Roswitha den Drohbrief nicht unter ihre Scheibenwischer geklemmt haben konnte, weil sie sich zu diesem Zeitpunkt von Gunnar die Seele aus dem Leib vögeln ließ, verscheuchte sie. Es war durchaus möglich, dass sie den Zettel einfach erst später gesehen hatte. Am Abend nach ihrem Besuch bei Bertel war sie direkt zu Gunnar gefahren. Stundenlang hatte sie sich hinter einer Häuserwand geduckt und auf das Fenster gestarrt. Ein, zwei Mal waren Köpfe davor aufgetaucht, irgendwann war das Licht gelöscht worden und Helen war mit gesenktem Haupt nach Hause gefahren. Nachdem sie sich geduscht hatte und im Begriff war, den Rollladen ihrer Terrassentür herunterzulassen, hatte sie Bertel entdeckt, der in seinem Wagen, einige Meter vor ihrem Haus entfernt, Stellung bezogen hatte. Kurz war sie versucht gewesen, hinauszugehen, an seine Scheibe zu klopfen und ihm mitzuteilen, dass er gehen solle, weil eh alles egal war. Aber ihre Beine waren schwer und trugen sie mechanisch zum Bett. Blei hatte sich in ihrem Körper ausgebreitet und vor ihrem inneren Auge sah sie, wie es durch ihre Venen kroch und ihr

Blut vergiftete. Mitten in der Nacht war sie mit klopfendem Herzen aufgewacht und zur Terrassentür gelaufen. Sie hatte den Rollladen ein kleines Stück nach oben gezogen und sich sofort geduckt. Dann hatte kurz ein Licht aufgeblendet und Helens Herz einen Moment zum Aussetzen gebracht, bevor Wärme ihren Körper durchströmte. Thomas Bertel war da! Im selben Moment hatte sie einen Entschluss gefällt. Es ging hier nicht nur um sie.

Mit flauem Magen griff sie in ihre Jackentasche und überzeugte sich davon, dass sie den Feldstecher noch bei sich hatte. Dann straffte sie die Schultern und setzte sich in Bewegung.

Kurze Zeit später erreichte sie die Straße, in der sich Gunnars Wohnung befand. Dieses Mal bezog sie ein ganzes Stück weiter entfernt davon Stellung, hinter einem stillgelegten Fabrikgebäude, dessen verwuchertes Grundstück im Sommer garantiert ausreichend Sichtschutz bot. Jetzt hing das verkümmerte Gras vom Regen und Frost der Nächte gelb und schlaff zu ihren Füßen. Helen zog die Mütze, unter der sie ihre Haare versteckt hatte, tief ins Gesicht und spähte hinter dem Gebäude hervor. Sie konnte es tagsüber nicht riskieren, sich näher heranzuwagen, ohne Gefahr zu laufen, entdeckt zu werden. Hier würde man sie allerdings nicht so einfach sehen. Sie holte den Feldstecher hervor und richtete ihn auf Gunnars Wohnung.

Ihre Füße waren bereits zu eisigen Klumpen erstarrt, als endlich Bewegung in die Szenerie kam. Die Wohnungstür wurde mit einem Ruck geöffnet und eine kräftige Gestalt betrat das Trottoir. Mit der dunklen

Mütze und der Lederjacke, die, wie Helen mit einem Stich im Herzen feststellte, Gunnar gehörte, hätte man sie für einen Mann halten können. Aber da war etwas an ihrem Gang, das Helen auf Anhieb wiedererkannte. Mit dem Feldstecher fixierte sie das Gesicht der Gestalt und zuckte kurz zusammen, als stechend blaue Augen sie anzustarren schienen. Einen winzigen Augenblick hatte sie den Feldstecher gesenkt, richtete ihn aber sofort wieder auf ihr Zielobjekt. Roswitha schien sie nicht bemerkt zu haben. Sie steckte das Fernglas in die Tasche und spurtete geduckt an der hinteren Hauswand entlang, bevor die Frau hinter der Straßenecke verschwinden würde. Gerade noch so konnte sie beobachten, wie Roswitha in Gunnars Auto stieg, das kurz vor der Straßengabelung am Randstein parkte. Um Fassung ringend fing sie ihre frei flottierenden Gedanken ein. Was hatte das zu bedeuten? War Gunnar in Gefahr? Hatte sie ihm etwas angetan? Unfähig, eine Entscheidung zu treffen, sah sie zu, wie die Frau mit quietschenden Reifen an ihr vorbeifuhr und ließ, geschockt über ihre Untätigkeit, den Kopf zwischen ihre Hände sinken.

Dann rappelte sie sich hoch. *Gunnar!* Ohne zu zögern, rannte sie auf die gegenüberliegende Straßenseite und klingelte an der Tür Sturm.

***

Wie du am Fenster stehst, in deinen karierten Hausschuhen und dem speckigen Morgenmantel, das wenige weiße Haar auf deiner durchscheinenden Kopfhaut klebend – es

***

Die Tür zum Treppenhaus wurde aufgerissen und Gunnar, bis auf seine Diensthose unbekleidet, die Haare wirr vom Kopf abstehend, starrte sie entgeistert an. Einen Augenblick schwiegen beide.

»Was willst du hier?«, herrschte er sie schließlich an.

Der eisige Ausdruck in seinen Augen ließ sie zurücktaumeln. »Ich ...«, setzte sie an, drehte sich dann auf dem Absatz um und rannte in Richtung ihres Wagens.

Ihr Kopf drohte zu explodieren. Dennoch ignorierte sie den hämmernden Schmerz, öffnete die Wagentür und startete den Motor.

Ziellos fuhr sie die Straßen ab und spürte, wie die Tränen in ihren Augen ihr mehr und mehr die Sicht raubten. Sie hatten recht. Sie war eine Schande für den Polizeidienst. Es war nur folgerichtig, dass man sie versetzen oder gar aus dem Dienst entfernen würde.

Ein Donnern ließ sie zusammenfahren. Grell leuchtete es auf, als ein Blitz direkt vor ihr einschlug. Als hätten sich die Schleusen des Himmels geöffnet, prasselte der Regen hinab und verwandelte die Fahrbahn binnen Minuten in einen See. Ihre Scheibenwischer kämpften verzweifelt gegen die dicken Tropfen an. Aufgebracht von der Plötzlichkeit des Wetterumschwungs suchte sie nach einer Möglichkeit, den Wagen von der abschüssigen Straße zu lenken. Vor sich sah sie die Abzweigung zu einer Supermarktkette auftauchen und fuhr auf den Parkplatz, der bis auf wenige knorrige Bäumchen keinerlei Schutz bot. Fluchend ließ sie sich gegen die Lehne fallen und starrte durch die Scheibe, von der das Wasser in Sturzbächen auf die Erde prasselte.

Resigniert öffnete sie das Handschuhfach auf der Beifahrerseite und entnahm diesem die Akte, die sie darin deponiert hatte. Was hatte sie übersehen? Was wollte Roswitha Kaiser beenden? Aufmerksam blätterte sie durch die Seiten. Der seltsame Geruch, der ihr bereits das erste Mal in die Nase geströmt war, weckte eine dumpfe Erinnerung, die sie zwar nicht greifen, aber körperlich umso intensiver spüren konnte. Irgendetwas stimmte nicht mit der Akte. Sie hielt das Papier dicht an ihre Nase und schnupperte. Unwillkürlich verkrampfte sich ihr Magen. Sie legte die Papiere auf den Beifahrersitz und starrte eine Weile nach draußen.

Die Erkenntnis traf sie wie ein Faustschlag. Warum war sie nicht früher darauf gekommen? Mit wild pochendem Herzen griff sie erneut nach der Akte und blätterte zu der entsprechenden Seite.

Als der Regen fünfzehn Minuten später nachließ, startete Helen den Motor und fuhr nach Hause. Es hatte keinen Zweck, Roswitha aufs Geratewohl zu suchen. Vielmehr musste sie prüfen, ob sich ihr Verdacht bestätigen ließ. Sie schloss die Tür zu ihrer Wohnung auf und startete den Rechner, ohne sich die Mühe zu machen, sich ihrer Kleidung zu entledigen.

»Volltreffer!«, stieß sie kurze Zeit später aus und stürmte aus der Wohnung.

***

Mich wundert es, dass du nicht einen dieser alten Teekesselchen benutzt. Das würde zu dir passen. Jetzt schaust du sogar raus zu mir. Was siehst du dort? Die dunklen Schwingen eines Raben? Die stellst du dir vor, alter Freund, sie sind nur Teil deiner Fantasie. Für alles andere bist du blind. Ein Axolotl bist du. So heißen sie doch, oder? Diese hässlichen Viecher, die ihr Leben, nackt und blind, in dunklen Grotten fristen, vergessen von der Zeit. Dachtest du, auch ich würde vergessen?

***

Helen riss sich vom Schreibtisch los, ohne sich die Mühe zu machen, den Computer herunterzufahren. Dafür hatte sie keine Zeit. Jede Faser in ihrem Körper schrie ihr zu, sich zu beeilen. Sie ließ die Akte neben dem Computer liegen und stürmte zur Tür hinaus in Richtung Parkplatz.

Es hatte sie nicht allzu viel Zeit gekostet, die Adresse des Mannes herauszufinden. Sie hatte zwar von zu Hause aus keinen Zugang zum Personenregister, aber Lenzkirch war ein kleiner Ort und die Tatsache, dass die Suchmaschine zig Bilder von einem Jürgen Kämmerer ausspuckte, der vor seiner Schreinerei oder im Gemeinderat posierte, spielte ihr in die Hände. Sie war die Namen der durch Roswitha Kaiser Beschuldigten einzeln durchgegangen. Die ersten beiden hatten sich als

Sackgasse entpuppt, da beide inzwischen verstorben waren, ein Lehrer und ehemaliges Vorstandsmitglied des lokalen Turnvereins aus dem Nachbarort und ein Staatsanwalt aus Freiburg. Helen hatte sich daraufhin an Bertels Worte erinnert, als er ihr die Akte zugeschoben und angedeutet hatte, dass Roswithas Anzeige sehr schnell fallengelassen worden war. Einflussreiche Männer, bis hoch in die Jurisdiktion. Jürgen Kämmerer, Inhaber eines mittelständischen Unternehmens und ehemaliges Gemeinderatsmitglied. Davon abgesehen gab es lediglich einen zweiten Jürgen Kämmerer in Lenzkirch, der vom Alter her höchstens dessen Sohn sein konnte.

Es hatte aufgehört zu regnen und durch die dicke Wolkendecke drängten sich einzelne Sonnenstrahlen, als wollten sie sich beharrlich weigern, den Tag einfach so ausklingen zu lassen. Helens Haare troffen strähnig von ihren Schultern, als sie die Wagentür öffnete, einstieg und das Auto in Richtung Zieladresse lenkte. Sie kannte jeden Winkel in Lenzkirch. Jede einzelne Straße war Teil des Gesamtbilds, das sie vor Jahren nahezu fotografisch abgespeichert hatte. Unterwegs hämmerte sie mit einer Hand auf die dicken Tasten ihres veralteten Handys. Aber als das Tuten endlich erklang, ertönte kurz darauf erneut die blecherne Stimme der Mailbox, die ihr zu verstehen gab, dass Gunnar nicht erreichbar war.

Sie drückte das Gaspedal durch, ignorierte mit zusammengebissenen Zähnen die rote Ampel und kam schließlich mit quietschenden Reifen auf der Einfahrt der Schreinerei zum Stehen. Hoffentlich war es nicht zu spät.

***

Wie du das Taschentuch unter deinem hässlichen Zinken reibst, deine klebrig-gelben Körperflüssigkeiten auf dem feinen Stoff verteilst! Ich würde sie dir gerne in deinem Gesicht verteilen, sie dir tief in deine Öffnungen zurückstecken, aus denen sie gekrochen sind, sodass du verreckst an deinem Eiter! Aber ich kann mich beherrschen. Das ist, was uns beide unterscheidet. Dich und mich. Ich habe lange gewartet auf diesen Moment. Alles ist vorbereitet.

***

Ein Wimmern, das durch die angelehnte Haustür drang, ließ Helens Magen verkrampfen. Ein dumpfer Schlag ertönte. Das Wimmern wurde lauter und flehend. Helen stieß gegen die Tür und rannte durch den Flur, die Herkunft der Stimme ortend.

»Sag es!«, donnerte die Stimme, die ihre Beine einen Moment lähmte und sie zum Straucheln brachte. Sie stützte sich an der Wand ab, fest entschlossen, sich der auflodernden Angst und der einsetzenden Starre zu widersetzen.

»Sag es endlich!«, hallte die bedrohlich gesenkte Stimme über den Flur. »Gib zu, was du uns angetan hast!«

Einen Augenblick war nichts zu hören, dann durchbrach ein ohrenbetäubendes, unmenschliches Gebrüll die Stille.

Helen stieß sich hart von der Wand ab, warf ein ertaubtes Bein nach vorne, spürte wie das andere folgte,

303

knickte ein, rappelte sich wieder auf, biss die Zähne zusammen und stolperte den Gang entlang, geradewegs in das Zimmer, aus dem das Inferno kam.

Vor ihr auf dem Parkett saß eine dürre Gestalt mit schlohweißem Haar, die sie nur mit Mühe mit den Fotos aus dem Internet in Zusammenhang bringen konnte. Blut strömte über ihr geschwollenes Gesicht mit der aufgeplatzten Lippe und der violett schimmernden Haut. Dann trafen sich ihre Blicke und die Pupillen des Alten weiteten sich. Im selben Moment drehte sich Roswitha Kaiser zu ihr um.

***

»Es ist mir egal, dass du sie nicht am Telefon erreichst. Dann gehst du eben zu ihr! Hol' mir, verflucht noch mal, die Winter her, Carsten! Sofort!« Wutentbrannt knallte Erich Abler den *Knochen* gegen die Wand seines Bürozimmerchens. »Drecksbande. Ist hier denn keiner zu irgendetwas zu gebrauchen?«, presste er zwischen seinen Zähnen hervor und blickte erneut auf seine Armbanduhr. Noch eine halbe Stunde, dann würde seine Ex mit Stefanie hier aufschlagen, und er musste, verflucht noch mal, endlich los!

***

Ihr Blick traf sie wie eine Faust. Unwillkürlich taumelte Helen einen Schritt zurück. Einen winzigen Moment starrte sie gebannt auf das goldene Licht, das von der langen Klinge reflektiert wurde. Im selben Augenblick stürzte sich Roswitha Kaiser auf sie.

Ihr schweres Gewicht drückte sie fest auf den Holzboden. Dann spürte sie ein Knie auf ihrem Kehlkopf. Die weißblonden Strähnen strotzten von ihrem Kopf und ihre stahlblauen Augen sprühten Flammen.

»Warum musstest du hier auftauchen?«, presste sie schwer atmend hervor und drückte ihr Knie fester gegen Helens Hals. Helen röchelte und wand sich, versuchte verzweifelt, ihre Hände zwischen sich und das Knie der Frau zu bekommen.

»So sollte das nicht sein!«

Helen beobachtete mit schreckgeweiteten Augen wie die Frau die Klinge zu ihrem Gesicht führte und nackte Wut ergriff Besitz von ihrem Körper. Nie und nimmer würde sie sich der weißblonden Ausgeburt kampflos ergeben. Sie hatte ihr das Letzte genommen, was ihr geblieben war. Das Bild der dicken weißen Brüste drängte sich unvermittelt vor ihr inneres Auge und Helen zog ihren Speichel hoch und spuckte ihr blanken Hass ins Gesicht.

Roswithas Miene versteinerte und Helen nutzte die Schocksekunde, in der sich der Griff der Frau lockerte, um ihren linken Arm blitzschnell an ihrer Brust vorbeizuschieben und diesen hart gegen Roswithas Rechte zu schlagen. Mit einem dumpfen Klang landete das Messer auf dem Boden und Helen rollte über die Frau hinweg. Sie hatte die Hand zu einem gezielten Schlag gehoben, hielt aber mitten in der Bewegung inne. *Keine weiteren Fehler. Die Wut zügeln.*

Stattdessen schnappte sie das Messer, hielt es dicht unter die Kehle der Frau und bedeutete Roswitha, aufzustehen.

Mit geübtem Griff brachte sie den rechten Arm der Frau hinter ihren Rücken, die daraufhin stöhnend einknickte und manövrierte sie in Richtung Heizung. Ein Blick zu dem alten Mann sagte ihr, dass sie schnell Hilfe rufen musste. Ihre Augen suchten den Raum nach einer Möglichkeit ab, Roswitha Kaiser zu fixieren. Sie verfluchte sich innerlich für ihre Kopflosigkeit, an nichts dergleichen gedacht zu haben.

»Kabelbinder?«, schrie sie zu dem Mann und hoffte, dass er verstehen würde.

Der Alte stöhnte und versuchte, sich aufzurichten, aber es gelang ihm nicht.

»Werkstatt«, krächzte er und Helen stieß Roswitha in Richtung Terrasse, von wo aus sie hoffte, den Eingang zur Werkstatt zu finden.

Der Kies knirschte unter ihren Füßen. Vor sich erkannte sie ein lang gestrecktes Gebäude mit Wellblechdach, das sie bereits vom Hof aus gesehen hatte. Sie bugsierte Roswitha weiter nach vorne in Richtung Eingang, als sie plötzlich ins Straucheln geriet.

Zu spät realisierte sie den Fuß der Frau, der sich zwischen ihre Beine geklemmt hatte und sie mit ihrem gesamten Gewicht nach vorne stieß. Spitze Steinchen bohrten sich in Helens Hals und Wangen, als ein kräftiger Hieb ihren Hinterkopf traf und ein dumpfer Schmerz ihr Bewusstsein auslöschte.

Kapitel 30

Stöhnend probierte sie, sich aufzurichten. Wo war sie? Ihre Hände suchten Halt zwischen den feinen Steinchen, die wie Nadeln in ihre Handflächen stachen. *Das Messer!* Sie drückte sich mit der Rechten nach oben, als Übelkeit in ihr aufstieg und sich ein Schwall Kotze über den Kies ergoss.

Mit wild hämmerndem Kopf rappelte sie sich hoch und stolperte in Richtung Einfahrt zu ihrem Auto. *Der Mann!* Sie musste Hilfe holen! Mit zitternden Fingern nestelte sie in ihrer Jackentasche nach dem Handy. Fluchend stellte sie fest, dass sie es im Gefecht verloren haben musste. *Schnell!* Sie rannte weiter über den Kies und gelangte endlich zur Einfahrt. Kurz blickte sie sich um, entdeckte den Eingang des Nachbargebäudes und sprang die Treppenstufen hinauf.

»Rufen Sie die Polizei und einen Krankenwagen. Sofort!«, heischte sie den kräftigen Mann an, der ihr die Tür öffnete und schleuderte ihm im Umdrehen die wichtigsten Eckpunkte entgegen. Keine zwei Minuten später startete sie den Motor ihres Autos und raste nach Schwarzhalden.

Helen lenkte den Wagen über die holprige Buckelpiste und brachte ihn knapp vor der Verandatreppe zum Stehen. Sie machte sich nicht die Mühe, ihre Ankunft zu verbergen. Als sie aus dem Auto stieg, traf ein verirrter Sonnenstrahl ihr Gesicht und einen kurzen

Moment blickte sie zwischen die dichten Tannenzweige in den Wald, der das Haus wie einen düsteren Schlund zu umfassen schien.

Laut knarzten die Holzdielen unter ihren Füßen, als sie zwei Stufen auf einmal nahm und die Eingangstür aufriss. Es blieb keine Zeit mehr für Spielchen.

Eisige Kälte kroch in Helens Schuhe und krabbelte ihre Beine hinauf. Die heranbrechende Dämmerung hatte den fensterlosen Gang bereits in Finsternis getaucht. Ein Knacken dicht vor ihr ließ sie zusammenzucken. Roswitha Kaiser war hier! Sie konnte sie riechen.

Helens Atem wurde flach, ihr Herzschlag verlangsamte sich und die Füchsin in ihr übernahm.

Sie reckte ihren Kopf und lauerte, die Nüstern geweitet. Sie hatte die Witterung aufgenommen. Duftspuren zogen sich wie unsichtbare Fäden durch den Gang, verborgen für die meisten Menschen, schillernd und fluoreszierend für Helen. Lautlos wie eine Fähe schlich sie über den Gang, bar jedes menschlichen Gedankens, allein ihren Instinkten folgend. Helen Winter war zurück!

***

Einen kleinen Moment will ich die Vorfreude noch auskosten. Wir werden uns Zeit nehmen füreinander. Du und ich. So wie früher. Weißt du noch?

***

Die Küche verströmte ein Braun, das sie zurückzucken ließ. Es war geheizt worden, aber nicht in jüngster Zeit. Ohne zu stoppen, glitt sie lautlos in Richtung Wohnraum, der gelben Spur folgend, die sie bereits im Flur gewittert hatte.

Eine Bewegung ließ sie zusammenzucken. Nur den Bruchteil einer Sekunde benötigte sie, um die Katze zu lokalisieren, deren brillenförmige Zeichnung vor dem Sofa aufblitzte. Als hätte es verstanden, tapste das Tier an ihr vorbei und verschwand in der Dunkelheit des Gangs. Noch immer im Eingang zum Wohnzimmer stehend, scannte sie den Raum mit ihren Augen. Die Spur führte dort hinein, aber sie konnte nichts entdecken.

Lautlos schlich sie in das Zimmer und schnupperte. Einen Augenblick hielt sie inne, die Fäden schienen in der Luft zu wirbeln, sich irgendwo über ihrem Kopf zu verweben. Mit einem plötzlichen Ruck richtete sie ihren Blick auf die Leiter.

***

Das Metall fühlt sich kalt an in der Hand. Es muss geschehen. So wie früher. Und du wirst ganz brav sein, ganz brav. Sonst holt dich der Kohlebruckner. Erinnerst du dich? Jetzt ist er da.

***

Ohne das geringste Geräusch zu verursachen, lief sie zum Aufgang des herabgestürzten Stockwerks. Zielstrebig erklomm sie Sprosse für Sprosse, unbeirrt der gelben Duftspur folgend, die sie zu ihrem Ziel lockte.

Dicht vor dem Holzregal erblickte sie einen Schemen, der sich vage vor der Dunkelheit abzeichnete. Ihre Atemfrequenz weiter nach unten regulierend, nahm sie die letzte Leiterstiege und setzte den ersten Fuß auf die Dielen.

***

Roswitha hob den Blick. Sie hatte gewusst, dass sie kommen würde. Ihre Augen suchten in der Dunkelheit nach denen der Polizistin, bekamen aber nur die Umrisse ihrer sehnigen Beine zu sehen, die sich vor dem schummrigen Licht, das von unten hoch drang, abzeichneten. Sie griff nach den restlichen Fotos und erhob sich.

Fasziniert beobachtete sie, wie die Frau auf sie zu schlich, anmutig und zielstrebig zugleich, wie ein Raubtier auf der Jagd. Wer war die Jägerin, wer die Gejagte? Ein Lächeln huschte über ihre sanft geschwungenen Lippen, die in ihrem markanten Gesicht einem Bild glichen, dessen Rahmen nicht passen wollte. Mit jedem Schritt, den Helen Winter auf sie zumachte, schienen sich die Schatten um ihre Silhouette zu lichten. Dann trafen sich ihre Blicke.

***

Die Frau vor ihr bewegte sich nicht. Allein die vage Vorstellung davon, dass sich ihr Brustkorb unter den flachen Atemzügen hob und senkte, gab ihr die Aura von etwas Menschlichem.

»Ich habe auf dich gewartet.«

Die Stimme blieb zwischen den Dachbalken stecken und schien mit der Ewigkeit des Hauses zu verschmelzen.

Kalte Stille legte sich wie Nebel auf die Holzdielen, zwischen die Füße der beiden Frauen, die sich reglos gegenüberstanden und fixierten.

Zeit hatte den Grund entzogen, auf dem sie standen, ließ sie fallen ins Bodenlose. Nur das Wispern des Windes, das leise Rütteln am Gebälk, ließ einen Hauch davon zurück.

Keine der beiden rührte sich.

Nach endlosem Schweigen bewegte sich der Schemen.

»Du bist ich und ich bin du«, stob es durch den Raum.

***

Helen war unfähig, sich zu rühren. Ihre Augen hatten sich in der Finsternis orientiert und den Blick der Frau eingefangen. Das stechende Blau hielt sie fest, fixierte sie wie ein Eisen. Das Gelb war deutlicher als je zuvor, lähmte ihre Sinne, lähmte ihre Muskulatur. Aber da war auch etwas anderes. *Rot.* Beunruhigend bekannt.

»Du bist ich und ich bin du.«

Angst kroch wie zäher Teer über ihren Körper. Unfähig, sich zu rühren, nahm sie wahr, wie sich der weißblonde Schopf aus der Dunkelheit löste und näherkam.

Dicht vor ihr blieb er stehen. Kopf an Kopf standen sie sich gegenüber. Jägerin und Gejagte. Helen spürte den warmen Atem auf ihrem Gesicht, der sie unwillkürlich zurückweichen lassen wollte. Aber ihre Beine gehorchten nicht. Stattdessen spürte sie, wie ihr etwas in die Hand gedrückt wurde.

Im fahlen Licht, das durch die Öffnung zu ihr nach oben drang, machte sie ein Foto aus. Der vage Lichtschein enthüllte nur Umrisse, aber vor Helens innerem Auge blitzte das Bild auf, das sie nur kurze Zeit zuvor auf dem Dachboden mit der Taschenlampe begutachtet hatte. Es zeigte die Frau mit den beiden Mädchen, das eine im Kleinkindalter, das andere etwa sechs oder sieben Jahre alt. Die Erinnerung an den Blick der Mutter brachte die Übelkeit augenblicklich zurück. *Kalt. Leer.* Die Kinder blickten ausdruckslos in die Kamera, ihre Kleidchen verfleckt, die dünnen Haare des Kleinkindes wirr vom Kopf abstehend.

»Erinnerst du dich?«, hörte sie die Stimme dicht an ihrem Ohr flüstern.

***

»Gunnar ... es ist mir, verflucht noch mal, scheißdrecksegal, ob du krankgeschrieben bist, oder nicht!« Erich Abler stierte gegen die Wand, als könne er sie kraft seines Blickes durchlöchern. »Du holst mir die Winter her!«, blaffte er in den Hörer. »Egal wie. Ruf sie an, geh vorbei! Wenn sie in zwanzig Minuten nicht in meinem Büro sitzt, dann schwingst du deinen faulen Arsch höchstpersönlich her und kannst Buntstifte einpacken!«

***

Ein Poltern ließ Helen zusammenzucken und das Bild glitt aus ihren Händen. Sie drehte sich um und sah zu, wie das Bildchen durch das Loch segelte und vor der Leiter auf den Boden sank.

Im selben Moment erschien Thomas Bertel vor dem Aufgang und griff nach dem Foto. Als sich ihre Blicke trafen, erstarrte Helen für den Bruchteil einer Sekunde, dann atmete sie erleichtert auf und spürte, wie sich der Druck auf ihrer Brust löste.

»Du bist da!«, entfuhr es ihr. Im gleichen Augenblick wurde sie von einer eisernen Hand gepackt.

Helen riss sich los, geriet ins Taumeln und bekam in letzter Sekunde die oberste Sprosse der Leiter zu fassen. Sie spürte, wie diese hinter ihr in Schwingung geriet und warf einen Blick zurück. Thomas Bertel hatte die erste Sprosse erklommen. Aus dem Augenwinkel sah sie, dass er etwas in seiner Hand hielt. Die Leiter geriet ins Schaukeln. Bevor sie sich fragen konnte, was es war, fühlte sie ihn hinter sich und spürte, wie etwas Hartes gegen ihre Schläfe gepresst wurde.

»Nach oben.«

Unfähig, einen klaren Gedanken zu fassen, zog sich Helen die letzte Sprosse nach oben und wurde von Bertel unsanft in den staubigen Dachboden gestoßen.

»Wird auch Zeit, dass du kommst«, hörte sie die dunkle Stimme von Roswitha Kaiser.

Helen rappelte sich hoch und wich instinktiv in eine Ecke des Dachbodens zurück. Sie ließ ihren Blick zwischen Bertel und Roswitha Kaiser hin- und her schweifen. »Was wird hier für ein Spiel gespielt?«, wisperte sie.

»Sie fragt, was für ein Spiel hier gespielt wird.« Das freudlose Auflachen der Frau ging ihr durch Mark und Bein.

»Nennen wir es doch *Fang den Dieb*. Oder findest du das unpassend? Schließlich wollen wir keinen Dieb fangen, sondern einen Mörder.«

Die Übelkeit flutete ihren Körper. Zusammengekrümmt, den dumpfen Schmerz in ihrem Magen niederringend, drängte sie sich mit eingezogenem Kopf tiefer unter die Dachschräge, aus dem Augenwinkel die Umrisse des weißen Haarschopfs beobachtend. Links vor dem Eingang versperrte Thomas Bertel ihr den Fluchtweg, den Lauf seiner Pistole noch immer auf sie gerichtet.

»Ich verstehe das nicht«, quoll es zwischen ihren Lippen hervor, als sie versuchte, Bertels Blick einzufangen, der unstet im Raum umherzuirren schien.

»Worauf wartest du noch, mach sie mit irgendetwas fest«, heischte Roswitha ihn an.

Thomas Bertel machte einen Schritt in ihre Richtung und Helen drückte sich noch tiefer unter die Schräge. Fieberhaft ging sie ihre Möglichkeiten durch. Sie hatte keine Waffe bei sich, nicht einmal ihr Handy. Niemand wusste, wo sie sich befand, und ihr einziger Vertrauter richtete gerade eine Waffe auf ihren Kopf. Sie saß in der Falle.

»Helen, du hast keine Chance mehr«, hörte sie Bertels näherkommende Stimme. Mit Schrecken vernahm sie, wie er seine Pistole durchlud.

»Was machst du da?«, herrschte Roswitha Kaiser ihn an.

»Nur sichergehen«, erwiderte der Ex-Polizist.

»Was wollt ihr von mir?«, kam es panisch von Helens Lippen und sie machte einen unkontrollierten Satz zur rechten Seite. Mit einem lauten Krachen barst der Holzbalken unter ihrem rechten Fuß und fiel in die Tiefe. Den Bruchteil einer Sekunde starrte sie auf ihren Fuß, der durch das klaffende Loch ragte. *Das kreisrunde Loch im Wohnzimmer.* Im selben Augenblick stützte sie sich mit den Händen am Holz ab, zog ihren Fuß aus der Öffnung und sprang zur Seite. Schreckstarr und mit hämmerndem Herzen kauerte sie sich auf die morschen Holzdielen und versuchte, ihren Atem zu kontrollieren, der ihr zu entgleiten schien.

»Hélène, es hat keinen Sinn. Ich krieg dich eh«, hörte sie Bertels Stimme sanft durch den Raum schweben.

»Was wollt ihr von mir?«, entfuhr es Helen panisch.

»Was wir von dir wollen?« Roswithas freudloses Lachen drang durch den Staub und ließ das Blut in ihren Adern gefrieren.

»Du hast drei Menschenleben ausgelöscht.«

Helen begriff den Sinn der Worte nicht, die sich wie Gift über den Dielen ausbreiteten.

»Ich habe niemanden ...«

»Darunter Anna«, hörte sie Roswithas Stimme, nun anklagend. »Meine Mutter.« Stille. Dann erklang die Stimme erneut. »*Unsere* Mutter!«

Kapitel 31

Toxische Stille legte sich über den Dachboden, in dem sich nicht das winzigste Staubkorn regte.

»Was redest du da?«, flüsterte Helen und durchschnitt mit ihren Worten die Ewigkeit.

»Thomas, sag es ihr«, forderte die Stimme von Roswitha Kaiser. »Sag ihr, dass du mich gerufen hast. Dass du ihr auf die Spur gekommen bist. Sag ihr, dass wir sie beobachten, dass wir sie nicht davonkommen lassen werden!«

Als Bertel schwieg, fuhr Roswitha fort: »Ich habe es zuerst nicht geglaubt. Natürlich nicht. All die Jahre habe ich dich schon gesucht. Doch es gab keine Spur, die zu dir führte. Warum solltest du ausgerechnet in dieses gottverlassene Kaff zurückkehren, ausgerechnet hierher, wo man uns das alles angetan hatte? Nein, ich habe ihm kein Wort geglaubt. Aber es hat mich nicht losgelassen, ich wollte es wissen, *musste* es wissen. Die Erinnerungen kamen immer nachts. Wenn ich unten lag, in der verschissenen Kälte. Dann sind sie vom Dachboden gekrochen, unter meine Decke, haben ihre eisigen Griffel nach mir ausgestreckt und mich dennoch verbrannt. Weißt du es noch, Hélène? Erinnerst du dich? Oder ist es deine Seele, die nicht vergessen kann?«

Roswithas Stimme brach und ihr Wimmern füllte den Raum ... legte sich wie Blei auf Helens Glieder. Unfähig, sich zu rühren, wartete sie, bis die Frau weitersprach.

»Thomas hatte mich sofort erkannt«, erklärte sie, um Fassung ringend. »Als ich zurückgekehrt bin vor vielen Jahren. Hierher, in dieses verfluchte Kaff, in dem niemals jemand etwas gesehen, niemals etwas gehört haben wollte. Als ich zurückgekehrt bin, um das Schweigen zu brechen.«

Das verzweifelte Schluchzen, das aus ihrer Ecke kam, ließ Helens Körper in sich zusammensacken. Bertel duckte sich noch immer vor dem Aufgang, die Waffe auf sie gerichtet. Aber es war nicht Bertel, der ihre Flucht unmöglich machte.

Gelb troff das Leid, das Roswitha über den Dachboden schüttete, von Helens Strähnen herab, hüllte sie ein in tiefe Trauer, lähmte ihre Beine und ihren Verstand gleichermaßen.

»Ab diesem Zeitpunkt waren wir in Kontakt. Wie lange ist das her, Thomas? Zwanzig Jahre?«

»Neunzehn«, kam es aus Bertels Richtung.

»Ich war gerade volljährig geworden, bin raus aus diesem scheiß Heim – unsere Mutter kann übrigens ein Lied davon singen!« Nach einem kurzen Schweigen fügte sie in Bertels Richtung hinzu: »Oder Thomas, was meinst du?«

Als dieser schwieg, sagte sie: »Thomas war Annas erstes Kind. Keine achtzehn war sie, als sie irgendein Wichser geschwängert hat, vermutlich einer der Betreuer.«

Helen hörte, wie Roswitha geräuschvoll vor sich auf den Boden spuckte.

»Sobald sie achtzehn war, ist sie aus dem Heim raus, hochschwanger wie sie war. Dann ist ihr offenbar nichts Besseres eingefallen, als an diesem verschissenen Ort abzutauchen.« Nach einer kurzen Pause ergänzte sie: »Aber wir kehren ja offenbar alle immer wieder an diesen Ort zurück. Oder nicht?«

Ein Schauer durchfuhr Helen.

»Unsere Mutter ist zurückgekehrt an den Ort ihrer Pein, wusstest du das, Helen, als du sie an den See gelockt und ertränkt hast? Als du sie verbrannt hast mit dem glühenden Eisen, damit sie spürt, wie es sich anfühlt, wenn das Fleisch bei lebendigem Leibe verkohlt. Hast du ihre Schreie genossen, Helen? Hast du das Loch in deiner Seele damit flicken können? Hast du sie das Lied vom Kohlebruckner singen lassen? Hast du ihr gesagt, dass sie schweigen soll, nichts verraten darf, weil er sie sonst holt und bestraft? So wie sie das bei uns getan haben?« Ihre Stimme war nicht viel mehr als ein dunkles Knurren als sie sagte: »So wie sie das bei ihr selbst getan haben?«

Schweigen erfüllte den Raum. Dann brach Roswithas Stimme auf einmal wie ein Donnern über den Dachboden. »Hast du das gewusst Helen? Hast du mit ihr gesprochen, so wie ich? Hast du?«, brüllte sie die letzten Worte heraus. »Hast du sie zur Rede gestellt, sie gefragt, warum sie nichts gemacht hat? Warum sie zugeschaut hat, all die Jahre, wenn dieser dreckige Nachbar gekommen ist und all die anderen Männer, bei denen wir herumgereicht wurden wie kleine Trophäen. Hast du sie jemals gefragt?«, donnerte ihre Stimme über den Dachboden und Helen krümmte sich unter ihren Worten.

»Sie hat hier oben gelegen, so wie du, zusammengekrümmt in der Ecke, wenn er sie bestraft hat. Sie hat gewimmert und gebettelt, dass er aufhören soll. *Den Teufel* hat sie ihn genannt, aber niemand hat ihr zugehört. Verrückt ist sie geworden – aber wie kann man nicht verrückt werden, wenn man so leben muss? Gefangen in dieser Hölle, stumme Zeugin der nicht endenden Gewalt, die er Christiane, ihrer Mutter angetan hat, bevor sie endlich abgehauen ist und Anna zurückgelassen hat. Kannst du ihr das verdenken? Kannst du es verdenken, dein eigenes Kind zurückzulassen, wenn die Augen, mit denen es dich anblickt, die Augen eines Monsters sind? Der lebende Beweis für die Gewalt, die dir angetan wurde?«

»Ich verstehe nicht«, murmelte Helen.

»Natürlich verstehst du nicht!«, schmetterte Roswitha ihr entgegen. »Du hast dir ja nicht die Mühe gemacht! Du wolltest es doch gar nicht verstehen!«

Kalte Stille erfüllte den Raum zwischen ihnen und kroch in jede Ritze. Als Roswitha endlich weitersprach, war der Orkan in ihrer Stimme verebbt. »Anna war das Kind von Christiane, das aus der Vergewaltigung von dem zweiten Mann ihrer Mutter Leni hervorging. Vieles hat Anna mir erzählt, als ich sie vor ihrem Tod im Altenstift besucht habe. Das meiste war wirr, vieles musste ich mir zusammenreimen, aber Thomas hat viel recherchiert. Um es kurzzufassen, hat Leni, unsere Urgroßmutter, kurz nach Ende des Zweiten Weltkriegs einen Soldaten bei sich aufgenommen und ihn für ihren Mann Joseph Tennert ausgegeben, der in Wirklichkeit niemals zurückgekehrt ist. Ob sie das freiwillig gemacht hat oder er sie gezwungen hat, weiß ich nicht. Vermutlich hat er sich als Deserteur der Wehrmacht ausgegeben und Leni und ihre Kinder jahrelang misshandelt. Viel später kam die Wahrheit ans Licht, denn die Wahrheit muss immer irgendwann ans Licht. Muss sie doch, Thomas, oder nicht?«

Roswitha wartete nicht auf Bertels Antwort. »Jedenfalls muss er dem XVIII SS-Armeekorps angehört haben, die von Freiburg kommend, durch den Schwarzwald am Schluchsee vorbeigekommen sind. Waren abgespalten worden von den anderen Truppen, eingekreist von den Franzosen und haben sich daher zurückgezogen. Heftige Kämpfe hat es hier gegeben, wusstest du das, Helen? Oder hast du's nicht so mit Geschichte?«

Ohne eine Antwort abzuwarten, fuhr sie fort: »Wusste das alles auch nicht. Bertel hat es mir erklärt. Das ganze Zeug über das Kriegsende. Hier im Schwarzwald dachten die vermutlich, das geht so vorüber.« Wieder lachte sie freudlos auf. »Aber nix war's! Richtig heftig ging es hier zur Sache, als die Franzosen und die Amis über den Rhein gekommen sind. Da haben sie sich in die Hosen geschissen, die Nazis. Irgendwann hatten sie dann wohl den Plan, sich abzusetzen, Richtung Süden über die Schweizer Grenze. Über die Rattenlinie«, sie lachte tonlos auf, »Rattenlinie! Das hätte doch zu dem Mistvieh gepasst, oder nicht? Sich zusammen mit den ganzen anderen Wichsern irgendwo nach Südamerika absetzen. War dann aber wohl schwierig. Die meisten wurden von den Franzosen eingesackt.« Sie lachte hohl auf. »Schwere Kämpfe hat es hier oben gegeben, bei Blumberg irgendwo. Kannst du alles nachlesen«, nuschelte sie. Nach kurzem Zögern fügte sie hinzu: »Wie gesagt, Thomas hat mir das alles erzählt. Ich hab es auch nicht so mit Geschichte.«

Helen hörte, wie Roswitha geräuschvoll den Rotz hochzog, bevor sie weitersprach.

»Jedenfalls war unser angeblicher Joseph ein ganz ein Schlauer. Hat gecheckt, dass das nichts wird mit der Flucht. Der hat sich irgendwo verdünnisiert, wollte die Kriegsgefangenschaft umgehen. Wär' vermutlich nicht so lustig gewesen, schon gar nicht für ihn. War nämlich ein Sturmbannführer oder so was. Hat sich als hilfsbedürftiger Deserteur ausgegeben, sich nen Wehrmachtsmantel angezogen, ne Mütze aufgesetzt und ist bei unserer Großmutter aufgeschlagen. Vermutlich hat sie das lange Zeit auch geglaubt. Warum die Leute im Dorf nichts dazu gesagt haben, dass der Joseph plötzlich so anders ist, das fragst du lieber nicht. Hat bestimmt niemand bemerkt!« Die letzten Sätze spie sie förmlich aus. »Aber ich glaube nicht, dass er lange damit gewartet hat, seine Neigungen zu verstecken! War doch praktisch, dass die Leni vier Kinder hatte. Einer war schon zu alt, den hat er dann ins Dorf geschickt, auf so einen Milchbauernhof. Wohnt jetzt so ein reicher Fatzke drin. Aber Anna ist da immer wieder hingegangen. Zum Milchholen. Hat ihren Onkel besucht, vielleicht gehofft, dass er ihr hilft. Der ist aber früh weggezogen. Kann man verstehen, oder? Vielleicht hat er sogar versucht, zu helfen, wer weiß das schon. Über alle Berge ist er jedenfalls. Aber unsere Mutter ist immer wieder dorthin zurück. Konnte nicht aufhören. Wie dieser dämliche Köter, der nicht begreifen will, dass sein

Herrchen längst tot ist und ihn immer wieder an der Bushaltestelle abholen will.«

Erneut spuckte Roswitha auf den Boden und schwieg.

»Wie gesagt, Thomas hat viel recherchiert. Irgendwann in den späten Fünfzigern kam alles ans Licht, mit dem Soldaten, der gar nicht der Joseph war. Sein Hausarzt hat eines schönen Tages die Nazi-Tätowierung entdeckt. War vermutlich unachtsam, musste sich das Hemd ausziehen oder was weiß ich. Jedenfalls hat er das gemeldet und der angebliche Joseph Tennert wurde festgenommen. Leni war zu diesem Zeitpunkt schon völlig am Ende, kam wohl in eine Irrenanstalt, Psychiatrie, irgendwie so was. Buchenbach hieß der Ort. Ihre Tochter Christiane – unsere Großmutter – war da längst über alle Berge. Wer zurückblieb, waren Anna und ihre Geschwister. Sind ins Heim gekommen, heute heißt das Inobhutnahme.« Wieder erklang ihr freudloses Auflachen. »Als ob da irgendwer in Obhut genommen würde. Ich kann das jedenfalls nicht von mir behaupten und Anna bestimmt noch viel weniger!« Wieder spuckte sie geräuschvoll auf den Boden. »Und ab hier wiederholt sich dann die Geschichte.«

»Warum erzählst du mir das alles?«, stammelte Helen.

»Damit du verstehst! Damit du verstehst, warum Anna, unsere Mutter, nichts gemacht hat. Wer hat *sie* denn beschützt, wenn dieser Teufel ihr Fleisch verbrannt hat, wenn die Angst sie gelähmt hat? Wer hat ihr geholfen, wenn der dreckige Sadist, der sich an ihrem zitternden Stimmchen gelabt hat, sie gezwungen hat, das widerliche Lied zu singen, nur um ihre Schreie mit Schmerz zu ersticken, damit sie für immer schweigt? Das Dreckschwein muss versessen gewes sein auf diese Geschichte, als er sie zum ersten Mal in Lenis altem Schulbuch entdeckt hatte. Vermutlich hat er es selbst irgendwann geglaubt. Das Buch fehlt übrigens.« Nach einer kurzen Pause sprach sie nahtlos weiter: »Ein verfluchter Pyromane war der Typ, hat hier überall gezündelt. Dieser Nachbar, der alte Widerling mit dem Drecksköter«, Helen hörte, wie sich Roswithas hasserfüllte Stimme überschlug, »hat das natürlich genau gewusst. Gefallen hat ihm das, diesem perversen Schwein! Hat die Geschichte vom Kohlebruckner im Dorf nur immer weiter angeschürt wie das sprichwörtliche Lauffeuer. Erzählt, dass der Kohlebruckner persönlich Besitz ergriffen hat von dem Haus und seinen Bewohnern. Dass er zurückgekommen ist, um Rache zu nehmen, wenn wieder irgendeine Hütte gebrannt hat, weil dieses sadistische Schwein gezündelt hat. Damit keiner kommt und guckt, wenn wieder Besuch da ist, wenn sie wieder da sind, die feinen Herrschaften aus dem Ort! Weil diese Dreckschweine ihr Geld mit unserem Leid vermehrt haben!«

Die letzten Worte schrie Roswitha. Dann legte sich eine beklemmende Stille über den Dachboden, die durchbrochen wurde von einem kaum wahrnehmbaren Geräusch. Im schwachen Licht, das durch den Leiteraufgang fiel, sah sie, wie Bertel mit beiden Händen über seine Haarstoppeln fuhr.

Dann hörte sie Roswithas Stimme wieder: »Mit der Anna. Mit ihren Geschwistern. Und später, als der angebliche Joseph Tennert eingeknastet wurde, hat er weitergemacht. Es war so einfach. Das Netzwerk war ja bestehen geblieben. Und die Anna kam ja ganz von selbst zurück. Hochschwanger, wie sie war. Mittellos.

Ohne Familie, ohne Unterstützung.« Helen registrierte, wie Roswithas Sätze immer abgehackter wurden und sie die Worte verschluckte. Den letzten Satz konnte sie kaum noch verstehen. Roswitha schien um Fassung zu ringen. Irgendwann sagte sie: »Es ist wirklich schwer vorstellbar, dass jemand freiwillig hierher zurückkehrt. Sie hätte doch überall hingehen können. Überall! Warum, verflucht noch mal, ist sie nur hierher zurückgekommen und hat uns in diese Hölle gebracht?« Roswithas Stimme überschlug sich und brach schließlich in einem lauten Schluchzen.

»Ich habe sie gefragt, warum sie uns festgehalten hat, wenn er das heiße Eisen in unsere Haut gebrannt hat. Warum wir es singen mussten, dieses beschissene Lied, das in meiner Erinnerung steckt wie ein Giftstachel! Das sich Nacht für Nacht durch meine Träume bohrt!«, schrie Roswitha. »Weißt du, was sie gesagt hat?«

Helen schwieg.

»Sie hat gesagt, sie wollte uns trösten. Kannst du dir das vorstellen, Hélène? Uns trösten!« Ihre Stimme war nur noch ein Flüstern, das sich in der Dunkelheit verlor. »Verstehst du jetzt, dass sich alles wiederholt?« Nach einer Pause sagte sie erneut: »Alles wiederholt sich.«

»Wenn man den Kreis nicht durchbricht«, beendete Bertel mit belegter Stimme den Satz.

Helen suchte in der Dunkelheit nach Bertels Augen, fand sie aber nicht. Im Schummerlicht konnte sie lediglich seinen Umriss erkennen, der sich am Fuß der Leiter zusammengekauert hatte und nicht regte.

»Kannst du dir vorstellen, wie es sich angefühlt hat, zu erfahren, wo meine Geschwister sind? *Wer* meine

Geschwister sind? Zwei Bullen!«, Rosi lachte auf. »Thomas hat nie aufgegeben, hat immer weiter gesucht.« Nach einer Pause fügte sie hinzu: »Aber du offenbar auch.«

»Ich verstehe das alles nicht«, presste Helen zwischen ihren Zähnen hervor.

»Wie hast du es herausgefunden Helen? Oder besser gesagt Hélène, wie dich dein Papa genannt hat, der längst über alle Berge ist, genauso wie meiner. Aber was will man auch mit einer Prostituierten, einer Nutte, anfangen?«

Helen hörte, wie Rosi erneut den Rotz hochzog.

»Eine Nutte war sie, unsere Mutter. Verkauft hat sie sich. Sich und uns. Noch nicht einmal offiziell gemeldet waren wir. Uns gab's gar nicht. Ist das nicht verrückt? Wir waren eigentlich gar nicht da. Wer weiß, was aus mir geworden wäre ... aus uns? Ohne Schule. Wobei? Was ist eigentlich aus mir geworden? Schau mich an! Ich hatte es nicht ganz so fein wie du. Du warst noch klein als sie uns aus dieser Hölle herausgeholt haben, du durftest bestimmt noch den Kindergarten besuchen, danach. Hast es besser getroffen im Leben als ich.«

Roswitha lachte freudlos auf.

»Du warst noch so jung.« Die Stimme drang nur leise aus Richtung des Aufgangs zu ihr, war nicht mehr als ein Wispern. Helen blickte auf und sah, dass sich Bertel aufgerichtet hatte. Seine Kontur verschmolz im schwachen Dämmerlicht mit der Dunkelheit.

Instinktiv zuckte sie zusammen, als sie sah, dass er sich auf sie zu bewegte. Sie wagte es jedoch nicht, einen weiteren Schritt zurückzuweichen aus Angst, mit dem

Fuß erneut durch das modrige Holz zu brechen. Seine Schritte knarzten bedrohlich über den Dielen und Helen schloss einen winzigen Augenblick die Augen, als es neben ihr krachte.

Ein Lufthauch ließ sie zusammenzucken. Bertel stand jetzt dicht hinter ihr, sie konnte seinen Atem in ihrem Nacken spüren.

»Du warst so ein süßes Kind, Hélène. So süß«, flüsterte er in ihr Ohr. Helen zuckte zusammen, als sein Finger ihre linke Wange berührte und sanft darüberstrich. Wie ein Peitschenhieb traf der Geruch ihre Nasenwand. Japsend riss sie die Augen auf, als das Mal auf ihrem Schenkel Feuer fing. *Der Geruch!* In Sekundenschnelle begriff sie.

»DU warst es!«, schrie sie und stieß sich vom Boden ab, dann spürte sie, wie etwas Kaltes gegen ihre Schläfe gedrückt wurde.

»Zieh dich aus«, befahl er.

»Thomas, was machst du da?«, waberte die Stimme von Roswitha zu ihr, als Helen fieberhaft ihre Möglichkeiten durchging.

»Es beenden. Uns offenbaren.«

»Was meinst du damit?«

»Rosi«, schrie Helen. »Ich habe Anna Tennert nicht umgebracht. Und auch nicht die anderen. Bertel war es, Thomas, dein Bruder! Seine Finger, der Geruch! Ich habe es gerochen am See. An der Stange«, ergänzte sie panisch. Die Stange, die sich nicht mehr in ihrer Wohnung befand. »DU hast sie weggenommen!«, schrie sie. »DU bist bei mir eingebrochen, nicht Roswitha! DU hast mich die ganze Zeit über belauert, mich niedergeschlagen, mich ...«

»Niedergeschlagen habe ich dich nicht. Ich tippe auf die Beisswänger.«

»Roswitha, hilf mir!«, schrie Helen und verdrängte die stumpfsinnige Frage danach, weshalb Frau Beisswänger sie hätte niederknüppeln sollen. »Thomas hat dich angelogen. Die ganze Zeit über. Uns beide! Er hat mich zu dir geführt, mir Glauben gemacht, dass du die Mörderin bist. Ich habe nichts mit alldem zu tun, Roswitha, das musst du mir glauben.«

»Halt deinen Mund«, knurrte Bertel und verpasste ihr einen Hieb gegen die Schläfe. Gleißend helles Licht zuckte vor Helens Augen auf und ihr Körper fühlte sich seltsam taub an. Gegen die einsetzende Ohnmacht ankämpfend, versuchte sie weiterzusprechen, aber ihre Stimme gehorchte ihr nicht. Dann hörte sie Bertel.

»Die verfluchte Eisenstange. Es sollte alles sein wie früher. Sie sollten das Lied singen. *Wenn du nicht brav bist, dann holt dich der Kohlebruckner*, habe ich gesagt.« Seine entrückte Stimme drang an Helens Ohr, aber sie war unfähig, sich zu rühren. »Sie haben es erst gar nicht verstanden, aber ich habe ihnen auf die Sprünge geholfen. So wie bei uns, erinnerst du dich, Hélène? Nein, du warst noch so jung. Aber irgendwo da drin«, Helen spürte mit Grauen seinen Zeigefinger zwischen ihren Brüsten, »weißt du es. Der Kopf mag vergessen, aber die Seele vergisst nie.«

Ein Schauer überzog Helens Körper und sie spürte, dass sie unkontrolliert zu zittern begonnen hatte.

»Ich wollte das nicht«, sagte er plötzlich mit einer hohen, beinahe kindlichen Stimme, die Helens Übelkeit erneut aufwallen ließ.

»Wenn du nicht brav bist, dann kommt der Kohlebruckner, hat er gesagt. Sie haben zugeschaut und gelacht, als er das glühende Eisen in meine Arme gedrückt hat.« Der letzte Satz war nur ein Flüstern, aber vor Helens innerem Auge zeichnete sich deutlich das Bild von Bertels vernarbten Armen ab.

Nach einer Pause sprach er weiter, seine Stimme war nun deutlicher: »Du darfst jetzt selbst bestimmen, was wir machen. Du bist schon ein großer Junge. Jetzt darfst du zeigen, ob du dieser Ehre gewachsen bist. Komm, große Jungen weinen nicht. Große Jungen bestimmen und werden belohnt.« Seine Stimme hatte sich zu einem irren Flüstern verzerrt und Helen spürte, wie sich ihre Nackenhaare aufstellten. »Ich kann das nicht!«, quiekte Bertel auf und Helen hörte, wie sich Roswitha irgendwo in der Dunkelheit auf den Holzdielen erbrach. »Dann kommst du zurück in die Kiste!«, donnerte die Stimme von Bertel nun tief über den Dachboden.

»Ich wollte das nicht«, schrie er plötzlich panisch auf und sein verzweifeltes Wimmern hallte über den Dachboden.

Eine Zeit lang war es still, dann erleuchtete ein heller Lichtschein für einen Sekundenbruchteil die Dachkammer und ein Krachen durchbarst die Stille.

Als hätte das Gewitter Bertels Stimme zurückgebracht, fuhr dieser fort: »Du kannst dich entscheiden, haben sie gesagt.« Seine Stimme hatte wieder zu seiner natürlichen Tonhöhe zurückgefunden. »Es liegt bei dir. Es liegt ganz bei dir, haben sie gesagt!« Er lachte gequält auf. »Löst du die Aufgabe oder nicht?«

Helen spürte eine Bewegung in ihrem Rücken und der Geruch nach glühender Kohle, den sie so lange nicht hatte zuordnen können, biss sich in ihre Nase.

»Ihr wart so weich«, wisperte er und strich erneut über Helens Wangen, ließ seinen Finger über ihren Hals gleiten. Sie würgte.

Ein Rumpeln neben ihr ließ sie zusammenzucken.

Kapitel 32

Aus dem Augenwinkel sah sie eine massige Gestalt, die sich aus dem Schatten löste, mit einem Satz auf Bertel stürzte und ihn unter ihrem Gewicht begrub. Den Bruchteil einer Sekunde herrschte Ruhe, dann riss ein ohrenbetäubender Knall die Stille in Fetzen.

Als hätte das Geräusch ihre Blockade gelöst, stieß Helen sich vom Boden ab. Mechanisch glitten ihre Hände in die Taschen ihrer Jogginghose und griffen nach dem Kubotan. Im fahlen Licht erkannte sie nicht mehr als seine Umrisse, aber ihre Instinkte hatten wieder übernommen. In Sekundenschnelle war sie hinter ihm, lokalisierte den Druckpunkt und stieß den Metallstift gezielt in sein Schultergelenk. Mit einem dumpfen Tock fiel die Pistole zu Boden und Helen packte seinen rechten Arm. Mit einem Ruck drückte sie diesen hinter seinen Rücken und Bertel brüllte vor Schmerzen auf.

Ihr Blick fiel auf die dunkle Lache, die sich unter dem regungslosen Körper vor ihr ausbreitete.

»Nein«, wisperte sie.

Sie spürte, wie die Flamme in ihrem Innersten aufloderte, als hätte der Schuss den glimmenden Funken entfacht. In zügellosem Zorn tastete sie mit den Händen nach der Waffe. Dabei lockerte sich ihr Griff um Bertels Arm für einen winzigen Moment. Ihre Finger umschlossen das kalte Metall und sie hob die Waffe, um zu einem kräftigen Hieb gegen seinen Schädel anzusetzen, als sie mitten in der Bewegung auf einen Widerstand stieß. Ein kräftiger Arm hatte ihr Handgelenk gepackt und entriss ihr die Pistole.

»Du bist eine gute Polizistin, Hélène. Das habe ich dir bereits gesagt, aber du hast deine Wut nicht im Griff.« Mit diesen Worten bugsierte er Helen vor sich her und zwang sie, die Waffe auf ihren Hinterkopf gerichtet, die Leitersprossen nach unten.

»Was willst du?«, presste Helen zwischen den Zähnen hervor, als sie im Wohnzimmer standen, das aufgrund der einsetzenden Dunkelheit beinahe ebenso düster war wie der Dachboden.

Bertel lachte freudlos auf. »Es zu Ende bringen, Hélène.«

»Was meinst du damit?«, schossen die Worte aus ihrem Mund, um Zeit zu gewinnen.

»Du und Rosi, ihr seid die letzten Schaustücke, die ich ausstellen werde. Neben mir, natürlich.«

Helen starrte ihn an. »Schaustücke?«

»Natürlich, Hélène.« Mit weicher, beinahe liebevoller, Stimme fügte er hinzu: »Wir wollen doch, dass sie endlich sehen. Sie müssen *sehen*! Verstehst du nicht, meine kleine Hélène? So viel Unrecht, das uns angetan worden ist. So viel Unrecht, das endlich gesühnt werden muss.«

Er war einen Schritt auf sie zugekommen und stand nun direkt vor ihr. »Aber das reicht nicht, Hélène. Das weißt du. *Da* drin.« Sein Zeigefinger schob sich erneut zwischen ihre Brüste und verblieb dort einen Augenblick, bevor er die Hand zurückzog. »*Sie* müssen es sehen.« Er machte eine ausladende Handbewegung in

Richtung Fenster. »So viel Unrecht ist geschehen, kleine Hélène, und alle haben sie weggesehen. *Der Kohlebruckner*, haben sie gesagt. *Der Kohlebruckner hat wieder zugeschlagen!*« Er lachte gequält auf. »Ich habe ihnen ihren Kohlebruckner zurückgebracht.«

Sie musste Zeit schinden! Hektisch glitten Helens Augen durch den Raum und suchten nach einer Fluchtmöglichkeit.

»Das ergibt keinen Sinn, Thomas«, presste sie hervor. »Du warst Polizist! Du, *wir*«, fügte sie schnell hinzu, »können die Wahrheit ans Licht bringen. Es ist noch nicht zu spät.«

Bertel lachte gequält auf. »Verschone dich und mich mit diesen einstudierten, leeren Phrasen, Hélène. Das hast du nicht nötig.« Einen Augenblick schwieg er, dann sagte er mit gedämpfter Stimme: »Es *ist* zu spät, Hélène. Es ist zu spät.«

Bertel schwieg. Er wirkte, als sei er tief in seinen Gedanken versunken. *Versunken im trüben Morast des Sees*, durchflutete es Helens Gedanken. Aber ihre Aufmerksamkeit war ganz im Moment.

Sie lauerte, jede Faser ihres Körpers bereit für den Sprung. Wo war die Gelegenheit, die Situation zu ihren Gunsten zu wenden? Ohne nach dem Grund zu fragen, stellte sie fest, dass sie wieder *funktionierte*. So war es immer gewesen. In Ausnahmesituationen tickte sie wie ein Uhrwerk, das sich niemals aus dem Takt bringen ließ. Zu keinem Zeitpunkt. Ihr Denken war klar, ihre Sinne geschärft. Sie durfte keine weitere Sekunde verlieren, um Roswitha retten zu können. Wenn es noch etwas zu retten gab.

Strukturiert ging sie im Kopf ihre Möglichkeiten durch. Wenn sie Bertel ein kleines Stück nach hinten in Richtung Fenster abdrängen konnte, dann wäre es vielleicht möglich, eines der noch in der Halterung verbliebenen Ofenbestecke an sich zu reißen, die sie vage in der Dunkelheit auszumachen glaubte.

»Ich hatte jahrelang kein anderes Ziel vor Augen, als das Unrecht zu sühnen, Hélène. Es fehlen noch zwei Steinchen in dem Mosaik. Nein, im Grunde fehlen sogar drei. Das letzte Steinchen werde ich sein.« Demonstrativ hielt er die Pistole an seine Schläfe, den Finger am Abzug. Dann ließ er sie wieder sinken und blickte Helen an. »Aber noch nicht. Wir wollen, schließlich, dass sie verstehen. Du und Rosi, meine kleinen Mädchen, wir müssen zusammen zum See. Du wirst mir helfen, sie zu tragen. Dann ...«

Bertels Worte drangen nur noch stumpf in Helens Ohren. Er hatte den Verstand verloren! Sein Plan war aussichtslos, allein würde er Roswitha nicht zum See schleppen können. Nicht von hier aus. Und sollte er es ernsthaft in Erwägung ziehen, sie zur Mithilfe zu zwingen, so müsste ihm unter normalen Umständen klar sein, dass sie die Gelegenheit ergreifen würde, ihm die Waffe zu entreißen.

»Wie soll das gehen, Thomas? Du wirst es nicht schaffen«, versuchte sie mit beschwichtigender Stimme seinen Verstand zu erreichen und trat dabei einen großen Schritt nach vorne. Aber das Auflodern in seinen Augen beunruhigte sie zutiefst. Ohne nach hinten auszuweichen, sagte er: »Ich hätte euch direkt an den See locken müssen, aber Rosi musste ja zu diesem Kämmerer, wollte ihn zum Reden bringen! Als ob ihr das gelungen wäre! Als ob ich nicht alles versucht hätte! So viele Jahre lang. Sie hat einfach nicht verstanden, wollte nicht verstehen! So wie *du*!«

Auch wenn sie den Mann vor sich nur als undeutlichen Schemen erkennen konnte, blitzte das Weiß seiner ruhelosen Augen immer wieder in der Dunkelheit auf.

Seit er das Haus betreten hatte, kam es Helen so vor, als habe er seine Maske abgelegt, nur um immer wieder weitere überzustreifen. Auch wenn sie sein Verhalten nicht einordnen konnte, war ihr eines überdeutlich klar: Thomas Bertel war nicht mehr für rationale Argumente zugänglich.

»Es hat immer ein Steinchen gefehlt, Hélène, und dieses Steinchen warst *du*.«

Seine Worte legten sich wie eiskalte Hände auf ihren Rücken und ließen sie erschaudern.

»Wie meinst du das?«, fragte sie mit belegter Stimme und zwang sich einen weiteren Schritt nach vorne zu machen. Bertel wich ein Stück zurück.

»Jahrelang habe ich versucht, alles zu rekonstruieren, was damals passiert ist. Von unserer Urgroßmutter Leni, die dieses Nazi-Schwein untergejubelt hat, über Christiane, unserer Oma, die über alle Berge ist, bis hin zu Anna, unserer Mutter, die nicht mehr war als ein weiteres Opfer neben vielen.«

»Anna hat euch nicht beschützt«, presste Helen zwischen den Lippen hervor und wagte sich einen weiteren Schritt nach vorn. Bertel regte sich nicht, richtete die Waffe aber auf ihren Kopf. »Keinen Schritt weiter, Hélène.«

Sie spürte seinen warmen Atem auf ihrer Stirn, zwang sich jedoch dazu, ruhig zu bleiben.

»Anna war ein Opfer!«, brüllte er unvermittelt und Helen taumelte nach hinten. Er hatte sich direkt vor der Leiter postiert, was es Helen unmöglich machte, sich an ihm zum Kamin vorbeizudrängen.

»Anna war ein Opfer, genau wie ich«, presste er hervor. »Wir wurden gezwungen, Dinge zu tun ... abscheuliche Dinge. Sie haben uns zu Mittätern gemacht.«

Er machte einen Schritt auf Helen zu, sodass er wieder dicht vor ihr stand. Einen Schwall Übelkeit zurückdrängend, hörte sie ihn mit bebender Stimme sagen: »Sie haben uns mitschuldig gemacht, uns bestraft, wenn wir uns geweigert haben, uns belohnt, wenn wir *brav* waren. Sie haben uns verraten, unsere Angst war ihr Komplize, nicht wir, Helen. Wir nicht! Unser Schweigen haben sie damit besiegelt. Denn wer Schuld hat, schweigt. Aber wir waren doch nur Opfer, Helen! Ich war ein Opfer! Nur ein Opfer. Genau wie du!« Seine Stimme brach abrupt ab und Helen hörte, wie er nach Luft rang.

»Meine Stimme haben sie mir genommen. Aber die hier nicht!« Helen sah, wie er seine Hände in der Dunkelheit ausstreckte. »Damit zeige ich. Kunst macht sichtbar. Kunst provoziert. Kunst öffnet die Augen und berührt die Seele. Du und Rosi ... wir ... bei uns wird es anders sein als bei den anderen. Unsere Körper werden die Geschichte enthüllen. Ineinander verschlungen, verletzlich. Wir drei. Wir werden die Geschichte zu Ende erzählen, nicht mit Worten, sondern mit unserem Leib. Du wirst mir helfen, Hélène. Wir nehmen die

Stange, so wie beim ersten Mal. So war es, so ist es geschehen. Wir brennen sie ein, die Geschichte, in unser Fleisch, schreiben sie unter Rosis Haut, unter deine, unter meine. Du brauchst keine Angst mehr zu haben, Hélène, denn ich bin bei dir. Es wird schnell gehen. Schnell und sanft. Wie beim Jungen im Kohlekeller. Er ist einfach eingeschlafen, ganz sanft, und das wirst du auch.«

Mit Schaudern dachte Helen an die Frau, die wie eine Plastiktüte im See getrieben hatte.

»Mit einer Plastiktüte«, schoss es aus ihr heraus. »Du hast sie erstickt!«

»Ich habe ihr geholfen, einzuschlafen. Anna. Sie hat von ganz allein gesungen. Ich habe sie nicht gezwungen. Mama ist friedlich eingeschlafen, in meinen Armen. Sie hat es verstanden. Von den Brandmalen hat sie nichts mehr gespürt. Sie hat doch genug gelitten in ihrem Leben.«

Seine traurige Stimme verlor sich in der Düsternis und Kälte des Raums, der sie umgab und sich doch aufgelöst hatte.

»Die anderen durften nicht einfach einschlafen!«, schrie er vehement auf. »Sie mussten sich erinnern! Sie mussten endlich gestehen. Sie mussten fühlen! Spüren, wie die Angst langsam in ihnen hochkriecht und sie lähmt … spüren, wie es ist, ausgeliefert zu sein, keine Wahl zu haben! Singen mussten sie! Ja, ich habe sie singen lassen! Alle verdammten Strophen haben sie gesungen und wenn es falsch war, habe ich ihnen die glühenden Kohlen in die Haut gedrückt, sodass sie ihr eigenes verbranntes Fleisch gerochen haben. *Das ist für meine verbrannte Seele*, habe ich ihnen ins Gesicht gespuckt und ihnen die Kohlen tiefer in ihre Haut gedrückt, wenn sie geschrien und gebettelt haben, ich solle aufhören. Sie hatten alle ihre Chance gehabt. So viele Jahre.«

Bertels Stimme brach und Helen hörte, wie er nach Luft rang. Das Gelb war mit ihnen vom Dachboden gekrochen und hatte sich auf die Holzdielen unter ihren Füßen gelegt. *Leid*, schoss es durch ihren Kopf. Gelbes Leid, das die Seele vergiftete, den Atem nahm, den Körper lähmte.

»Aber weißt du was, Hélène? Sie haben gar keine Reue gezeigt. Sie haben weitergemacht. All die Jahre. All die Kinderseelen.« »Sie haben einfach weitergemacht, Hélène. Und keiner hat etwas gesehen«, fügte er mit gesenkter Stimme hinzu. Unvermittelt brüllte er: »Hier in diesem gottverlassenen Kaff! Keiner will davon gewusst haben!«

Helen sah, wie Bertels Körper unkontrolliert zitterte, hörte seinen schweren Atem. Als sich seine Stimme wieder zu einem Flüstern absenkte, konnte sie ihn nur noch mit Mühe verstehen. »Wenn sie ihre Feste hier gefeiert haben. Hier und an anderen verlassenen Orten. Ihre Hüttenaufenthalte mit den Sportvereinen, ihre Zeltlager, Sommerferienaktionen und was ihnen sonst noch eingefallen ist, um ihre Teufelstreffen zu tarnen.«

Kurz schien er um Fassung zu ringen, dann erklang seine Stimme erneut. »Keiner will davon gewusst haben, Hélène, obwohl doch so viele dabei waren. Der Rothloff, der Dreckskerl, dem sie alle an den Lippen hingen. Der Richter, der endlich gerichtet wurde. Und all die anderen. All die vielen anderen, deren Taten niemals gesühnt werden. Es ist schade, dass ich erst so spät verstanden habe, was meine Aufgabe ist. Dass ich es zeigen muss. Mit ihnen«, er hob die kräftigen Hände vor sein Gesicht. »Die anderen beiden hätten auch Teil des Kunstwerks sein sollen, aber ich war zu jung! Ganz frisch im Polizeidienst, so wie du, Hélène! Aber es hat niemand nachgefragt. Das ist das Schöne. Wenn du Polizist bist, Hélène. Das hättest du noch lernen müssen. Hier oben, das ist nicht Freiburg. Wer kräht schon nach einer Obduktion, wenn zwei alte Männlein das Zeitige segnen, wenn ein paar Seiten in Akten fehlen, wenn nicht immer alles ganz genau dokumentiert wird? Das hättest du alles noch lernen müssen, Hélène. So wie dieser Grünschnabel Carsten Schrenk damals. Wollte seine Nase in Sachen stecken, die ihn nichts angingen. Aber er ist nicht aus unserem Holz geschnitzt. Uns wurde eine größere Aufgabe zugedacht im Leben. Du wirst es ihnen zeigen, meine kleine Hélène. Wir drei. Du, ich, Rosi – wir werden es zeigen.« Das Weiß von Bertels Augen irrte durch die Dunkelheit.

»Der Kämmerer, Jürgen. War auf jedem Dorffest ein gern gesehener Gast. Es ist sehr schade, dass ihr mir dazwischengefunkt habt! Sehr schade. Für ihn hatte ich mir etwas ganz Besonderes ausgedacht.« Bertel lachte hohl auf. »Rosi war zu schnell, sie wollte einfach nicht verstehen! Dass es bei dir anders sein würde, das habe ich gewusst. Du verstehst. Ich weiß, dass du verstehst. Du verstehst jetzt und daher wirst du mir helfen!«

Er machte einen Schritt auf sie zu und Helen wich zurück.

»Aber der Schindler Friedhelm«, fuhr er fort und heftete seinen Blick starr auf ihren, als schien er eine Reaktion abzuwarten. Als diese ausblieb, sagte er: »Der Alte von drüben, mit dem Drecksköter, der sollte leiden. Bis zum Schluss. Hat sich vor Angst in die Hosen geschissen. Geweint hat er, wie ein kleines Kind, als ihm die eigene Pisse an den Hosenbeinen herabgelaufen ist. Aber es musste leider so schnell gehen. Ich hatte mir viel Zeit für ihn eingeplant. So viel Zeit. Aber ihr beide«, sein Finger schnellte in Helens Richtung und sein Blick ließ sie erstarren, »habt mir keine Wahl gelassen!«

»Was hast du mit ihm gemacht?«, fragte Helen, aus dem Augenwinkel ihre Chancen auslotend, das Kaminbesteck zu erreichen. Doch es war unmöglich.

»Ich konnte ihn nicht an den See locken wie die anderen. Dieser Mistköter hat mich angefallen, der hat die erste Kugel abbekommen. Aber es war trotzdem schön. Ich hatte alles vorbereitet. Habe ihn arrangiert. Es war nicht so, wie ich es geplant habe, aber ich bin dennoch zufrieden. Das mit dem Taschentuch konnte ich mir nicht verkneifen.« Er kicherte. »Ich bin zufrieden, Hélène, denn es ist Kunst. Kunst ist nicht planbar. Kunst entwickelt sich, verstört, schafft aus dem Nichts einen Raum und lässt Raum zu Nichts werden. Kunst provoziert und verstört. Kunst darf verstören, Hélène, Kunst *muss* verstören! Man wird ihn finden und man wird sehen. Ohne ihn ist doch das Werk nicht vollständig, verstehst du? Die Geschichte wäre ohne ihn nicht vollständig.« Bertel kicherte unvermittelt. »Er hatte so kleine Hände. Kannst du dir das vorstellen, Hélène?

Der Mann, der uns und die vielen anderen Kinderseelen weitergereicht hat, hat *so* kleine Hände.«

Helen sah, wie er im Halbdunkel des Raums seine Hände zusammenkrümmte und vor sein Gesicht hielt.

»Aber es spielt keine Rolle mehr, denn ich habe sie sichtbar gemacht. Die Hände, die uns herumgereicht haben. Ich habe sogar ein bisschen Geld hineingelegt. Ein paar Scheine. Wie viele mochten es sein? Fünfundzwanzig, dreißig Euro? Rein symbolisch. Denn was kostet eine Kinderseele? Wie viel Geld kostet eine Seele, Hélène?«

Der letzte Satz waberte durch den Raum, verflüssigte sich in der gelben Lache zu Helens Füßen.

»Irgendwann werden sie ihn finden und sehen. Der Köter liegt vor der Tür in einer Blutlache.« Bertel schien zu überlegen. Schließlich sagte er: »Vielleicht bringen wir ihn auch zum See, was meist du? Schaffen wir das?« Ohne eine Antwort abzuwarten, fuhr er fort: »Alle werden wissen, dass wir die Opfer waren! Wir waren *Opfer*! Und sie werden sehen.« Bertel machte eine Pause und Helen hörte seinen aufgebrachten Atem.

»Und das ist es, was ich will, Hélène«, fuhr er fort. »Ich will, dass sie endlich hinsehen. Diese verdammten Heuchler. *Der Kohlebruckner*«, sagte er und lachte spitz auf. »Nein, nicht der Kohlebruckner. Und sie haben es immer gewusst. Aber sie wollten einfach nicht hinsehen. Doch jetzt *werden* sie hinsehen! Ich will, dass sie hinsehen und ihre Seelen sich erinnern. Ihre Seelen sollen brennen, Hélène! So wie deine.«

Im Dämmerlicht sah sie, wie er erneut seinen Finger in ihre Richtung hob und reagierte blitzschnell. Noch bevor er einen weiteren Schritt auf sie zumachen konnte, preschte sie vor, schob ihre Hand zwischen seine Arme und nutzte den Sekundenbruchteil, in dem er sich durch seine Bewegung aus dem Gleichgewicht gebracht hatte. Mit einem kräftigen Hieb der Linken schmetterte sie ihm das zweite Mal die Waffe aus der Hand und schlug ihre Handkante gezielt gegen seinen Kehlkopf. Mit einem Röcheln knickte er ein, sackte zu Boden und blieb reglos liegen.

Hektisch blickte sie sich im Raum um. Sie hatte seine Blutzirkulation kurzfristig unterbrochen, aber Bertel würde sich von dem Schlag erholen. Ihr Blick fiel wieder auf die Umrisse der Halterung vor dem Kamin. Mit den Fingern tastete sie am kühlen Eisen entlang und bekam eine Art Schaufel zu fassen. Ohne zu zögern, rollte sie den bewusstlosen Ex-Polizisten auf den Bauch und schob die Stange zwischen seine Arme, um ihn provisorisch zu fixieren. Dann zog sie ihre Jacke aus und streifte ihren Pullover über den Kopf. Mit schnellen Griffen wickelte sie das Kleidungsstück stramm um seine Handgelenke. Kurz überlegte sie, dann zog sie ihr Unterhemd aus, schob es zwischen Bertels Lippen und führte es unter den eingewickelten Armen hindurch, wo sie es fest zuknotete. Sie drehte ihn zur Seite, um sicherzustellen, dass er nicht ersticken würde. Zufrieden blickte sie auf das Knäuel hinab, das Bertel nun abgab. Sie vergewisserte sich, dass er weiter atmete, dann stürmte sie die Leitersprossen hinauf zu der regungslosen Roswitha, unter der sich in der Dunkelheit eine schwarze Lache ausgebreitet hatte.

Ihre Finger glitten zum Hals der Frau, suchten nach ihrem Puls. Verzweifelt wollte Helen sich gerade abwenden, da spürte sie eine beinahe unmerkliche Kontraktion an ihrem Finger. Sie lebte! Ein leises Wimmern drang nach oben und Helen zuckte zusammen. Dann wandte sie sich wieder der Frau zu. Mit einem Stich im Herzen erkannte sie Gunnars Lederjacke. Das Gefühl abschüttelnd, setzte sie ihre Suche fort, tastete mit den Fingern über die Jacke, suchte den Reißverschluss. Etwas Hartes in der Jackentasche ließ sie innehalten. Sie griff danach und zog den Gegenstand heraus. Ihr Handy! Roswitha musste es ihr abgenommen haben, als diese sie niederschlagen hatte und geflüchtet war. Sie schaltete das Mobilgerät ein, während die Finger ihrer anderen Hand weiter hektisch über das glatte Leder strichen und eine klamme Stelle ertasteten. Panisch bekam Helen endlich den Reißverschluss zu fassen und riss diesen herunter.

Der süßliche Geruch, der daraufhin ihre Nase flutete, raubte ihr den Atem. Sie biss die Zähne zusammen und schob ihre Hände unter die blutdurchtränkte Jacke und lokalisierte schließlich die Einschusswunde am Oberarm. Sie öffnete die Jacke und zerrte das Sweatshirt, das Roswitha trug, über ihren Kopf. Schwer atmend gelang es ihr endlich, dieses an der hinteren Naht zu zerreißen. *Schneller!*, trieb sie sich innerlich an. Sie durfte keine Zeit mehr verlieren. Straff band sie die Wunde mit dem Stoff ab, in der Hoffnung, dass die Frau nicht bereits zu viel Blut verloren hatte. Trotz der Eiseskälte spürte sie die Schweißperle, die sich einen Weg über ihre Stirn bahnte und einen Salzfilm auf ihrer Oberlippe hinterließ. Dann wählte sie den Notruf.

Sie richtete sich auf und trat einen Schritt zur Seite, um ihre Arbeit zu begutachten, als ihr Fuß durch eine lose Holzlatte krachte und ein Stück in die Tiefe rutschte. Zeitgleich mit ihrem Aufprall auf alle viere verließ ein hoher Schrei ihre Kehle. Sie spürte die staubbedeckten Dielen unter ihren Handflächen und der Geruch von modrigem Holz bohrte sich in ihre Nase. In Sekundenbruchteilen riss sie ihren Fuß aus dem Loch und rollte zur Seite. Zitternd robbte sie weiter, in Richtung Leiter, verzweifelt den Gedanken verdrängend, dass die Decke unter Roswithas massivem Körper nachgeben könnte. Dann strauchelte sie die Holzsprossen herunter.

Den Blick auf das regungslose Bündel vor dem Kamin gerichtet, wählte sie Ablers Nummer.

Sie hatte die Sirenen gehört, lange bevor das Verandaholz unter Schrenks Schritten knarzte. Später würde sie sich mit einem schrägen Grinsen im Gesicht daran erinnern, wie Abler die Tür mit einem Ruck aufgestoßen und Schrenk die Taschenlampe auf sie gerichtet hatte. In ihrer Achtzigerjahre-Jogginghose und dem weißen Sport-BH hatte sie dagestanden, die blonden Haare strähnig im Gesicht hängend, die Hände blutbeschmiert, zu ihren Füßen das wimmernde Bündel. »Wer füttert die Katze?«, hatte sie gefragt, bevor sie ihren Magen vor Schrenks Füßen entleerte.

»Hab ich dich endlich.«
»Das hat er gesagt?« Gunnar hob seinen Blick zu Helen, senkte ihn jedoch sofort wieder auf den See. »Und was hat Bertel gesagt?«, fragte er die Tiefe.
»Bis du Hohlkopf dahintergestiegen bist, sind Jahre vergangen!«

Helen hörte, wie Gunnar neben ihr aufgluckste und fügte hinzu: »Er hat mich angeschaut und ihn dann gefragt: »Weißt du, warum du nie ein guter Bulle sein wirst?«

Gebannt richtete Gunnar wieder seinen Blick auf Helen.

»Dir fehlt der richtige Riecher.«

Sie spürte, wie Gunnar nach ihrer Hand griff und sie sanft drückte.

Dunkel breitete sich der See zu ihren Füßen aus. Es hatte aufgehört zu regnen, und eine kühle Stille legte sich zwischen die hoch aufragenden Tannenwipfel.

»Liebst du sie?«, fragte Helen schließlich.

Schweigend blickten sie hinunter auf das dunkle Gewässer. Nichts regte sich auf der glatten Oberfläche, aber Helen wusste, dass ein ganzes Dorf darunter begraben lag.

Epilog

»Wie fühlen Sie sich mit diesem Wissen?«

»Was meinen Sie?«

Die Psychologin schnappte nach Luft und setzte erneut an. »Frau Winter, nach all dem, was in den letzten Wochen passiert ist, nach dem, was sie über sich selbst erfahren haben ...«

Als Helen sie weiterhin unbeweglich anblickte, haspelte sie: »Es muss schwierig sein für einen Menschen zu erfahren, dass er jemand anderes ist, als er zu sein glaubte. Wir sprechen hier von einem schweren Trauma, das Sie erlitten haben.«

Einen Moment schwieg Helen und runzelte die Stirn, dann dämmerte es ihr. »Frau Mersepacher, ich bin nicht Roswitha Kaisers Schwester.«

»Wie bitte? Sie hatten mir doch in der letzten Sitzung vom Ausgang dieses schrecklichen Falls erzählt, davon, dass dieser Bertel, der Täter, ihre Schwester Roswitha und sie gegeneinander ausgespielt hat. Von seinem Schuldgeständnis. Ich verstehe nicht.«

»Ich habe immer gewusst, dass das nicht stimmen kann. Es war eine Verwechslung. Meine Eltern waren auf der Kartei, wollten ein Kind adoptieren. Ich erinnere mich daran. Vier Jahre war ich alt. Eine Schwester im gleichen Alter sollte ich bekommen. Ich habe mich so lange in meinem Zimmer eingeschlossen und Murmeln an die Wand geschossen, bis meine Eltern aufgegeben haben. Wie genau Bertel zu der Überzeugung gelangt ist, dass *ich* Marie-Hélène bin, weiß ich nicht. Vielleicht hat er Akten beim Jugendamt eingesehen. Ich habe meine Mutter gefragt. Sie ist nicht die Hellste. Konnte sich nicht mal mehr erinnern, wie das Mädchen hieß, das sie zu mir ins Zimmer stecken wollten, aber Marie-Hélène wäre möglich, hat sie gesagt.« Helen schnaubte verächtlich. »Jedenfalls habe ich nichts mit dem Fall zu tun und Bertels Mühen wären umsonst gewesen.«

»Was er vermutlich nicht weiß«, murmelte Agnes Mersepacher.

»Warum tut jemand, der selbst solche Gewalt erlebt hat, jemand anderem so etwas an?«, schoss es unvermittelt aus Helen hervor.

Die Psychologin hob den Kopf und versuchte, Helens Blick einzufangen. »Weil Opfer manchmal zu Tätern werden. Wir sprechen in diesem Zusammenhang von einem sogenannten Täterintrojekt. Dieser Bertel muss, wenn ich Sie richtig verstanden habe, in frühen Jahren sexueller Gewalt ausgesetzt worden und später dazu gezwungen worden sein, solche Handlungen selbst auszuführen. Das ist keine seltene Praktik. Oft nutzen kriminelle Vereinigungen, die Kinder prostituieren, diese Methode, um ihre Opfer zu Mittätern zu machen und sich so deren Schweigen zu sichern.«

Als Helen fragend die Stirn runzelte, ergänzte die Psychologin schnell: »Sie müssen sich das so vorstellen: Ein Kind wird in jungen Jahren zu sexuellen Praktiken gezwungen. Irgendwann wird das Kind älter und neue, jüngere Kinder werden von diesen Bestien gewünscht.«

Agnes Mersepacher schwieg kurz, sichtlich um Fassung ringend, zwang sich aber, weiterzusprechen und ihrer Klientin den Sachverhalt zu erklären. »Die älteren Kinder werden häufig, unter massiver Gewaltandrohung und auch –anwendung, wenn sie sich weigern – was sie anfangs natürlich tun – dazu instruiert, den Neuankömmlingen sexuelle Gewalt zuzufügen, zum Beispiel, indem sie diese mit Gegenständen penetrieren. Für kooperatives Verhalten werden sie belohnt, genießen gewisse Vorteile, sollen sich auch durchaus selbst in der Machtposition fühlen. Wenn sie sich weigern oder aufhören, weil das Kind schreit und weint, werden sie bestraft, sei es durch sexuelle Praktiken oder auch durch Wegsperren, Nahrungsentzug oder was diesen Teufeln noch alles einfällt.«

»Die Kiste«, murmelte Helen. »Er hat etwas von einer Kiste gesagt«. *Eingesperrt. Der kleine Kohlebruckner im Keller.* Ein kaltes Prickeln überzog ihren Rücken und unwillkürlich legte sich ihre Hand auf ihren Oberschenkel.

»Magisches Denken«, fuhr die Psychologin fort. »Ich habe Berichte von Opfern gelesen, die schildern, dass ihnen mit Fantasiegestalten gedroht wurde oder, im Gegenteil, man ihnen Glauben gemacht habe, sie seien Auserwählte. Engel zum Beispiel. Haben Sie nicht erzählt, dass dieser Bertel Tonfiguren erschaffen hat?«

Das Bild von Bertel schob sich vor ihr inneres Auge, wie er, mit hochgekrempelten Hemdsärmeln im Wohnraum auftauchte, die vernarbten Arme lehmbeschmiert. *Engel und Teufel.*

Ich war nur ein Opfer, Hélène. Ein kalter Schauder durchfuhr sie.

»Ich sehe hier durchaus Parallelen zu der Kohlebruckner-Geschichte«, sagte Agnes Mersepacher. »Vielleicht hat sich dieser Bertel eine Zeit lang selbst für den kleinen Kohlebruckner gehalten, der diejenigen bestraft, die nicht *brav* sind.«

Helen warf einen Blick zur Psychologin, die innegehalten hatte und mit sich zu ringen schien. »Sie können weitersprechen, Frau Mersepacher, ich will verstehen«, sagte sie schnell und schluckte den fahlen Geschmack in ihrem Mund herunter.

Als die Psychologin, um Sachlichkeit bemüht, fortfuhr, hatte ihre Stimme wieder an Festigkeit gewonnen. »Das Heranführen an eine Mittäterschaft – eine Komplizenschaft, könnte man durchaus sagen – erlaubt es den Tätern, sich das Schweigen ihrer Opfer zu sichern. Die Mittäterschaft erzeugt solch starke Schuldgefühle in den Kindern, dass sie ihre Peiniger nicht verraten. Schließlich haben sie ja selbst mitgemacht!« Sie machte eine Pause und ließ ihren Blick aus dem Fenster gleiten, bevor sie weitersprach. »Sie können sich vorstellen, was das mit einem Menschen macht, der jahrelang in eine solche Mittäter-Rolle gedrängt wird. Dieses Täterintrojekt nimmt einen Teil der Persönlichkeit ein. Es ist erstaunlich, dass Thomas Bertel es so weit geschafft hat in seinem Leben. Ich habe Berichte von Patienten gelesen, die keiner normalen Arbeit nachgehen können, deren gesamtes Verhalten wirr ist, die überall in Konflikte geraten. Oft wird ein dissoziatives Verhalten beobachtet, eine Art Spaltung der Persönlichkeit in verschiedene Anteile. Während das Überlebens-Ich, wie der Name schon sagt, alles daran setzt, das Leben in den Griff zu bekommen, drängen immer wieder Opfer- und Täteranteile durch, die häufig nicht als zugehörig zur eigenen Person empfunden werden. Thomas Bertel muss ein sehr starkes Überlebens-Ich entwickelt haben. Dennoch haben sich vermutlich immer wieder Täter- und Opferanteile in ihm bemerkbar gemacht, die es ihm unmöglich gemacht haben, sein Leben so zu leben, wie er sich das bestimmt gewünscht hätte.«

Mit Unbehagen erinnerte sich Helen an Bertels Stimme auf dem Dachboden, die sich von einer auf die andere Sekunde verändert hatte, immer wieder von laut zu leise, von hoch zu tief geschwankt war.

»Wenn ich das alles richtig verstanden habe«, die Stimme der Psychologin war fest und sie hatte den Blick wieder auf Helen gerichtet, als sie weitersprach, »dann hat er sowohl mit Ihnen als auch mit Roswitha Kaiser engen Kontakt gehabt, wollte das Unrecht auf eine bizarre Art und Weise sühnen oder zumindest sichtbar machen. Dabei hat er sicher nicht immer rational gehandelt. Möglicherweise hat er die Morde sogar in einem Zustand der Verwirrung begangen und diesen Persönlichkeitsanteil in anderen Momenten, zum Beispiel, wenn er mit Ihnen zusammen war, von sich abgespalten. Wir wissen es nicht. Aber es wäre hochspannend, das herauszufinden! Ich bin mir sicher, dass ein psychiatrisches Gutachten angefertigt wird und ...«

Ein mechanischer Klingelton unterbrach die Psychologin. Helen zog das klingelnde Handy aus der Tasche ihrer Uniform. »Hallo?«

»Samstag, um elf Uhr, ist der Empfang«, hörte sie die Stimme von Jens Kossnick. Sie benötigte einen Augenblick, um sich zu sortieren und sich ins Gedächtnis zu rufen, was er meinte.

»Ich komme«, sagte sie schließlich und war schon im Begriff, aufzulegen, als sie hörte, wie Kossnick hinzufügte: »Und ziehen Sie sich etwas Anständiges an. Und damit meine ich keine Uniform!«

»Alles in Ordnung?«, fragte Agnes Mersepacher, als sie den besorgten Blick in Helens Gesicht wahrnahm.

»Ja. Was zieht man sich *Anständiges* an?«

»Das kommt ganz auf den Anlass an. Um was geht es denn?«

»Um meine Versetzung.«

Die Psychologin schaute sie irritiert an und sagte: »Ich dachte, das Verfahren wurde eingestellt, nachdem Sie immerhin einen nicht unbeträchtlichen Anteil daran haben, dass der Mörder festgenommen und weitere Taten verhindert werden konnten.«

»Ja, das Verfahren wurde eingestellt.«

»Warum werden Sie dann versetzt?«

Helen Winter schien kurz zu überlegen, dann antwortete sie: »Es hieß, mein Riecher werde anderweitig benötigt«, wobei sie das Wort *Riecher* betonte und den Mund zu einer Art Grinsen verzog.

»Ja, Sie haben den richtigen Riecher, davon hatten wir schon einmal gesprochen, ich erinnere mich«, antwortete die Psychologin lächelnd. »Und wo genau wird dieser benötigt?«

»Kriminalpolizeidirektion Freiburg, Inspektion 1. Kapitaldelikte, Sexualdelikte, Amtsdelikte.«

»Das heißt, Sie gehen weg von Lenzkirch?«, rief die Psychologin erstaunt. Ein beinahe unmerkliches Lächeln zeichnete sich auf ihrem Gesicht ab.

»Das wird sich zeigen«, antwortete Helen knapp und erhob sich mit einem Gruß. »Danke für alles.«

Überrumpelt sprang die Psychologin von ihrem Stuhl auf, im Begriff, ihre Patientin, die bereits an der Tür stand, aufzuhalten. »Halt, Frau Winter! Sie können die Sitzungen nicht einfach so abbrechen! Wir finden sicher ein passendes Zeitfenster.«

Helen blieb stehen, der Psychologin weiterhin den Rücken zugewandt.

»Frau Winter, wir stehen wieder am selben Punkt wie vorher, begreifen Sie das nicht? Das wird Sie wieder einholen. Ihre Erinnerungslücken, die Starre, das brennende Mal auf ihrem Schenkel. Wir haben noch viel Arbeit vor uns!«

Helen stand noch immer reglos vor der Tür. Ermutigt setzte Agnes Mersepacher nach: »Wir müssen herausfinden, was hinter Ihrem Verhalten schlummert. Wer Sie wirklich sind.«

Der See loderte vor Helens innerem Auge auf, verströmte die längst vergessene Erinnerung versengten Fleisches. »Die Seele vergisst nie«, hörte sie Bertels Stimme in ihr Ohr flüstern. Dann drehte sie sich um.

»Ich bin Helen Winter«, antwortete sie, als sich die Blicke der beiden Frauen trafen. Dann verzog sie ihren Mund zu einem schiefen Grinsen, wandte sich ab und trat durch die Tür.

Danksagung

Dass dieser Roman das Licht der Welt erblickt hat, ist nicht selbstverständlich. Daher möchte ich all denjenigen meinen Dank aussprechen, die genau das ermöglicht haben: dem dp Verlag, allen voran Francesca Hintz, für den unermüdlichen Einsatz und die Geduld, mit der sie »hinter den Kulissen« einfach alles gemanaged hat, meiner Lektorin Astrid Pfister für die gewinnbringende Zusammenarbeit sowie Christin von ArtC.ore-Design für die wundervolle Covergestaltung!
Bedanken möchte ich mich außerdem bei meinem Autorenkollegen André Wegmann und meiner Testleserin Michelle für die wertvollen Hinweise und Anregungen – wer weiß, ob das Manuskript ohne euch nicht doch in der Papiertonne gelandet wäre?
Was ist ein Schreiberling ohne seine Liebsten, ohne diejenigen, die ihm den Rücken freihalten und sich um dessen Wohlergehen kümmern? Danke sagen möchte ich daher euch, die ihr stets an meiner Seite seid, wenn ich euch brauche – und versteht, wenn ich für mich sein muss.
Darüber hinaus danke ich von Herzen euch, meiner Leserschaft, für eure Zeit, die ihr mir schenkt, wenn ihr meine Bücher lest – ihr seid die Essenz.
Sehen wir uns im Schwarzwald wieder?